书生的世界

胡伟希 ◎ 著

中国致公出版社
—— China Zhigong Press ——

图书在版编目（CIP）数据

书生的世界 / 胡伟希著 . —北京：中国致公出版
社，2019
ISBN 978-7-5145-1152-9

Ⅰ . ①书… Ⅱ . ①胡… Ⅲ . ①随笔 – 作品集 – 中国 –
当代 Ⅳ . ① I267.1

中国版本图书馆 CIP 数据核字（2018）第 263085 号

书生的世界

胡伟希　著

责任编辑：尤　敏　梁玉刚
责任印制：岳　珍

出版发行： 中国致公出版社
　　　　　 China Zhigong Press

地　　址：北京市海淀区翠微路 2 号院科贸楼
邮　　编：100036
电　　话：010-85869872（发行部）
经　　销：全国新华书店
印　　刷：廊坊市海涛印刷有限公司
开　　本：710 毫米 ×1000 毫米　　　　 1/16
印　　张：22
字　　数：304 千字
版　　次：2019 年 6 月第 1 版　　　 2019 年 6 月第 1 次印刷

定　　价：78.00 元

代序　书生的世界

　　书生的世界很小。房间顶多十几平方米，四周尽是书架。剩余的空间本来不多，书桌却几乎占了大半。主人整天端坐桌前，不是看书就是打字。岁月就这样在书与文之中悄悄度过，及至鬓角渐白。周围发生的许多事情他不是全然不觉，就是懵懵懂懂。有时放下书本还两眼入定，简直就像是个"外星人"。——书生的世界是小。

　　书生的世界亦大。虽然占地不广，却可以上天入地；与古人对话穿越时空隧道，且精神极度膨胀。六合之内，他无所不窥；人间日月，他无所不晓。他将天地宇宙之精气尽吸于内；著文纵横捭阖，漫说古今中外，历尽沧海桑田。——书生的世界真大！

　　书生的世界，小耶大耶？主人冷暖自知，外人不足道也。就主人个人感受来说，也可以说其大则大，说其小则小。然而，无论是大是小，这终究显得次要。主人与书籍为伴，以文字为业。此中本无所谓大小，只有兴味存焉：其读书不求其精，只为养神益目；其著文不求闻达，只是兴会所至，信手拈来。故而，其读书无甚计划，作文更难有用心。而书房十多平方米于他来说，常常也是多余；要紧的只是那区区不到一米见方的书桌，这才是他的日常世界。他尽可以在这里笑傲江湖、吐纳古今。而宇宙洪流种种、人间烟火万象，亦在这小小书桌上成就。故书生的世界虽小实大，

似容一人而实穷极八荒。古人曾著《陋室铭》，今改其文，仿其体例而作
《书室铭》以自娱。其文曰：

> 屋不在大，有书则行；身不在富，有文即品。斯是书室，惟吾德馨。著文
> 易走火，翻书常狼藉。每逢有心得，不思饭与寐。可以视八方、说古今。无人
> 际之喧哗，无仰人之鼻息。夏时可放假，冬日自休眠。主人曰：何劳心之有？

又及：本书收录的文字大多成于公元 2000 年前后十年，多数是应各
种报刊的约稿之作，故从本书所辑内容亦可以一睹时代及社会风气转移
之迹也。

目　录

第一篇　品书录

第二篇　学术·教育

第三篇　思潮·人物

第四篇　经济·社会

第五篇　人文·人生

第一篇 品书录

一代历史文化托命之人

——评赵园《明清之际士大夫研究》

  由现代小说研究进入思想史领域的学者在当代中国学界不乏先例，但是能将学术作为生活方式，特别是能将寂寞而枯燥的学术做成"特殊的诗意"的，怕就罕见了。独特的人生阅历、学术背景与研究旨趣，使得赵园先生的这一转变具有了特别的意义，也使得这一部学术作品焕发出特殊的魅力。

  明清之际是治中国思想史者关心的一个历史时期。提起明清之际的思想，我们首先想起"思想启蒙"的话语，——这是过去治思想史卓有成效的专家、学者告诉我们的。的确，像黄宗羲、顾炎武、王夫之等明清之际的大儒，其对社会问题观察思考之深刻与对封建专制政治批判之深入，前无古人，他们开辟了思想史的一个新时代。但是，这些思想史上的巨人到底是怎样形成的？除了这些思想史上的巨人之外，当时整个思想界的潮流又是如何？这却是以往的明清之际思想史研究所忽视的。可以这样说：以往大多数思想史家，只关心或只注意到明清之际浮现于水面的冰山；事实上，冰山至少有五分之四的体积是淹没于那海水之下的。——这个比喻只是说明：明清之际的思想史研究远未穷尽，还有待于向深处挖掘。从这个比喻我又联想起弗洛伊德的"潜意识学说"来。也许，只有深入到那海底，像黄宗羲、顾炎武、王夫人等大儒到底言说什么，其真相才最终会得以破解和做出合理的说明。

一反时下不少研究明清之际思想史著作的"高调"方式，此书对这段通常被冠以"启蒙时代"的历史时期的思想史资料的处理是低调的。不，准确地说，应该是"低沉"的才对。因为在作者看来，明代是一个政治异常暴虐的时代，这种政治暴虐的后果，还不只造成政治的黑暗、官场的贪赃枉法和种种的腐败，更重要的是造成一种"士"的人格的扭曲和畸形。因此作者用力所在，与其说是明清之际士人对有明一代专制政治的批判和反省，不如说重在这一代士人对"士"本身生存处境的反省和批判。这一指向的深刻之处在于：明代政治固然残暴昏暗，毕竟已经过去；但历史会不会重演，在很大程度上取决于从这一时代走过来的知识分子——"士"，以及由这个时代因袭下来的"士风"。肉体的伤残容易恢复，精神的创伤难以抹平，而灵魂的扭曲几乎无法医治。因此，一个时代政治的残暴和不人道，还不只加害于这一代人，而且会通过"士风"的畸变而加害于后人，会"祸及子孙"的。

也只有从这一角度解释才明白，作为明清之际"士大夫"的群体自觉意识，并非是对从高压政治下解脱出来的放言高论，而是事后"痛定思痛"感到的屈辱和苦楚，以及对"士"的人格被摧残以后的感喟和浩叹。书的一开篇就提出："我注意到了王夫之对'戾气'、对于士的'躁竞''气矜''气激'的反复批评。以'戾气'概括明代尤其是明末的时代氛围，有它异常的准确性。而'躁竞'等等，则是士处此时代的普遍姿态，又参与构成着'时代氛围'。"（第4页）初看起来，以"戾气"来概括有明一代的"士风"似不可解。但当我们读到书中所引钱谦益的一段话，就知道何谓"戾气"，以及其作为一种"士风"与社会风气之可怖了。书中说："钱谦益以其文人的敏感，也一再提到了弥漫着的戾气。他在《募刻大藏方册圆满疏》中描述他对于世态人心的体察：'劫末之后，怨对相寻。拈草树为刀兵，指骨肉为仇敌。虫以二口自啮，鸟以两首相残'。他说到普遍的'杀气'，说'刀途血路'，说毁灭人性的怨毒和仇恨。他另由一时诗文，读出了那个残酷时代的时代病。'兵兴以来，海内之诗弥盛，要皆角声多，宫声寡；阴律多，阳律寡；噍杀恚怒之音多，顺成蝉缓之音寡。繁声入破，君子有余忧焉。''噍杀'是他常用的字面。以降清者作此诗论，你得承认，是需要点勇气的。由此不也可见钱氏的气魄？无论开的是何种药方，钱谦益是明明白白提到了'救世'的。他所欲救的，也正是王夫之顾炎武们认为病势深重的人性、人心。"（第4页）依我看，这种"戾气"就是人与人相残；人与人之间除了争斗之外，毫无信任和同情可言。这也就是明清之际人们一再提到的"上下交争""人与人交争""上与下异心，朝与野异心"。呜呼，专制政治造成的恶果与恐怖最后还是加诸自身。明王朝实不为清所灭，而亡于自身。早在清兵入关以前，这个王朝就由于整个社会风气的糜烂而气数已尽。然而，最可怖的还在于：这种糜烂的风气并不因旧王朝的瓦解而消失，它作为亡灵还施虐于新朝和后来人。从这种意义上来说，明清之际思想家们是深刻的。书中说："王夫之不斤斤计较辨别正义与否，他更注重'争'这一行为的破坏性，近期与长期效应，尤其于士本身的精神损害，自与俗见时论不同。"（第9页）这种"戾气"是如此深重，以致即便是对这种士风加以批判与反省的明清之际思想家们都难以自拔和不能避免。当我们读到书中这段话："不妨认为，明代的政治暴虐，非但培养了士人的坚忍，而且培养了他们对残酷的欣赏态度，助成了他们极端的道德主义，鼓励了他们以'酷'（包括自虐）为道德的自我完成——畸形政治下的病态激情。即如明代士人对于'薄俸'的反应。"（第10页）我不由心酸至极：这的确是一个"鬼气"十足、阴森森的世界。呜呼！哀莫大于心死。明清之际的士人已经意识到这种"士风"的不可救药，才将它彻底地暴露于后人。这使我想起鲁迅在昏沉沉黑屋里的"呐喊"，并呼喊要"救救孩子"。

此书将明清之际称为"易代之际"，并突出这个时代的"遗民"意识。我以为，此一线索提示出文化史——中国文化史乃至世界文化史上的一个重大问题："遗民"与文化创造的关系问题。说起"遗民"，通常想到的是"易代之际"前朝的"遗民"。实际上，这是对"遗民"一语的较狭义的理解。较广义的解释是：举凡社会历史处于大变动中，总有一些知识分子从社会政治与社会生活的主流方式中游离开来，选择一种被社会"遗弃"的生存方式。由于他们处于社会生活的"边缘"，有精力也有时间对社会、历史及人生的本源性问题做根本性思考，从而，他们的文化活动就超越了具体的、偶然性历史的局限，而获得了永恒的意义；其中之佼佼者，因此还成为文化宇宙中的巨人，如明清之际的黄宗羲、顾炎武、王夫之诸人。正如书的《后记》所说："遗民不过是一种特殊历史机缘中的士。'遗民'是士与当世的一种关系形式，历史变动中士自我认同的形式。"（第 546 页）此书堪称"明遗民"研究中的典范之作。但我认为，从这本书中还可以读出远远超出明清之际"遗民"的东西来。例如，我们可以理解为什么处于二十世纪的学术大师陈寅恪会将明代遗民引为知音，直到晚年双目失明，还殚精竭虑写作《柳如是别传》，要"记明末遗民之行事"；而其在《清华大学王观堂先生纪念碑铭》一文中，则将"遗民"之心事与抱负和盘托出："先生以一死见其独立自由之意志，非所论于一人之恩怨，一姓之兴亡。"

中国历史上最早记载的"遗民"大概要算伯夷、叔齐，而儒家的创始人孔子则公开提出"兴灭国、继绝世、举遗民"，以继承"遗民"传统自居。不是有人考证出"儒"者乃殷代的"遗民"么？屈原投江，只是"遗民"明志的一种方式：处乱世、衰世之中，"遗民"以发愤著述作为其普遍的生存方式，这已经由太史公在《自述》里做了交代。其实，不光中国文化史上"遗民"的事迹不绝于耳，甚至于世界思想史与文化史上，从耶稣基督开始，直到二战期间逃离德国的犹太"移民"知识分子，以及俄国十月革命以后移居欧洲的知识分子，从他们身上，我们不是都可以发现"遗民"的踪影吗？——从这种意义上说，"遗民"其实是一个"符号"：它指称的，是超越了一时一地的时空局限，参与到人类文化建造活动中去的"一代历史文化托命之人"。

士之史：中国思想史的线索

——评余英时三书

当今，治中国思想史的学者大概是谁都无法绕过余英时了，人们可以不同意他对所论述的问题所下的结论，但却无法回避这么一个事实：余英时对中国思想史上许多根本性的问题都有自己的论述，其议论之深刻与眼光之独到往往叫人叹为观止；更重要的是，他是当代中国思想史研究者中少有的建构了自己思想体系的学者；"始于技，进于道"，他的学问其实已超出所谓的"专门学问"，而具有了宏观的思想家的视野。而不同于一般"思想家"的地方在于：他的文化理念之抒发与"终极关怀"之寄托，是通过其对中国思想史，尤其是中国学术思想史的研究而表露的。他其实是一位集学问家与思想家于一身的人物；其学术著作，也因此而有熔"史学"与"思想"于一炉的品格。这大概就是余英时之所以为余英时，至少在目前的思想史研究园地里，很少有人能企及的原因吧。

一、《士与中国文化》："士之史"的微观考察

纵观余英时的著作，"士"大概是他治中国思想史最为关心且极富有

心得的话题。他的一系列极负盛名的专题性研究，如《方以智晚节考》《论戴震与章学诚》《中国近代思想史上的胡适》《陈寅恪晚年诗文释证——兼论他的学术精神与晚年心境》，无不是对中国历史上有名之"士"的研究；而且，他还有专门的《士与中国文化》问世，这简直是以"士之史"作为中国思想史与中国文化史的代称了。当然，"思想"与"文化"之载体非"士"莫属，思想与文化之传承也离不开"士"，古今中外皆然。从这种意义上说，写中国思想史当然是写"士"的历史。但这毕竟还只是"士之史"与思想史之关系的一种浅层次的理解，并不触及问题的实质。而就余英时的学术抱负来说，他不仅要通过"士之史"来揭示中国思想史的实际与"真实"，而尤其要通过对中国历史上"士"的研究，来提倡一种新的文化理念与塑造一种新的"士风"，故在其表面冷峻严谨的学问之下，其实跳动着一颗积极用世之心。如在《古代知识阶层的兴起与发展》一文中，他谈到中国"士"的起源时说："'哲学的突破'，造成王官之学散为百家的局面。从此中国的知识阶层便以'道'的承担者自居，而官师治教遂分歧而不可复合。先秦诸学派无论思想怎样不同，但在表现以道自任的精神这一点上是完全一致的。"（第 34 页）在《汉代循吏与文化传播》一文中，他还借汉代循吏之事迹，发表他关于"士"在社会上如何可以有利于文化传播，尤其是"移风易俗"的教化功能的看法。当然，他也看到，在中国历史上，"士"虽然有这一以"道"自任的传统，但要发挥其作用，还是有相当多的限制的。从起源上说，古代知识分子从"封建"身份中解放出来，固然是一大好事，由此在精神上能驰骋于自由的王国，但在现实生活中也因此失去了生活的保障，不像以前的"士"大体上是"有职之人"。李斯为此曾发出感慨。余英时说："李斯的话其实说得很沉痛，足以说明一般知识分子在现实生活中所承受的巨大压力。从社会来源说，战国知识分子不出没落贵族和下层庶民两大范畴，但他们几乎都已贫穷到'无以为衣食'的境地。历史上的例子很多，都可为李斯的话作注脚。在这种情况下，要求所有的知识分子都保持以道自重的节操是不可能的。孟子所谓'无恒产而有恒心'，事实上只能期之于极少数突出之'士'，因此带有'典型'的意义，而无普遍的意义。这不仅中国古代知识分子为然，古今中外亦莫不皆然。不过在中国的'道'缺乏形式的约束的特殊状态之下，'枉道而从势'或'曲学以阿世'更为方便罢了。"（第 109 页）其实，与其生活的无着落与艰难相比，政权方面的压力是更严重的。余英时谈到，"士"的抱负是"行道""践道"，尤其希望其社会理想见之于实现，而非"徒托空言"；但这一"干预现实政治"的指向是政权垄断者所不高兴的，因此"道"与"势"常处于紧张与冲突之中；这尤其见于"大一统"的时代。书中说："大一统的'势'既不肯自屈于'道'，当然也不能容忍知识分子的气焰过分高涨。所以随着秦汉统一帝国的建立，游士的时代便进入了结束的阶段。最近出土的《云梦秦简》中有'游士律'一项是有关古代知识分子的最重要的新史料。"（第 111 页）在这种情况下，怎么办呢？ "士"的积极干世的品格既不让他们走上消极隐遁之路，于是中国的知识分子便发展出一种"修身"的传统。在余英时看来，这虽是由专制政治所迫出来的，却也不失为抵御专制政治，乃至于在专制政治下与政权抗衡的可取方式。他在谈到中国知识分子为什么会形成不同于西方知识分子的"修身传统"时说："在'礼坏乐崩'之余，人间性格的'道'是以重建政治性的社会秩序为其最主要的任务。但是'道'的存在并不能通过具体客观的形式来掌握，它既不化身为人格性的上帝，也不表现于教会式的组织；而只有靠以'道'自任的个人——知识分子——来彰显。这就是孔子所说的'人能弘道，非道弘人'。但这样一来，个人在'道'的实现过程中所承担的责任便异常沉重。所以曾子说：'士不可以不弘毅，任重而道远。仁以为己任，不亦重乎？死而后已，不亦远乎？'这个'己'字分明是指'士'的个体而言的。为了确切保证士的个体足以挑此重担，走此远路，精神修养于是成为关键性的活动。试想士之所以自任者如此其大，而客观的凭借又如此薄弱，则他们除了精神修养以外，还有什么可靠的保证足以肯定自己对于'道'的信持？所以从孔子开始，'修身'即成为知识分子的一个必要条件。"（123 页）读这段话，不仅会增加我们对古人思想的真切了解，而且使我们认识到：背离了思想观念发展的情景脉络，对"修身"这一思想观念，是可能会做出截然不同的评价的。有意思的是，与"修身"相提并论，此书认为"俳优"其实也是中国古代知识分子在当时历史情景下表达意见、批评政治的一种特有的言路方式。通读全书，这种对古人古事做出新的判断与评价的看法比比皆是，除知识之渊博与历史材料之驾轻就熟之外，我们无法不惊叹作者组织材料的匠心与运思之巧慧。

二、《中国思想传统的现代诠释》："士之史"的大处落笔

如果说《士与中国文化》是作者通过具体的微观历史的考察与分析，来表达其对中国知识分子问题的关怀与看法，那么，在《中国思想传统的现代诠释》中，作者则从大处着眼，对整个中国的传统文化脉络做了一番重新清理，而其思想取向，依然扣紧"士之史"。"士"或中国古代的知识分子既然是"道"——价值的担当者和践履者，以"士之史"作为中国思想史的线索，也就意味着确立"价值研究"在中国思想史中的中心地位。这一研究思路的确立具有典范意义。由此，中国思想史不再是"死"的，而成了"活的"；它接通了传统与现代之间的桥梁。在《从价值系统看中国文化的现代意义》一文中，他说："中国现代化的困难之一即源于价值观念的混乱；而把传统文化和现代生活笼统地看作两个不相容的对立体，尤其是乱源之所在。……我在本文中将中国文化的价值系统与古代的制度、风俗以及物质基础等加以分别，但是这绝不表示我相信文化价值是亘古不变的，更不是说我把文化价值当作一种超绝时空的形而上实体来看待。事实上，我在分别讨论中国价值系统各个主要面相时已随处指出这个系统面临着现代变迁必须有所调整与适应。我们且毫不讳言在某些方面中国必须'西化'。但是整体地看，中国的价值系统是经得起现代化以至'现代以后'

（post-modern）的挑战而不致失去它的存在根据的。……怀特海曾说：'一部西方哲学史不过是对柏拉图的注脚。'这只是指哲学而言。其实这个说法正可以推而广之，应用于各大文化的价值系统方面。各大文化当然都经过了多次变迁，但其价值系统的中心部分至今仍充满着活力。"（第47页）正因为如此，《中国思想传统的现代诠释》在注意发掘与展示传统中国文化在价值论方面的丰富资源的同时，对中国传统思想中与现代化不适应的方面也做出了严厉的批判与抨击。而其价值论指向，依然是从"士"出发的。在他看来，中国传统"士"之价值观至今依然值得借鉴和深刻反省的，有两个重要方面，这就是学术与政治的关系，以及如何争取学术自由和思想自由的问题。

三、《论士衡史》："士之史"的现代印象

最近，读了《论士衡史》。这部"文录"由余英时过去发表过的文字剪辑而成，接近于过去的"学案体"。书的文字集中展示了余英时的主要学术观念与思想观念，益教我相信对其学术路数与思想取向的判断不误。与前两书不同的是，这本书除浓缩了余英时关于"士"与"知识分子"的许多理论观点之外，还把对中国"士品"的考察移至到了现代。在这本书中，余英时给我们留下了许多20世纪中国知识分子的剪影。但此书与前两书在基本宗旨与基本观念上却是相当一致的；据他看来，20世纪中国的思想史或学术思想史，依然是"士之史"。

——原载《中国图书商报·书评周刊》（1999年8月31日）

形而下的现代儒学

——评余英时、杜维明、成中英的儒学研究

1995 年 4 月牟宗三去世，标志着中国现代学术上作为一个历史阶段的"现代新儒家时代"的结束，取而代之的，是"现代儒学"研究的兴起。其实，早在"现代新儒家"鼎盛之际，作为一种研究方法与研究思路的"现代儒学"研究就已出现，并且结出了累累硕果；只不过由于"马太效应"，其独立形象被"现代新儒家"的光环遮蔽而已。而今，随着"现代新儒家时代"的结束，"现代儒学"在海外大有占据汉学研究，或者说"中国学研究"主流之势，其代表人物有余英时、杜维明、成中英等。那么，这一学术研究的路向，其学术旨趣到底是什么呢？

一、余英时：现代儒学的"形而下"取向

作为海外中国学研究的巨擘，余英时在《现代儒学论》的"序"中，公开打出了"现代儒学"的旗号，并且亮出了它的底牌。这篇序言开篇就说："本书收集了论现代儒学的文字共七篇，所以全书定名为《现代儒学论》。"与现代新儒家着重发扬儒学，尤其是宋明理学中"心性之学"的

传统不同，余英时自称《现代儒学论》所收文章论述的范围是儒学的"形而下"方面。主要原因是他发现"近代西方文化对于儒学的挑战主要不在'形而上'而在'形而下'的领域之内，由此'儒学在社会、政治、经济、伦理各方面的思想新基调似乎更值得我们重视'"。这当中，儒学与社会经济的关系尤其是他着力思考的重点。余英时在这个问题上的思考受到韦伯思想的深刻影响是毋庸置疑的。在《士商互动与儒学转向》（收入《现代儒学论》）一文中，他认为考察"士商互动"，应成为理解15、16世纪以来中国思想变动和转向的钥匙。理由是："士商互动"使中国思想观念与价值取向出现了变化，不仅"士人"对于"商贾"的看法发生了改变，而且商人也逐渐发展成一个相对"自足"的世界，而不可能在精神上完全是士大夫的附庸。事实上，早在20世纪80年代，余英时就写过洋洋洒洒七八万字的长文——《中国近世宗教伦理与商人精神》，作为对韦伯论题的回应，说明中国在宋明之际就出现过类似于西方那样的宗教改革，导致了一种类似于西方基督教的宗教伦理的出现，并由此培育出一种中国式的"商人精神"。

二、杜维明：儒家思想文化"日常而不知"

余英时主要是史学家或者说是思想史家，因此他关注的，也主要是历史上儒学对于社会实际生活的影响，包括历史上的儒家对社会经济生活的影响。而从现代社会生活之实际出发，对儒学与经济的关系这一题旨大加发挥的，是"现代儒学"研究的另一重镇杜维明。由于杜维明曾经不遗余力地鼓吹"儒学第三期复兴"，其"弘道"的勇猛与热情，在精神气质上与"现代新儒家"极为相似，因此常常被人视为"现代新儒家"的代表人物之一；但仔细观察，从他注意从"形而下"（社会、政治、经济、伦理等各方面）而非"形而上"方面来研究与发掘传统儒学的思想资源来看，他应属于"现代儒学"的开山之一，而非"现代新儒家"之骥尾。与余英时不同，他研究的兴奋点与其说是历史上儒学曾经如何影响与促进一种"商人精神"的发生，不如说他更感兴趣的话题是：在以工商业为主导的现代社会中，儒家思想是否仍有活力，能否保持它的生机，如何保持它的生机？在《儒家伦理与东亚企业精神》（收入《新加坡的挑战》）中，他对韦伯考察基督教与资本主义精神关系的观念模式做了分析，认为其使用的核心范畴与概念是"理性化"或"工具理性化"，循此思路，是无法得出中国的儒家思想与资本主义精神具有"亲和性"这一结论来的。杜维明要说的是，资本主义精神与资本主义文明不止一种，韦伯所研究过的资本主义只是以西欧资本主义为蓝本的历史上的一种特殊形态的资本主义，还不足以概括历史上尤其是当今世界上正在发展着的其他各种类型的资本主义。他提出，当今东亚经济之所以勃兴，从经济与文化的联系看，与儒家伦理有极大的干系。因此，研究与总结东亚国有些地区，诸如日本、韩国、新加坡、中国台湾、香港的经济，可以发现有一种"现代资本主义"的类型。这种类型的资本主义"强调自我是各种关系的中心、义务感、自我约束、修身、取得一致意见和合作，高度重视教育和礼仪。它注重信用社区和政府的领导。其经营的风格涉及既学习一整套实际技能又学习如何工作的一种程序和仪式"。（第 109 页）它与韦伯所说的那种西方式的资本主义，诸如强调个人主义、主宰世界、市场结构、竞争、放任主义和对于知识的一种浮士德式的探索，等等，是有很大不同的。

值得注意的是，杜维明提出，东亚国家和地区，其儒家思想文化的存在，对于普通老百姓来说，是"日常而不知"，它其实是作为一种社会文化心理的积淀在起作用。但是，将儒家思想的这种潜移默化的作用明明白白地揭示出来，让社会上更多的人知道和了解，它就又会转化为一种新的精神动力，化作一种新的企业精神。儒家伦理与企业精神就这样处于互动之中。他举过这么一个例子：有一个印尼的企业家，认为他的企业精神完全是受儒家的影响，当问他为什么这样想的时候，他回答说是听学者这么说的。这件事使杜维明想道：当儒家被认为是最没落的时候，人们会把所有坏事都归之于儒家；如果它的形象比较好了，很多人以前不是儒家现在也是儒家了。因为有这种感受，于是有了《现代精神与儒家传统》的问世，其意图正如书的后记所说："我认为，目前'文化中国'的精神资源如此薄弱，而价值领域如此稀少，和近百年来儒家传统在中华大地时运乖蹇有很密切的关系。我并不坚持唯有光大儒学才能丰富'文化中国'的精神资源……但我深信，重新确认儒家传统为凝聚中华民族灵魂的珍贵资源，是学术、知识和文化界的当务之急。"（第 472 页）

三、成中英：建立"中国管理哲学"

循着传统与现代商企经济这一思路，将儒家思想更往"形而下"方向推进的是成中英。在《文化·伦理与管理》一书中，他直接从"管理哲学"这一角度来展开儒学的思想与命题。他说："中国文化的现代化有两个重要的方面，即伦理与管理。文化现代化必须对内在社会秩序方面有一个整合，这种整合最基本的就是伦理的整合，以建立一个具有强大生命力的生活伦理、工作伦理和社会伦理精神。"在谈到中国文化伦理与管理的关系时，他说："总之，中国伦理是内在的管理，中国管理是外在的伦理。"谈到建立"中国管理哲学"的必要时，他说："中国哲学能够应用于管理问题，并为现代管理科学所需要，一则显示了管理问题对发展中国管理哲学的重要性，另则也显示了中国哲学内在活力以及对现代社会的适应力与应用性。更进一层言之，中国管理哲学的发展，不但显示了中国哲学对管理科学及管理问题的现代贡献，也为中国哲学的内在生命提供了一个发展的良机。中国哲学必须具体落实才能进一步发扬光大。所谓发扬光大就是中国哲学的现代化与世界化。"（第 235 页）这样看来，尽管《文化·伦理与管理》一书采用和讨论了很多儒家"形而上"哲学所用的概念与范畴，如"本体""天道""天命""太极""中庸",等等,但它们早已不属于"心性之学"的范围,而是从具体的企业管理这个更"形而下"的层次立论的。

无论是余英时谈论的历史上儒家伦理的转向也罢,杜维明预言的"儒学第三期复兴"也罢,或者成中英关于建设中国管理哲学的构想也罢,这些都在近年来的东南亚金融危机以及东北亚经济衰退中经受了一次重大的挑战。有人认为,如同"现代儒学"的发明人将 20 世纪 60 年代以后东亚经济的"起飞"视为对儒家经济伦理有效性的证明一样,20 世纪 90 年代末整个东南亚和东北亚经济的严重衰退应视为对儒家经济伦理有效性的证伪。但以后呢?假如东南亚金融危机的阴影已经消失,整个东亚地区经济又出现复苏并且增长,我们又将如何来看待儒家文化与现代经济的关系问题呢?或许,这是一个永远说不清的话题,但却是一个较之"心性之学",更为社会上人们所注意和关心的话题。"现代儒学"之区别与超越于"现代新儒家"的地方也在这里。

——原载《中国图书商报·书评周刊》(1999 年 10 月 5 日)

大智若愚，返璞归真

——评冯友兰《中国现代哲学史》

初读冯友兰的《中国现代哲学史》，那是好几年前的事了。当时，冯氏写就了《中国哲学史新编》七大卷，洋洋洒洒数百万言；其中的第七卷没能在中国大陆出版，后来终究在香港出版了，易名为《中国现代哲学史》。于是就请香港的朋友寻觅，终于得到了。但初读的感觉却怎么都与当时想得到这书的渴求心情联系不上来。这本书给我总的印象是："大题小做"，微语中的。而通篇，尤其是书前半部太多的"说教性"议论与老生常谈，简直使我不相信这是出自一位具有哲学睿智的长者之口。当时唯一能宽慰的解释是：这大概是冯老将过去的旧稿重写，无论如何也无法完全抹掉过去历史的印痕吧。但冯老在此书的《自序》中又明明写道："在写第八十一章的时候，我确是照我所见到的写的。并且对朋友们说：'如果有人不以为然，因之不能出版，吾其为王船山矣。'"冯老为什么自己特别看重此书，对我始终是一个谜。

几年过去了。这些年来，国内学术界掀起了"冯友兰热"。出版社争相出版冯友兰的各种旧著及评论冯友兰的文字。人们对冯友兰发生兴趣，固然意味着对他治中国哲学的业绩和成就的"重新发现"，但对冯氏晚年的评定，却也成为学术界的一桩"公案"与争论的焦点。按说，对冯氏晚年为人为学的论定，是应以其晚年的重要著作为据的，可是，像《中国现代哲学史》这样一本冯友兰自视为最能反映其晚年思想与心境的著作，却长期无法与大陆读者见面，这不能不说是一件憾事。而今，这本书终于出版了。我想，冯氏晚年之境遇与思想到底如何，也会逐渐掀开其神秘的面纱。

正是在国内学术界这样的气氛下，我今天又捧起冯著《中国现代哲学史》重读，才感受到它的沉重。这"沉重"对我是双重的：一方面，像上面提出的"微言中的"的方面，我过去是感觉到的，但对其"重量"与其力度的感受终觉肤浅。现在看来，这些"微语"其实就是庄子所说的"卮言"，其重量是无法以其在全书中所占据的分量比来衡量的，它们也许就是全书的"画龙点睛"之笔。依我看，书中这种以庄子"卮言"形式表达的思想，其最吃紧处有三：1."帝"与"师"要分离。此书追溯中国的传统，认为其基本特点是"帝师合一"。"帝师合一"可以有两种解释：一种是"由圣而王"，即有道德与大智慧者方可为帝王，这相当于柏拉图所说的"哲学王"；另一种解释是"由王而圣"，即由于取得了帝王之位，一个人也同时兼有了"人师"的地位，他的一举一动，都成为人们效法的榜样，甚至于他可以随意颁布"圣旨"，规定人们的言行举止以及统辖人们的精神生活。作为"接着"宋明理学讲的哲学大师，冯友兰本来是提倡"圣王"观念的，其所取的是"帝师合一"的前一种解释。但步入近现代社会，他认识到这终究是一个无法实现的理想，因此退而求其次，主张"帝师分离"。书中说："在中国封建社会中，封建统治者利用这个传统的说法欺骗人民。照他们的解释，不是圣人最宜于为王，而是为王者必定是圣人。……欺骗终究是欺骗，没有人信以为真。……中国的历代王朝都有用武力征服来建立和维持其统治的，这些都是霸。至于以德服人的，这还没有。"（原书第 248 页）中国传统的思想文化与中国传统社会的实际之间是有着相当一段距离的；正视这个距离，并毫不讳言中国传统社会政治之黑暗，在我看来，这正是冯友兰之所以不同于某些"现代新儒家"之处。2. 中国哲学对世界哲学的贡献在哪里？冯友兰认为，现代历史是向着"仇必和而解"的方向发展的。他举出这样的例子：第一次世界大战刚结束，出现了国际联盟；第二次世界大战结束，出现了联合国，而且联合国比国际联盟更加完善。他认为，历史发展尽管有曲折，但人是最有理性的动物，不会永远走"仇必仇到底"的道路。他承认"观念"在人类自我选择历史中的作用；中国哲学向来就有"仇必和而解"的传统，它必将在人类如何走向和平与共同进步方面做出自己的贡献。3.哲学是"受用之学"而非"口耳之学"。初看起来这话不好理解：按哲学之古义，它应该是"爱智学"；它是智性的游戏，更应通过"口耳"传授，怎么能说它不是"口耳之学"呢？其实，否认哲学是"口耳之学"，并非否认它是理性与理智的活动，而是说哲学绝不能仅仅停留于此，而应该对人生发生作用与影响，其最终目的是提高人的精神境界。我想，这与冯先生早年著《贞元六书》的思想倒是一脉相承的。事隔半个多世纪以后，冯氏又以更明快、更直接的语言说出，并且将"哲学家"与"哲学教授"的不同归结为"受用之学"与"口耳之学"的不同。

《中国现代哲学史》以简朴的语言叙事，少有烦琐的论证，与其早年建立"新理学"体系的论说在风格上有很大的不同，这是否意味着冯氏在此书中强调其作为"受用之学"的一面，而有意与"口耳之学"拉开距离呢？至此，我发现，冯氏此书实在表现了"大智若愚，返璞归真"的气象与味道，是不能与寻常我们啃一般哲学书，以研习"口耳之学"的方式去理解其内容的。

但读此书，我依然感受到另一面的"沉重"。这种沉重是既关乎内容、又无关乎内容的。以前我有一种想法：这书中夹杂的如许之多的老生常谈与常识性说法应该删去。但现在，我倒更愿意将这些额外添加的话视为"寓言"与"重言"。书中很多道理的确是常识性与一看就明白的，但非以"寓言"与"重言"的方式说之，这可见说"真话"之不易，而"真话"要让人接受，也不大易。

——原载《中国图书商报·书评周刊》（1999 年 11 月 9 日）

做人与做士

——潘光旦教育思想评述

　　近年来，素质教育愈来愈引起社会各界与教育人士的重视。素质教育的提法，无疑是为了提高学生的全面综合素质，这对以往那种忽视学生能力的培养、一味强调考试本领或单纯灌输知识的教育方法是一种纠正。关于素质教育的内容与学科如何设置的问题，自然仁者见仁、智者见智，可是有一个问题却是最重要的：我们提倡素质教育的根本目的到底是什么？是立足于"人"自身，还是出于人才之外的其他考虑？比如说，选用当前最时髦的说法，仅仅是为了迎接"知识时代"的挑战？

　　这些问题，在半个多世纪以前，早已由一位教育家尖锐地提出来并做了讨论，他就是在清华执教，并曾长期担任清华大学教务长的潘光旦。潘光旦是一位集学者与思想家于一身的人物，他的教育思想是与他对整个社会、人生的见解，尤其是对人性的理解联系在一起的。中国古人早就有"践道""行道"的说法，可这个"道"到底是什么呢？不仅中国语言的模糊性使这个词的意义一直不太明确，而且千百年来，还有各式各样的野心家打着"替天行道"的旗号以售其奸，驱使普通老百姓为其一己或某一集团的利益尽忠卖力，而美其名曰为"道"。潘光旦对《中庸》中"天命之谓性，率性之谓道，修道之谓教"做了新的解释，认为性是人生的根源，道是人生的表现，教就是文化。换言之，道不是其他，就是人生，故为人生就是为道。而教育的最终目的无他，就是通过学习"剪裁润色"的本领，以便更好地展示人性与实现人生。在《教育——究为何来》一文中，他对"为物"的教育展开了尖锐批评，而提倡一种"做人"的教育。他指出有一类"为物"的教育是"外铄"的教育，诸如：为"工业化"的教育、为艺术的教育、为"主义"的教育、为社会组织的教育、为"国家工具"的教育、为党派和社会阶级的教育等等。这些"为物"的教育其中有的根本不值得提倡，有的虽然在教育中还会有其应得的地位，不过它们不能作为教育的根本目的。此外，还有另一类"为物"的教育，由于它们由从事教育的人士提出来，往往具有更大的迷惑性。这就是为知识的教育与培养职业技能的教育。潘光旦说："一若只要人人是个某方面的专家，或人人有了参加一种职业的技能，便已尽了教育的能事。这不是小看了教育，而是根本错看了教育。"（《潘光旦选集》第 3 卷，第 475 页）他一针见血地指出：这种立足于培养专家或职业能力的教育，说到底只是一个解决"吃饭问题"的教育。尽管吃饭问题相当重要，无论是个人的吃饭或者社会的吃饭；但这毕竟不是教育的终极目的。教育的最终目的是培养和造就"人格"。他将人格区分为三个不同的层面：众人相同的通性、每人不同的个性、男女有别的性别，一个人只有在这三方面都均衡地得到发展，才可谓有健全理想的人格。这种健全理想人格的培养可称为"位育"。他说："教育的目的不止一个，而最概括没有的一个是促成此种位育的功能，从每一个人的位育做起，而终达到全人类的位育。其实这最后所达到的境界，教育也大可以不管，因为，如果因教育的努力而人人各得其位育，人类全部的位育是不求而致的。"（同上书，第 372 页）故在他看来，只要每个人都通过接受教育学会了处理人与人的关系、人与自身的关系、人与异性的关系问题，那么一切社会问题，包括民族与民族、国家与国家之间的冲突问题，都会获得一解决的稳固立足点的。

依我看，潘光旦的大学教育理念其实包括两个方面的内容："做人"

与"做士"。如果说前者（"做人"）是指作为一个现代公民所必须具有的品格，是大学教育要达到的基本要求与目标，那么后者（"做士"）则是对社会"精英"的要求，它意味着大学除了要培养具有现代意识的公民之外，还应当着眼于社会卓越人物与表率人物的造就。为什么大学承担有"做士"的任务呢？潘光旦提出"大学俨然为一方教化之重镇，而就其声教所暨者言之，则其极可以为国家文化之中心，可以为国际思潮交流与朝宗之汇点"。（同上书，第455页）于此可见大学在承担社会教化与转移社会风气方面责任之重大。在《大学一解》中，他将大学的这种作用概括为"明明德、新民、止于至善"，认为"文明人类之生活要不外两大方面，曰己、曰群，或曰个人、曰社会；而教育之最大目的，要不外使群中之己与众己所构成之群各得其安所遂生之道与夫共得其相位相育之道，或相方相苞之道；此则地无中外，时无古今，无往而不可通者也"。（同上书，第435页）虽然就做人的基本要求来说，士与一般人无本质的差别，但"士"较之普通人来说，是更自觉到他的社会担当与责任，从而更能从个人主体这方面要求自己有承担起这种社会责任的能力来的。潘光旦认为，别种教育，像识字教育、吃饭教育、文官教育等等，多少可以补习，可以后来追习，唯有士的教育不行，是非得在青年时期学习不可的。他痛心疾首地指出："我们时常看见有人，在学生时代是何等的好奇爱智，何等的充满了理想与热诚，何等的志大言大、敢作敢为；一出校门，一入社会，一与实际的物质与人事环境，发生接触，便尔销声匿迹，同流合污起来，求知欲很强烈，理想很丰富的会变作故步自封，患得患失；以天下国家为己任的会变作追名逐利，狗苟蝇营；家庭改革的健将，会变作妻子的奴隶，儿女的马牛。"（同上书，第361页）在他看来，这是由于在大学中忽视了"做士"的教育的缘故。

值得注意的是，无论从"做人"与"做士"的要求来看，潘光旦都反对片面的"专才教育"，而主张"通才教育"。即便是工科教育强调专门化的训练与知识，他认为，这种工科教育也要建立在"通才教育"的基础上。

因为一个专家，如果没有充分的通识做衬托，其实是等于一个匠人，至多不过比普通的匠人细腻一些罢了；这种人，他不大了解他所专擅的专业以外尚有其他的学问，他虽然有关于"物"的知识，却不大认识"人"到底是什么；这种人其实不能算是一个"完人"。至于从培养"士"的要求出发，"通才教育"就显得尤其重要，因为士的教育第一要立志，第二要学会忠恕之道。这就远不是专门性的知识与技艺教育所限的了。不过最后潘光旦指出，通才教育与专才教育又不是截然对立的；通才教育不排斥同时接受专门性教育，专门性教育应不局限于专才教育而应上升至通才教育。他说："一个工的专才要教社会瞧得起，必须同时是一个富有通识的人。社会看重这样一个专才，并不因为他有专识，而是因为他于通识之外，更有专长，于做人之外，又能做事。我认为我们对于民族文化不能控制则已，否则此种对于人才的看法，便应当在积极发挥的范围之内。"（同上书，第461页）

——原载《中国图书商报·书评周刊》（1999 年 10 月 19 日）

儒学解读的创新

——《中国儒学百科全书》简评

　　《中国儒学百科全书》的出版面世，是对我国儒学研究成果的一项检阅和总结。此书是一部关于儒家以及儒学研究的"百科全书"，顾名思义，它首先要体现出一般的百科全书的特点与要求，要追求学科体系的完整性与系统性。以往在一般人的眼里，"儒学"作为中国传统学问中的一种，它虽然体现了历代中国人的思想与智慧，但总的感觉是缺乏系统和条理。这与历史上儒学思想的表达方式有很大关系。与西方思想向来追求逻辑体系的严密性和叙事结构的完整性不同，中国的儒家，其思想的表达大多是零散的，喜爱采取格言和警句的形式。但这绝不意味着中国传统儒家思想缺乏系统。但是，毕竟传统儒家思想的内在条理性与系统性必须与现代学科所要求的形式的系统性与严密性相接轨，才能为现代读者所接受，而儒学作为一门具有时代风格与时代气息的学科才能真正稳固起来。因此，《中国儒学百科全书》面临的一项重要工作，就是以现代语言与现代人所能接受的逻辑形式，揭示传统儒学的内在逻辑结构，将其从形式上系统化。从目前此书所展示的内容与形式看，它是达到这一要求的。该书将儒家思想分列为哲学思想、宗教观、伦理思想、政治思想、经济思想、军事思想、社会思想、教育思想、史学思想、文艺思想、美学思想、科技思想等诸方面，不仅涵盖了儒家思想的各个方面，而且通过"儒学通论"与"历代儒学"两大部分，对儒家思想的理论逻辑和历史发展从结构上做了很好的安排，不仅展示了儒家思想的丰富内涵，而且使儒家思想真正作为一门"学"，具有了学科要求的系统性与完整性。依我看，《中国儒学百科全书》的极大成功之处在此，而且这一做法，对于今后整理与研究其他传统学术，是具有示范意义的。

　　一部好的学科性百科全书，还应使人能预见该学科未来可能的发展，知道今后努力的方向，需要解决的问题等等。就"儒学百科全书"来说，这就不是单纯地编写一部"死的"与过去的儒学思想史，而是现代学者与古人的对话、传统与现在、传统与未来的交流与对话，也是知识结构、学科背景，乃至于学术观点不完全相同的专家学者们之间的交流与对话。在组织与编写该书的过程中，学术观点的交锋、碰撞是激烈的，学术思想的交流更是密切的。诚如有的学者所说，参与编写《中国儒学百科全书》，既是一项编写工作和任务，同时又是学术交流和学术研讨的极好机会。正是在全体编委会成员以及100多位作者的共同参与和努力下，这项工作经过五年之久，才得以完成。从这种意义上说，《中国儒学百科全书》堪称融会当前儒学研究百家思想的锐意创新之作。它的成果不仅仅体现在这部百科全书之中，而且还将体现和贯彻在参与这部书编写工作的专家学者们今后的研究工作中。

——原载《北京日报》（1999 年 12 月 22 日）

西方文化视野下的中国哲学

——评郝大维、安乐哲《汉哲学思维的文化探源》

中西哲学比较——一个永远说不尽的话题。

这话题虽永说不尽，但其言说却不容易花样翻新。百余年来，中西哲学的比较或强调其"同"，或重视其"异"，再有者是在两者之间徘徊。但无论强调其同其异，或者加以折中，中国人的中西哲学比较却立足于中国文化的视野，具有中国人自己的"问题意识"，这点常常与域外的中西哲学比较区分开来。现在出现在我们面前的这本《汉哲学思维的文化探源》，不仅使我们得窥海外汉学家关于中西哲学的最近思考，以及他们为何会这样思考，而且可以反观我们中国人的中西哲学比较，使之对其加以反省。

我说这话的目的，并非意味着否定以往一切的中西哲学比较；更不是说我要求所有的中西哲学比较研究从此"改弦易辙"，都采取此书的立场；而是说，此书进行中西哲学比较的立足点与方法论意识是异常自觉的，这使它与以往许许多多同类的"比较"著作区分开来。书中说："特别要强调的是，我们的问题是这样的：'用西方的眼光来看中国文化的感情方式时，妨碍人们更好地理解它的主要障碍（表现为态度和基本假定）是什么？'"（原书第 7 页）这种努力发现西方人在理解中国文化时存在的"障碍"的做法，自然使它的立足点是注重中西哲学之异。此书对这点毫不隐瞒，而且是要着力强调。全书挑选了"自我""真理""超越"这三个基本观念加以分析比较，认为这三个词汇最能凸显中西哲学之间的差异。作者的最后结论是：中国哲学中根本就没有与西方哲学中的"自我""真理"和"超越"相对应的观念；要采取西方哲学的概念、名词来理解中国哲学的做法是不得要领的。这自然意味着对以往一直占据主流的中西哲学比较研究方法论上的挑战。事实上，全书锋芒所向，不仅指向自传教士东来以后西方人的中国哲学观，也指向以牟宗三等现代"大儒"为代表的中国人的中国哲学观，在作者看来虽然后者强调中国文化的"本位意识"和强调中国哲学不同于西方哲学的"特殊性"，但其对中国哲学的理解，却采取名词、概念的分析方法，仍然无逃于西方哲学话语的主流方式。而按照作者的看法，对中国哲学是不可以作如此观的。为此，作者提出一种"叙述的理解"的方法，以同以往的"分析和理解"方法相对照。看来，此书作者的雄心不但在提出一种新的中西哲学比较的角度和方法论，还要对以往的一切中西哲学比较研究来一番摧毁廓清。从这种意义上说，此书的出版，其方法论上的象征意义或许要大于方法论上的示范意义。

但我认为，此书之所以值得注意，在于书中处处将中国哲学的思想观念与西方近代以来的思想观念相对照，并表明了一种对西方近代主流思想的批判意识。从这种意义上说，此书与其说是"我注六经"，不如说更像是"六经注我"之作。例如，作者在用相当多的篇幅对中国人的"天道观"与到底有无西方式的"超越"观念做了讨论之后，突然笔锋一转，写道："个人的自主性并不必定导致人的尊严。……中国人关于人的思想，对于思索和确立个人的自主性与自我实现之间的界限，可能是有用的。"（292页）关于"礼"的作用，作者认为："这里重要的是指出激励人的礼和禁止性的刑之间的关系。在孔子规定的传统中，这种关系是两者相互关联、相互依存，刑的概念的内容和功用只有放在赞颂礼塑造社会中的人的方法这一背景中，才能加以认识。"（282页）从这里可以看到，作者谈论的虽是中国哲学，其"语境"却是西方式的，并且是有其强烈的现实关怀和感触的。

　　尽管讨论的问题颇为重要和深入，但我不认为，此书已穷尽了所有的中西哲学比较问题，也不认为这是进行中西哲学比较的唯一角度。恰恰相反，也许它的价值与意义就在于：它提供了考察中西方哲学的一种新的思路与方法。这意味着，我们同时还可以采取其他多种的思路和方法。但任何思路和方法都只能窥见中西哲学的一隅或某一方面。这会使我们在进行中西哲学比较时变得谦逊起来，也更知道以往我们的中西哲学比较虽有其价值，更有其限制。

　　　　　　　　　　——原载《中国图书商报·书评周刊》(1999 年 12 月 14 日)

走向全球的多元现代性
——评金耀基《从传统到现代》

  学术的突破常常采取如下方式：新问题的提出、思想观念的创新、研究方法的更新。也许较之前二者，研究方法的更新是更基础性的，因为新问题、新视角与新观点的提出并非空穴来风，而常常受惠于新的方法。正因为如此，《从传统到现代》之所以引人注目，就不是偶然的了。本书所论述的问题：中国的现代化问题，似乎是一个"老生常谈"的问题，但本书从科际整合的角度，采取跨学科的方法对中国现代化问题所做的全面思考与研究，其方法论上的启示却值得重视。此书虽成书于 30 多年前，今日再版，读来依然给人耳目一新之感，这说明本书作者对中国现代化问题的观察具有相当的前瞻意识。

  对于熙熙攘攘热闹了多年的中西文化论战，作者认为皆由于中国要如何实现现代化这一问题意识所引起。作者不满意于学术界从纯文化的角度对中国社会文化的分析，认为须采取人类学、社会学、心理学相综合的方法，才能求得对中国近代以来社会变迁的了解，也才能得出中国到底应如何走上现代化道路的答案。其中，本书第一篇采取现代行为科学的方法剖析传统中国的价值系统、社会结构与人格结构，其提出的一些观点尤其值得重视。作者将中国传统社会的价值归结为崇古尊老、内圣外王、君子与通才、家与孝、道德与学问、重农轻商、和谐与礼、和平与王道八个方面，认为这八个方面对中国的社会制度、人生态度、行为模式与人格结构产生了深远的影响。姑不论作者的这种概括与归纳是否准确，较之以往许多用某一种特征来代表或涵盖整个中国文化价值系统的做法，这一看法无疑显得更为全面与真实。作者在谈到这一分析框架的运用及其意义时说："文化问题是极不好谈的，它是一个大得复杂得足以令人却步的题目，……社会文化是一'全体系'，它的复杂的性格有'多变项的因果关系'，因此决不能执一以概全。许多人随便捡拾古人的一个思想或现实社会的一个事实，就拿来支持他预定的假设或判断，殊不知该同一思想或事实，常常也可用来推翻他的假设与判断。除非我们了解，社会各个结构间的功能关系，我们实在无法作一客观的判断。"（原书第9—10页）

在对中国社会结构进行剖析时，作者提出了一种"二元社会结构"的分析模式，认为中国的传统社会其实是一个"双元社会"，它表现在城市与村落形成两种不同的文化形式，知识分子的人生观、生活格调及行为模式与农民无不大异其趣。作者注意到这一问题的别开生面之处在于：它很可以解释为什么仅仅从某一孤立的事实对中国传统社会的论定之不可取。诚如作者所说："我们讨论中国的社会文化，必须把它的'理论层'与'行为层'合起来看。从理论层说，中国文化是有一'理想形象'的。但从行为层说，则中国社会实与中国文化的'理想形象'迥不相侔，从而，我们对中国文化的批判必须并二者而合谈，否则不是涉于主观，便是易于意气。"（第10页）在对中国人人格的分析中，作者说"中国人既不是最美丽的也不是最丑陋的，中国人自有中国人的优点与缺点"。（第37页）但作者还是着重指出，由于中国传统社会结构以及传统价值的相关性，也的确养成了中国传统人格的闭固性、权威性、虽富于人情味却少公德心、形式化取向与重"面子"的方面，而这些是大不利于中国社会之走向现代化的。有意思的是作者对"过渡人的性格"的分析。书中提出，中国在从传统社会到现代社会的过渡与转型时期，中国传统的"信仰系统"已被西方文化冲垮，但西方的"信仰系统"却没有在中国人的心里生根；中国人虽已开始欣赏西方的价值，但古老传统的价值对其仍有相当吸引力。作为一个"过渡人"，他会遇到"价值的困窘"。书中说："中国过渡人所面临的'价值的困窘'不只是'新'与'旧'的冲突，而且是'中'与'西'的冲突。一个人扬弃'旧'的价值接受'新'的价值，固然需要冷纳所说的'移情能力'和一种'心灵的流动'，而且一个人要扬弃中国的价值而接受西方的价值，则还需要解消一种'种族中心的困局'。"（和81页）作者明确提出，中国过渡人面临的最大问题是"认同"问题：他们的"自我形象"是不稳定的，也不清楚；他们的"自我认同"则交困于新、旧、中、西之间。在谈到中国未来的前途与前景时，作者指出："只要工业化的速度能够加快，过渡人的'移情能力'能够加强，而'种族中心'的迷惘能够渐渐冲破，则中国的过渡人是可以变成现代人，而创造一个现代的中国社会的。"（第83页）

综观全书，虽然作者对现代化问题从社会结构、价值系统与人格心理方面做了多维度的揭示，其立足点依然是以"人"为中心的。在作者眼里，现代化问题归根到底首先是人的现代化：要实现社会从传统到现代的转变，首先要实现人的观念的转变。这就是为什么作者在谈到"中国现代化的障碍"时，要以相当多的篇幅对中国传统的价值取向与人格结构加以剖析的原因。这也是为什么作者最终视中国的现代化运动其实为一个"文化再造"工程的原因。书中说："中国的现代化运动，不是否定传统，而是批判传统，不是死守传统，而是批判传统，不是死守传统，而是再造传统。从事中国现代化的理性的工作者，决不应只忠于中国的'过去'，更应忠于中国的'未来'；决不应只满足于中国文化的重来，更应以丰富世界文化为最终的目标。"（第162页）以往与时下不少论著在谈论中国的现代化问题时多有指出：现代化不等于西化。但同样是提这一口号，其所具体所指与意义极为不同：其中也有人是在借这个口号来反对取法与借鉴西方国家现代化的成功经验的。因此在这种口号下，往往隐藏着维护旧传统和反对现代化的危险。针对这种论调，本书明确提出这样的口号：全球的多元现代性。

这种全球的多元性不是要不要"西方",而是如何实行"西化"的问题。因此在作者看来,现代化虽不等于西化,但现代化其实与西化又是有一定相关性的:我们不可能在实现现代化的过程中,不接受或者排斥西方的价值体系与思想观念。此书附录中收入了《胡适与中国现代化运动》一文。作者谈到为什么要收入这篇文章时说:"胡先生一直被人误解为一个'全盘西化论'者,实则,他是一个文化上的世界主义者,也是中国现代化运动中的一位启蒙大师。"在我看来,这不仅表明了作者对胡适是否属于"西化派"的看法,而且收入这篇文章作结,是有某种象征意义的。因为假如将胡适归之于"文化上的世界主义者"的话,那么,中国现代史上的"全盘西化论者"是否真的存在过?这是会产生疑问的。虽然在口号上此书也想与"西化派"划清界限,在基本文化概念上,看来作者还是认同于"西化派"的。因为按照此书对中国传统文化所做的分析并加以逻辑推演,中国实行现代化的最大障碍,并不是已经"西化"得过了头,而是传统文化的负面因素还未彻底清除的问题。在这种情况下,"西化派"对传统文化积弊的揭露,也许是更接触到了中国现代化问题之实质,从而也更有其针对性与现实性的。

——原载《中国图书商报·书评周刊》(2000 年 2 月 22 日)

在思想与德行互动的每一瞬间

——评王元化《九十年代反思录》

王元化先生最近的一本书冠名为《九十年代反思录》，从书的内容来看，其实是对整个 20 世纪人类历史，尤其是 20 世纪中国思想历程与社会变动的反思。而就全书而言，这种思想的批判与反思又是有所指的，就是集中在对"激进主义"思潮的清算上。作者将激进主义定义为：采取激烈手段，见解偏激，思想狂热，趋于极端的一种表现。这样看来，所谓激进主义与其说是一种政治态度与立场，不如说是一种思想方法与思维模式更为恰当。作者说："在这种意义上，'四人帮'是激进主义，在政治上被称为极右的希特勒的纳粹党和墨索里尼的棒喝团，也是激进主义。"（原书第 7 页）这种对激进主义的界定，自然将作者的思路引向去进一步思考激进主义思想背后更深层的东西——这就是由对"理性"的崇拜所导致的意志主义。

由法国启蒙思想家们所开启的 18 世纪是一个"理性主义"的时代，这种理性主义转化为社会行动，其直接后果是"法国大革命"。法国大革命在人类历史上的意义自不待言，但如何理解法国大革命的思想史意义，尤其是联系法国大革命以来人类经历的一系列激烈社会动荡，迫使任何严肃的思想家无法对法国大革命一味地歌功颂德，而必须反省与反思其"理性崇拜"所带来的负面意义。作者在谈到被尊为法国大革命的"思想导师"的卢梭的"公意"说与国家学说时说："我觉得卢梭的公意是我们十分熟悉的。我们都能够明白，公意是被宣布为更充分更全面地代表全体社会成员的根本利益与要求的。它被解释作比每个社会成员本身更准确无误地体现了他们应有却并未认识到的权利，公意需要化身，需要权威，需要造就出一个在政治道德上完满无缺的奇里斯玛式的人物。不幸的事实是，这种比人民更懂得人民自己需求的公意，只是一个假象，一场虚幻。其实质只不过是悍然剥夺了个体性与特殊性的抽象普遍性。"（第92页）据说，黑格尔有见于法国大革命所带来的痛苦，曾幻想要有一种不同于抽象普遍性的具体普遍性，以解决法国大革命所不曾解决的问题。但在作者看来，这种所谓"具体普遍性"不仅无助于启蒙思想家们自由、平等、博爱理想的实现，反倒将这一理想推得更远。因为这种所谓将"个体性与特殊性统摄并涵盖自身之内"的具体普遍性只是一种逻辑推理，并不包含于社会历史的实现运行当中，而人类社会实践最可怕的，莫过于将这种头脑中的"理性"强施于现实。因此，作者强调反对黑格尔关于"历史与逻辑统一"的提法。他说："黑格尔的同一哲学，使他非常方便地做出上述逻辑推理，得出消融在普遍性中的个体性和特殊性，竟能保持其身的独立价值。过去我曾十分迷恋黑氏关于普遍性、特殊性、个体性三范畴的哲学。认为这是他的辩证法所创造的一大奇迹。现在应该从这种逻辑迷雾中清醒过来了。"（第92页）

应该说，作者这种思想的转变与其说来自其对理性主义哲学本身做观念层面上的反省，以及对法国大革命的分析和观察，不如说更多地来自作者本身的历史经验，尤其是对于近百年来中国社会变动的"反思"。本书用相当多的篇幅对于五四以来中国思想史的实际做了鞭辟入里的分析，得出这么一个结论：中国近代以来所有的政治改革都是从一种"政治信念"引发出来的，这种政治信念产生出一种意识形态化的思维模式。而意识形态化往往基于一种"意图伦理"，作者分析这种意图伦理的原则是：在认识真理、辨别是非之前，首先需要端正态度、站稳立场。也就是说在你认识真理以前，首先要解决"爱什么，恨什么，拥护什么，反对什么"的问题。尽管作者对于五四思想启蒙运动予以了极高的评价，但他又不得不指出：五四运动留给后人最大的一个后遗症，就是意识形态化的启蒙心态。它具体表现为思想极端和不宽容。这点，即便是有自由主义取向的胡适也不能免。例如胡适曾在日记中这样写过：陈独秀的不许"讨论"，使白话文的推行提早了十年。今天，从学术角度评价白话文运动的功过得失是另一码事，而从思想史看，它留给人们的经验教训是：任何思想的强制，不仅有违于学术自由、学术民主的原则，而且从长远看，对人类历史以及思想的进步将得不偿失。

尤可重视者，在对中国近代激进主义思想的清理中，作者发现了中国近代无政府主义与极权主义的"两极相通"之理。按说，无政府主义的本义可以说是代表一种平和变革社会的愿望，其最终理想是废除国家，实现世界大同。但在中国，这种无政府主义的理想却往往与暴力、恐怖行为相连。作者分析了中国近代无政府主义之走上恐怖主义与过激主义道路的原因说：中国百年来的许多改革均以失败告终，使许多要改变现状的志士仁人选择了采取暴力手段的无政府主义。而这种由于改革屡屡失败而诉诸暴力的行为，就是一种典型的按照"意图伦理"行事的行为。它用以判断行为价值的标准是"意图"而不是行为的后果。而事实上，这种只从动机与信念出发，行为不顾后果的做法，其社会改造的方案必然是趋于极端，崇拜暴力，蔑弃人道，为了达到"目标"而可以不择手段的。从良好的动机与愿望出发，最后导致极权主义的抬头以及对人道的践踏，中国近现代后来的历史演变似乎证实了这一点。

除了以上对激进主义的清算构成全书的总体线索之外，我认为，这本书最大的一个特点是写成"真诚"。无论是对理性主义的本质解剖，还是对于五四运动以及中国近现代思想传统的分析，作者都联系起自己的思想加以"反思"。在《〈文心雕龙讲疏〉序》一文中，作者讲到他当初如何受黑格尔思想影响摆脱不掉"探索规律"的"强烈兴趣与愿望",而现在"我只想简括地说一下,我认为自己需要对黑格尔哲学认真清理的除了他那带有专制倾向的国家学说外,就是我深受影响的规律观念了"(第27页)。在分析五四以及后来中国思想史的"启蒙心态"时,作者指出这并不只是个别思想家为然,而是包括作者在内的他那一代人的普遍思想。他说:"我生于一九二零年,从小就受到了'五四'思潮的洗礼。我的科学信仰以及后来的政治信仰,使我亲身体验过这样一种意识形态化的启蒙心态,这和我所读过的那时被我奉为经典的书籍有关。它们使我相信人的知识可以达到全知全能,从而认定英国经验主义启蒙思想家是不能和欧洲大陆的理性主义启蒙思想家相比,因为前者往往是不可知论者,……而在德国古典哲学家中间,康德又比不上黑格尔。"(第143页)作者坦言,这是他过去长期以来的一种"偏识"。而到了20世纪90年代,这一看法才有了改变。正是因为这样,作者说:"我对黑格尔哲学的清理,实际上正是对自己进行反思。"(第27页)犹有进者,本书中还有一些怀念故人往事之作,即使在这些回忆文字中,作者也不忘时时鞭笞自己、反省自己。如在怀念张中晓的一篇文字中,他对一名普通知识分子张中晓受到的不公待遇深表同情,而在那个非人的年代,普通人却极易发生人性的扭曲。他坦言当时自己的"性格中蕴含着一些我所不愿有的怯懦成分,这一次我克服了自己的懦弱,但是应该承认,我并不是每一次都能做到这一步的"(第327页)。在本书中,我们不止一次地读到这种良心自责与自我拷问的文字。这不仅要真诚,更需要有大勇。从这点上来说,这本书的意义是远远超出了它内容所包含的思想史的意义的。它还是20世纪少数独立卓行、良知不泯的知识分子的心路历程史。这使我想起当代一位哲人的话:治哲学要"化理论为德行"。这里我想补充一下的是:做学问除了要化理论为德行这之外,还要"化德行为思想"。在这里,思想除了思想本身,还展示做人的信念与人格。

——原载《中国图书商报·书评周刊》(2001年3月15日)

激进主义的政治文化

——评张宝明《启蒙与革命："五四"激进派的两难》

　　"激进主义"的急剧升温与膨胀，是 20 世纪中国社会文化的奇特景观之一。近些年来，不少学者做了相关的研究，使之成为学术界广泛关注的问题，但从目前的情况来看，不仅关于这一思潮的很多问题还有待于进一步深入研究，而且在基本概念的看法上，还存在不少分歧，以致引起争论。有人认为，人们对何为激进主义的看法不同，可能是由于其"边界"不清，故目前学术界的主流，往往强调一种"文化"意义上的激进主义，而与社会其他领域（如政治、经济等等）的"激进主义"区分开来。这种"划界"的处理方式固然有避免笼统地谈论一般性的"激进主义"的好处，会有助于分门别类的研究的深入，但其带来的严重后果之一是：它割断了各种激进主义之间的联系。事实上，"激进主义"作为一种广义的社会思潮，它不仅漫延和散布于社会文化诸领域，如政治的、经济的、文化教育的、学术文化的、社会风俗的等等各个方面，而且这诸种领域的激进主义之间常发生密切的关联。因此要将某一方面的"激进主义"与其他方面的"激进主义"完全地区别开来，往往并不会像想象的那么容易。就对"文化激进主义"的研究来说亦是如此。目前对中国近现代"文化激进主义"思潮的研究存在的误区，与其说在混淆了"政治激进主义"与"文化激进主义"的界限，毋宁说是过于狭隘地理解"文化激进主义"。即是说，人们常常过于拘泥"文化"这一字眼字面上的含义，将"文化激进主义"理解为"文化的激进主义"。在这种思想导向下，本来含义异常丰富的这一研究论题，其内容却似乎显得贫乏甚至单调。

作为一本系统地讨论"五四"时期"文化激进主义"的著作，《启蒙与革命："五四"激进派的两难》之引人注意，除了它收集有关于这一论题的颇为丰富多彩的资料之外，还在于它切入此一问题角度之新颖。不同于时下关于同一论题的其他论著的地方在于：它尽管将"激进派"定位于"以文化批判和思想建设起家的一群思想先驱"，但它并不局限于"就思想文化本身而论思想文化"，而是将对"五四"文化激进主义考察的触角伸展到这一思潮的方方面面，例如，它讨论了"文化激进主义者"对于学术与政治的关系的看法、对于中西文化问题的见解、对于社会价值观的评判，乃至其思维方法上的特点等等。尤可注意的是，围绕这些问题，本书强调"五四"文化激进主义者有种种思想上的不调和和对立。这样，本书展示给我们的，就不再是"铁板一块"的文化激进主义，而是"音调不定"和思想相互争持的"文化激进主义"。故这本书与其说是关于"五四"时期文化激进主义者们"共性"的研究，不如说是对于冠于"文化激进主义"这一"共名"下的不同思想倾向的"五四"时代思想家们的"个性"或"类型"的研究。看来，与时下一些研究将"五四"时期文化激进主义尽量"简化"和"化约"的做法不同，此书是有意要将这一看似"简单"的问题予以"复杂化"的。

问题在于："五四"时期的思想家们在这些问题上的看法既然如此歧异，为什么又会被统称为"文化激进主义者"呢？表面上看，"五四"时期的这些"激进"思想家们都具有"反传统"的思想特征，因此所谓"文化激进主义"应是就其"反传统"的特征来加以定义的。但本书的作者告诉我们：假如仅就此点来理解"五四"时期的"文化激进主义者"，是根本未得"文化激进主义"的要领的。"五四"时期文化激进主义的根本特征到底是什么？本书作者在书中虽未有明说，但从其论列的几个问题，尤其是"五四"时期"激进"思想家们对这些问题的不同态度来看，"文化激进主义"其实是一种"政治文化"。在中国近现代的社会变动中，"文化"问题从来是同"政治"问题纠缠在一起的，甚至可以说，"文化"问题只是"政治"问题的外衣和展开形式。也唯其如此，具有不同政治态度的"五四"思想家们在文化问题上才会产生这么多的歧见和纷争。即便就"反传统"营垒内部亦然。

从"政治文化"的角度看，"五四"时期的激进思想家们出现思想的对立和纷争是"势有必至，理有固然"的。不仅仅如此。目前，人们对20世纪中国政治思想史上的两大思潮——政治激进主义与政治自由主义予以了充分的注意；它们的互动及相互竞争，是研究20世纪中国政治史的饶有兴味的话题。其实，这两大思潮的对立与竞争从"五四"时代就是已经开始了的。"政治激进主义"与"政治自由主义"在思想文化观念上的分野如何？不同的思想文化观念又会如何反过来影响与决定不同的政治倾向？"五四"时期的"文化激进主义"后来为什么会发展出两种不同的政治思想路向？在《启蒙与革命》一书中，都一一对这些问题做出了解答。所以说，这本书的意义绝不限于对"五四"时期"激进派"思想的探讨，它还是了解20世纪中国政治思想走向的"寻根性"著作。

——未刊稿（作于1999年5月）

寂寞王国维　无聊才读书

——评王国维《红楼梦研究》等

　　《中华读书报》的编辑问我：你印象最深的近现代中国学者是谁？当我说是王国维的时候，我怕打扰了他的寂寞。王国维生前寂寞，身后也喜欢寂寞。

　　世上研究《红梦楼》者大有其人，有人喜欢当"索隐派"，有人有"考据癖"。而王国维之研究《红梦楼》，乃出于"寂寞"。《红梦楼评论》开卷云："老子曰：'人之大患，在我有身。'庄子曰：'大块载我以形，劳我以生。'"篇中又云："呜呼，宇宙一生活之欲而已！而此生活之欲之罪过，即以生活之苦痛罚之；此即宇宙之永远的正义也。自犯罪，自加罚，自忏悔，自解脱。美术之务，在描写人生之苦痛与其解脱之道，而使吾侪冯生之徒，于此桎梏之世界中，离此生活之欲之争斗，而得其暂时之平和，此一切美术之目的也。"要看出《红梦楼》是一部言人类欲望之悲剧的书，此人不必有大欲望与大痛苦，却必有大寂寞。何以言之？试想想，假如不是一甘于寂寞、且处于寂寞境地的人，他会冷眼旁观，看出世事纷纷、世人竞竞的众生相么？而假如是一生来欲望甚强之人，他奔走于竞争之旋涡中尚且来不及，还有心思去对生活之本相作形而上的思考么？因为寂寞，才冷眼旁观；因为寂寞，才看透了众生相，于是，王国维自认为读懂了《红楼梦》。

他说："《红楼梦》者，悲剧中之悲剧也。"人生之欲乃一大悲剧，而《红楼梦》则将此人生之大欲导致的悲剧，以艺术的形式尽展示于世人。

不仅读《红楼梦》如此，大凡一切真正艺术品和哲学的产生，也来自心灵之寂寞。这种心灵对寂寞的感受，又称之为"无聊"。王国维在《人间嗜好之研究》中说，人生最大的痛苦，乃"空虚的苦痛"，空虚的痛苦比"积极的痛苦"还难受，积极的痛苦还包含着对生活之欲，而空虚的痛苦则从根本上是对生活之欲的否定。那么，人一旦陷入这种空虚的痛苦之中，是否就真的会放弃生命呢？也许会，也许不会。而大多数人之所以即使陷入空虚之痛苦而仍然能活下去，是因为人类有种种"嗜好"之缘故。嗜好能慰藉"空虚之苦痛"，它甚至是生活之欲的一种转移。从这种意义上说，王国维认为，艺术与哲学的产生，其实与人类其他各种嗜好，如博弈、跑马、狩猎、跳舞等娱乐活动本无大异，"亦不外势力之欲之发表"。他说："且吾人内界之思想感情，平时不能语诸人或不能以庄语表之者，于文学中以无人与我一定之关系故，故得倾倒而出之。易言以明之，吾人之势力所不能于实际表出者，得以游戏表出之是也。"这里，王国维道出了文学艺术的真谛：一切真正伟大的文学艺术作品，都是超功利的"游戏"的产物。人会游戏，故才有艺术作品的产生。这里，艺术是包含着哲学在内的；艺术不同于哲学的地方在于：哲学发明天下万世之真理，而艺术则表现天下万世之真理。它们两者都是人类"无聊"的产物。

艺术和哲学产生于无聊，而且人只有在无聊的情况下能真正欣赏艺术与哲学。因为只有在无聊状态下，人才是超出功利的。在这种情况下，人们欣赏艺术和哲学著作，不是去为了获得实用性知识，而仅仅是一种纯粹精神与智力上的探险活动。所以，无论艺术、哲学的创作也好，欣赏也好，它们都于世"无用"。在《论哲学家与艺术家之天职》中，王国维写下了这么一段话："天下有最神圣、最尊贵而无与于当世之用者，哲学与艺术是已。天下之人嚣然谓之曰无用，无损于哲学美术之价值也。至为此学者自忘其神圣之位置，而求以合当世之用，于是二者之价值失。夫哲学与美术之所志者，真理也。真理者，天下万世之真理，而非一时之真理也。……
唯其为天下万世之真理，故不能尽与一时一地之利益合，且有时不能相容，
此即其神圣之所存也。"说到这里，艺术与哲学对于人类皆无实用，那么，
为何人类还需要此种无用的东西呢？王国维的解释是："夫人之所以异于禽
兽者，岂不以其有纯粹之知识与微妙之感情哉。至于生活之欲，人与禽兽
无以或异。后者政治家及实业家之所供给，前者之慰藉满足非求诸哲学及
艺术不可。"啊，原来如此！

　　王国维之死是一个谜，一个永远的谜，猜测者纷纷。殊不知：他生前
寂寞，死后也愿意寂寞。王国维学术生命的两次转向也是一个谜：惋惜者
有之，称庆者有之。然而，种种的学术成败之论对王国维来说是毫不足道
的。他的学术生命之旅，一任其性情而定，乃有感于生命之"无聊"，而属
于他本人的一种"嗜好"罢了！

"国学"：一个逝去的时代

——评钱穆《八十忆双亲·师友杂忆》

20世纪20—40年代是中国近现代学术史上繁荣的时代，以至于到今天，人们仍对这个时期为何学术大师一时云集，辉煌的学术著做出现如此之多而惊讶不已。只要稍为注意一下就会发现，被公认为中国人文学科各个领域的大师，几无不在这个时期集中显示光芒。然而，尽管有这一连串辉煌的名字，人们在怀念之余，不由得又发出叹息：为何到后来，中国学术界难以再现往昔的辉煌？前辈学术大师的造诣，后人为何难以企及？

20世纪80年代初，作为曾经历过这一时代，并且也在这个时期成名的钱穆，历时五载，以88岁高龄，完成了《师友杂忆》一书的撰写。如他所言，这本书不只是他过往一生的记录，而且是想使他那个时代学界的"前世风范犹有存留"，给后人提供他那个时代思想文化界的一种"存照"。故此书不仅对于20世纪初以来中国的社会文化变动做了生动、具体的描画，而且记录了20—40年代作者与之交往过的许多学术精英人物的言谈事迹，乃至于身世背景。因而，此书无疑是研究中国近现代学术思想史的重要背景资料，而何以20世纪20年代以后中国会出现学术"高峰"的现象从中也可以得到某种启示。

此书作者钱穆是世所公认的国学大师。提起国学大师，人们自然就会联想起饱读"四书五经"之类。的确，假如对于中国古代文化典籍不熟悉的话，一个人要成为国学大师是根本不可能的。而 20 世纪 20—40 年代的中国，正处于一个"去古未远"的时代。这不是说 20—40 年代的中国学术界仍然弥漫在读经、尊经之中，相反，因为经过"五四"新文化的洗礼，"西化"乃至于"反传统"已成为时代的主潮流。然而，我这里所说的"去古未远"，是指 20—40 年代在学术界崭露头角的这批人，几无不在"旧学"方面有相当的根底，而且从小就受到"国学"的熏染。此不独以维护传统文化为己任的钱穆等人如此，即便是以"反传统"和"西化"著称的学术人物，如胡适、顾颉刚、钱玄同等人亦是如此。因此，受浸于传统文化之中，自小饮"国学"之母乳长大，几乎是 20 世纪 20—40 年代成名的这批学术人物的共同经历。这方面，《师友杂忆》记录了许许多多学术人物的出身经历及治学背景，可作为这种看法之明证。

然而，对于成就为一代国学大师来说，仅仅有传统文化的背景与国学素养还不够。20—40 年代的这些国学大师，他们之所以在许多学术问题上超越了前人，包括乾嘉学派，就在于他们不仅具有传统学术的根底，而且又经受了现代科学方法的训练，对于"西学"相当重视。这点，胡适在其"自述"中曾一再指出。而《师友杂忆》更是以相当多的篇幅，向世人展示了 20—40 年代这批学人，如陈寅恪、王国维等人的西学背景与西学渊源。即便未能读上现代型大学，完全是"自学成才"的钱穆，也无法自外于这种时代潮流。此书讲述了他少年时期印象最深的就是当时那些接受"新学"洗礼的老师；直到中年以后，他自己还继续自修英文，通读英文《世界通史》等著作。钱穆自述：他后来写成文字的许多学术文章，其思想的胚胎其实很早就受孕于他读小学和中学时所受老师的影响，而这些中、小学老师，不仅于旧学有很好的功底，而且善于向学生们传授"新知"与"西学"。这方面，当然也包括他小时候通过读梁启超的书而间接接受了西学的启蒙与熏陶。

但通读全书，我发现：学人们对于学术的执着与忘我精神，以及在这种基础上相互"问道"，乃至于不同学术观点、思想立场的相互驳难而又宽容，恐怕才是20—40年代学术得以繁荣的最重要原因。《师友杂忆》中最感人的地方，是记述当时学人们如何为追求学问而废寝忘餐，以及因为学术而相知、相遇的故事。这中间，既有钱穆本人经历过的，也有他通过听说而记录下来的。书中有这么一个细节：章太炎来北平作学术演讲，尽管他的早期弟子钱玄同、刘半农已改宗"今文经学"，与乃师的"古文经学"不合，但"太炎旧门人在各大学任教者五六人随侍，骈立台侧。一人在旁作翻译，一人在后写黑板。太炎语音微，又皆土音，不能操国语。引经据典，以及人名地名书名，遇疑处，不询之太炎，台上两人对语，或询台侧侍立者。有顷，始译始写。而听者肃然，不出杂声"（第174页）。而台上此二人，即当时在学术上主张"全盘西化"甚烈，且狂妄不可一世的钱玄同与刘半农。可见，对于学术的投入与执着，是已经超越了学术立场的。书中还记载：30年代初，钱穆任教北大时，与汤用彤、熊十力、蒙文通因学术得以相识，成为好朋友，时时相聚，然"时十力方为新唯识论，驳其师欧阳竟无之说。文通不谓然，每见必加驳难。论佛学，锡予正在哲学系教中国佛教史，应最为专家，顾独默不语。惟余时为十力文通缓冲。又自佛学转入宋明理学，文通十力又必争。又惟余为之作缓冲。"（第171页）正是通过这种既相争又相让的学术争论，学人们各自的学术思想观点才得以发展和受到检验。

对学术的兴趣与挚爱，在当时不仅仅是学者中人之事，而且有着社会的广泛基础。作者生长在江浙一带，从小就感受到这里有浓厚的"诗礼传家"的人文气息，以及家乡人们对于教师的尊重与热爱。作者对国学的兴趣，就是在这样的环境中养成的。在他读小学的"果育学校"，延聘的老师中就有不少是宿学硕儒，其中包括像紫翔这样对于古文词娴熟于胸的传统文人。作者自述说：他晚年始深知人才原于风俗，风俗可起于一己之心向；而这个观点，则是紫翔老师在他童年读书时给他的启发。（第51页）这些乡间的读书人不仅旧学功底好，对于国学向来有一种发自本然的爱好；而乡下不识字的人，对于读书人也有一种本能的爱戴与尊重。书中有这么一段描写：荡口是离县城四十里外一个小镇，在果育小学任教的一名有名望的老师倩朔师每周从苏州城一中学兼课都要从此往返，"当其归舟在镇南端新桥进口，到黄石拱停泊，几驶过全镇。是日下午四五时，镇人沿岸观视，俨如神仙之自天而降。其相重视有如此"（第 54 页）。作者不由得发出感慨："然今日农村及僻远小镇之小学教师姑不论，即在商业都市中，小学教师能遭此异遇者有几。宜乎位为小学教师者皆自菲薄，不安于位，求去如弗及也。"（54 页）看来，至少在 20 世纪 30—40 年代以前，在中国农村小镇，在尚未完全"工商化"、不崇尚"竞争"的时代，有一些饱读诗书之士，是以安于少年儿童教育为己业的。而作者本人，也曾以当一名小学教师作为他的人生目标。也许，正是由于这种重视基础教育与底层教育的旧学传统，才最终为 20—40 年代造就了一批国学人才。

由此观之，20 世纪初，中国正处于新旧文化递变之时；这个时期是旧学未去、新学已来，种种的新旧冲突、中西文化冲突不仅未导致中国文化的断层，反倒造就出一个"国学"复兴的时代。而今，数十年的历史沉浮已成过去，人们在反思之后，又缅怀起那国学大师辈出的时代，于是，有人又提出"国学复兴"的口号，并且有所谋划，希望在"国学复兴"上有一番大的作为。但是，"国学"仅仅是提出某种口号，或者经过人力的试验就可以成就的吗？读罢《师友杂忆》，不由得掩卷叹息：

这是一个逝去的时代。

——原载《中华读书报》（2006 年 3 月 8 日）

青春之魂

——重读《新青年》

　　也许岁月的封尘积得太深，也许历史的车轮驶得已远，我承认，读《新青年》的文章，我常有一个诧异：介绍和宣传"民主"与"科学"的文字如此地寻常和浅显，当年为何竟会如此拨动人的心弦？我更不解的是："五四"文化精英们发出的对传统文化的讨伐和抨击，当时为什么竟会如此深入人心和风靡一时？作为思想史的寻踪者，我尽量从当事人的论说和后人的评论中寻找"根据"，但我依然迷惑，依然茫然：我承认这种种的说法很有"道理"，富有逻辑上的雄辩性；但对于一个不那么相信逻辑能造就历史的我来说，总觉得欠缺些什么。

　　最近，我随手又翻开了《新青年》,《青春》这篇文章映入我的眼帘。这是李大钊的一篇文字。我读罢良久，还沉醉其中：与其说我为文章的逻辑思辨力所折服，不如说这篇文章想象力之奇丽和语言文字之隽美，更教我流连。当我终于掩卷之后，忽然几乎悟彻到什么。我知道过去老萦绕心中的问题有了答案，即我终于明白了："五四"文化精英们要告诉和传达给时代，包括后人的东西到底是什么。

　　从五四人物的回忆文字，尤其是后来的历史学家的文字中，我们知道了许许多多关于五四新文化运动的"大道理"。这些文章告诉我们五四运动发生的必然性，它的历史意义和地位，以及它对中国后来历史的影响，等等。但《青春》这篇文章中，作者关心和讨论的却是似乎与当时的"时代思潮"相隔已远的一个问题，即个体生命存在之意义与价值问题；而且，作者提问题的方式是相当玄远和"形而上"的：他关心的是作为"有限存在"的个体生命是如何获得"无限性"的问题。文章讴歌生命，讴歌青春；但在作者看来，无论生命，抑或青春，都是短暂且易散的："块然一躯，渺乎微矣。于此广大悠久之宇宙，殆犹沧海之一粟耳。其得永享青春之幸福与否，当问宇宙、自然之青春是否为无尽？如其有尽，纵有彭、聃之寿，甚至与宇宙齐，亦奚能许我以常享之福？如其无尽，吾人奋其悲壮之精神，以与无飞翔之宇宙竞进，又何不能之有？"作者从追问宇宙之有尽与无尽中获得答案，即要永葆青春和使生命获得无限，只有将个体生命融入于某种事业或理想的奋斗之中。与文章的作者一样，我在读文章的过程中，与他经历的生命之有穷与韶华之易逝的悲苦，而后在与人类共命运以及为中华民族之腾飞中获得精神的解脱和灵魂的再生。

在当下的阅读中，较之许多政论式的文章和文字，《青春》这篇文章更能触动我的心弦，引起我的共鸣与共感。其实，《新青年》中像这样探讨人生意义的哲理文章还真不少。以前我有一种先入为主的偏见，以为置身于"五四"这样的时代洪流当中，任何个体的命运都是一种"偶然性"，都是不足道的。但《青春》等文却使我悟到了：人类历史上任何恢宏大业，其实都是由个体生命之追求无限性的冲动所引发的。即使像五四新文化运动这样的伟大历史篇章，亦是如此。

从对个体生命的关心与关怀出发，我明白了：为什么"五四"的文化精英们要倡导"个体主义"；从个体生命之获得无限性出发，我窥到了胡适写作《不朽》一文的深层动机。是人，对作为以个体生命形式存在的人的关注，构成了"五四"一代人思考与探索问题的焦点与核心；而所有其他一切问题：种种人生的、社会的与政治的、伦理的问题，不过是关于个体生命之存在意义与价值问题的展开与外化而已。

　　这时候，我再翻开陈独秀在《新青年》上发表的《本志罪案之答辩书》一文，我自信获得了如下一段话的理解："要拥护那德先生，便不得不反对孔教、礼法、贞节、旧伦理、旧政治；要拥护那赛先生，便不得不反对旧艺术、旧宗教；要拥护德先生又要拥护赛先生，便不得不反对国粹和旧文学。"是的，"五四"一代文化精英们对旧传统的彻底反叛与决裂，与其说是出自对传统文化的一种理性认识和了解，毋乃说更多地表达了当时社会的一种普遍集体无意识，即追求个性的解放；而任何外在规范，无论它有如何神圣的"光环"，只要它与个性解放相抵牾，将它彻底抛开和打碎都是无足惜的。

　　这时候，我再重读《新青年》中许多关于"民主"与"科学"的文章，我承认，这些文章和文字虽然肤浅，但它们在我的眼中已经呈现出一种新的意义。我与其说为它们的逻辑论辩性所吸引，不如说，我更爱它们散发出来的天真与青春气息。诚如李大钊《青春》中所说："吾愿吾亲爱之青年，生于青春死于青春，生于少年死于少年也。"我宁愿《新青年》中的文章失之于少年人的天真与肤浅，而不愿它有老年的暮气和深刻。《新青年》之所以冠名为"新青年"，我想，它要带给时代的，大概就是它的"青春"气息。

　　　　　　　　　　——原载《中国图书商报·书评周刊》（1999 年 5 月 18 日）

境界与休闲

——古德尔等《人类思想史中的休闲》读后

休闲与人类的历史一样古老，唯其如此，它才成为思想史的一道话题。然而，何为休闲，休闲与人类生活的关系如何，却是历史上引起长久纷争的公案。《人类思想史中的休闲》的特色在于：它以"休闲"为中心，重构了一部人类的思想史，于是我们发现，对休闲的认识其实是对于人类自身的认识；人类正是在"休闲"中，才得以发现了自身，了解生活的目标、存在的意义；也只有"休闲"，才能引导人类突破它的有限性而到达超越之境。

休闲不等于"空闲"，空闲指有多余的、供自己随意支配的时间。原始人的空闲可谓多矣、然而这是在物质资料极度匮乏之下的空闲；人们无所事事，他们想逃避这空闲，因为这空闲不能满足他们对基本生活资料的需要。同样，在社会生产力极大提高与科技飞速发展的今天，社会必要劳动时间越来越短，人们的空闲时间越来越多，但人们并不因此而越来越"休闲"，相反，人们整天沉醉在物欲享受和感官刺激之中，空余时间再多，也无法满足他们"逐物"的欲望；就是说，物理意义上的"空闲"，并不能给他们带来真正意义上的"满足"。

那么，到底什么是"休闲"呢？作者认为，对"休闲"有真正意义上的了解的是古希腊人。曾经将人定义为"政治的动物"的希腊哲人亚里士多德，就这样来谈论"休闲"：摆脱必然性是终身的事情，它不是远离工作或任何必需性事务的短暂间歇。对于亚里士多德来说，休闲是终身的，而不是指一个短暂的时间。与亚里士多德同时代的哲学家还这样认为：休闲不仅仅是摆脱必然性，也不是我们能够选择做什么的一段时间，而是实现文化理想的一个基本要素：知识引导着符合道德的选择和行为，而这些东西反过来又引出了真正的愉快和幸福。灵魂的高尚、与神圣事物的联系，等等，正是这些理想孕育了休闲哲学。亚里士多德甚至还提倡"哲学家首先要做的是论证那些休闲之人自由地从事的高层次活动的合理性"。尽管亚里士多德的说法反映了奴隶制时代"自由人"的偏见，作者认为，亚里士多德将休闲视为"对必然性的摆脱"这一说法，还是经得起历史的推敲与时间的检验的。

看来，"休闲"一词意义的异化，是基督教文明兴起之后，尤其是近代工业文明兴盛以后的事情。基督教会有关于"礼拜日"的规定，只有这一天，人们才停止劳作，得以休息和去祭奉上帝，由此开始了日常生活与休闲活动的分离。而宗教改革以后，新教伦理强调"工作伦理"，休闲如同"浪费时间"一样，成了一个贬义词。而工业革命以后出现的"经济崇拜"和"效率崇拜"浪潮，更强化了人们追求效率的念头，以至人们也像利用各种资源一样地去利用空闲时间，空闲时间要么是成为恢复体力与脑力疲乏，以便更有效率地工作的手段，要么人们在空闲时间拼命地追求各种刺激，放纵自己，以致空闲时间的利用也如同劳作一样的繁忙和紧张。即使如此，近代以来，力图恢复希腊人关于"休闲"之古义的声音仍不绝于耳。

本书从西方思想史出发，对休闲概念所做的历史考察是颇有意义的，尤其是，它将休闲视为"自由"与"哲学"的代名词，认为对休闲的认识其实就是对自由与哲学的认识。对此我深以为然。但我认为，既然是从整个人类思想史的角度来谈论休闲，就不可能也不应该不接触到东方民族，尤其是中国民族的休闲思想与理论；而对东方以及中国思想的隔阂，可能是本书的欠缺所在。在我看来，中国的休闲传统与休闲智慧不仅可以与西方的休闲思想相媲美，而且中国人的休闲理论具有自己的特色。与西方休闲理论长期以来形成的将休闲与空闲等同起来，以及将工作与休闲截然二分的传统不同，中国人的休闲观念其实是一种"境界"。境界者，对生活的觉解之谓也。有什么样的觉解，就有什么样的境界。而真正的休闲境界可以说是一种与万物合一、消除了人我分别、内外分别的精神境界。达到这个境界的人，他可以上下与天地同游，可以泯物我、齐生死。这也就是庄子最早所提出的"逍遥游"，也是孔子所说的"从心所欲而不逾距"的自由。后来的中国哲学，无论是儒家、道家或佛家，在某种意义上说，都是在探讨与建构以境界为中心的休闲理论。

休闲或者说境界在中国哲学中的地位之所以重要，是与中国哲学的价值论或意义论取向相一致的。如果说在西方哲学或思想史的发展中，后来休闲观念一度与空闲观念难舍难分，这与西方哲学自柏拉图以后本体与现象二分的思维运思方式相一致的话，那么，在中国哲学传统中，则始终是体用不分、即体即用。唯其如此，中国的境界理论也就没有此岸与彼岸的区分、自由与必然的区分、休闲与工作的区分。故中国的境界理论始终没有像西方的休闲理论那样处于自由与必然、超越与现实的对立之中。从这种意义上说，中国哲学中的境界理论，不但显示出中国人的人生智慧，而且对西方休闲理论所面临问题的解决不无启迪。

过一种真正意义上的休闲生活，其实就是过一种真正意义上的自由生活。人类近代以来所谓争取的自由，充其量只是"外部自由"。这种外部自由固然相当重要，但它只是实现真正的自由——休闲的手段与工具而已，但莫忘记休闲才是自由之本真。在当代物质生活已经普遍富裕，尤其是在某些已经建立了政治民主体制的国度，人们是否就已获得了真正的自由呢？答案是还没有。故而，人类争取自由的道路还很遥远。尽管如此，它是一个目标。如何理解与接近这个目标，是 21 世纪人类关注的头等大事。我想，在这个时刻，《国外休闲理论研究丛书》的面世，尤其是《人类思想史中的休闲》从思想史的角度对休闲观念的历史考察，是会有积极意义的。

——原载《中华读书报》（2000 年 12 月 26 日）

罗素：有深刻人文关怀的思想家

在世人心目中，罗素是分析哲学的开山、现代数理逻辑的奠基性人物之一。他在学术史上的地位，也主要由此而定。尤其是当艾耶尔——这位当年罗素的崇拜者与学术传人写道：罗素"在历史上的地位应该说是由于他的哲学著作，特别是他在青年时期和中年时期的早期所完成的著作而赢得的"。这更加重了人们的这一看法。其实，有两个罗素：一个是作为分析哲学开山与创立了现代数理逻辑理论的罗素，还有一个是作为现代工业文明的批判者出场的罗素。这两个罗素都很伟大，在20世纪人类的精神史上都值得大书一笔。然而，相较之下，我认为，前一个罗素具有哲学史与学术史的地位与意义；而后一个罗素则具有思想史的意义，而且这样一位罗素的思想在当今社会是更值得人们关注的。

《罗素自选文集》向我们展示的正是这样一个罗素。此书编定于1927年。初看起来，内容相当芜杂：其中的文章既涉及世界观、人生观、科学方法论，以及专门性的逻辑文章，又囊括国家政治、教育、艺术理论以及伦理道德问题种种。这固然说明罗素是一位百科全书式的作者，不仅知识面广，而且作为一位思想者，总想对社会人生，甚至宇宙本体等等都谈一谈自己的看法与意见。但仔细读下来，我发现以上看法终究肤浅。这本书展示出来的是一个真实的罗素——一个不仅仅是科学哲学家与逻辑学家，甚至也不仅仅由于知识渊博而想对任何事物都发表意见的思想者，而且是一位有着深刻人文关怀的思想家。这个罗素才是更永恒的。

大凡人文主义者都强调人的尊严、尊重人类生活中的美好价值。罗素亦然。在罗素心目中，人类生活的美好价值或美好生活品质最重要者有四：快乐、友谊之情、审美的享受、知识。但到了工业时代，这些美丽之花都因为很难与环境协调而极易凋谢。因此，罗素要对现行工业文明进行激烈的清算。比如说快乐，罗素认为：在人类所有的品质中，乐观的生活态度最为重要，并且由此决定了许多其他生活品质。但在高度发达的工业社会中，由于竞争与追求生产的数量，人们普遍感到精神的极大压力。于是生活，尤其是工作，除了是疲于奔命的竞争而不再是其他。罗素写道："只要工业化生产方式继续存在，我们就不可能使大部分必干的工作变得富有乐趣。"（第 218 页）又比如审美，他说："现存的工业文明毁坏了美，产生了丑，并且将毁掉艺术创造力。"（第 228 页）关于知识，罗素认为纯科学无疑比它的实际应用更有价值："纯科学——即对自然规律的透彻了解，以及发现宇宙是如何构造的——是人类最神圣的事物，就像上帝从事的神圣事业一样。"（第 232 页）但"只要人们仍然受到当代观念意识的左右，应用科学就会对我们的观念产生某种影响。但是就我而言，却很难发现它值得崇拜"。（第 233 页）读着这些话，我们很难想象这是罗素——一位追求科学知识不断进步的罗素，反倒叫人想起浪漫主义者卢梭。果然，在对工业文明以及"进步主义"的批判这点上，罗素差点儿就成了卢梭。他说："'重返自然'是卢梭的信奉者梦寐以求的事情，但是如果不彻底冲破文明的束缚，这个梦想就无法成真。"（第 218 页）

然而罗素毕竟不是卢梭。假如他仅仅是着眼于社会批判的话，那么，他只会是一名愤世嫉俗者。罗素除了是人文主义者之外，还是一位提倡经验主义哲学的自由主义者。因此，他不主张全盘抛弃现代工业文明，而希望对之改良；而改良之方就是实现"社会主义"。罗素心目中的社会主义是一种行会式的社会主义，或称"基尔特社会主义"。这种基尔特社会主义之所以可爱，就因为它能满足人性的需求。罗素说：在基尔特社会主义社会中，工作是为了满足基本的生活需要，因此人们工作时间不必太多，可以给每个人留下尽可能多的"闲暇"。闲暇在罗素设计的社会改良方案中具有重要的地位。他认为：人只有在享受闲暇时才是人性的；而现代工业文明一切从竞争与效率出发，极大地剥夺了人们闲暇的权利。他说：在前工业社会，享受闲暇只是少数贵族的事情；而问题是：在现代社会中，闲暇是社会上大多数人都应该能获得的。

这种对于闲暇的追求，终于使他将目光转向了东方文明。在 20 世纪初，罗素是少有的对于中国文明不仅不抱偏见，而且评价极高的西方思想家之一。在他眼里，中国是一个反对竞争与讲究闲暇生活的民族。他说："在争取物质型社会的优越性的时候，我要明确反对当今的一种宗教观念——即主张物质进步的教条。我们认为，如果设备更新的速度降低了，如果人们变得懒散了，这就是一大不幸。但在我看来——因为我刚刚到过中国——'进步'和'效率'的观念倒是极大的不幸。我认为没有必要劝诫人们接受可望而不可及的美德，也不值得做出极端的自我否定，因为能够响应这个劝诫的人可能不多。但是，我倒希望能把懒散当作福音。我认为，如果我们的教育能够坚定地追求这一目标，人们就会用当代教条和生活方式所激发的全部激情伟力去推动目标的实现，那时，也许就能够把人们引向懒散了。"（第 227—228 页）他重申："我不是主张大家都不干活，而是说人们不应超出生产生活必需品的范围再干更多的活。现在，人们生活中的闲暇时间是无害的，但是人们为了挣钱而付出的工作时间（特别是为了挣很多钱的时候）却是十分有害的。假如我们都懒散，只是在饥饿的刺激下才干一点活，那么我们的社会就会更幸福。"（第 228 页）在他看来，中国文明之所以有价值与值得向往，就是它把闲暇作为人生最高的幸福。

今天看来，无论是罗素对于社会主义还是中国文明的看法，都有极大的乌托邦成分。这种乌托邦的原因，在于自由主义者对于现存社会都是持一种既批判而又主张改良的立场的。而这种批判与改良的立场之所以成立，必须预设一个对现存文明相反的"他者"。社会主义与中国文明正是像罗素这样的自由主义者心目中的他者。这种理想式的他者对于一位思想者来说难能可贵，因为他可以从中寻找到社会改良的药方，至少是可以激发起他的灵感。蒂利希在谈到乌托邦的"积极意义"时指出："每一个乌托邦都是对人类实现的预示，许多在乌托邦中被预示的事均已经被证明是真正的可能性。"而罗素的深刻之处在于：基尔特社会主义与中国文明既是乌托邦的存在，同时又是现实的存在。就后者而言，他不讳言真实历史中的基尔特社会主义与中国文明并非都那么的完美，其实也是好坏兼之的。

罗素心目中的"社会主义"作为一种乌托邦的社会理想，曾激励着人们去从事社会改革与社会改良。然而，中国文明呢？早在当年，罗素就不无担心地说过：中国很可能不以人的意志为转移得像西方那样地发展"工业文明"。现在看来，罗素的担心已经应验，它其实就是一种预言：只要实现工业化，那么，工业文明的消极因素就是不可避免的。那么，我们将如何看待今天的中国？是像罗素当年那样赞扬中国文明，还是像罗素那样对于自身文明采取一种批判与反省的态度？这两者也许都有道理；它们都是罗素。就前者言，中国作为一种文明类型，是超时空的存在，对于现实中国的变革能提供某种"理念"与导向。就后者说，今天现实中的中国既非理想中的中国文明类型，也不是当年罗素曾怀念过的那个历史存在。情况反倒是：他当年着力批判的工业文明的图景正在中国全方位地上演。那么，面对当下的中国，假如罗素还活着的话，他对"中国的问题"的看法与思路是否会发生改变？

——原载《中华读书报》（2007 年 9 月 12 日）

钟声悠扬话剑桥

——读金耀基的《剑桥语丝》

一口气将《剑桥语丝》读完，耳际仿佛还传来剑桥三一学院教堂塔顶那悠扬的钟声。

《剑桥语丝》是作者游历英国剑桥、牛津、德国海德堡以及美国剑桥这些大学以及大学城的观感，这些都是世界顶尖级的名校。作者金耀基是香港知名的社会学家，利用学术休假到这几所大学或做学术度假，或作短暂观光，按理说，作为专业之士，他留心的，当是这些学校跟社会学有关的人与事，乃至于社会学方面的学术造诣了，这些当然也有；但这本书记载的，却更多的是关于这些大学的建筑风光、历史沿革，乃至于校园留传的种种以往校友的逸事与佳话。作者文笔飘逸，无论抒情或写景状物，都极有可观，这固然使这本书成为极具欣赏性的散文小品，然而，透过字里行间，我觉得，作者其实是要以记人记事的方式，来表达他关于大学理念的真知灼见。一所大学存在的价值与意义何在？在作者看来，大学远不只是知识传授与知识创造的场所，而是人类精神之"灯塔"；它要传承的，与其说是历史上积累下来的知识，毋宁说是人类得以不断超越自身的精神品格。而这种超越品格，恰恰又是与大学的历史传统联系在一起的。

难怪，这些大学城的风光绮丽无比，作者却选择大学的教堂建筑作细致的刻画与描写。他说："剑桥如果没有剑大只不过是一个风景秀丽的小城，剑大如果没有教堂、礼拜堂也必然会是另一番完全不同的风姿。不！我根本怀疑会否有这个世界著名的大学。"作者将教堂视之为剑桥大学的灵魂，是因为像剑大这样欧洲最古老的大学，当初都是由一些教会所建，是供年轻人研习学问以及修身所用。今天，尽管大学早已脱离了教会的干涉，但作为精神的传承，仍然保留着不少中古大学的古风，学院制就是其中之一。剑桥大学创立之初，只是一个学院——圣彼得学院。今日，她已有三十个学院之多。这些学院历史不一，建筑风格各异，连治学风格也大相径庭，各自并不服气，甚至有如"敌国"；更重要的是：它们虽都隶属于大学，但大学却只得其名——仅进行一些授予学位的典礼之类的活动，而其他诸如聘请教席、财务管理、课程设置、经费开支等等实质性的活动，学院完全是独立的。可以说，剑桥大学实际上是由这样一个一个"独立山头"似的学院组成的"合众国"。而无论教员还是学生，他们虽然有着大学与学院的双重身份，却更多地与学院而非大学认同。这些大大小小不一、历史长短各异的学院，各自供奉着它们的"先人祠"与精神偶像。例如：著名的三一学院，就专门为它的"三一之子"中的六位：培根、牛顿、巴罗、麦考莱、魏怀丁和丁尼生塑造了巨大的石像。

　　然而，除了保有各自建筑的特点和值得骄人的历史传闻之外，给我印象最深的，还是这些学院的"构成"方式。依我看，它才是学院之所以为学院的"灵魂"。剑桥大学各学院的教师一律称之为"堂"。除教授之外，其余的"堂"都兼做导修工作。"堂"这个字本由西班牙语转来（如"唐·吉诃德"），是一种尊称；而在剑桥（包括牛津），则是指"老师"。不同于一般仅限于"传道、授业、解惑"的知识型老师的是，"堂"是"言教"与"身教"合一的。每个学生一到学院里报到，学院主管就要给他指定一位"堂"作导师。导师与学生有一定时间的接触，并经常进行课下交流。此外，学院其他的堂对学生的品行、健康乃至福利都会加以关注。除安排对学生进行"修身"教育之外，学院还给"堂"提供了相互接触与交流的足够空间。这其中最重要的是堂们可以在午餐时的"高脚台"上聊天。表面看来，共进午餐并闲聊对于剑桥堂来说是一门艺术，是在较量"嘴上功夫"，但不同专业的堂之间就某个问题发表看法或争论，这对于专业之士拓宽知识视野却大有好处。作者在谈到剑桥的这种"谈天"制度时说："依我看，剑桥的学术的专门化还没有形成洪水般的灾祸，学院是一道有力的围墙，挡住了洪水的泛滥，并企图把它引入以便学院成为百花绽开的庭园。"由于学院提供了如此般堂与堂、师生之间共同切磋知识与技艺的环境，乃至于关心师生们的身心发展与生活上的情趣，一些教师，甚至是职员可以说是找到了自己的精神家园，可以长守于斯。书中说："有些学院颇以菜肴著名于剑桥而得意。至于院仆，很多是白首青衫，文质彬彬，他们'终生为院'，常有乃身亲侍祖、父、孙三辈，看他们由入学而毕业而名腾国际。当他们返校之日，辄有与院仆把臂话旧、举杯称觞之美丽镜头。在中古时候，院仆常有把数十年积蓄数捐赠学院之事。院仆不死，他们跟许多伟大的院士及学生一样也化作学院的'传奇'之一章。"当我读着这些感人的文字，不由得对那个由学生、堂与仆役组成的"共同精神家园"心往神驰。

也许，在现代化大潮的冲击下，像剑桥这样有着悠久历史传统的大学，也不得不对其"保守"性格的某些方面做出调整。比如说，中古以来，学院既为堂提供了物质生活的保障，同时也是其精神上的归宿，因此学院对堂的管制甚严，甚至规定堂不能结婚。但这一规定在19世纪下半叶已被废除。另外，长久以来，剑桥大学一直以强调人文学科著称，面对工业化的浪潮，她在19世纪70年代以后也开始调整自己的步伐，不仅增设了许多自然科学课程，还建造了像"开温第士实验室"（Cavendish Laboratory）这样的自然科学研究中心。仅是这个实验室，从1901至1973年就培养出了16名诺贝尔奖获得者。尽管有这种种变化，剑大却有其一直不变者在，这就是大学，尤其是学院不与世俗物欲妥协的超凡品格。自建大学与学院以来，剑桥就是一群追求学问与精神修养的人们自发地组成与形成的精神朝圣之地，这使她养成了某种洁身自好，甚至是孤芳自赏的"象牙塔精神"。这种贵族气甚至表现于一些有点"做派"的细节中。例如，"一九一八年当诺贝尔奖得主汤姆逊爵士就任三一院长的那一天，三一的'伟大之门'，是关得深紧的，身穿学袍的汤姆逊庄严地用铁环使力在大门上敲叩。整条三一街都可听到那清脆的声音，门房应声，呀然开门，有礼貌但很正经地问来客尊姓大名，所为何事？汤姆逊说明来意，把英王的任命书交他手里。门房即请他稍候，随即又把大门砰然关上，并疾行过'伟大方庭'，到院士休息室把证书呈交资深院士。院士们煞有介事地验明证书无误后，随即依资历深浅，鱼贯而出，列队在大门迎迓新院长。"作者引述了关于学院的这段逸事之后，意味深长地写道："这幕戏已演了几个世纪了。汤姆逊是许多演员中的一角。你说：'装腔作势，何必演戏呢？'是的，有人觉得有些迂，多此一举。但三一人会说：人生又何非是戏？历史又何尝非戏？"

　　是的，尽管时光流逝，沧海桑田，但剑桥的名字与剑桥的精神一直活在世人的心目中，剑桥的风物也依然。她不仅年复一年地哺育着来自世界各地的莘莘学子，而且也给来自四面八方的游子们提供了精神的朝圣之地。我虽然遗憾我迄今未有机会前去剑桥做一次精神朝拜，但读《剑桥语丝》，却使我体会到大学之作为大学所应当有的高贵与圣洁。看来，进入大学固然是为了学得一技之长，其实，更重要的是要利用大学这个场所来进行一种精神上的洗礼与修炼。而真正意义上的精神洗礼，是通过大学一代一代留传下来的历史传闻以及对于"先贤祠"的敬仰与怀念中潜移默化地完成的。因此，一所大学的传统与历史对于进入这所大学学习的学子的精神影响其实至深至远。至此，我明白了：怀有大学教育理念的社会学家金耀基为什么会对剑桥大学各学院的人文环境以及历史掌故情有独钟并且要娓娓道来；甚至，远在德国小城中听到钟响，他也会想起剑桥大学学院教堂那悠扬的钟声来。

　　听啊，此刻剑桥大学教堂的钟声又敲响了："那钟声，一声是男的，一声是女的！"

——原载《中华读书报》（2007 年 7 月 18 日）

第二篇　学术·教育

清华国学研究院与中国现代学术

——作为思想史的学术史的个案研究

一、论作为思想史的学术史

学术史研究可以从两个不同的维度进行：一是注重研究历史上不同学术思想观念之间的内在逻辑关联，这是我们通常所称的"内史"研究；一是注重历史上各种学术思想观念与当时的社会历史条件及时代氛围的关系，此是一般所称的"外史"研究。"内史""外史"之区分只具有"理想类型"的意义，研究者按照研究的目标设定固然有侧重内史或外史之分，但实际上两者常有交叠。作为思想史的学术史研究，由于注重学术思想观念，包括学术规范的形成与时代条件、社会环境的关系，故主要应归于"外史"研究之列，但这并不排斥对学术思想观念之传承与转换作内在逻辑理路的考察。这样既可避免将学术史等同于一般的思想史，同时又不失为通过学术史的研究来揭示其思想史的特征，是为作为思想史的学术史研究存在之价值与意义。

作为思想史的学术史研究，首先应注意把握一个时代学术发展的"中轴原理"（或"中轴观念"）。学术史上的"中轴原理"或"中轴观念"同时代思潮之主潮有关，但又不可化约为时代的社会思潮之主潮。所谓学术史或学术思想史的中轴原理或中轴观念，是左右某一时代所有学术思想发展的中心思想观念，它就如同轴承的轴心，轴承上所有的滚珠都围绕它旋转。其次，作为思想史的学术史研究，应该注意区别学术思想观念的表层与深层结构。学术思想观念之表层与深层既可以一致，也可以不一致。其中，言语表层告诉我们说了什么，而深层结构才告诉我们为什么这样说。言语表层属于学术思想观念的形式方面，而深层结构则为历史上某一时代学术思想观念的提出提供了原动力。通过对言语表层与深层结构的辩证分析，我们还可以知道学术思想观念如何这样说。再次，注重对学术派别的研究。学派是按有无共同的学术文化主张来区分的，它不同于一般意义上的社会思潮，除了有共同的学术文化理念之外，学派之形成还表现为出现学术共同体，此一共同体遵照相同或相通的学术规范，按照这共同的学术规范进行密切的学术对话与交流。某一时期学术思想观念的变迁与转换，往往是通过学术共同体的活动，由于出现了新的学派及旧有的学派消失或湮没了而导致的，故只有研究学派的产生与变化，才能理解学术思潮变化的内在机理。这方面，"清华国学研究院"的历史提供了一个范型。

二、从"清华国学研究院"到"清华学派"

1. 清华国学研究院的创立。20 世纪中国学术思想的发展，其"中轴原理"可归结为"融会中西"。这在 20 世纪即将过去的今天，从回溯的观点来看才更为清楚和明晰。20 世纪的中国历史上，无论是"全盘西化派"（又称"全盘反传统派"）抑或文化保守主义思潮，都是围绕这一中轴原理而展开，分别突出了"中西体用"问题的这一侧面或那一侧面。以清华国学院为代表的学术文化思潮，较之当时其他各种学术思潮，都更自觉地追求"融会中西"这一学术文化理念。这见之于国学院成立的章程，以及见之于国学研究院诸学者的学术实践。研究院"融会中西"学术文化理念的提出，是对 20 世纪初，尤其是"五四"新文化运动中占据主流的全盘西化风的反拨，但在学术文化理念上，又同回复到传统的文化保守主义划清了界限。

2. 清华国学研究院的学术研究范式。时下有人将清华国学研究院诸人归结为"文化保守主义者"，这种看法委实没有道理，是错将国学院同人的学术文化理念的言语表层当作其学术思想观念的深层结构。在言语表层上，清华国学研究院诸君怀有对中国传统文化的高度敬意，甚至提倡"中体西用"，这是针对当时的"全盘西化派"而发。国学研究院融会中西的努力主要体现于其具体的学术实践活动，尤其是一系列新的学术范式的提出和创立，如王国维考史的"二重证据法"，陈寅恪的"同情的了解"说等等。到了 20 世纪 30 年代，清华学派出现以后，金岳霖曾将由清华国学院提出，然后由清华学派发扬光大的学术研究范式加以概括，称之为"旧瓶装新酒"与"新瓶装旧酒"方法。"旧瓶装新酒"是就形式与内容关系而说，指利用传统的概念工具与术语表达新的思想内容；所谓"新瓶装旧酒"，则专对内容而言，指一方面要吸收外来的新思想观念，同时又不忘本民族之文化传统，持一种开放性的"中国文化本位"立场。

3. 论"清华学派"。"清华学派"有广义、狭义两种理解。狭义的清华学派指 20 世纪 20 年代末以后以清华大学哲学系为中坚的以提倡新实在论著称的一个哲学派别，包括金岳霖、张申府、冯友兰、沈有鼎、张荫麟诸人。广义的清华学派则涵盖 20 世纪 20 年代—40 年代清华大学所有的人文学科和社会科学各研究领域；由于当时清华大学的文科各领域都体现与追求"融会中西"这一共同的学术文化理念，遂可以称为"清华学派"，以别于当时的西化派或文化保守主义者。清华学派的形成有其必然性和偶然性。所谓必然性，是指这一学派的学术文化理念体现了 20 世纪中国学术发展的大趋势，是"理所当然"；所谓偶然性，是指以融会中西学术为宗旨的这一学派在 20 年代末以后的清华大学形成，并且散布于清华文科各系所，是"势无必至"而至的。但无论如何，清华学派的形成是 20 世纪中国学术史上的奇葩，而从清华国学院到清华学派的形成，其间可以清楚地看到"融会中西"这一"中轴观念"的形成与发展的过程,这就是梁启超在《清代学术概论》中谈到的学术思潮之"生"(启蒙期)和"住"(全盛期)的阶段。

——原载《中外文化与文论》(四川教育出版社,2001 年 5 月)

《清华人文学术年谱》读后

一、学术独立与清华人文学术传统

1949 年以前曾执掌清华大学文学院的冯友兰在《三松堂自序》中写道："清华大学的历史，是中国近代学术独立自主的发展过程的标志。"清华大学的前身，是 1911 年中国利用美国退还庚子赔款建立起来的留美预备学堂。1925 年改制办大学以后，只用了很短的时间，就跻身于全国第一流大学之列，并且在人文学术领域取得举世瞩目的成绩。这当中，自有许多成功的经验可供借鉴。而其中最重要的，也许同清华大学广揽人才和坚持学术独立的传统有关。

清华学校开始酝酿改制办大学是在 20 世纪 20 年代初。它改办大学的目标很明确，是"希望成一造就中国领袖和人才之试验学校"。说到"领袖人才"，按时下的理解，以为是指领导国家的政治人才，此说大谬。按照清华当时治校者的理解，所谓"领袖人才"乃"领袖群伦"，是指在国家和社会生活各方面做出表率的人物，故这里的"领袖人才"实即"榜样""卓越人物"之意。而要造就这样的领袖人才，人文学科的知识不但不可缺少，而且是十分重要的。所以清华学校在筹划办大学时的第一个重大举措，就是筹办国学研究院。筹办国学研究院一事进展很快，其正式成立还在大学建立之先，足见治校者对此事的重视。

国学研究院办得好坏的重要标志之一，是它能否搜罗第一流的学术人才。据说，当年吴宓手持校长曹云祥之聘书到王国维住所，聘请他出任研究院导师，进了客厅，先毕恭毕敬地鞠了三个躬，然后才说明来意。吴宓在日记中记述王国维的感受是："我本不愿意到清华任教，但见你执礼甚恭，大受感动，所以才受聘。"从这件小事可以看到，当时清华国学院为了延聘到第一流人才，确实做到"思贤若渴"、十分诚意的。如果有人以为这只是清华国学院创办之初、人才缺乏时期的一时之举，那就错了。即便到了三四十年代，当清华大学已经从本校中培养了出了大批优秀人才，而且这些人才相当一部分留作本校任教员之后，清华依然没有放弃从各地招聘学术人才的做法。三四十年代相当一批富于学术造诣，并且为清华大学的发展做出过卓越贡献的人物，如冯友兰、朱自清、蒋廷黻……，都并非"清华出身"；至于只要有真才实学，即便不能到清华任专职教员，清华也会尽力请他们来做"兼任"教员，或者举办学术讲座。清华大学之注重从四方广罗人才，视人才为学校教育与学术发展之第一生命，可以体现在梅贻琦出任校长时演讲中的一句话里："所谓大学者，非谓有大楼之谓也，有大师之谓也。"（转引自黄延复：《梅贻琦教育思想研究》，辽宁教育出版社1994年版，第85页）

人才难得，而人才要能发挥出作用更难。像王国维、梁启超、陈寅恪、冯友兰、金岳霖、朱自清、雷海宗、潘光旦……，如此之多的学术精英集中于清华，并且正是在清华这段岁月留下了他们一生中最宝贵的学术著作，这同清华大学能为这些学者们提供一个比较适宜于做学问的安静环境有很大关系。20世纪20—40年代的中国正处于社会的大变动中，外界的，尤其是政治的干扰实在不少，但由于治校者实行开明的措施，毕竟使清华大学较之当时其他许多大学，享有更多的"学术独立"和"学术自由"。这当中，不可不提的是清华特有的"教授治校"制。具体体现"教授治校"制的是"教授会"和"评议会"。"教授会"由全体教授组成，其主要职责是讨论和通过学校的大政方针；至于"评议会"，俨然是"教授会"这一学校"议会"的常务机构，其成员由教授互相推举产生，举凡学校的各种重要事务，从学校财务预算、到各系、学科点的设立，乃至教授的聘请和留学生的选派，等等，都在它的职权管辖范围之内。1929年，清华大学发生了驱逐吴南轩校长案，原因无他，乃因为"教授会"认为吴是当时国民党当局派来的一名"政客"，不适宜当校长，结果吴只好返回南京了事。而梅贻琦在清华掌校长达18年之久，并且口碑甚好，其重要原因，是他不仅尊重而且积极扶持"教授治校"这一制度的发展。

"教授治校"制表明清华的教授们在决定学校的大政方针上权力甚大，但这只是问题的形式方面，更重要的是，只有一切权力归教授，才可以确保清华尊重人才和"学术至上"的传统。而清华大学自创立之初起，就开创和造就了一种充分尊重人才和"学术至上"的传统，这从国学大师王国维之死在整个清华师生员工中引起的震动可见一斑。当王国维去世后，清华大学举行了隆重的悼念活动，并且出"王国维先生专刊"。迄今，由清华大学国学院全体师生树立的"王国维纪念碑"还屹立在清华的校园内。为什么清华人对王国维之死会寄托如此哀悼之情，原因无他，乃因为王国维不仅为清华，而且为中国学术的发展贡献了他自己的一生。

半个世纪以后，冯友兰在回顾清华大学走过的历程时，将清华大学这一传统归结为"学术第一，讲学自由，兼容并包"，而且，他认为这是体现了五四新文化运动的精神的。

二、"通才教育"与清华人文学术的发展

说来鲜为人知，今日的清华大学是一所以理工科驰名的高校，但它的前身却是一所以人文为主的"贵族学校"。它的目标并非培养仅只有一门专业技艺的"专才"，而是造就具有良好文化素质和道德修养的"通才"，这

一目标，至少从清华留美预备学校创立之初就已经确定了。到了 1925 年，当清华酝酿成立国学研究院的时候，围绕课程的设置曾发生过一场争论。按理说，国学院是培养高深的国学专门人才之所在，诚如国学院"章程"中所言，"乃专为研究高深学术之机关"，这样很自然会产生一种想法，即认为国学院在课程安排上，也应以"专"为主。事实上，当时一些人，包括校务会议中的一些人士曾经是这样认为的。这表现在 1926 年清华校务会议上在讨论国学研究院的发展计划时，否定了国学院原有的扩大规模的方案，通过了"此后研究院应改变性质，明定宗旨，缩小范围，只作高深之研究，而不教授普通国学"的决定，但这一决定当即遭到以梁启超为首的国学研究院的教授们的反对，因为按照梁启超等人的理解，真正的高深专门知识，应该是建立在广博的知识基础上的，因此，哪怕是培养专门人才的研究院（国学研究院），其学生学习的知识面一定要宽。正是在梁启超等人的坚持下，后来校务会对国学院原来的方案重新加以研究，采纳了其中关于将"普通演讲"列为学生必修课的建议。后来的事实证明，国学研究院培养出来的学生成材率之高是惊人的，这同当时国学院重视拓展学生知识面的"通才教育"方针的贯彻有密切关系。

如果说，在清华学校或国学研究院创办时期，它是以人文为主干的学校，而人文学科的特点是综合性，实施"通才教育"还容易理解，那么，到了三十年代，当清华大学各个专业都发展起来，尤其是理工科也逐渐壮大起来时，"通才教育"是否显得过时了呢？应该说，在二三十年代，甚至更早，不少有识之士就认识到，中国之所以落后于西方国家，很大程度上是科学技术不如西方，因此，发展科学技术，尤其是发展与国民经济关系密切的工科，是高校学科建设的当务之急，但提到发展工科，是否就意味着高校，尤其是像清华大学这样已经拥有国内第一流师资、设备和图书资料等条件的大学，就满足于仅仅培养经济建设急需的工程技术人才呢？对这个问题，工科出身、从 1931 年起长期执掌清华大学校政的梅贻琦有明确的回答。在《大学一解》中，他将大学之道归结为"明明德、新民、止于至善"，认为"大学俨然为一方教化之重镇，而就其声教所暨者言之，则充其极可以为国家文化之中心，可以为国际思潮与朝宗之汇点"。(《梅贻琦教育思想研究》，第164页)因此，大学的根本目标，乃是培养可以为社会之倡导与表率之人才；要做到这点，大学之教育需注重"新文化因素之孕育涵养与简练揣摩"。这就绝不是靠单纯传授知识所可达到，而必须依赖于培养"通才"的"通识"教育。这里，梅贻琦并无贬低工科，或者认为工科教育无足轻重之意，他只不过认为大学教育"通"重于"专"，因为社会各行各业所需要的专门人才，一则可以通过各种专门与专科学校去培养，二则真正的专业知识与技能，很多还需在工作实践中来掌握。假如将有限的四年大学教育用在培养专才而忽视通才培养，实在是"舍本逐末"。应该说，持这种"通才教育"思想的不只梅贻琦一个人，他表达的不过是清华大多数教授们共同的心声和见解。直到1948年，他还重新发表他和潘光旦于1943年合写的《工业化前途和人才问题》一文，此文可视为他在清华贯彻通才教育思想的经验之谈。他强调，大学工学院必须添设有关通识的课程，而减少专攻技术的课程。他尤其谈到培养"工业的组织人才"的重要，而工业的组织人才"对于心理学，社会学，伦理学，以至于一切的人文科学，文化背景，都应该有充分的了解"。(转引自《梅贻琦教育思想研究》，第187页)他写道："总之，一种目的在养成组织人才的工业教育，于工学本身与工学所需要的自然科学之外，应该旁及一大部分的人文科学与社会科学，旁及得愈多，使受教的人愈博洽，则前途他在物力与人力的组织上，所遭遇的困难愈少。"(同上书，第188页)有这样一种重视"通才教育"的深厚传统，难怪从事人文教育与研究的教授和学者们，在清华大学会有"如鱼得水"之乐，因为他们从事的人文教育与学术活动会在整个校园，包括学生当中产生很大回响，而绝不仅只是少数学人"象牙塔"中之事。潘光旦将这种教师带领学生一道参与人文理想的营造活动称之为"从游"。在如此一种人文气氛中，清华的人文学术能不盛乎！

三、"清华学派"与"清华学风"

　　清华人文学科之所以引人注目，是它产生了在中国现代学术史上影响
甚大的"清华学派"。清华学派有广义、狭义两种理解。狭义的清华学派指
20 世纪 20 年代以后以清华大学哲学系为中坚发展起来的以提倡"新实在
论"著称的哲学派别。1934 年，孙道升在《现代中国哲学界之解剖》一文
中，首次从"学派"的角度提到清华大学哲学系，指出清华大学哲学系是
新实在论的大本营，其首领当推金岳霖。以后，更有冯友兰、王浩、张岱
年等人，都对清华大学哲学系的风格特征做了描述。广义的"清华学派"，
则包括 20 世纪 20—40 年代整个清华大学文科，尤其是人文学科各系。广
义和狭义的"清华学派"在根本的学术文化主张上是完全一致的，这就
是提倡学贯中西，融汇古今中西。王瑶回忆当年清华大学中文系的情况时
说："清华大学中文系不但规定必修第二外国语，而且还必须要学一门欧洲
文学。这是由西方文学系的外国教授讲的，要求很严。"为了打通古今中
西，1928 年，清华大学的教授们还曾提出过要求将中国文学系与外国文学
系合并为"文学系"的建议。此事虽然由于某些原因未能施行，但这种融
会中西学问于一炉的努力却构成清华人文学科的共同风格特征。这不仅表
现在文科各系的教学方针都突出"中西兼重"之宗旨，还表现在课程的设
置上中外知识的并重，表现在教师们的治学研究中西方法论的"横通"和
贯通，等等。

　　学派的形成除了要有共同的学术文化主张和文化理念作为思想之维系
之外，很重要的一点，还要有一个经常相互切磋、讨论问题的学术共同体，
在此基础上，共同的学术规范才能形成。以清华大学哲学系为例，"新实
在论"这一共同哲学取向并不是先由某位学术大师钦定而后其他人跟从效
仿的，而是哲学系的教师们在切磋问题时逐渐形成的"共识"和默契。这
中间，既有思想的碰撞，更有观念之间的相互吸收、接近和融合。冯友兰
谈到他和金岳霖之间的思想交流时说："我们两个人互相看稿子，也互相影

响。他对于我的影响在于逻辑分析方面，我对他的影响，如果有的话，可能在于'发思古之幽情'方面。"（《三松堂自述》，第 252 页）

学派的形成过程中，方法论的反省和自觉常常起到重要的作用。早在国学研究院创立之初，吴宓就强调国学研究院的学术研究当重视方法论的突破，以区别于传统国学，他说："惟兹国学者，乃指中国学术文化之全体而言，而研究之道，尤注重正确精密之方法（即时人所谓科学法），并取材于欧美学者研究东方语言及中国文化之成绩，此又本校研究院之异于国内之研究国学者也。"后来，冯友兰还专门就清华大学文科应当树立的学风同朱自清交换意见，提出要超越当时学术界盛行的"疑古"之风，走"释古"之路。1934 年，冯友兰在《中国现代哲学》一文中，更从历史的高度对中国学术的现状与发展趋势做了鸟瞰，指出："我们现在所关注的不是像第一、二两个时期的知识分子那样，用一种文化批评另一种文化，而是用一种文化来阐明另一种文化。因而就能更好地理解这两种文化。我们现在所注意的是东西文化的相互阐明，而不是它们的相互批评。"① 可以看到，正是这种超越古今中西之争的学术文化理念，引导清华的人文学者们辛勤地进行学术耕耘，取得了一项又一项学术上的重大突破。例如，王国维在清华国学院之所以能运用"二重证据法"对上古史重新做出解释，写出《古史新证》这么一部划时代的著作，这同他一直坚持的"学无新旧、无中西"的信念有密切的联系；冯友兰在西南联大时期撰写了《贞元六书》，做出了融西方新实在论与中国程朱理学于一炉的成功尝试；金岳霖的《论道》，其自称是"旧瓶装新酒"，中西哲学理论之融合已达到天衣无缝之地步；至于陈寅恪，他屡屡称自己的学问为"以新瓶而装旧酒"，其中西学问之融合无间，更成为学术之经典与典范；而吴宓在"中西文化交融"这一理念下，将视野移向中西文学之比较，其《文学与人生》开创了中国现代比较文学与比较文化之先河。

---

① 冯友兰. 三松堂学术文集［M］. 北京：北京大学出版社，1994 年版.

应当指出，"清华学派"作为一个具有共同学术文化理念，并成功地为后人提供了学术范型和范式的学术派别，其实并不以清华大学为限。中西文化之融合是 20 世纪中国学术发展的大趋势，一些不在清华大学任教的学术大师，如汤用彤等人，其学术方法与路向，亦是融汇古今中西的。但毕竟要看到，只有在清华大学，这种融汇古今中西的学风才显示出它的集团优势。如果要问：为什么这种体现 20 世纪中国学术发展趋势的学风能在清华占据主流地位呢？假如联系清华"学术独立"、广延人才以及通才教育的做法，那么，答案是不难寻到的。许多以兼通中西文化见长，并且学术成就斐然的学者，从四面八方汇至清华，是清华大学为他们的学术研究提供了良好的环境和土壤，于是，一棵茁壮的大树——"清华学派"方得以破土而出。而清华学人共同学术文化理念之形成，又脱离不开时代思潮的影响和冲击，是在同其他不同学术思想的相互碰撞过程中逐渐形成的，因此，它显示出相当的开放性和包容性。在清华大学文科中，各种学术观点与思想的交锋、辩驳同样是激烈的，但这种种学术观点和思想都围绕一个共同的目标——走中西文化会通之途。

——原载《清华人文学科年谱》（清华大学出版社，1999 年 1 月）

清华哲学谱系（1926—1952）

一、学统缘起

    "哲学"一词源于古希腊，其原意是"爱智之学"，这种"爱智之学"在古希腊时代有"学问之王"的美称。与西方语汇中"哲学"相对应的，中国称为"道学"，其义是关于"性与天道"的学问，其在传统学术中地位之崇高，亦不待言。近代以降，随着学科的分化以及各门学科学术规范的建立，哲学已不再以"科学之学"的身份而居于各门学问之首。尽管如此，哲学对于各门具体学科的指导性意义，依然可见。更重要的是，哲学较之其他各种学科，更能反映一个民族的民族性情、一个时代的精神风貌。从这种意义上说，哲学在近代以来，其学术地位并没有降低，只不过其内容似乎变得更为纯粹，其形式也更具抽象学理化或理论化罢了。也正因为如此，在重视学术研究的近现代大学，无不把建立一个具有学术特色和理论品格的哲学系摆在相当重要的地位。

    清华大学的哲学传统或谱系相当久远，甚至比其作为一所"大学"的历史还要久远。清华大学的前身是"清华学堂"，这是一所利用美国退还庚子赔款兴建的旨在培养和输送留美学生的现代化大学。1909 年，当清华学堂还在筹建时，就有一名学生由这所学校派往美国学习哲学。清华学堂建立后，派往美国留学研习哲学的更不乏其人。自1925年清华成立大学部后，已正式将哲学（包括中国哲学和西方哲学）列入二年级学生的课程。清华国学研究院成立后，聘请梁启超、王国维等国学大师到研究院执教。梁启超开出的课程就有先秦诸子、中国佛学史、宋元明学术史、清代学术史等等，这可以说是清华最早开出的关于中国哲学史方面的课程。而在1925年清华国学研究院首届学生的专门研究题目中，有一名学生的研究题目就定名为"上古哲学思想的唯物观"。梁启超、王国维都是当时学贯中西的学术宗师，不仅精通中国传统学问，而且研究和介绍西方各派哲学，尤其是王国维，深信哲学影响一个民族的思维方式、塑造一个民族的精神气质至深至巨，是20世纪初力主将哲学从"经学"中分离出来的开风气的人物之一。他还首倡"学无分古今，学无分中西"，这种贯通古今中西的学风，对于清华以后的哲学学风影响深远。

1923年，中国学术界发生了一场"科玄论战"。一般认为，这是中国现代哲学史的真正开端。而"科玄论战"之起因，是由于张君劢当时到清华学堂给学生们所做的一次关于"人生观"的讲演。当时几乎所有的学术界名流，都介入或卷进了这场论战，论战的双方一边是"玄学派"，认为科学对人生观问题无能为力；另一派是"科学派"，提倡科学万能，认为科学有助于人生观问题的解决。应该说，这场导火线发生于清华学堂的论战，在很大程度上左右和影响了此后20世纪整个中国哲学的走向与格局；而对"科玄论战"的母题——科学与人生观的关系，或者说科学与人文的关系问题的思考，则成为日后成形的清华学派之哲学研究的动力。

但是，清华大学之有其自身的哲学系，却是从1926年开始的。自此以后，清华大学哲学系不但将其"史前时期"的哲学传统发扬光大，而且形成了她自己的哲学特色，并且造就了一个清华学派，而可以冠之以"学派"之名，或者形成了"学派"的风格与特点的，在20世纪中国哲学史上十分罕见。这也是历史上的清华大学哲学系留给中国现代哲学的宝贵遗产。

二、茁壮成长（1926—1937）

清华大学哲学系的历史可以做如下的划分：成长期，定型期，"调整"或休克期。

清华大学文科各系大多成立于1926年。是年，金岳霖先生从英国回国，清华大学慕名聘先生来校筹建哲学系。当时，清华大学哲学系仅有教师金岳霖一人，兼任系主任，学生一人，沈有鼎。金岳霖原是清华学堂出身，1914年到美国哥伦比亚大学留学，1920年获该校政治学博士学位，旋即到英国、德国、法国、意大利等国留学和游历。在英国学习时期，他接触到英国的经验论哲学，醉心于休谟和罗素的哲学思想，回国后，即以介绍和传授经验论哲学为己任。严格说来，金岳霖的哲学思想属于新实在论，这种哲学思想既不"唯心"又不"唯物"。他自称信奉实在论哲学，是因为这种哲学与科学最为接近。金岳霖对罗素和怀特海合著的《数理逻辑》很有兴趣，在罗素思想的影响下，其哲学方法讲究逻辑分析。以后，清华大学哲学系之所以成为中国新实在论学派的大本营，其哲学研究方法强调逻辑分析，可以说与金岳霖个人的哲学气质与研究路向很有关系。作为从清华大学哲学系毕业的第一位学生，沈有鼎后来对中国的逻辑学做出了不少贡献，并且擅长运用现代逻辑的观念与方法对中国传统的逻辑思想（如《墨经》的逻辑思想）作整理和研究，可谓深得乃师真传。当时清华哲学系所开课程，仅有西洋哲学、论理学（逻辑学）和儒家哲学。前两门课由金岳霖先生所开，后一门由梁启超先生所开。

到1928年，哲学系教师增加至5人。冯友兰先生也是这一年到哲学系任教的，开始即被聘为教授，不久接替金岳霖出任哲学系主任。冯友兰是北京大学哲学系出身，毕业后亦赴美国哥伦比亚大学学习哲学，师从美国新实在论哲学家孟格塔等人，其哲学思想也属于新实在论一系。但与金岳霖习惯于用逻辑分析方法研究哲学问题有所不同，冯友兰对中国传统哲学似乎更有兴趣。他的长处是善于运用现代的逻辑分析方法与哲学观念对传统思想做新的理解和阐释，故冯友兰不但是哲学家，而且以中国哲学史家名世。

可以说，清华大学哲学系之所以形成自己的传统与特色，并且在当时中国哲学界产生重要影响，是与金岳霖和冯友兰两位先生的学术造诣分不开的。如果说，是金岳霖首先将逻辑分析方法引入到哲学研究中，使清华大学哲学系形成了重视逻辑分析的传统的话，那么，到了冯友兰，由于其运用逻辑分析方法于中国哲学史的研究，并且对于中国传统哲学思想深得慧解，于是又为清华大学哲学系增加了一个"论从史出"的传统。

1934年，清华大学哲学系基本规模甫定。是年，哲学系已有教授4人：冯友兰、金岳霖、张申府、邓以蛰；专任讲师1人：沈有鼎；讲师3人：林宰平、贺麟、潘怀素；系主任仍为冯友兰。学生共14人，其中二年级3人、三年级3人、四年级4人、研究生3人。这些哲学系学生中后来成为哲学名家者有王宪钧（逻辑学）、任华（西方哲学）、周辅成（伦理学）等人。值得一提的是，其时该系的图书建设亦颇有可观。西方哲学经典，许多自古及近代以来大哲学家的全集，如柏拉图、亚里士多德、圣·托玛斯、培根、洛克、休谟、康德、费希特、黑格尔、尼采、狄尔泰等人的著作，均有购置。此外，英、德、法等国新出的哲学图书，大多都有订购。据统计，是年仅按期订阅的哲学杂志就有33种之多，其中含英文的15种、法文的7种、德文的7种、日文的4种。这也显示出清华哲学系从创立之初便具有跟踪世界哲学潮流、密切注意世界哲学发展前沿的特点。

在课程的设置方面，清华大学哲学系亦形成了自己的传统与特点。清华大学文科研究所成立于1930年，其哲学部的课程总则中说："本部同人认为，哲学乃写出或说出之道理。一哲学家之结论及其所以支持此结论之论证，同属重要，因鉴于中国原有之哲学多重结论，而忽论证，故于讲授一家哲学时，对其中论证之部分，特别注重。又鉴于逻辑在哲学中之重要，及在中国原有哲学中之不发达，故亦拟多设关于此方面之课程，以资补救。本部研究生之工作，大部分为对于哲学专家或专题之研究，于其研究之时，本部亦使其对于论证部分特别注重，研究生做论文时，本部亦照此方针指导其工作。"①

可见，在哲学人才的培养与教育方面，清华大学哲学系已明确将哲学方法及逻辑论证的训练作为它工作的重点，故逻辑学的讲授，在清华大学哲学系始终是一门主干课程。

在科研方面，清华大学哲学系这一时期最可称道的学术成果，当首推金岳霖先生的《逻辑》和冯友兰先生的《中国哲学史》。《逻辑》一书于1936年完成，是金先生在他历年讲授逻辑学的讲稿基础上编写而成的，它是国内第一本比较系统地介绍和讨论逻辑学，包括形式逻辑和数理逻辑的著作。该书分为四个部分，前三个部分主要用现代数理逻辑的观点批评传统逻辑（亚里士多德逻辑）和系统介绍罗素的数理逻辑，第四部分则讨论逻辑的本质，属于逻辑哲学问题。该书出版后，金岳霖声誉鹊起，被公认为国内第一流的哲学家和逻辑学家。而《逻辑》一书以后也一版再版，成为20世纪中国逻辑学界影响最大的代表之作，在培养中国的逻辑人才和推进中国的逻辑学研究方面起到极其重要的作用。

冯友兰先生的《中国哲学史》的第一编《子学时代》于1930年就已出版，第二编《经学时代》写成于1933年6月，全书于1934年9月出版。与金岳霖的《逻辑》一样，该书也是冯友兰在给学生讲授《中国哲学史》的讲义基础上逐年修改而成的。《中国哲学史》是中国哲学史研究方面具有里程碑意义的著作。我们知道，胡适于20世纪20年代写成了《中国哲学史大纲》，是国内第一本运用现代科学方法整理和研究中国古代哲学的著作，在中国哲学史研究上具有划时代的意义。但胡适的这本书有两个缺点：一是具有实用主义的成见，有用实用主义的观点来批评中国古代哲学和将古人思想加以现代化的倾向；二是胡适本人的哲学素养欠缺，故此书

---

① 清华大学校史研究室编.清华大学史料选编第 2 卷［M］.北京：清华大学出版社，1991.

从"哲学"的角度来理解和论述中国古代哲学显得还不够深入。而冯友兰的《中国哲学史》则完全避免了这些缺点。诚如金岳霖评论此书所说，冯友兰的哲学思想虽然属于实在论，但他没有从实在论的思想来看待和剪裁中国古代哲学；作为哲学史家，他在理解古人思想时尽量避免了他作为一个哲学家的"成见"。而且，《中国哲学史》强调对于中国古代哲学的"义理"分析，是一本严格意义的中国"哲学"史。自此书出版，冯友兰作为中国第一流哲学史家的地位完全奠定。而其《中国哲学史》一书，迄今仍然被认为是关于中国哲学史方面最出色的典范之一。

从 1933 年到 1936 年这段时间内，张岱年先生也曾经在清华大学哲学系担任助教，讲授"哲学概论"和"中国哲学问题"课程。这期间，他潜心于《中国哲学大纲》一书的写作，该书成为他一生中最优秀，也是最有影响的著作之一。

在研究生培养方面，此时的清华哲学系贯彻"少而精"的原则。哲学系于 1930 年成立研究所，到 1932 年有研究生 1 人，此后几年有所增加，但最多的一年不超过四五人。真正毕业的，这时期仅有 1 人。但给研究生开设的课程却异常丰富。如金岳霖所开的有洛克、休谟、布拉德雷研究；沈有鼎开设的有康德、胡塞尔、怀特海研究；冯友兰开设的有朱子哲学、老庄哲学及中国哲学史研究。此外，还有针对某些专门哲学问题或专题史的研究，如金岳霖讲授以实在论为主要内容的哲学问题；沈有鼎的数理逻辑、逻辑研究、逻辑体系；邓以蛰的中国美术史、中国美学史、西洋美术史；等等。所有这些为研究生开设的课程，本科高年级学生也可选修。

三、风格定型（1937—1945）

定型期又可称为西南联大时期。1937 年抗日战争爆发，清华大学哲学系随校南迁，是谓清华大学哲学系定型期的开始。之所以称为"定型期"

有两种含义：一是指清华大学哲学系学科建设以及课程设置日趋完善，其发展已经进入了她的成熟阶段；二是指在清华大学哲学系执教的教授、学者们已经形成一个有特色的学派，其学术风格也已经定型，并且为国内哲学界所了解和公认，其哲学研究也处于巅峰阶段。兹先述后一种情形。

1937 年 7 月抗日战争全面爆发。8 月，清华大学开始南迁。南迁第一站是湖南长沙、衡阳。冯友兰称南迁时期为"贞下起元"之时，其意是中华民族正处于空前危难之中，民族精神与民族血脉一息尚存，却也孕育着生机和新的希望。而哲学作为民族精神之担当，在此民族危难之时，自有其不容推卸的时代责任。可见，正是民族意识的呼唤与救亡意识的确立，为冯友兰等清华哲人的学术研究注入了新的动力和新的内容。冯友兰在《三松堂自序》中回忆说："在抗日战争时期，颠沛流离将近十年的生活中，我写了六本书，《新理学》（一九三九年出版），《新事论》（一九四〇年），《新世训》（一九四〇年），《新原人》（一九四三年），《新原道》（一九四四年），《新知言》（一九四六年）。颠沛流离并没有妨碍我写作。民族的兴亡与历史的变化，倒是给我许多启示和激发。没有这些启示和激发，书是写不出来的。即使写出来，也不是这个样子。"[①] 这六本书是他本人哲学思想体系的集中反映。冯友兰的哲学思想体系可称为"新理学"，其特点是将西方新实在论与中国程朱理学相嫁接：一方面运用西方新实在论的逻辑分析方法对经验命题作逻辑析义；另一方面又接着宋明理学的传统讲，其融中西古今哲学于一炉的功夫，已到了炉火纯青的地步。《新理学》等书出版后，在当时哲学界激起极大反响，赞赏者有之，反对者也不乏其人。无论如何，"贞元之际六书"最终奠定了冯友兰在 20 世纪中国哲学史上的地位，他由此而被公认为当代最富原创性的极少数几位中国哲学家之一。

就在冯友兰忙于写作"贞元六书"之时，金岳霖也奋力写作他一生中最富原创性的哲学著作。冯友兰回忆说："当我在南岳写《新理学》的时

---

① 冯友兰.三松堂自序［M］.上海：三联书店，1984.

候，金岳霖也在写他的一部哲学著作。我们的主要观点有些是相同的，不过他不是接着程朱理学讲的。我是旧瓶装新酒，他是新瓶装新酒。……我们两个人互相看稿子，也互相影响。他对于我的影响在于逻辑分析方面，我对他的影响，如果有的话，可能在于'发思古之幽情'方面。"[①]这里所谓"主要观点"相同，是指两人的基本哲学倾向都为新实在论。不同之处是冯友兰的"新理学"是接着程朱理学讲，有明显的"论从史出"的味道，而金岳霖则直接论述哲学问题。这一时期金岳霖写出了他一生中最有影响的两部哲学著作：《论道》和《知识论》。南迁一开始，金岳霖就投入《论道》一书的写作，1940 年完稿，由商务印书馆出版。此书与冯友兰的《新理学》一道被重庆"教育部学术评议部"评选为"抗战以来最佳之学术著作"。金岳霖也认为这是他写得最满意的一本书。此书是他关于本体论的著作，全书以天道贯串人道，表明他思想上受道家思想影响的一面，但触发他写作这本书的动力，却是为休谟问题而发，即要为归纳原则寻求一本体论的基础。在写作《论道》的同时，金岳霖又开始《知识论》的写作。《知识论》是金岳霖对于认识论问题的思考，全书洋洋 70 多万字，系统性强，而且以逻辑分析著称。可惜的是，当 1940 年此书完稿后，在一次走空袭警报中将原稿丢失，只得重新写，直到 1948 年 12 月才完成，原拟交商务印书馆出版，因已是新中国成立前夕，出版一事被拖了下来，直到 1983 年才得以正式出版。无论如何，《知识论》是继《论道》以后，金岳霖的又一哲学力作。此书系统性之强，讨论分析认识论问题之深入，不仅同时代的中国哲学家中无人能出其右，而且将这本书置于当代世界认识论大家之林，也毫不逊色。

除冯友兰、金岳霖两人写出了他们一生中最好的哲学著作之外，这一时期，清华大学哲学系其他教授在学术上也颇有创获。如沈有鼎完成了《真理的分野》《意义的分类》等文章，王宪钧发表了《论蕴涵》《语义的必

---

① 冯友兰.三松堂自序［M］.上海：三联书店，1984.

然》等关于逻辑方面的论文。这些都是关于逻辑或逻辑哲学方面颇有分量的文章，推进了逻辑学的研究。

西南联大是由清华大学、北京大学和南开大学三所大学南迁到昆明以后合并而成的，这三所大学都是中国当时最著名的大学，人才济济。因此，西南联大哲学系经过三所大学哲学系的联合以后，师资力量空前加强了。另一方面，三校虽然联合，但这种联合是松散的。因此，各校原来的教师在课程的安排与讲授方面，仍保持其相对的独立性。这一时期，西南联大文学院院长和清华大学文学院院长均由冯友兰担任。联大哲学系主任是汤用彤，有教授9人，属于清华的有金岳霖（兼清华哲学系主任）、冯友兰、沈有鼎、王宪钧4人。这一时期，清华的教师们开出的课程主要有两类：一类为逻辑方面的课程，除原有的逻辑基本课程之外，还增开了"符号逻辑""逻辑语法""逻辑问题""晚周辨学"等新课程；另一类课程为中国哲学史方面的课程，包括老庄、孔孟、程朱理学等等。其中，冯友兰除讲授中国哲学史方面的课程之外，还给全校开设共同必修的"部订"课程"伦理学"，此外，他还开设过"人生哲学""哲学方法研究"等选修课。此外，这一时期，联大哲学系还设有心理学组，心理学方面的课程均由原来清华哲学系的教师开设。

四、"调整"休克（1945—1952）

虽然全国范围内的"院校调整"从1952年开始，事实上，抗战胜利以后，西南联大解散，清华大学迁回北平，这一历史性的"调整期"就已开始。这表现在，由于受内战的影响，校园生活已不正常。清华大学哲学系与学校其他各系一样，这段时间是一段相当暗淡的时期。到了1952年，全国性的院校大调整开始，按当时的国家高等教育规划，全国高校只保留北京大学一个哲学系，清华大学哲学系的教师全部并入北大哲学系。例如，金岳霖、王宪钧调到逻辑教研室，冯友兰、张岱年到了中国哲学史教研室，任华在西方哲学史教研室，他们事实上成为尔后北大哲学系的中坚力量。

院校调整以后，清华大学取消了哲学系和其他人文科学系，成为一所单纯的工科院校。至此，清华哲学谱系于是终结。

——原载《清华哲学年鉴》(河北大学出版社，2000 年)

北大学派与清华学派

——中国现代学术史上的"酒神精神"和"日神精神"

在 20 世纪上半叶，中国出现了影响和左右中国学术发展的两大学派——北大学派和清华学派。北大学派以胡适、顾颉刚等人的"疑古派"为代表，清华学派则涵盖 20 世纪 20 年代以后清华大学的各文科。北大学派和清华学派与其说是以学校来划分，毋宁说是代表两种不同的学术品格与学术类型，它们在学术理念、学术路数乃至学术要达成的目标上都有很大的不同。

一、"酒神精神"与"日神精神"释义

尼采在《悲剧的诞生》中分析希腊悲剧的起源时，认为是酒神精神和日神精神的结合导致希腊悲剧的诞生，而在此以前，酒神精神和日神精神处于对立、冲突之中；日神精神以希腊雕塑和史诗为代表，酒神精神以希腊音乐和抒情诗为代表，至希腊悲剧的出现才达成和解。为理解尼采关于"酒神精神"和"日神精神"的用法，现列表如下：

	酒神精神	日神精神
艺术部类	非造型艺术	造型艺术
类似精神状态	狂迷的	梦幻的
主客关系	主观化入浑然忘我之境（主客合一）	静观与外观的（主客二分）
遵循原理	反个体化原理	个体化原理
艺术特征	注重象征性	注重线条、轮廓、颜色、布局的逻辑因果关系
代表作品	阿尔基洛科斯抒情诗	奥林匹斯诸神雕塑、荷马史诗

尼采将酒神精神和日神精神分别视为艺术创作的原型，它们决定了不同的艺术风格和类型，如造型艺术、史诗、非造型艺术、抒情诗之类。尼采讨论的是"艺术形而上学"问题，揭示艺术创作背后有其深刻的无意识冲动。但学术研究与艺术创作一样具有深层的无意识冲动，故学术研究与艺术实乃同源。这里，我采用尼采关于酒神精神和日神精神的说法，说明学术研究背后的精神动力，它们不决定学科的类别，却决定、影响学术研究的目的和方向。

二、北大学派的"酒神精神"

北大的名字是与五四新文化运动联系在一起的，作为各种新思潮的发源地，陈独秀、李大钊、胡适、钱玄同、鲁迅、周作人……，往往是学者兼思想家于一身的人物，甚至其"思想家"的名气大于其"学者"的名气。故北大学者实以"思想"取胜，可称之为"思潮派"。论起思潮，不仅新思潮，如西方的自由主义、马克思主义等均流行于北大，同时还有"国粹派"思潮，及后来蔚为大观的现代新儒家，其开山人物（梁漱溟、熊十力）均出自北大。这里抛开思想史和思潮史不论，即从学术史而言，北大的学术风气、路数、风格均与"思潮"密切相连。为说明这个问题，下面以"疑古派"为代表加以分析。

说起"疑古派"，研究者普遍承认"疑古"的口号代表五四新文化运动思潮。"疑古"的核心文化理念是重估一切价值，要打倒旧传统，要对传统文化进行全面"解构"。"疑古派"的一切文化主张，包括其具体学术观点，都可以从这里得到理解。问题在于，"疑古派"为什么会出现于北大？是因为北大是新思潮的发祥地吗？否。因为如上所言，"疑古"本身就是新思潮，说"疑古"受新思潮影响是同义反复，甚至倒果为因。从当年北大旧思想之顽强可以想见，与其说北大是新思潮的发源地，不如说它是新旧思想激烈交锋和争夺阵地的场所更为恰当。而这更可概见北大之为北大的特点和特色。看来，要说明"疑古"学术思想之兴起和发扬光大于北大，与其着眼于北大是新思潮的发源地，不如立足于对具体的学术人物，如胡适、顾颉刚等人的学术主张和心理类型的分析。大量的文献资料证明，胡适、顾颉刚等人从事和发起"疑古"运动，是有其深层动机的，即思想启蒙。"疑古"最初是从"整理国故"开始。胡适谈到"整理国故"时，说过这么一段话："我为什么要考证《红楼梦》？在消极方面，我要教人怀疑王梦阮、徐柳泉一班人的谬说。在积极方面，我要教人一个思想学问的方法。我要教人疑而后信，考而后信，有充分证据而后信。我为什么要替《水浒传》作五万字的考证？我为什么要替庐山一个塔作四千字的考证？我要教人知道学问是平等的，思想是一致的。……肯疑问'佛陀耶舍究竟到过庐山没有'的人，方才肯疑问'夏禹是神是人'。有了不肯放过一个塔的真伪的思想习惯，方才敢疑上帝的有无。"看来，胡适等人发起"整理国故"运动，其思想取向和学术宗旨从一开始就很明确，即要教给人一种"大胆怀疑"的精神，因为只有敢于怀疑，才能敢于否定权威，包括思想方面和外在于思想方面的权威。"疑古"与其说是胡适、顾颉刚等人整理和研究古史以后的结论，毋宁说是其整理国故蕴涵的思想前提。

酒神精神赋予北大学派两个鲜明的特征：一是学术的经世致用性。由酒神精神形成的学术创作冲动之所以会赋予学术以经世致用的特征，乃由于酒神精神追随的是一种"反个体化原则"。所谓反个体化原则，按照荣格的解释是："它把个体分解为集体本能和集体内容。"在反个体化原则的支配下，"人不再是艺术家——他变成了艺术"，"这意味着创造的原动力，出于本能形式中的力比多完全占有了个体，把它当作一个容器，当作一件工具或当作他自身的表现来使用。"荣格分析的是酒神精神支配下的艺术创作或审美活动。其实，就心理类型而言，这也完全适用于学术创作。因为学术创作的动力亦根源于深层无意识中，有其集体无意识原型。这也很可以解释：为什么北大学派的学风不仅仅是经世致用，而且其学术取向和学术路数会与时代思潮相通。因为在酒神精神状态下，力比多将学术完全当做了一个容器，当做了表达政治关怀和社会关怀的容器。酒神精神导致北大学派的第二个特征是：其学术风格具有克里斯玛（charisma）气质。北大学派的学风往往具有高屋建瓴的气势，这固然同其强烈的现实关怀有关，而从根本上说，是由其酒神精神所决定的。酒神精神"是无拘无束的本能的自由放纵，是不受任何羁绊的兽性和神性的原动力的自由迸发"。这种原动力的迸发带来巨大的能量，具有强烈的情绪感染力，故北大学风常富有浪漫气息。尼采还将酒神状态形象地描绘为狂迷的"醉"的状态，显然，只有在酒神的这种狂迷状态下，才会出现对传统价值的要么全盘拒斥，要么是强烈认同，故而在酒神精神支配下，北大学派常走向一元论和独断论，这更增添了克里斯玛权威主义的气质。总之，以全盘反传统著称的"疑古派"和全副认同传统文化价值的现代新儒家开山人物俱出现于北大，此殆非偶然。

三、清华学派的"日神精神"

如果北大学派为酒神精神之代表，则清华学派就学术心理类型而言属于日神精神。这可就如下几方面加以分析：一，清华学派以"释古"作为自己的学术标志。冯友兰解释说："'释古'一派，不如信古一派之尽信古书，亦非如疑古一派之全然推翻古代传说。以为古代传说，虽不可尽信，然吾人颇可因之以窥见古代社会一部分之真相。"又说："若我们中国昔日的官吏呈报上司的案情都是千篇一律的，'事出有因，察无实据'八个字。在这简短的两句话里，却兼顾了两种不同的意义。近乎骑墙的态度，可是确是攻研史学的合理态度。例如我国一般传说伏羲画八卦和尧舜二帝禅位的事，都是没有确切的信史可考，我们就要从历史上推到其社会背景，再由社会背景追溯其历史，这便是释古。"可见，释古既非盲目从古，亦非全盘否定古代历史和传统，而是对古代历史做一种实事求是的了解，尤其是明其历史因果之迹；即便对古代的"伪书"，明知其伪，亦要说明它为何为伪，伪在何处，以说明其在思想史或史料上的价值。"释古"的学术主张与日神精神到底有何干系？我们在上面关于日神精神的说明中，提到日神精神是追随"个体化原则"，而个体化原则以主体对客体采取一种"静观"或"外观"的态度，日神精神又是一种"梦幻般状态"，在梦幻状态下，它看见的是"梦境的美丽外观"，注重线条、轮廓、颜色、布局的逻辑因果关系等等，这说的是潜意识中的梦境；显然，当这种潜意识梦境转移至意识层面，并参与到学术研究，如史学研究时，它便很自然会产生一种同构，即注意历史事件的因果线索、社会环境等等，一句话，将研究对象客观化，尽量避免主观情意的渗入，以求得历史的真相。二，清华学派重视新的学术规范之建立与建构。与北大学派强调对传统文化的解构不同，清华学派致力于具体学科的学术规范的建立，其具体做法是"以中释西"和"以西释中"，前者，金岳霖戏称为"旧瓶装新酒"，后者，陈寅恪名之为"新瓶装旧酒"。无论新瓶旧酒或旧瓶新酒的提法，其要旨不外是强调中西学术文化无根本对立，古今学术文化可衔接沟通。它既要求学术研究严守"价值中立"的立场，同时还要求学术研究过程中工具理性的运用。这与日神精神到底有何联系？按照尼采的说法，日神精神讲究"适度"（中庸），"与美的审美必要性平行，提出了'认识你自己'和'勿过度'的要求"。这很可以表明，日神精神虽然属于无意识，但它非但不与理性对立，反倒会为工具理性之运用提供精神驱力。故而，与北大学派的浪漫主义学风相对应，清华学派的学风常趋向于严谨，具有古典之风。这也很可以解释，为什么清华学派中的哲学派别会倾向于经验主义，其治学路数注重逻辑分析，以建立起精密严谨的思想体系著称（如金岳霖）。三，倾向多元论。清华学派的哲学学派属于新实在论，其哲学观点主张多元是毋庸置疑的。抛开此点不论，清华学派的所有学科派别，在文化主张上都提倡多元而反对一元论和独断论，对中西文化作平行的观照。这与北大学派恰成对应。清华学派的文化多元论的形成也可以从其日神精神中得到说明，因为按照日神精神的"个体化原则"，不仅主体与客体是分离的，每一个个体与其他个体的界限也有严格的区分。尼采将奥林匹斯山作为日神精神的象征，上面居住着奥林匹斯诸神，这恰恰是个体化原则通向多元论的一个最好象征。

四、结论

北大学派和清华学派是中国现代学术史上的双璧，在中国传统学术向现代转型的过程中，它们分别担负着不同的文化功能。其中，以"疑古"为旗帜的北大学派立足于对传统文化的"破"，这有助于人们的思想解放。尤其是其强调学术要关注社会与人生问题，为中国学术的现代发展提供了一个新的维度。清华学派致力于学科内部的建设，在学术规范的建立上，它遵循"价值中立"的立场，以更超然、更客观的态度观照中西方文化，致力于中西文化的沟通与汇合。中国现代学术正是在北大学派的"酒神精神"和清华学派的"日神精神"的双向碰撞中向前发展的。

——原载《金秋科苑》（1997 年第 6 期）

全球视野与本土意识

——走向 21 世纪的中国学研究

　　如果说在以往人类历史的发展中，曾出现民族的纷争、宗教的冲突；这些纷争和冲突起源于不同民族、不同文化圈之间的隔膜和缺乏了解，那么，随着"千禧之年"的到来，新世纪最值得庆贺的是什么呢？我认为，这就是人们对于地球上全人类是一个"整体"有了新的认识。各民族都是"地球村"的成员，不同的只是我们的肤色、语言、风俗习惯等等，而作为人类来说，我们将不断走向进步与和谐——人与人之间的和谐、人与自然之间的和谐、人与自身心灵的和谐、人与历史的和谐。

　　只有置于这么一个背景中，才能发现"中国学研究"的意义，也才能谈"中国学研究"的未来。长期以来，我们没有"中国学研究"，只有所谓"汉学研究"，这是一门以古老中国为对象的研究，它重视的是古代中国的文明，强调对历史文物、制度的考订；不能说这是"没意义"的学问。也许，人类遥远未来的发展脱离不开对它久远历史的追忆，早期人类的活动就埋藏着它后来种种变化发展的"密码"和"基因"。但历史诉说的真实却是：时间加诸人类身上的，究竟只是种种"胎记"；许多都是"未知数"，包括人类的未来。也许意识到传统"汉学研究"的局限性，"二战"以后，国际学术界出现了一种新的汉学研究，不再将中国视为文明的活化石加以研究，而是注重对中国社会各方面的具体问题与现象的研究。为了将这种研究同以往注重历史文物考据的"汉学研究"区分开来，这种新的研究被称为"中国学研究"。应当说，较之传统的汉学研究，这种"二战"以后发展起来的中国学研究大大拓宽了以"中国"为对象的研究领域与范围，并在研究过程中逐渐形成了它自己的学术规范。更为重要的是，它立足于全球性问题，具有一种比较的视野。由此，所谓"中国学"虽说仍以中国为研究对象，其研究宗旨、方法、策略和问题意识都有许多创新。"中国学研究"由此突破了狭窄的地域或区域问题研究的限制，而成为具有普遍学术意义的学科研究之一。也许，这种普遍性的学术意义尚未完全彰显，它必将随着中西文明与文化比较研究的进一步深入而更加引人注目。但存在的问题是，目前国际中国学研究领域卓有成效的大多是具有欧美文化背景的专家学者，其虽然出于全球性问题的思考而研究中国学，其视野尚难完全逃出"欧洲中心论"的影响，这使其对中国问题某些方面的领会终归有"隔"。

与之相应，中国本土的"中国学研究"重视对实际问题的解决，因此，具有强烈的"现实关怀"与中国问题意识。由于注重对中国实际问题的解决，这种研究不仅在研究思路上是实证的，而且功利性比较明显：一切与中国实际或具体问题解决无关的因素都有意或无意地被忽略。这种"以中国问题为中心"的研究策略，与欧美学界"以全球性问题为中心"恰成对比。不能贬低或排斥这种"以中国问题为中心"的研究的意义与价值，也许，它正是目前中国所需要的。应该承认，这种中国学研究有它注重解决现实问题的优点，但作为一种学术研究而言，其毛病或缺陷同样是一目了然的。这就是它忽略了对问题研究的理论提升，容易满足于"就事论事"的解决与论证，其结果，虽时有实际的应用价值，却难以形成一种学术意义上的传统与规范。尤其值得注意的是，由于缺乏一种"全球性"的视野，这种中国学研究，是难以纳入国际性的中国学研究之林，参与世界范围内的中国学研究的对话的。

　　依我看，如果说 20 世纪的中国学研究方兴未艾，那么，21 世纪将可能迎来一个中国学蓬勃发展的时代。这是因为，不仅中国经济与综合国力将愈来愈为世界所瞩目，而且主要因为中国幅员辽阔、人口众多、历史悠久，属于一种与"西方"不同意义上的文明。如果说过去，自工业革命以来，世界历史的发展长久地是由欧洲或西方文明所支配，并由此在学术界形成了一套以西方文明为中心的研究话语与范式，那么，在 20 世纪以后的今天，学术界已愈来愈达成这样的共识，即以东方文明为坐标所建立起来的学术范式，对于全球性学术的发展来说同样是不可缺少的，至少，后者应是前者的某种补充。正是在这种全球性学术对话与交流的背景下，中国学——一种以中国文化为依托的中国学将凸现出它的重要性。这种中国学不同于以往的中国学研究，在于它虽然以普遍性的全球问题为中心，但却具有一种中国本土的文化气息，是目前中国与西方的中国学研究的综合。假如用一句话来概括，这种中国学可以说是具有"全球视野与本土意识"的。

　　所谓"全球视野"即是：中国学研究的对象虽然是中国的，它的问题却是全球的，也就是说我们的问题意识与学术关怀虽是具有全球普遍意义的，我们的研究对象却指向中国。举例来说，资本主义的产生与现代性问题，是近代以来具有普遍意义的全球性问题，关于这个问题，国际学术界进行了广泛而深入的研究，并且迄今仍是一门"显学"。但是，以往对资本主义与现代性问题的研究，一直据于西方的传统，并且是以西方的价值坐标来加以讨论的。这方面最著名的例子是韦伯的研究。他将资本主义兴起的文化动力归结为基督教。就西欧式的资本主义的产生来说，他的说法似乎是有道理的。但自此以后，他的说法长久以来竟成为研究资本主义起源问题的基本方法与范式。人们似乎很难跳出他关于新教伦理导致资本主义文明诞生的结论。即使有些学者对韦伯的上述结论存在歧义，提出东方与中国的宗教伦理同样也可以产生资本主义的观点，但问题的提法不仅是韦伯式的，而且其求解的方法与套路依然囿于韦伯，不过是将韦伯关于新教伦理的某些内容加之于东方与中国宗教伦理，以说明东方与中国式的宗教伦理与西方基督教伦理具有同样的特点或含义而已。这固然实现了中国学研究的转换，将中国学研究从"特殊性的学问"到"普遍性的学问"方面推进了一大步，但却容易步入西方式的中国学研究的老路。就是说，其基本的学术理念、学术范式依然是西方的。那么，到底有没有既属于全球性的普遍问题，而其基本学术范式却是中国式的，或者说据于中国传统的呢？从以上所述中国是一个具有悠久历史的文明大国来看，中国是具有它自己的一套认识世界的理念与特殊视角的，问题在于如何将这种独特的视角与理念转化为学术的方法与范式而已。

长久以来，一提起学术的规范与方法，我们很容易就想起西方近代以来沿用的各种方法，仿佛只有完全符合西方的学术规范与方法论要求的，才是真正的学术规范与方法；而东方与中国是难以产生出它自己的学术规范与方法的。这其实是对"规范"与"方法"的莫大误解。笔者认为，"规范"与"方法"与其说产生于某种传统，不如说孕育于研究对象与研究问题之中。既然真正意义上的中国学以中国为研究对象，它的问题意识又是全球性与普遍性的，从这种中国学研究中，能产生一种具有普遍意义的学术规范也是题中应有之义。可以说，学术规范既具有普遍性的意义，同样又是多元的。

从学术规范的普遍性与多元性来看，"全球视野与本土意识"的中国学研究必将愈来愈显示它的价值。由于以往的学术规范与方法大多是从西方传统出发，而且是以西方文明为参照系建立的，一旦中国学研究采取了全球性视野与凸现中国本土文化的意识，那么，它带来的，将不只是中国问题研究的深入，而是导致新的学术规范的形成与出现。其受惠者将不只是中国学研究，而是整个世界学术界。

因此，展望21世纪，中国人的中国学研究真正是"任重而道远"。这要求我们从传统意义上的中国学研究中解放出来，具备一种世界性的视野。我们除了要关注中国自己面临的问题，同时更要关心全球性的根本问题。诸如当前愈来愈困扰全人类的生态环境问题、战争与和平问题、民族冲突问题、人类生存意义问题、科学与人文的紧张问题，等等。这些既是世界性的问题，同时也正是中国所面临的问题。我们除了对这些问题进行实证调查、考察，针对中国的实际提出解决之道以外，还应对这些问题从意义层面加以提升，在理论上加以概括和总结，使之具有全局的、普遍性的意义。一旦我们具有这种全球性的问题意识，同时又不失中国人的视角与立场，则一种全新意义的中国学有望建立。

——原载《探索与争鸣》（2002 年第 2 期）

历史的叙事、评判与信念

当柯林伍德说"一切历史都是思想史"时，人们感到不解。因为历史就是历史，思想就是思想，思想怎么能代替历史呢？其实，柯林伍德说这话是有深意的。他认为：尽管历史包括人类的一切活动，但只有经过深思熟虑的人类活动，才可以称得上真正的"历史"。因此，在他眼里，有两种历史："伪历史"与"真历史"。通常人们将以往人类的一切行为，包括吃和睡、恋爱，等等，都纳入"历史"的视野，但这些都是属于"伪历史"的范围；而只有受人类理性指引的人类活动，才可以说得上是真正的人类历史。在柯林伍德心目中，属于真正的人类历史的内容有：政治史、战争史、经济史、伦理史，等等；当然像艺术、科学、宗教、哲学等等人类的诸种精神活动也列在其中。

我猜想，柯林伍德之所以区分两种历史，并非认为"伪历史"不值得记载下来，而只是认为它的历史价值不如真的历史那么高而已。所谓历史价值，是指以往的历史对于当前或者未来的人们的思想启迪意义。大概对于柯林伍德来说：像吃和睡、恋爱等等这类日常事情，即使详细记载下来，也对于人类的自身设计，以及人类的未来筹划于事无补。——它们顶多是人类以往行为的"故事"。而故事，通常只是作为人们茶余饭后的谈资，而不值得历史学家作为总结人类历史的经验教训的一门"科学"来认真对待的。

　　果然如此么？这里且不说人类的种种活动，包括吃和睡、恋爱等等，无不受人类自身思想的支配，或者说，严格的没有"思想"的人类活动与行为是不存在的；即使承认人可以有暂时离开思想的行为与活动，但一旦人们对这些无思想的人类行为与活动进行反思，它们也就纳入了历史的范畴。因此，所谓的历史是什么，不过是人们对于自身以往活动的理性反思而已；而这种理性反思的对象，是既包括人类的有理性的活动，也包括人类的表面上不受理性所支配的行为与活动在内的。

　　然而，当我这样说的时候，丝毫没有否定"一切历史都是思想史"这样一个命题的意思。只不过在我看来，它的确切含义应是：大凡人类以往的行为与活动，只有经过思想的理性反省以后，才进入历史的视野。也正是从这种意思上说，历史其实与哲学具有同样的性质与意义。而历史反思不同于哲学反思的地方在于：它表现这种反思不是采取概念思辨以及逻辑推理的形式，而是运用具象的语言。这也就是为什么历史在形式上总是采取"讲故事"的形式，而非抽象的议论与逻辑推证的方式。

　　也正是在这种意义上看，历史其实是认知的科学，具有认知的性质。历史认知的是什么？这里，我同意柯林伍德所说：历史是关于人性的科学；它的目的是要认识人性。所谓人性不是别的，无非是通过人类的行为与活动体现出来的人的本质属性而已。然而，关于什么是人类的本质属性，这个问题并非是那么一目了然的。在思想史上，人们常常将仅仅是人才具有，而动物不具备的一些特点视之为人的本性，从而将人与动物区分开来，例如，亚里士多德将人概括为"政治的动物"，而中国的儒家则视人是"道德的动物"，等等。这种种关于人的定义，都是从某一角度对于人的特征的提示，并且区分了人与动物的不同之所在。然而，人除了具有与动物可以相区分开来的许多不同特点之外，它究竟也还是自然界中的一个生物种类，也会有其他动物所具有的许多重要特征。比如说，它不仅要与自然界交换能量，而且与其他动物一样处于与其他动物以及同类的生存竞争之中，等等。总之，作为宇宙进化的最高存在者，人既保存着自然物种的自然性，同时也具有其他自然物种不具备的独特性质。这种自然性与非自然性在人身上的统一，假如用康德的话来说，就是人的有限性与无限性的统一。因此，康德将人视之为"有限的理性存在"，这可以说是关于人的本性的一个较为可取的定义。其中，所谓"有限的"，是指人与其他自然生物体一样，与其他物种及同类处于竞争状态，有生老病死等等，无逃于自然律；所谓"理性存在"，是指人由于具有理性，它不安于被动地接受自然因果律的安排，而试图运用理性的力量摆脱自然律的控制而追求无限。人类为摆脱自然律的控制而追求无限的活动有种种，按照卡西尔的说法，像科学、宗教、历史、艺术，等等，都是人类为了追求无限和实现"不朽"的符号化活动形式。

假如这一说法能够成立的话，那么，所谓历史就是对人性的认识，其实说的就是人们对于人类作为"有限的理性存在"的一种历史性反思。之所以说它是历史性的，乃因为它以以往人类的活动与行为为对象；之所以说它是反思的，是指它要通过这种对象性的思考来揭示出人的本性——有限的理性存在。

然而，要注意的是：所谓历史反思不是单纯的历史描述。任何历史反思虽然都以人类历史上曾经发生过的具体事件为对象，但历史的描述仅是历史反思得以进行的前提而非结果。历史反思的真正用意在于：它要从一定的学术立场对历史上发生过的事件的性质以及意义进行揭示与评价。而从一定学术立场对于历史事件的性质进行评判，就意味着历史反思远不是"价值中立"的，其评判的立场依赖于某种价值观与形而上学的预设，否则我们无法对历史事件的性质做出评价。当然，这种所谓价值论的评价其实又是蕴含于历史描述之中的，就是说：历史著作往往只是通过对于历史事件的貌似客观的叙述来表达它的价值判断，但这不等于说：历史的叙事可以离开某种价值判断。因此说，所谓"一切历史都是思想史"的深刻含义在于：它不仅仅是对于以往发生过的历史事件的理性思考，而且是一种引入了价值观念的理性评判。

　　这种关于历史书写是对于历史事件进行价值评判的历史观，自古以来，就被认为是关于历史书写必须遵守的"黄金律"。例如，孔子作《春秋》，立意于"使乱臣贼子惧"，其"春秋笔法"一直被后世的儒家所称道。亚里士多德也是通过对希腊城邦制度的研究而得出"法治比人治好"这一有价值褒贬的结论的。在中世纪，基督教神学家们提倡"历史神义论"，更将历史视之为上帝要在人间实现正义秩序的展现。然而，近代以来，这种历史观却受到来自实证主义史学的强烈挑战。老牌的实证主义者，如孔德认为，历史学应当向自然科学看齐，着力于揭示人类社会进化的规律，并且要采取严格的"科学"方法与态度；而后起的实证主义者，如维也纳学派认为，既然历史的书写无法避免历史学家的主观成见与价值诉求，因此历史学应当被排除于"科学"之外。然而，假如历史学真的离开了价值评判，将沦为何地步呢？它要么成为社会科学的附庸，成了某种社会概念或社会科学理论的图解与注释；要么成为像历史博物馆中被零零星星收藏起来的展示人类以往事迹或事态的残砖断瓦。这就从根本上失却了历史学的独立地位与性质。历史学之所以得以存在与有价值，恰恰就在于它对于以往人类活动与发生过的事件所做出的价值评判；而这种价值评判活动又是通过具体的历史叙事得以实现的。这方面，说历史学像科学一样具有科学性，不如说它像哲学以及艺术一样具有人文性更为恰当。这也才是历史之所以作为思想史的意义之所在。所谓一切历史都是思想史，其准确意义应当是：人类以往的活动与行为只有经过历史学家从思想与价值立场做出的评判，它才成为历史。

　　然而，这里会出现问题：历史学家们的学术立场与价值立场不一，当说历史书写是历史学家对以往人类活动的价值评判活动时，究竟应当以何种学术立场与价值评判立场作为标准呢？事实上，我们看到，以往人们之所以主张历史书写应当是客观的这一看法，除了是因为受到近代以来实证主义思潮方法论的影响之外，更大的一个问题是出在历史学的内部：人们发现，假如引入了价值判断，就会导致历史的书写失却其公度性；从而，历史学有沦为历史学家们表达其主观意见的危险。然而，我们从上面看到：既然历史学是如同哲学以及艺术那样的人文学科中之一种，那么，在这种表面上是历史学家们的主观书写当中，其实是有着某种历史学写作规律在其中起作用的。这也就是说：历史学如同哲学与艺术一样，虽然它们都同样包含着作者的主观价值评判，但在这些不同的历史书写中，却是有着写得好的与写得不那么好的，以及写得坏的历史书写的区别的。

这里所谓好的或坏的、比较好的或比较坏的历史书写之间的区别，不在于它们是否书写得"客观"，而在于它们的学术立场与价值立场是否"公允"。如克罗齐与柯林伍德所辨明的那样，真正的"历史的客观"在历史学当中是不存在的，任何历史书写都是对于以往发生过的历史事件的解释，这种解释强烈地显示出历史学家个人的主观色彩，并且历史学家的价值立场与"前见"在其中起着关键作用。正是在这种意义上说，克罗齐宣称"一切历史都是当代史"。然而，尽管在历史的书写中，作者本人的价值立场无法避免，而且制约着历史的书写，然而，由不同的历史学家写出来的不同历史著作之间，却有着好坏与否的差别。这种区别是如何造成的呢？或者说，人们读这些历史著作，鉴别其好坏的标准到底在哪里呢？这就是一本历史著作呈现出来的历史正义感。所谓历史正义感，是指历史书写者在面对历史资料，尤其是以往发生过的关涉到人类根本是非观念的重大事件时，所表现出来的正义感。比如说，像历史上的战争，向来有正义与非正义的；历史上任何时代与地区，也会发生过人为的与非人为的灾难，包括瘟疫的流行，等等，总之，任何民族在任何时期，都会有其苦难；对这些历史上的人类苦难是表达同情还是熟视无睹？在人类的邪恶与正义之间的冲突与战斗中，究竟是站在哪一边？历史学家的这种价值立场不仅强烈地影响着他的历史书写过程，而且必然反映于他的历史叙事之中。而衡量一部历史著作之有价值与否，或者其价值高下与否，首先是看这种书写所呈现出来的社会关怀与正义感的强度。正是在这种意义上，章学诚称史家须"才、学、识、德"四者俱备，而"史德"居上。自然，这样说并不否认历史学家在处理具体题材时，有驾驭史料之熟悉与否，以及鉴别史料之正确与否等等之差别。但较之"史德"来说，这些具体的史学功夫却是处于从属地位的。换言之，衡量一部历史作品价值之大小，首先是看其学术立场以及价值关怀立场。举例来说：同样是撰写反映"二战"时期的历史作品，站在反法西斯与同情法西斯的不同立场上，其历史书写的内容，包括史料的组织与鉴别等等，必然是大不一样的；而关于抗日战争时期发生的"南京大屠杀"，站在不同的价值立场上，也会有截然不同的历史书写；而一个人假如站在替当年日本军国主义者辩护的立场上讲话的话，哪怕史料班班可考，他却也可以"看不见"南京大屠杀中的种种种族灭绝场面的。

从这里可以看出：一部历史著作，虽然离不开"客观的"历史素材，然而，究竟如何组织、运用，甚至鉴别这些素材，却取决于历史学家的"史德"——历史正义感。历史正义感不仅制约着历史学家对于史料的鉴别与运用，尤其影响到其对于历史事件的价值评判。而离开了历史评判的历史书写，严格来说不可能是有价值的历史著作，顶多只能是一大堆史料的堆积；而与历史正义感背道而驰的历史书写，则非但不是历史书写，而只能是对历史的践踏。

有人会说：当我作为一名历史工作者，在进行某种历史书写时，开始时总是先收集材料，并且对材料加以真伪鉴别，然后将这些有用的史料贯通起来形成可以理解的历史，最后才会对这些可以理解的历史做出价值评判，怎么可以在未经过审查史料之前，就会形成对某种历史事件的看法或做出评判呢？应该说，历史学家在对历史上某一个问题未有进行研究之前，不要对这个问题抱有自己的"成见"；也就是说，对历史上某个问题的认知结论与评价，应当是来自于对这个问题的研究之后才有的结论，这个看法是正确的。但说历史学家在对某一个历史上的问题或事件进行研究之前，就会有自己的史学立场与价值评判立场，这同样也是正确的。那么，这两者的区分在哪里呢？这里，要将研究者的对于历史的普遍学术立场以及价值评判立场，与他对于历史上某个具体问题的学术见解以及价值评判态度区分开来。就前者说，历史学家的学术立场与价值评判标准是不变的。例如，作为一个历史学家，他必须对于人间苦难怀有同情心，必须具有正义感，并且要有通过历史书写来抑邪扬正的历史责任感。就后者而言，历史学家对于某个历史上的问题在未研究清楚以前，不要轻易下结论，更不要随意褒贬。看来，这是性质不同的两个问题：前者是历史的正义感问题，后者是历史研究的实事求是问题。真正有价值与有分量的历史著作，应当是既具有历史正义感，同时又是实事求是的，怎么能说坚持了历史正义感会妨碍历史研究的实事求是精神呢？情况只能是：历史学家的历史正义感只会促使他更加实事求是地去研究与书写历史；反过来，历史正义感的缺乏，却会妨碍一个人去实事求是地研究与书写历史，或者会妨碍他去认识历史上某个问题的真相，甚至会让他去歪曲历史。这是我们从历史中所一再看到的事实。

从这里我们看到：所谓一切历史都是思想史，其"思想"的含义首先是评价性的，然后才是认知性的。换言之，所有以历史书写形式呈现出来的历史，其实都经过历史学家的思想加工，是历史学家运用他头脑中的观念，尤其是经过他的价值与意义观念加工与筛选出来的。从这种意义上说，历史书写与其说是人类以往活动与行为地再现或呈现，不如说是历史学家的思想观念（包括价值观念）的呈现。而人类以往的活动与历史事件是多种多样与丰富多彩的，但作为好的历史学家的思想观念——历史正义感，却是异常的单纯，它无非是人类与生俱来的善恶感而已。这正如荣格心理学的原型理论所指明的那样：历史正义感其实是一种"原型"，它是异常单纯的东西；但它却必须通过人类以往活动的各种具体形象呈现出来。这话也可以换一种说法说：历史正义感是不变的"底片"，而历史学家的历史著作则是根据这种"底片"冲洗出来的那些形形色色的"照片"。

说历史书写只是历史正义感这张底片冲洗出来的照片，这丝毫不减少与贬低历史书写的价值。也许，正是由于有那么多的具有历史正义感的历史学家在对于历史日复一日的研究，才有了那么多的有分量的历史著作；

而且，怀有同样历史正义感的历史学家站在不同的角度来对同一历史事件进行透视，同一历史事件呈现出来的历史正义感才更为真实动人与多彩。这就是为什么人们总得不断地进行历史书写，甚至对同一个历史事件也会进行不重复地书写。

这同时也回答了这么一个问题：人类为什么需要历史？人类之需要历史不仅是为了观照它自己的过去，从而知道人是什么；人类之需要历史，从根本上说，是为了塑造人自身，使人类自身更为完善。与前所说：人从本性上说是有限的理性存在。这种人的本性呈现于历史，也可以说人"一半是天使，一半是魔鬼"。然而，人类之所以需要历史，不仅仅是为了知道历史上关于的人的本性的这一事实，而且还期望着对于人性的改进与完善。人能不能减少其本性中的"魔鬼"成分，而使其人性中"天使"的成分进一步增加？这不取决于历史学家的著作，而有赖于在历史实践中的人类整体的努力；然而，历史学家的职责却在于：他除了要揭示出历史上呈现出来的人的本然人性之外，而且还要指出人性改良的方向。这不是要求历史学家在历史的书写中为人性增加什么或减少什么，而只是要求他对历史上的人性进行实事求是的研究之后，还要从价值观上做出判断。而从价值观上做出评判的唯一标准，就是他的历史正义感。

当卡西尔引证加塞特的这么一段话"人不是一个物，谈论人有本性是不正确的，人并没有本性。……人类生活……不是一种物，没有一种本性，因此我们必须决定用与阐明物质现象根本不同的术语、范畴、概念来思考它"①时，他并非否认人有真实的本性，而是认为人的本性是可以改良的，真正的人性是塑造出来的。而历史学家的历史书写在塑造新的人性方面承担着重要责任。因此，卡西尔要对这段话继续补充以席勒关于"世界历史就是末日的审判"的观点，并且以黑格尔的下面这段话作结："特殊民族和特殊精神的命运和行为是这些精神的有限性的现象辩证法。从这种辩

---

① 卡西尔.人论［M］.上海：上海译文出版社，1985.

证法中产生出普遍精神，即无限的世界精神。这种精神在这些命运和行为中，在作为末日审判的世界历史中，行使着它的权利、它的高于一切的权利。世界的历史就是末日的审判，因为它的绝对普遍中，包含着所有特殊的东西——家庭、市民社会和民族——它们成为观念性的东西，成为它的从属的、但是有机的成员。精神的运动就在于把所有这些特殊的形式展示出来。"①

历史是否真的像席勒与黑格尔所说的那样是一场"末日审判"？这个问题不得而知。然而，要成为一位伟大的历史学家，至少这应该是他的一种信念。真正的有分量、有价值的历史学著作，就是历史学家怀抱着这种信念而写做出来的。或者说，他之所以书写历史，是为了要表白他的这种信念。

——原载《河南社会科学》（2008 年第 1 期）

① 卡西尔. 人论［M］. 上海：上海译文出版社，1985.

思想史的定位：对观念的观念

一、思想史的意义："一切历史都是思想史"

当柯林伍德说"一切历史都是思想史"[①]时，这句话似乎不好理解：历史就是历史，它是人类历史活动的记录；思想史就是思想史，它是关于历史上人类思想观念的历史；怎么可以说历史就是思想史呢？其实，柯林伍德说这句话是有深意的。他说："从我们现在的观点看来，我们可以提出一个答案：只要人的行为是由可以称之为他的动物本性、他的冲动和嗜欲所决定的，它就是非历史的；这些活动的过程就是一种自然过程。因此，历史学家对于人们的吃和睡、恋爱，因而也就是满足他们的自然嗜欲的事实并不感兴趣；但是他感兴趣的是人们用自己的思想所创立的社会习惯，作为使这些嗜欲在其中以习俗和道德所认可的方式得到满足的一种结构。"[②]这样看来，柯林伍德关心的仅仅是作为人类自觉行为的历史，对于人类历史上的活动，凡不涉及"思想"的，他不将其称之为"历史"。

问题在于：柯林伍德为什么不将人类历史上没有思想参与其中的活动

① 柯林伍德.历史的观念［M］.北京：中国社会科学出版社，1986.
② 柯林伍德.历史的观念［M］.北京：中国社会科学出版社，1986.

称之为历史呢？这里涉及他对历史学的看法。他认为，历史学作为一门科学，是为了人类的自我认识。而所谓人类的自我认识，就是认识人之作为人的本性。经过分析，他得出结论："人被认为是在想（或者说充分地在想、而且是充分明确地在想）使自己的行动成为自己思想的表现的唯一动物。人类是唯一真正的思想的动物这一信仰无疑地是一种迷信；但是，人比任何其他的动物思想得更多、更连续而更有效，而且是他的行为在任何较大的程度上都是由思想而不是由单纯的冲动和嗜欲所决定的唯一动物，——这一信仰或许是很有根据的，足以证明历史学家的这条单凭经验行事的办法是正当的。"① 这就是柯林伍德将历史称为思想史的用意所在。在他看来，历史上人类的活动可以分解为两个方面：一个是自然生活的方面，另一个是体现了思想的社会行为方面。而只有后者才被纳入历史学家的视野，成为历史。

柯林伍德将人类历史归结为思想史，未免偏激。但他对于思想史的充分肯定，则必须十分注意。应该说，思想史观照人类历史活动的视角与一般历史不同：思想史视人类的历史活动为人类自觉选择的行为，其中人类的理性或思想观念起着重要作用。而一般历史与其说强调思想观念在人类历史活动中的主导作用，不如说更多地将它视为人类社会实践的结果。

应该说，这两种观照历史的视角都有其合理之处，而且成为理解人类历史行为的有效手段与方法。人作为历史的动物，它既是自在的，又是自为的；人的历史实践既有受制于自然环境的一面，而且受历史的因果律所支配，同时，人又是具有自由意志和有理性的动物，人的历史活动也同时是一个日益挣脱自然必然律的控制、从自在到自为的过程。而思想史的视角与一般历史的视角，恰恰是从这两个不同方面对于人类生存状况的理解与揭示。思想史不仅仅是思想史，它还具有历史本体论的意义，道理也在这里。

---

① 柯林伍德.历史的观念［M］.北京：中国社会科学出版社，1986.

二、思想史以"精英思想"为对象

但是，思想史的视角还不等于是思想史。严格来说，思想史是以历史上思想家们的思想观念为研究对象的。而这里所谓的思想家，一般而言，是指"精英思想家"。这就涉及一个问题：为什么不说思想史是以"一般社会思想"为对象，而是以"精英思想家"的思想为对象呢？事实上，这个问题目前在学术界已引起争论。有相当一部分治思想史的学者认为，真正的思想史应当从历史上的一般社会思想，或者说大众思想出发。理由是：真正的社会思想未必表现在精英思想家们的思想中，反过来，常常是精英思想家们的思想受到了社会思想或民众思想的影响。说精英思想家的思想观念接受了一般社会思想的影响，这点未必不符合事实。历史的真实是：作为精英思想的"大传统"与代表民众思想的"小传统"之间，常常是相互作用、相互影响的，很难用简单的一句话概括说，到底是精英思想受社会思想的影响，还是反过来社会思想接受了精英思想家们的影响。其实，这种所谓"影响说"或思想之间的相互"作用说"，只具有发生学的意义，它可能是一般历史研究的重要话题。但对于思想史来说，这一问题却未必就是操心的重点。因为思想史关心的问题，与其说是精英思想或者社会思想的起源问题，不如说是人类的思想观念对于人类自身历史的作用与影响问题，这才是思想史探索的主旨所在。而对这个问题的探讨，从精英思想的研究出发，可能更容易求得问题的解决。道理很简单：当我们说以思想精英们的思想观念为研究对象时，并不意味着排斥对社会上一般思想的研究，毋宁说，历史上真正的"精英思想家"的思想，其实是包含着一般社会思想在内的。弗洛姆说："这两个问题——领袖的心理和他的随从的心理——是有密切关联的。如果同一个观念对他们都能引起共鸣，那么，他们的个性结构一定在某些重要方面，是相似的。除了若干因素之外，例如领袖所具有之特殊思考及其行为天才，他的个性结构通常也极明显地呈现其信徒的特别人格结构中，领袖的个性结构中含有其信徒所具有的若干特征，这乃是由两个因素之一，或两个因素的合成所造成的：第一个因素是，他的社会地位就形成整个团体的人格的那些情况而言是典型的；第二个因素是，由于他生长的偶然环境，及由于他个人的经验，这些相同的特征遂发展成一显著的程度，而对此一团体而言，这些相同的特征则由其社会地位演变出来的。"[①] 这里弗洛姆说的是领袖心理与社会一般民众心理的关系，其实，将它用之于解释思想领袖（即"精英思想家"）与社会一般民众思想的关系，是更为恰当的。精英思想家的思想之所以称之为精英思想，之所以能在社会上引起极大反响，常常并非是其思想的深刻，而是其思想观念能更准确、更有效地表达一般的社会思想及其动向。就是说，精英思想家的思想观念只是一般的社会思想的浓缩形态，它是一般社会思想这片海洋中结晶出来的"盐"；它经过提炼已去除了海水中的"杂质"，然而，却保留了海水之为海水的"盐味"。因此，要探测一个历史时代的思想，无疑精英思想家们的思想观念提供了研究的最好材料。反过来，沉淀于社会习俗、礼仪等等方面中的社会思想，一般由于其分散性与具有杂质，却难以典型地展现一个时代的思想观念与精神风貌。从广大民众生活或社会底层生活方式中概括或勾勒出来的社会思想，其实经过我们作为研究者本人的加工制作，已具有我们研究者本人先验的理解与思想框架，否则我们无法从这些社会生活样式中得出社会思想的图景。

三、"观念的观念"

说到这里，要避免对于一般思想史研究的误解。当我们说：思想史以精英思想家们的思想观念为研究对象时，并不意味着凡是以历史上精英思想家们的思想观念为研究对象的研究都属于一般思想史的研究。其实，以

---

① 弗洛姆.逃避自由［M］.上海：上海文学杂志社，1986.

精英思想家的思想观念作为研究对象，与研究精英思想家的思想观念，并不是同一回事情。通常我们所说的对历史上精英思想家们的研究，其具体的研究方法与策略，可以是多种多样的，比如说，可以是研究精英思想家们提出其思想观念时的社会背景，也可以是研究精英思想家们提出的这些思想观念造成的社会后果与历史影响，可以是对这些精英思想家们思想观念"文本"的解读，甚至也可以是对于精英思想家们著作的考释，等等。但无论如何，只有当这种种方法与问题意识与思想史存在之依据——揭示思想观念对于人的历史活动之影响——联系起来时，方才称得上是一般的思想史研究；否则，它们就是归属于普遍的或一般的历史的思想研究。为了与归属于普遍的或一般的历史的思想研究相区别，这里我们将以精英思想家们的思想观念为对象，同时立足于思想史存在之意义的研究，称之为对"观念的观念"。这种对"观念的观念"式的思想史研究，如下一些具有普遍性的问题是必须注意到的。

首先，"观念的观念"要求我们在对人类历史上种种思想观念进行观照时，要区分"意识形态"与"乌托邦"。人们历史上的思想观念林林总总，内容各式各样，从其对于人类历史活动的影响来说，无非可以区分为意识形态与乌托邦两大类。曼海姆在谈到意识形态与乌托邦的联系与区别时说："就历史的进程而言，与其说人类常常全神贯注于其生存状态的对象，还不如说常常全神贯注于那些超越其生存状态的对象；尽管如此，社会生活的各种具体的实际形式，却是以这些与现实不一致的'意识形态'的心灵状态为基础建立起来的。只有当这样一种不一致的取向此外还倾向于破坏现存秩序所具有的各种纽带的时候，它才会变成乌托邦的心灵状态。"[1]这说明，无论意识形态或乌托邦都是人类主观心理的建构，是用以对人类历史与现存社会进行理解与思考的思想观念。意识形态与乌托邦不同的地方在于：意识形态倾向于对现存社会结构与制度采取一种肯定与维护的方

① 曼海姆.意识形态与乌托邦［M］.北京：华夏出版社，2001.

式，而乌托邦则通常具有革命的性质，倾向于对现存社会的否定与改造。不过，值得注意的是，就具体的思想观念而言，到底它是一种意识形态呢，还是乌托邦？这当中并非有严整的界限；历史上的思想观念常常是：它既有乌托邦的成分，同时又可以被作为意识形态而使用。这就要求我们在思想史的研究中做具体的清理与辨析。而且，思想的发展是一个动态的历史过程，一个思想观念在前期也许是乌托邦，而后来历史的发展中可能成为意识形态；反过来亦然。但无论如何，将思想观念区分为意识形态与乌托邦，具有"理想类型"的性质，它使我们可以在历史的形形色色的思想观念的迷雾中找到思想史研究的位置与定向，即扣紧思想观念对于人类历史发展与生存之意义，来对思想观念加以解读与研究。

其次，思想史研究的分层。思想史虽然以思想观念作为其研究对象，是对"观念的观念"，这并不意味着对观念的研究仅仅停留于观念本身。事实上，人类历史上思想观念之作用于人类社会活动的实践，在很大程度上，并非通过思想观念本身的内容，而是通过这些思想观念蕴含着的思维方式，以及其中包含着的精神气质在发生作用的。这方面，最有名的例子莫过于韦伯在考察资本主义文明的兴起时所指出的：一种本来属于基督教新教的宗教伦理思想观念——禁欲主义与"天职"观念，其中蕴含着的是一种工具合理性的思维方式，这种工具合理性思维方式如何展示为新教徒的行为方式与工作伦理，并最终导致一种新的以理性主义为导向的文明——资本主义文明的出现。因此，思想史的任务，除了是对历史上值得注意的思想观念进行意义的分析，揭示其包含着的意识形态或乌托邦成分之外，恐怕很大程度上，还必须对形成特定思想观念的思维方式特征进行揭示，并对其中寄寓着的精神气质类型进行描述。只有这样，思想观念如何影响并支配社会群众的生活方式与行为模式，才变得可以理解和可迹可寻。否则，仅只停留在思想观念本身来就思想论思想，它既脱离了一般思想史存在的初衷，本身丰富多彩的思想史实际也会变得异常贫乏，这是当前思想史研究陷入困境的重要根源。

再次，说明的思想史研究方法与理解的思想史研究方法的关系问题。如前所述，我们将思想史划分为两种：一般的思想史研究与归属于一般历史的思想研究。其实，这种分类不仅属于理想类型，而且具有历史本体论的意义（在历史本体论的意义上，一般历史将思想史归结为人类历史，而一般思想史将人类历史归结为思想史）。在具体的思想史研究中，本体展现为方法。于是，我们事实上具有了两种不同的研究思想史的方法与进路。其中一般历史的思想研究，倾向于对思想观念做实证的、近乎科学的研究，立足于对于思想观念的形成、内容及其思想影响进行客观的分析；而作为一般思想史的思想研究，则倾向于对历史上的思想观念做移情的理解，更多地考察历史上思想家们提出其思想观念的主观心境与深层动机，并且要对其思想观念的价值层面加以挖掘。前者认为思想观念的产生与演化服从科学的因果律，应用的是科学说明的方法；后者力图对思想观念的内容与价值做移情的理解，应用的是人文理解的方法。可以看到，尽管在一般思想史的研究中，这两种研究方法常常是交错使用，并且相互交融，难分彼此，但一般思想史从其本性与自我定位出发，却要求在说明的思想史方法与理解的思想史方法之间做出划分。这种划分，颇类似于韦伯在考察社会学研究方法时所致力的"实证的社会学"与"理解的社会学"之间的区分。一旦如此划分，则可以看到，说明的思想史研究在一般的思想史研究中仅具有方法论的意义，是从属于一般的思想史研究的；而理解的思想史除了体现为方法，还具有历史本体论的性质。这种本体与方法的从属关系，保证了对历史上思想观念的价值与意义考察的优先性，同时也要求对于思想观念的实证考察与研究必须上升到历史的本体，服务与服从于思想观念价值优先的目标。这样，在一般思想史的研究中，作为方法与本体的思想史研究不仅丰富具体，而且是方法与本体的统一。

——原载《新视野》（2003 年第 1 期）

哲学可教吗，哲学可学吗？

哲学可教吗，哲学可学吗？当我读《哲学要义》时，我的脑海中冒出这样的问题。

哲学是可教的。这不仅因为哲学作为一门相当古老的学问，自古以来就有可以传授的传统。这里且不说古希腊的苏格拉底、柏拉图、亚里士多德，先秦的孔孟和老庄，都以教授哲学著称，而且都后继有人。至于近代学科分化以来，哲学成为学科在大学设立专业，更意味着哲学的可教、可学。即拿此书作者来说，要特意给北大哲学专业一年级学生写一本作为哲学入门的书，这不更印证了哲学可教这一道理吗？

但是，哲学又是不可教、不可学的。说哲学之不可教、不可学，乃因为哲学可以区分为哲学知识与哲学智慧。通常我们说的哲学可教、可学，乃对于哲学知识而言，而作为哲学之最高存在之形态——哲学智慧，其实是不可教、不可学的。康德明确指出：对物自体的知识是人类无可达的；它只属于"神知"，人要去达到它，只能通过另一种途径——实践理性的途径。而中国古代哲学家，尤其是道家和禅宗，更是强调：哲学之第一义——道，是不可说，当然也是不可教的。

但是问题未必由此打住。《哲学要义》告诉我们的是：哲学还是可教、可学的。因此，我的理解是：这里所谓哲学可教、可学，是否指的是哲学知识？从此书的内容来看，它强调哲学是作为一门"科学的知识"而成立的。不仅仅如此，它还重视哲学的知识谱系。换言之，哲学是作为知识谱系而得以传承的。因此，所谓教授哲学，其实是传授哲学的知识谱系；学哲学，也就是学习与掌握哲学的知识谱系。哲学的知识谱系不一，学派也林林总总。此书强调的哲学知识谱系是自古希腊以降的西方哲学知识谱系，而其范型，则是德国古典哲学。作者谈到德国古典哲学为什么重要时，说了这么一段话：哲学最主要的还是要思考，学会思考是学哲学、做哲学的最重要的素质。"但是有一条，思考靠什么？哲学作为一门科学，靠知识体系、概念体系。在德国古典阶段或者西方哲学的参照系里面，没有概念就不能思考，不能思想。思维靠概念，没有概念就不能思维，这也是从康德到黑格尔这个历史阶段里奠定的很重要的基础。"（第 29 页）

　　学习德国古典哲学之所以重要，还因为它囊括了哲学中的几乎所有重要问题。作者认为，并不是阅读了历史上所有哲学家的哲学著作，才能理解哲学问题与哲学观念。书中指出：历史上每一位大哲学家，都会将以往哲学家们思考过的哲学问题重新思考一遍；因此，我们读这些大哲学家的著作，其实也就是将哲学史上的重要哲学问题梳理一遍。而学习德国古典哲学之所以重要，除了它思考过历史上的哲学家们曾经思考的问题之外，是因为它特别强调的是哲学原始问题或形而上学问题。书中说："形而上学最基本的问题就是零的问题、原始的问题。问题回到原始，可能是最先进的、最尖锐的。……这就是哲学的特点，最基本的就是最前卫的。你抓住一些细节，反倒既不原始也不前卫，既不本原也不先进。哲学居于中游就既不'原始（始）'也不'先进'，'平庸'永不会成为'哲学'。哲学追根寻源，形而上学总体的问题就是零点问题、原始问题、本原问题、本真问题。"（第 45 页）

　　读至此，我的疑问似乎消失：形而上学本是不可教、不可学的，而这里强调哲学作为形而上学的重要性，并且认为研习德国古典哲学是理解与把握形而上学问题的必由之路，这在作者看来，或许形而上学作为知识才是可教、可学的。这与我所理解的形而上学作为智慧是不可教的，本属于不同性质的问题。

此书对于通过阅读哲学经典来理解哲学做了许多说明与论证。不过，是否通过阅读哲学经典，就一定可以进入哲学的堂奥呢？细读全书，感到此说又未尽然。书中告诉我们：哲学史的知识与哲学知识体系还是有区别的。有的人一辈子阅读哲学著作，对于这些著作的内容十分熟悉，甚至可以达到如数家珍的程度，但是，这里且不说这些零散的哲学知识不是哲学智慧，即使离作为一门完整科学知识谱系的哲学真知也相差甚远。真正的哲学知识必然是一个系统，它具有包容性。能否将学过的哲学知识融贯变成一个哲学知识系统，这当中还需要其他条件。而这些条件当中，个人的主体性是很重要的。这种个人的主体因素更多地取决于个体的先天气质，乃至于个体的生活阅历、其他方面的阅读趣味，等等。

由此观之，哪怕将哲学作为一门完整的科学知识体系来把握，其实都既有可教的成分，也有不可教的成分。当我们说可以通过学习哲学史以及阅读哲学经典来学习哲学时，充其量还只是学习到一些哲学知识，而这些哲学知识要成为完整的科学体系，还必得有"转识成智"的本领，即看我们能否具备将学习到的哲学知识转化为哲学知识体系的能力与素质。虽说如此，作为有志于从事哲学研究的人来说，学习哲学史以及研读哲学经典其实还是无法跨越的唯一途径。这其实是说：舍此之外，我们实无其他更好的门径与方法。作者认为从事哲学研究有两条道路：上升的道路与下降的道路。上升的道路是从具体的学科开始，通过经验的积累，逐渐上升到哲学的思考。但这条道路充满风险，不确定的因素太多；要真正能走通，属于"可遇不可求"之举。作者提到，许多做具体学科研究的，他们学问做得很好，甚至对于哲学问题也有思考，但到底来总不是哲学。因此，作者津津告诫初学哲学者，还是走哲学的"下降的道路"为宜。所谓下降的道路，就是从研读哲学史与哲学经典开始，逐渐提高对于哲学的觉解能力。当然，这并不意味着走这条路就一定能在哲学里登堂入室，但风险毕竟降低。

呜呼，哲学到底可教乎，抑或不可教乎？

我读罢全书，得到的似乎是一"中道"的答案：介于两者之间。哲学是可教可学，又不可教不可学之学。

但是，既然我们要学习哲学，而且需要有人来教哲学，最好的办法还是采取一种哲学可教、可学的立场。因此，我同意全书的结论性意见："哲学是可以普及的，而不是秘传。哲学是可以普及的，可教可学。这样，各位同学都可以安心在哲学系里学习，你们可以学到哲学。当然，像一切其他科学一样，要有创造性的建树，那不全是教来的，也不全是学来的，需要有各种条件机缘会合。"（第 34 页）

——原载《中华读书报》（2006 年 11 月 29 日）

中国哲学研究方法评析

作为"学科"意义上的中国哲学，它的历史只有百年；而这以前，中国哲学作为"文本"分散于传统学术的各个部类，如经、史、子、集之中。如何从这些传统的典籍出发，整理、勾勒出中国哲学发展的轮廓，并进而对其各个细节进行深入研究，同时阐发其"义理"，这当中离不开"方法"。但所谓"方法"并不是客观地摆在那里可以供我们随时拿出来使用的工具；"方法"其实是一种"方法论意识"；它取决于我们研究者的问题意识。可以说，有什么样的问题意识，就有什么样的方法。而按照诠释学的观点，方法其实就是理解，方法就是诠释，它与我们如何看待中国哲学"文本"的视野有关。故对中国哲学研究方法的了解，首先应了解研究者探究中国哲学的问题，以及其进入中国哲学"文本"的特定角度与视界。

从方法论来反省，百年来的中国哲学研究可以归纳为五种类型或者五个维度。今概述如下：

一、历史文献学方法。这种方法在中国传统学术中源远流长，是中国经学研究的重要组成部分。其特点是注重对中国哲学"文本"的整理与考释，也就是传统意义上所说的"历史文献学"的方法。与传统学术方法不同的是，近代以来，在西方学术方法的影响与启发下，这种历史文献学的方法还借鉴了考古学、人类学以及比较语言学的成果与方法。但无论如何，这种方法的"问题意识"是要客观地、准确地"呈现"或"再现"中国哲学文本的"原貌"。它关注的是古人"说了什么"。而为了解古人说了什么，它不仅要排除与悬置研究者的价值判断，而且将研究内容限定在对"文本"的语言意义的理解上，这也就是传统学术中所谓"我注六经"的方法。迄今为止，作为一种基本的学术方法，它还为治中国哲学者普遍使用，甚至被视为研究中国哲学的一种基本训练或基本功。但由于它过于注重对历史文本的考据，而有忽视或不关心文本的意义的取向，也有不少人认为严格来说，它只是中国哲学研究的一种"工具"，还不能上升为"方法"。但事实上，虽然历史文献学的方法不能作为中国哲学研究方法的全部，它却是研究中国哲学的过程中经常使用或者无法回避的方法之一。

二、哲学史方法。这种方法由传统学术中的"学案体"发展而来，但研究者采取的研究范式，甚至思想观念，却更多地受惠于西方学术，包括西方哲学史研究的启发。这方面，胡适的《中国哲学史大纲》与冯友兰的《中国哲学史》提供了典型。但同样是哲学史研究方法，这当中亦有"六经注我"与"我注六经"之分。就是说，有的研究者的问题意识是关心作为客观存在的中国哲学的"原貌"，因此在研究过程中力图要避免研究者主观的价值介入；反过来，有的研究者却强调中国哲学的历史是一种"重构"，不仅研究者的价值取向无法避免，而且研究者应当对中国哲学的文本做出价值立场上的评判；更有的研究者显示出一种"强烈价值论"，认为哲学史就是哲学，哲学就是哲学史，因此愿意将哲学史作为其本人哲学理念的一种表达。其实，完全"客观"的中国哲学史的研究是不可能的；任何研究者在重构中国哲学历史的时候，都会包含有他的"成见"与"先见"。但哲学史研究的意义与特点并不在此，而在于：它将历史上哲学家们的哲学思想从"史"的角度系统化，以见这些哲学家们的思想在思想观念上的联系、传承以及转化；因此，它对哲学意义的理解，更多的是一种哲学历史发展脉络中的理解而不是其他。这种方法用之于中国哲学的研究，可以展示中国哲学的宏观面貌，同时对于个别哲学家的研究，也可以找到其在整个历史发展线索中的定位，因此迄今为止，是中国哲学研究工作者们广泛使用和乐于采用的方法。

三、哲学问题法。这种方法与哲学史方法的区别在于：哲学史方法关注的是历史上哲学家们自己的哲学问题，而哲学问题法则追究哲学的普遍问题与"义理"，因此，它对中国哲学的研究与看法，不是从史的角度入手，而是努力去追寻中国哲学文本呈现出来的哲学"义理"。它的问题意识不是在重构中国哲学发展的历史，哪怕是中国哲学观念以及其内在逻辑展开的历史，而是讨论与研究中国哲学本文中表达或者蕴含着的普遍性哲学问题。当然，这种所谓普遍性哲学问题，既可以是一般意义上的哲学问题，也可以是中国哲学特有的哲学问题。但无论如何，关心哲学义理本身，而不是哲学义理与历史上其他哲学义理的联系与区别，应是这种方法的特点。从学术传统来看，这种方法与宋明的"义理之学"有相似之处，但中国近百年来的哲学问题法，其研究的基本范式、哲学观念以及方法论原则（如重视逻辑分析等），都更多地从西方近现代学术中寻找学术资源。可以说，这种问题更多是西方哲学引进到中国以后的结果，它与思想观念有着更多的联系，或者从本质上就属于哲学思维。这种方法本是中国传统学术中的薄弱环节，它刺激与催生了中国哲学的研究，同时也有望发展出中国自己的哲学。但由于这种方法是从西方哲学中引进的，到底中国哲学中有哪些具有普遍性的哲学问题，其意义与价值如何？这些都是有待于进一步开拓的问题。也正因为如此，这一方法也方兴未艾，可能在今后一段时间将有较大的发展空间。

四、比较哲学方法。这种方法可以看作是哲学问题研究法中的一种，也可以视之为哲学问题研究法的深化。因为对于中国哲学问题法的研究，是要寻找出中国哲学中的普遍性问题，包括一般性的普遍问题以及中国哲学自身的普遍问题。而这种普遍哲学的寻找，常常以西方哲学及其他非本土哲学作为参照。但另一方面，比较哲学方法又不可归约为哲学问题法，它的问题意识与研究方法并不是哲学问题法所完全可以涵盖的。这就是它强调哲学问题的"比较"。对于一般的哲学问题法来说，可以有比较的角度与视野，但这种比较的角度与视野是蕴含着或"隐蔽着"的，对于比较哲学方法来说，比较则成为一种基本的研究方式与手段；既然重点在比较，它的问题意识就是关注不同哲学的同中之异，以及异中之同。比较哲学是近代以来西方哲学传入中国以后才出现的方法，而且这种比较哲学方法常常是"中西哲学比较"。从某种意义上说，比较哲学成为中西哲学比较的代名词。原因是：当西方哲学观念初传入中国的时候，人们常常采取"以中释西"的方法，来对中国传统哲学的思想观念加以重新理解与诠释，当西方哲学观念逐渐为人们所了解与接受的时候，人们发现中国哲学的思想观念远非西方哲学的范围、概念所能包容。因此，人们逐渐或者倾向于采取"比较"的角度与方法，来对中国哲学做进一步的了解。这种"比较"尽管仍然可以是以西方哲学为参照系的，而其研究的目的却立足于中国哲学自身。当然，纵观近百年的中西哲学比较，其发展有一个逐渐深入与发展的过程，这就是从开始时的中西哲学人物、思想的比较，逐渐过渡到哲学思潮，乃至于哲学问题的比较。我们应当看到，在全球化与文化多元化时代来临之际，这种比较哲学方法在今后中国哲学的研究中将会进一步发展，并且展示出它探研哲学问题的丰富性与具体性。

五、交叉学科方法。这里所谓的"交叉"，不是指哲学与其他人文学科之间的交叉，而是指哲学与社会科学方法之间的交叉。就中国哲学研究而言，哲学与其他人文学科之间的交叉早已存在，甚至于古已有之；这是由中国传统学术中，文、史、哲不分家这一学科特点所决定的。至于哲学与社会科学的交叉，则是近代之来，尤其是晚近以来的事情。这种方法的认识论前提是：哲学问题不能与其他社会科学的问题截然分开，为了加深对中国哲学的了解，必须从社会的、政治的、经济的、法学的以及宗教的等等层面来对它进行研究。这种交叉研究方法导致的结果有两个：一方面，是导致中国哲学内容的重组与分化，如产生了中国社会哲学、法律哲学、宗教哲学，等等；另一方面，它促使中国哲学内容的丰富性与多样性，或者说，它提供了观察中国哲学的更多的视角。如过去中国儒学是否为宗教或有宗教性的问题，这一问题的解决，只有与宗教学研究或者吸取宗教学研究的成果才能解决。中国哲学中的政治思想或法律思想的研究，也只有吸取与跟踪政治学、法律学的研究成果才能得以深化，等等。应当说，在学科进一步分化，同时又愈来愈走向综合的今天，这种交叉学科方法有助于扩大中国哲学研究的边界与视野，它的前景是来日方长吧。

　　以上对百年来中国哲学研究的五种方法做了回顾与前瞻。应当说，这五种方法的区分，仅具有"理想类型"的意义；在中国哲学的实际研究中，它们彼此之间的分界常常不一定那么明显。而且，对于中国哲学中同一个问题的研究，我们也可以从不同的角度去加以认识与研究，这就需要我们同时运用不同的研究方法。从这种意义上说，方法论原则其实是方法论意识。只有认清方法论中的问题意识，以及解决问题的目标与目的，我们才能自觉地选择与运用某种方法，或者同时运用某几种方法。就是说，方法论意识是我们运用方法的前提。

——原载《光明日报·理论周刊》（2003 年 1 月 14 日）

论大学的人文教育

尽管大学的起源相当古老，创办大学的目的与意义，自近代以来却屡屡引发争论。也正因为如此，20 世纪 50 年代斯诺提出的"两种文化"的理论尽管不是什么石破天惊之论，在思想文化界尤其是教育界却引起轩然大波。原因无它，因为"斯诺问题"表面上针对人文文化与科技文化的断裂而发，其骨子里却触及一个更深层次和更为根本的问题：以人才培养为根本目的的大学，究竟应当确立一种什么样的大学理念？

在科学技术发展的今天，由于科技发展给整个社会以及经济增长带来的成效有目共见，关于大学教育中应当大力推进与发展科技教育，已经是早已解决、无须讨论的问题。存在的问题倒是，随着科技与经济的进步，大学中人文学科的"合法性"以及定位问题。对于一切从"实用"与"效益"的角度来看待大学人才培养的人来说，对于"人才"的理解是相当得狭隘和功利的：看他以后能够为社会增添多大价值与财富。而人文学科以及人文教育似乎由于无补于社会财富或者社会价值的增加，自然就遭受冷遇和逐渐地"边缘化"了。因此，要解决大学中人文教育的"合法性"问题，首先就要对"人才培养"的提法重新"正名"，恢复"人才"这一思想的古义。所谓"人才"不是"人材"（虽然"人才"可以包括"人材"，但"人材"却未必就是"人才"）。衡量是否为"人才"的首要标志，不是看他

"做事"的本领到底有多大，而是看他"做人"的境界有多高。正是在这种意义上，长期从事教育实践，并对高等教育甚有心得的钱穆提出大学教育的"三统"之说："人统""事统"与"学统"；而他认为最重要的是"人统"，即强调大学以培养"如何做一有理想有价值的人"为第一义。同样，长期执掌清华大学校政、且出身于理工科的梅贻琦，在《大学一解》中明确提出大学的目标在明明德、在新民、在止于至善。哲学家马丁·布伯（Martin Buber）在谈到教育的功能时说："真正配称为教育的，主要的是品性的教育（education of character）。"即使是重视大学"发展"知识的功能，首先将"研究"引入大学作为目标之一的佛兰斯纳，他在提到大学的目标与责任时也指出："成功的研究中心都不能代替大学。"他强调大学应当是"时代的表征"，但其风气不应随社会的风尚、喜恶为转移，而应当严肃地批判地守护一些永久的价值。美国的社会风尚注重实用，但曾任芝加哥大学校长的赫钦士（R.Hutchins）却认为大学教育之目的不在训练"人力"（manpower），而在培育"人之独立性"（manhood）。看来，注重大学教育中人的品格培养以及人文价值的养成，这是中西方思想家与教育家的共识。

我们强调将人文理念作为大学教育的根本宗旨与目标，并非忽视科技教育。恰恰相反，科技教育只有贯彻"以人为本"这一人文价值，才能找到它真正的生长点，获得它真正的生命力。因为从人的观点来看，科学技术不是其他，只是满足人与社会全面发展与需要的一种手段与工具而已。罗素说："科学能处理手段，却不能处理目的；目的必须依赖感受。"又说："理性的或科学的态度是许多德行中的一种；没有一个头脑清醒的人会以为那是所有的德行。"这里罗素将科学价值也视为人类所追求与珍惜的诸多价值中之一种，是他的卓识所在。但科学技术对于人类来说无论如何重要，都无法代替人文价值与理想，相反，它必须从人文价值中获得它的价值支撑。

从这里看来，斯诺所提到的"两种文化"，从根源上说本非对立。科技文化与人文文化的对立与彼此抵牾，是发生在具体的教育操作层次上的。也正因为如此，"斯诺问题"才有其尖锐性与严重性。它说明：要真正解决大学中人文教育的定位问题，与其说是空谈理论，大声呼吁提高对人文教育的认识，不如从切实的教育改革做起。这涉及教育方针、课程设置、机构改革等许多具体问题，但归根结底，仍然是一个人文教育理念能否在大学教育中成为主导观念的问题。如前所述，人文教育本质上是一种价值与意义的教育，这种教育无论在教育的方式方法或教育者的精神气质上，都与单纯传授知识的知识性教育有所不同。迄今为止，奢谈大学中人文教育者不乏其人，但大多数人不是将它等同于通识教育，就是理解为文科教育。其实，通识教育是对专门教育而言，它针对的是只重专门知识会使学生养成"见木不见林"的知识面过窄的情况，本质上它仍属于一种知识性教育，与专门教育不同者在于它尽量地拓宽学生的知识面而已。而纯粹的文科教育对于理工科学生而言，属于通识教育；对于文科学生而言，则又属于专门教育的范围。从这种意义上说，无论通识教育或者文科教育，都属于知识教育。而真正的人文教育理应是关于人的素质的教育——培养人的品格与树立健全的价值目标的教育。这种素质教育固然在很大程度上离不开文科的知识，但相比较而言，人文教育所需要的思想空间可能是更为重要的。这种思想空间主要是一种自由讨论与争鸣的知识场所、自由讨论与争鸣的学术氛围。缺少这种知识场所与氛围，仅在文科知识以及文科课程设置上下功夫，是舍本逐末之举。这就是为什么我们多年来也并非全然不重视哲学与社会科学，甚至在某些特殊的历史年代，我们还夸大了人文知识的功用而贬低科学知识，其结果，我们的教育非但不能提高人文素质，也不能造就具有科学头脑的人才。因此，在今天科技时代的大学教育中，我们固然要加强人文性的知识教育，更重要的是要培育与造成一种有利于人文教育的知识场所与文化氛围。这种人文知识场所与人文氛围超出了传统的人文知识的传授与教育；或者说，真正意义上的人文教育要有成效，是以这种人文知识场所与氛围的确立为前提条件的。

今天，加强与提倡大学中的人文教育已开始成为人们的共识，而如何确立与创造大学中人文教育的自由学术空间，更应当成为我们落实这一理想的行动与当务之急。

——原载《探索与争鸣》（2002 年第 6 期）

大学中的环境教育

——从人文素质教育的角度谈清华大学的环境教育

清华大学要建设成国际第一流的大学，实行"绿色大学"计划是其中重要的环节。而从人才的培养出发，对大学生进行环境教育更是重大的举措。面向 21 世纪的人才应该是具有综合性素质训练的人才。这所谓"综合性素质训练"，按我的理解，除了具有掌握本专业范围之外的其他学科知识的能力，更重要的是指具有综合性的创新能力。创新能力包括价值的创新能力、思想观念的创新能力和技术创新的能力。与技术创新能力比较起来，价值创新和思想创新的能力是更基本的，它们构成技术创新的基础。道理很简单，任何技术创新的背后，都有价值创新和思想创新作为支撑；任何实质性的技术创新活动，说到底，其实都是价值创新和思想观念的创新。而环境思想与环境意识的教育，将引发与以往不同的思想、价值观念乃至于全新的思维方式的出现，它无疑为我们大学中的综合素质训练与人才培养灌注了新的内容。

从培养与塑造具有思想创新与价值创新能力的人才出发，我认为，清华大学在实施环境教育的过程中，应该重视环境价值意识的教育。环境价值意识的教育不同于环境知识的教育：后者向学生传授和讲授有关环境问题方面的理论和实用的、技术性知识，而前者则从价值观的方面，帮助学生形成一种对于自然与环境的新看法与新见解，并由此而影响学生对待自然与环境的态度和行为。这里我并不是要否认环境知识教育的重要性。事实上，完全可以预料，一些现在看来似乎还很专业的环境知识与理论，也可能在未来不久，就会成为很普及，甚至于人人都需要而且能掌握的知识，就如目前关于个人电脑和互联网的知识正以惊人的速度在普及似的。从高等教育的人才培养要有超前意识着眼，清华大学的环境教育对于环境知识的传授应该加大力度才对。而我现在之所以提倡和强调环境教育中要加大环境价值意识教育的力度，一方面固然是因为关于环境知识教育的重要性容易为人们所认识，而在大学中开展环境价值意识教育这个问题往往被忽视；另一方面，更重要的理由是：相对于环境知识教育，环境的价值意识教育是一个更艰难，也更要花大力气的事情。但是，环境价值意识教育的重要性却一点不亚于环境知识教育；甚至可以这样说：没有环境价值意识教育作为奠基，环境知识教育就如大海中的舟船迷失了方向，哪怕它载了再多的货物，却不知道这些货物应送往何方。

在实施环境价值意识教育的过程中，清华大学的人文素质教育应发挥出它该有的功能。人文素质教育本质上是一种价值意识的教育。就环境价值意识的教育而言，它应与人文素质教育中的世界观教育和人生观教育相结合，就是说，我们要将环境问题中的价值意识渗透到世界观与人生观教育的内容中去，要从环境意识出发，帮助学生树立一种新的看待世界的眼光和方式。具体来说，就是克服"人类中心主义"的世界观和宇宙观，改变近代以来视自然为人类可以任意支配和征服的对象的观点，而代之以一种与自然和谐相处以及众生平等的观念。人生观教育方面，要以保护自然资源和爱护自然环境等环境保护的内容作为人生的目的和内容之一，并以此进行人格的提升。此外，根据中国的国情，要对学生进行"环境忧患意识"的教育，要让学生了解中国生态环境问题的严峻性，从而帮助学生树立起为民族的长久生存和子孙后代的绵延而参与环境保护的社会责任感。

除了世界观与人生观教育之外，人文素质教育中的环境价值意识教育要增设关于环境伦理教育的内容。环境伦理的内容很多，而其核心思想是人类对自然环境具有保护和保存的道德义务和责任。事实上，任何世界观与人生观的教育，最后必得落实和贯彻到伦理的道德行为中去，并由伦理道德责任的践行而判定其是否成功。环境伦理包括"公德"和"私德"两个方面，"公德"指社会生活中人人都应遵守的公约和规则，是环境伦理中对每位现代公民最低限度的伦理道德要求；"私德"则同个人的人生境界有关，它虽不强行要求社会中每个成员都遵守，却提供了一种理想的和可供仿效的个体生命的活动方式。环境伦理教育的意义在于，它将使环境保护成为每个社会公民自觉遵守的道德要求和应尽的道德义务，并在全社会逐渐形成一种有利于环境保护与保存的生活方式。

但我们应该看到，人文素质教育虽在环境价值意识教育中发挥重要的作用，其实，环境价值意识的教育却远不应以"人文素质教育课程"的内容为限。我的意思是，除了人文素质教育的课程要加强和增设有关环境价值意识教育的内容之外，即便是其他课程，也要有环境价值的意识。尤其是作为全校性非环境类专业的公共课程"环境保护与可持续发展"，是对全校学生较系统地进行环境教育的一门主干课程，其中的环境价值意识更是不可缺少的。此外我们还应该辅之以讲座的形式，让同学们有更多的机会接触和了解到环境价值意识教育的丰富多彩的内容。

环境价值意识教育和环境伦理教育不仅仅是课堂和书本上的传授，其最终目的是要化理论为德行，所以它的实践性是相当强的。为此要组织和开展一系列的环境保护活动和生态调查活动。其中，除校园整洁和绿地活动等常规性的活动可以经常组织之外，还可根据大学生们的特点，组织对生态和环境指标的监察和监控，以及环境保护方面的科技创新活动，等等。

其实，环境价值意识与环境伦理的教育不仅是面对学生，同时是面对校园所有成员的。这里，用得着"教育者必先受教育"和"教学相长"的谚语。为了使环境价值意识与环境伦理教育能落到实处，可以考虑在学校范围内推行"校园环境伦理公约"。这种校园环境伦理公约的实施不仅是环境伦理教育的配套措施，而且可以在校园内营造一种保护环境的文化和道德气氛，是加快校园绿色工程建设不可缺少的"软件"。

我们可以相信，通过环境价值意识与环境伦理教育的实施，不仅清华大学的校园将会变得更加美丽，更加"绿色"；"清华人"也将以更加丰满的形象呈现于世人面前：他将不仅是以高科技见长，善于运用"工具理性"的，同时又是爱护与珍惜自然之价值，具有完善"价值理性"与人文精神的健全的人。

——在清华大学"建设绿色大学会议"上的演讲（1999 年 10 月）

为大学"博雅教育"一辩

当前，"素质教育"正成为中国大学教育改革的重点内容之一。为了提高大学生的整体文化素质，教育工作者们设计了种种不以某一专业领域为限的课程，并且将这些课程冠以"人文素质教育课程"或者"通识教育课程"的名称。我认为，这类课程的名称已为人们所接受，因此，无论是教育者还是受教育者，对它们的内容以及其所欲达成的目的来说，都是不会发生太大疑问的。但是，仔细想想，将这些以提高整体文化素质为宗旨的课程，一概冠之以"素质教育课程"或"通识教育课程"之名，是否为最适合的说法，却仍然有讨论的必要。君不见：名不正则言不顺，言不顺则事不成。看来，目前大学教育中人文素质教育课程或者通识教育课程之还没有引起足够重视，一方面固然与我们对这类课程内容的设计与讲授方法有关，另一方面，恐怕还同这类课程的名称有关。即是说，人们从这类课程的名称，很难将它们的课程内容与它们所欲达成的教育目标之间建立起直接的联系。这样，无论是教育者还是受教育者，都难免将这类课程视之为专业课程之外的"副业"，甚至视为专业课程之外的点缀品或者调味品了。

将以提高大学生整体文化素质为宗旨的课程称之为"大学博雅教育"，此一说法，并非标新立异，乃是"返璞归真"，是"照着"中西古典教育之原旨与传统而讲也。所谓博雅教育中的"博",乃知识渊博之谓也;而"雅"则解释为高雅,指一种精神品格与道德修养。因此,博、雅两字连用,乃指知识渊博而又精神品格高超与道德修养高雅。就高等教育来说,博雅教育包含两重意思:一指它对人才培养的目标与要求,二指它对达到这种人才培养要求的方法。而对于博雅教育来说,这两者其实是合而为一的。

这种以人的精神道德修养为目标,同时又将人格修养与知识的熏陶结合在一块的教育方法与教育过程,与中西方古典教育的传统是一致的。像中国先秦儒家强调教人以"六艺"。所谓"六艺",指礼、乐、射、御、书、数。这六艺绝不仅仅是实用知识,它们虽然有实用功能,但先秦儒家教人以"六艺",其最终目的是要将人培养成"君子"。所谓君子,首先要有德行,要有强烈的社会责任感,同时还要有高雅的文化修养。同样,古希腊时代的学者提倡"七艺",它包括文法、修辞学、逻辑学、算术、几何学、天文、音乐;学习这些知识,主要不是将其作为职业谋生的手段,而是为了成就一种人格。所以,这些表面上看来是实用性的知识,其实都寄寓着内在的人格培养与精神修养的要求。正是在这种意义上,古希腊时代将这种文化教育视之为"自由主义教育"(liberal arts, liberal education)——一种以自由人的人格养成为目的的教育。

问题在于:这如何可能?就是说,为什么理想人格的培养,必得建立在各种知识文化的基础上呢?它也是问:文化修养与人格修养的关系到底如何?无论对于中国先秦儒家传统来说也罢,对于古希腊传统来说也罢,对于这个问题都是不存在疑问的。这是因为:在古典文化的时代,衡量一个人是否有"修养",它是包括或者兼有文化修养与道德修养在内的。所谓人格修养,既指人的文化修养,又指人的道德修养。说到这里,人们会问:在现实生活中,我们的确可以发现有两者分离的情况。就是说,有的人具有文化修养,却未必具有道德修养;反过来,有的人未必有很高的文化修养,却会做出令人赞赏的道德行为。这种情况如何解释呢?对此种社会现象，我们无须讳言，但却可以很好地解释：假如真正出现这种情况，是由于我们教育过程中的失误或失败所至，即我们仅仅将文化知识作为具体的专业知识来传授，而忽视或无视了它的人文教化功能。要知道，对于古典教育来说，文化知识教育与人格道德教育从来是一而二、二而一的事情。所以，孔子在谈到学《诗》的作用时说：一方面，学《诗》可以"多识于鸟兽草木之名"，(《论语·阳货》)另一方面，《诗》"可以兴，可以观，可以群，可以怨"。(同上)"多识于鸟兽草木之名"是知识，而"可以兴，可以观，可以群，可以怨"等等则属于人文教化的内容。而知识的传授与人文教化在《诗》的研习过程中应当和谐地统一，甚至相辅相成。从这种意义上说，我们认为，假如一个人学习了《诗》而仅仅"多识于鸟兽草木之名"，他自然不能称之为"君子"；反过来，假如一个人不学习《诗》，作为一个"白丁"，他出于自然的情感也可以做出符合社会伦理道德的行为，但由于他缺乏文化，他无法对他自己的这些行为做出理性的判断与分析，那么，按照苏格拉底甚至康德的说法，他其实并不是一个真正自由的人，而仅仅是凭着自然冲动而行事罢了；而一个纯由自然本能决定、而缺乏自由意志的行为是不配称之为道德的。因此，对于博雅教育来说，所谓道德修养以及人的精神境界之高下，与人的文化修养应当是成正比的。而反观我们的思想道德与品格教育，在过去很长一段时间内，曾经错误地认为，所谓道德品格教育就是思想灌输，就是宣讲与传授具体的道德纲目与社会规范。实践证明，这种仅仅就道德本身论道德教育的做法，是已经失败了的；因为这种说教式的做法，很难将伦理道德与具体的社会规范内化于受教育者本身。它的根本失误在于：它将受教育者视为一个被动的、像机械的容器那样的可以任意填充内容与作料的载体，而没有考虑到道德涵养与精神修养归根到底是一种人格建构，这种人格建构必须通过"对话"加以进行。而与人类历史上积累下来的文明与文化对话，才是这种主体人格建构的最佳方法与必要途径。

　　然而，提倡博雅教育的意义并不全然在此。因为上面所提到的"精神品格"与"道德修养",确切说来,还不应以一般的社会伦理道德为限。在传统的意义上,我们总是将某些既定的社会规范作为道德的内容与纲目,其实,一个文明与进步的社会,其道德文明与精神文明是不断发展的。人类道德的进化本来是一个历史的过程:在此时被视为道德的,在彼时未必被视为道德的;而人类道德的进化,一个很大的推动力,就来自于人类对其自身文明与道德的反省。而人类的这种对文明与道德的自我反省能力,离开了博雅教育——一种以人类历史上沉淀下来的文化与文明遗产为主要内容的教育,事实上则很难培养。就是说,博雅教育除了要通过文化知识的教育培养我们的道德能力之外,很重要的还要通过它来培养与增进我们的自我道德反省能力。这种道德反省能力,说到底,就是一种道德理性。

此外,博雅教育还可以提升人的精神境界,使人获得真正的自由。什么是自由?前面所说的道德自由意志,属于一种自由;但人类的自由除了表现于自觉选择与遵循道德理性之外,还表现为克服人的有限性、超越自我的自由。这是一种较之道德能力更高的自由。就是说,人的自由可以而且应当涵盖道德,但道德却未必能穷尽人的自由的全部。人的真正的自由属于一种精神境界,它也就是冯友兰所说的"天地境界"式的自由。冯友兰说:"在天地境界中底人,是有为而无为底。""在天地境界中底人,能顺理应事。"(冯友兰:《新原人》)这里所谓"有为而无为",所谓"顺理应事",绝不是工具意义上的一个人做事情很顺利和办事情无任何阻碍,而是指一种超越性的精神境界。达到这种超越性精神境界的人,他能"知天"与"同天",在心态上能做到如程颢所说的"万物静观皆自得,四时佳兴与人同"。显然,这种自由自在心态的栽培,离开了文化知识教育,是很难获得的。因为"道通天地有形外,思入风云变态中",(程颢:《秋日》)天地之道表现于种种有形态、有变化的具体事物之中,对它的把握不仅要"悟",还要"格物"——接触与学习种种自然科学、社会科学与人文科学的知识。而博雅教育恰恰可以提供琳琅满目、丰富多彩的有关自然世界、人类社会、历史以及人文、艺术等等方面的知识。

　　博雅教育还可以使人生过得充实，使人的生活充满创造性与活力。人生来是应当追求幸福的。但是，有人会对幸福产生错误的理解，要么拼命追求物质欲望的满足和感官刺激的快乐，要么寻求精神上的种种麻醉和解脱。其实，这正是精神生活极度贫乏的表现。人生真正的快乐与幸福，属于精神上的创造，它与人的文化知识、文化修养以及文化趣味是密切联系在一起的：一个人对外部世界与人的心灵世界了解得愈多，他愈能体察与洞悉宇宙与人生种种之奥秘，对天地万物之种种奇妙会感到惊讶与好奇，从而会产生创造的冲动与进一步探索宇宙、人生的欲望；而通过这种探索，愈发会感到宇宙之可爱与人生之可欲。庄子说："天地有大美而不言。"（《庄子·知北游》）博雅教育正是要通过展现宇宙与人类社会、人生种种奇异之现象，激发起人的创造能力，并给人以探索宇宙、社会与人生之真相提供原动力。

　　博雅教育不仅使人生过得充实，还能为人生增添美感。博雅教育与其说是灌输知识的教育，不如说是陶冶性情的教育；它与其要给人某种绝对不变的结论或教条，不如说重视教育之过程。而这种教育过程，是要培育起一种能够欣赏与鉴赏宇宙万物与天地之大的"游戏精神"。这种游戏精神对于人生是十分难得的。席勒说："只有当人充分是人的时候，他才游戏；只有当人游戏的时候，他才完全是人。"（席勒：《审美教育书简》）而由于博雅教育是"寓教于乐"的，是以无目的为目的的；它通过潜移默化可以改变人的气质，将人从种种日常生活与平凡琐事中解脱出来，使人生诗意化与趣味化，使人获得一种"游戏精神"。当然，这种游戏精神不仅仅是精神性的；真正的博雅教育，还应当通过文化趣味的培养，将这种精神性品格展现为具体人格，体现为外显的精神风貌、气质。从这点上说，博雅教育属于一种"教养"。所谓教养，就是通过教化而让人获得高雅的修养。其实，"文明人"与"野蛮人"的区别，不在其文化之多少，而在其"教养"之高下。

　　这样看来，博雅教育之重要性实莫大焉。那么，博雅教育在大学中应处于何种地位呢？长久以来，人们有一种成见，将大学仅仅视为专业人才的培养场所。其实，大学的终极目标，与其说是培养专业人才，不如说是培养古典意义上的"君子"。这里不是说大学不应为社会与国家输送专业人才，更不是说大学中的专业知识传授不重要，而是说，一所真正意义上的"大学"，是不应当以此为限的。因为假如仅仅从培养专业人才的目的出发，我们可以有各种专科学校以及职业学校，甚至在工作实践中，也可以学习到专科的知识与技能。从这点上说，即使说在大学学习的专业知识要比其他专科学校更多，其知识基础打得更扎实与牢靠，或者其传授的知识水平比专科学校更高，从性质上说，它也与专科学校无异，只不过是专科学校的延伸与放大而已。看来，社会除了赋予大学有向学生传授专业知识与技能的责任之外，大学更应当提倡"教化之学"，也即以培养具有健全人格与具有高迈的精神品格的人才作为其首要使命。这也就是古人所讲的"大学之道，在明明德，在新民，在止于至善"（《大学》）。

其实，将大学定位于培养健全人格的人才，这也是中外许多教育家的卓识。潘光旦早就说过：大学教育不应成为职业或技能教育与专家教育，而要给学生以"士"的教育。英国著名教育家纽曼更指出："成为绅士是好事：具备有教养的才智，有灵敏的鉴赏力，有率直、公正、冷静的头脑，待人接物有高贵、谦恭的风度是好事——这些都是广博知识天生具有的本质。它们都是大学的目标。"（纽曼：《大学的理想》）道理很简单："大学俨然为一方教化之重镇，而就其声教所暨者言之，则充其极可以为国家文化之中心，可以为国际思潮交流与朝宗之汇点。"（梅贻琦语）既然大学萃聚着来自四面八方的青年俊杰，这些青年人以后还要将大学期间接受的思想训练与观念向四面八方传播，那么，对于这些青年俊杰，是不能仅仅传授其以专业知识，使其接受专业训练就可以满足的。一所真正的大学，除了教学生以"做事"之本领，更重要的是要教学生以"做人"。这里的"人"，是所谓"大写"的人，而非一般生物性意义或工具性意义上的人。而要成为真正的大写的人，离开了博雅之学，是不得其门而入的。

　　总之，大学除了要为社会提供有专业知识与技能的人才之外，其最根本的目的，是要为社会与人类提供"栋梁之材"。所谓栋梁之材，不仅仅说它"有用"，还是说它是社会的担当与责任之所在。而要成为真正意义上的社会栋梁之材，看来，专业知识与技能固然不可缺少，而社会之责任感与个人的德行与情操最为重要。而从培养"大写"的人出发，从为社会输送栋梁之材的目标出发，大学中的博雅教育不仅不可缺少，而且具有举足轻重的地位。就是说，衡量一所大学是否为真正的"大学"，判断一所大学质量之高下，不是看其培养出的专业人才之多寡，而是观其博雅教育实施之程度如何。

　　从这种意义上说，博雅教育体现出大学教育的真精神。博雅教育之于大学来说，是"本"，不是"末"。假如一名大学生在大学期间虽然学习到许多专业知识与技能，但他却没有接受过博雅教育的训练，这对于他来说，是得不偿失之举；同样，假如一所大学给大学生安排了许许多多专业的课程，却忽视了博雅教育的课程，这也就丧失了它作为一所大学的资格与责任。所以说，真正的大学，要切记康德的教导：人是目的。从四面八方而来的青年到大学接受教育，并不只是为把自己训练为高效率的机器与工具；青年人来到大学学习，其首要目的，是希望通过大学的学习，成长为真正意义上的"人"。因此，博雅教育对于大学生来说，是"第一义"的。

　　这就是我们为什么要给大学的"博雅教育"正名的道理。

——原载《新视野》（2004 年第 6 期）

第三篇　思潮·人物

从王国维纪念碑所想到的

清华大学校园内，第二教学楼对面的"清华大学观堂先生纪念碑"是我常去之处。傍晚，暮霭降临之际，我又一次漫步至此，在这块历经半个多世纪风吹雨打的石碑前伫立，倾听它诉说已经久远的清华学人的往事。

1927 年，一代国学大师、清华国家学研究院导师之一的王国维自沉昆明湖。王国维的死对当时的学术思想界震动很大，不少人对他的死因妄作猜测，有人说他的死同姻亲失和有关，有人断定他是"殉清"而死。作为王国维的生前好友与学术知己，陈寅恪力排众议，为他辩诬。两年以后，清华国学研究院师生为王国维立碑纪念，陈寅恪代表全体师生撰写了这篇著名碑铭，对王国维的死因做了说明："先生以一死见其独立自由之意志，非所论于一人之思想，一姓之兴亡。"

过去，我对这话感到不好理解，直到最近，我读了昆德拉的小说《不能承受的生命之轻》才恍然大悟。昆德拉的这部小说有一段话谈到"政治媚俗"问题。我猜想，这里的政治媚俗应该是指知识分子而言，因为知识分子善于制造思想观念，而将思想观念制造出来去迎合社会政治的动向或潮流，大概就是政治媚俗了。政治媚俗在中国近代史上并不少见。也唯其如此，一些生有傲骨、真正怀有理想与信念的知识分子，往往游离于政治之外，或处于政治的边缘，他们常常是在书斋之中，以学术生涯终其一生的。这当中，有像王国维、陈寅恪、吴宓这样的知识分子。过去，人们往往将这类人之潜心向学视为对政治的逃避，认为这是不关心社会现实，其实，像王国维、陈寅恪这些人潜心学术是有深意存焉。陈寅恪作为王国维的学术知音，就在王国维这表面上是纯然学术性的研究中，看到与发现了一种追求独立与思想自由的现代精神。任何真正严肃的学术探究，都是一项智力与思想观念的探索与冒险活动，这当中，除了要有不盲从权威、不甘随流俗的勇气，还要有敢于自我否定的勇气，因此，任何卓有成效的学术活动，都是同独立、自由精神分不开的。反过来，思想不自由，则断无学术成就可言。

"士之读书治学，盖将以脱心志于俗谛之桎梏，真理因得以发扬。思想而不自由，毋宁死耳。"这段碑铭的前半部分，是对王国维学术研究追求真理精神的评价，而后半部分，则是对王国维所处时代客观环境不容许思想自由的揭露。在陈寅恪看来，王国维是为争取思想自由而死，是在政治媚俗的浊浪中为维护独立精神与自由思想的价值而死。而王国维之死不易为人们所理解，只有像陈寅恪这样同样具有独立精神与追求思想自由的知识分子，才能深入到王国维内心的隐秘世界，这叫我想起伯克的名言："真理的殿堂"总是"建筑在高台之上的"。而在中国近现代史上，真正保持独立精神与思想自由的知识分子，总是孤独和踽踽而行的。

夜色已深，我停止了思索，离开王国维纪念碑，向不远处的清华学堂走去。

——原载《天露》(1997 年 3 月第 17 期)

最后的知识分子？

——读殷海光《中国文化的展望》有感

最近，内地学术界相继引进与翻译了一批阐述"知识分子"问题的学术著作，使得人们对于究竟什么是"知识分子"的话题兴趣大增。而对于据称是从现代走向后现代的 21 世纪来说，知识分子将实现从"立法者"到"阐释者"的转变。假如采取这一观点，那么，中国台湾 20 世纪 60 年代自由主义的呐喊者与斗士，无疑属于从现代到后现代社会转型过程中作为"立法者"的"最后的知识分子"。

其实，我并不同意这种从承担的社会角色与分工对知识分子所做的界定。在我看来，决定知识分子与否的，与其说是社会的分工角色，不如说是精神气质更为恰当。那么，究竟具备一种什么样的精神气质，才可以称得上是名副其实的知识分子呢？我想，作为一种人格理想，大家会同意，知识分子应当是集工具理性与价值关怀于一身的。用尼采的话说，作为一名知识分子，他既要有以客观冷静的"日神精神"来洞悉人间社会一切的奥秘，同时又要以激情澎湃的"酒神精神"来积极入世与改造社会。但事实上，这种同时具有酒神精神与日酒精神的人是少之又少的。人性往往一偏：或长于工具理性而疏于价值理性，或价值理性发达而失于工具理性。

从这种意义上说，殷海光之难能可贵，就在于他身上反映出一种健全的知识分子人格，而这种知识分子人格是同时兼有"奇理斯玛"式的积极入世品格与冷静客观分析世间事物的日神精神气质的。著作即其人，读《中国文化的展望》，首先打动我们并且给我们留下深刻印象的，与其说是它对于中国文化的分析，不如说是透过这种分析展示出来的作者人格更为恰当。

《中国文化的展望》处处透露出一种张力。就作者的治学倾向来说，他是醉心于经验论哲学，并且自觉意识到要用经验科学的方法来研究与理解中国文化，尤其是近百年来中国文化的变迁这一问题的。这表现在他力图运用人类学、社会学、心理学等科际整合的知识与方法来对中国社会历史与文化进行考察，以及对于在研究过程中引入价值判断的做法的拒斥。但另一方面，作者在考察百年来中国社会的风云变幻，以及对中国百年来社会思潮的描述，却又远非是价值中立的，而处处表现出他强烈的自由主义思想取向与立场。这样，在同一本书中，我们发现有两个殷海光：一个是力图要拒斥价值取向的殷海光，另一个是有着强烈价值关怀的殷海光，而且这两个殷海光是同时出现在一本书中的。这使得全书的风格显得并不协调。但依我看来，恰恰是这种表面上风格的不协调甚至冲突，才使这本书成为真正地反映殷海光本人的思想的著作，否则，它就与作为一般的思想史叙事的学术著作无异。

我这里丝毫没有贬低或排斥思想史的学术史风格写作的意思，相反，在我看来，假如作为学者来写思想史，是应当遵守严格的学术规范，以及采取严格的价值中立立场的；但是，作为一位思想者来说，思想史仅仅只是表达他本人的价值立场以及本人的思想观念的载体，在这种情况下，与其说他应当拒斥与回避价值问题，不如说应当鲜明地表达自己的价值取向与思想见解。这样看来，尽管学术应当有思想，思想也脱离不了学术，其实，从终极意义上说，我们难以两全：或者由于照顾学术性而损害或者舍弃思想，或者由于追求作者本人思想的表述而损害学术规范。学术性与思想性的难以兼顾，不仅对于思想者与学者集于一身的人来说构成一种障碍，并且对于学术著作而言，在某种意义上说，学术规范与思想的原始性也常常是难以兼得。但是，这种难以兼得，虽然对于一个希望将思想与学术和谐共处于一身的个人来说，是不幸的；但对于整个社会文化的积累与建设来说，这却又是幸事。因为正是这种无可奈何，使得我们每个人可以从自己的性情出发，或选择学者的立场，或者采取思想者的立场。这两种不同立场对于个人来说难免扞格，就学术思想文化整体而言，却并行不悖。思想文化与学术在这种并行不悖中才得以积累与发展。

从这种意义上说，《中国文化的展望》虽然是两个殷海光集齐于一身，作为著作基调的，却只有一个殷海光：以思想者身份出场的殷海光。假如我们理解了这点，那么，我们对于作为学者的殷海光就会多了一份宽容与谅解，而对于作为思想者的殷海光也就多了一份同情与理解。以殷海光的才识，尤其是他对经验论方法的欣赏与熟悉，他是可以在纯学术领域上有更大的贡献的。但他却选择了一条荆棘之路：思想者之路。走思想者之路，是要付出代价的，有时甚至是生命的代价。殷海光就是如此。真正的思想者，生前是寂寞的。试想想，假如殷海光不选择思想者之路的话，他怎么可能会在五十岁就死去呢？假如他以一位纯粹学人的姿态与立场来写《中国文化的展望》的话，那么，他晚年怎么会遭逢如此的寂寞呢？

不过，假如那样，《中国文化的展望》也就不是今天我们所见到的样子了，它一定会是另外一副模样：样相很端庄、很符合学术要求与规范，而且后来人想以客观心态研究中国思想文化时，也会乐于引用为"文献参考"。不过，真是这样的话，这才是我们的不幸，因为在 20 世纪中国思想史上，将少了一位真正的思想家，而在 20 世纪中国学术史上，徒然增多了一位学者。其实，在 20 世纪的中国，学者不少，但真正称得上思想者的太少。

唯其如此，我们珍惜殷海光，也希望看到现在这样的《中国文化的展望》，哪怕它并不太符合严格的学术规范。

但像殷海光这样的人是愈来愈少了。也许，就精神气质来说，他是当代中国最后的"知识分子"。

——原载《好书》（2003 年第 3、4 期）

生命的悲剧意识及其超越

——傅伟勋与"生命的学问"

一

"唯得真性情者乃真名士,是名士者乃真风流。"傅伟勋生性洒脱,无所羁绊,乃学者中少有的坦露真性情者。有人其才早尽,尚处世间;亦有的人,天却不假年月以尽其才。傅伟勋本应多活几年、十数年,向世人尽吐其胸中才学的,可惜,他来去匆匆,刚过"耳顺"之年竟撒手人寰。天何不公!所幸者,他短暂的一生仍留下了许多辉煌的著作。他的哲学文字,乃其用生命灌铸而成。千百年后,人们读其书,仍会想见其人。傅伟勋生前崇尚"生命的学问",又自称其治哲学乃"学问的生命",那么,其"生命的学问"与"学问的生命"这二者,在他那里是如何结合在一起的呢?或者,我们可以问:他的"生命的学问"是如何转化为"学问的生命"的呢?

傅伟勋的生命的学问,是对于宇宙以及人生的一种悲情。大凡生命力愈强的人,对于生命本身愈有一种悲剧的意识。故悲剧意识绝不是生命的萎缩与枯槁,而源自对生命脆弱的敏感。人的生命是脆弱的。巴斯卡尔说:人是一根脆弱的芦苇;宇宙间一口气、一滴水,就可以致他死命。悲剧意识还源于对人世间苦难的同情。人生是不幸的，无论个体的生命还是群体的生命，在宇宙进化途中总要遭受磨难与挫折，这种磨难与痛苦既可以是肉体上的，也可以是精神上的。悲剧意识还源于对人性的深刻体察与洞悉。我们的人性既有其伟大庄严的一面，也有其渺小与委琐卑微之处；而人类历史上许许多多不幸与苦难，与其说是外部世界加给我们的，不如说是卑劣的人性造成的。但悲剧意识最深刻的根源所在，还不在上述所有方面，而出自人是理性的动物：人凭借理性对上述种种人生的有限性都有清醒的认识，而且想要超越人的这种有限性。看来，人作为理性存在的有限性，以及渴望与追求无限性的冲动的对立，方才是人类悲剧命运的总根源。

对人生的悲剧性命运的觉察与敏感，是傅伟勋选择哲学作为志业的根本原因。有人选择哲学，是因为哲学能使人"聪明"，可以通过哲学来驾驭更多的知识；在这些人眼里，哲学是一门实用性强的学科与技能，与我们今天之电脑与高科技并无本质的区别。有人喜爱哲学是因为它能使人明白生活中的许多"事理"，教人如何化解人世间的矛盾与冲突，学会更好地自处；在这些人眼里，哲学成了一种人生的保养，这与当今流行的种种化妆品、驻颜术无异，只不过后者是身体的保健，而前者作为精神的保健品而已。有人迷恋哲学是因为它带来的精神刺激与享受、它的哲理思辨使人沉醉和入迷；在这些人眼里，哲学是一道精神上的美餐、一种精神上的游行与冒险，它与人间中的种种把戏：象棋、旅游，乃至于游戏机并无本质的差别。而傅伟勋之迷上哲学，是因为在他看来，人生的悲剧性命运，唯有借助哲学的理性才能得到深刻的反省；也唯有哲学才可以超越。

二

傅伟勋认为人生有种种困惑与苦恼，这些困惑与苦恼与生俱来，统称为人的"内部问题"。他说人的内部问题有三类：（1）心理问题。比如失恋之痛苦、寂寞感、忧郁症、工作压力导致的精神紧张、神经错乱，等等。这些心理问题及其症状都是人所共知共感的。但除此之外，人还有（2）精神问题。精神问题不同于心理问题，它具有超出一般日常生活之意义，属于较高层次的内在问题，并非人人都能感知。它包括：生命意义的丧失（以及重新探求）、临终时刻的忏悔或自我总结、对于死亡与死后问题的迷惑、伦理道德上的责疚感、文学艺术家的江郎才尽、儒家的所谓忧患意识以及宗教家所说的"终极关怀"所涉及的人生使命或宗教解脱，等等。除了这些已经超出日常意义的精神问题之外，人还面临着另一种更高层次的内部问题，即（3）实存问题。它是指实存主体的自由抉择或信守所显现出来的"本然性"与"非本然性"的分辨问题。按存在主义的说法，每个人一生下来就具有他人无法替代的实存独特性；人的实存是绝对自由的，可以依此自由地去做种种人生的抉择，或者去信守一种思想或原则；但事实上，我们平常人在日常生活中的行为、信念与思想原则，却并非出于我们的自由意志，而具有"虚假信念"或"自我欺骗"的性质，因此属于一种非本然性的行为，它终于导致一种实存的自我矛盾与冲突。

将人类的种种精神困惑与冲突归结为这三大类，意味着傅伟勋对人类生存困境的敏感。但傅伟勋除了有悲情之外，还有悲愿：他希望人类最终能摆脱困惑、走出困境。这使他将目光移向佛教。他对佛教的"四圣谛"有很高的评价，认为它代表着对于人生看法的一种深刻洞见。按照佛教说法，人类有"八苦"：除生老病死之外，还有爱别离苦、怨憎会苦、求不得苦、五阴盛苦。这几种苦其实既包括人类的外部问题，也包括内部的心理问题、精神问题与实存问题。但按照佛教的解释，这一切皆出自人类的我执、法执与无明。因此，佛教教人超度人生苦海的"方舟"就是破"执"与摆脱"无明"。傅伟勋说，佛教四圣谛中的第一谛（苦谛）指的是人生内部问题的表层结构；第二谛（集谛）才通过"缘起"论揭示了它的深层结构，属于哲理性的分析。此外它还有第三谛、第四谛。其中第三谛（灭谛）提出了解决问题的方法，即"涅槃"与消除三毒（贪、嗔、痴），第四谛则以三学（戒定慧）与八正道的方式指出了解决问题的具体途径。总之，在傅伟勋看来，佛教的"四圣谛"作为一种宗教解脱模式，其教义十分严密，其方法与途径亦十分周全。它既有宗教的广度（包容性），亦有哲理的深度（慧智性）。它始终能以"中道"的立场，从各种高低不同的角度透视人生的种种实相，而避免任何偏约化的过失。

三

但是，傅伟勋毕竟是哲学家而非宗教家，他称许佛教的教义与救赎方式，更关心佛学的根本义理。在他看来，佛学的一个伟大贡献，是它以"中道"的方式来透视宇宙万物，包括存在本身。这种"中道"的义理，包含着一种深刻的生存智慧。龙树的《中论》说："众因缘生法，我说即是空，亦为是假名，亦是中道义。未曾有一法，不从因缘生，是故一切法，无不是空者。"傅伟勋依此"中道"观来解释"四圣谛"说：对于日日烦恼的世人凡夫来说，确实是"一切皆苦"；但对于获致解脱的圣者来说，则世俗世间与涅槃境地本无分别。因此，本来无所谓苦乐，无所谓生死。所谓苦乐、生死皆人类"无明"造成的结果。因此，"四圣谛"只是入门初阶，对于凡夫有宗教教育的意义，但它不过是世俗谛的方便说法而已。所以，作为一种哲理，真正能破生死的，还不是"四圣谛"，而是大乘佛教看破空、有对立的"二谛中道"。从这种中道观出发，一旦我们了解到生死轮回与涅槃解脱之分，本来来自我们本身的分别智或根本无明，那么，我们也就会跳过二者之分。看来，生死与涅槃都不是终极的实在；生死与涅槃本来就是一而二、二而一的。他说："总之，生死与涅槃是一是二，完全是在我们一念之差：我们如有般若智或无分别智，则自然会渗透诸法实相，了悟生死与涅槃原本无二，涅槃即在生死大海的修正体验之中，舍此之外，无须另求所谓'涅槃'；我们如果只具分别智，破除不了无明，则生死与涅槃当下分成两橛，我们只会厌离生死大海，向外觅求涅槃境地，正如四圣谛所示。"①

　　从纯理性的角度上看，傅伟勋之提出大乘佛教的中道观，是要解决人生哲学的一个根本问题，即人究竟是被决定的呢，还是具有自由意志的？这也是哲学史上一直争论的"自由论与决定论孰是孰非"的老大难题。强硬的决定论认为，人的内心活动与外在行为完全由社会环境、教育背景、先天的身心条件乃至幼少时期家庭生活等因素所决定的，因此人是毫无自由的。许多科学家与经验的哲学家则采取温和的决定论的观点，认为人的内外行为具有决定论的科学规律性；但在傅伟勋看来，温和的决定论是无法将其立场贯彻到底的，它其实也只不过是强硬的决定论的一种改装形式。反过来，强硬的自由论者则强调人一生下来就注定负荷着绝对自由，而且人在任何时刻都可以表现其自由。像存在主义者认为，人即使在地狱般的集中营，也一样是"绝对自由"的，因为他在这种极限境况下仍有种种行动选择的自由，比如说，他可以立即自杀、可以设法逃跑、可以自我陶醉于幻想世界，当然也可以与敌人同污合流。但在傅伟勋看来，假如采取大乘佛教"中道"的立场，所谓决定论与自由论的对立其实是可以消除的。他提出，每一个人从一生下来，就已站在生命的十字路口，面对十字交叉的两条路向，即水平的路向与垂直的路向。其中水平的路向是决定论的：人的生命随波逐流、得过且过无所谓奋勉，亦无所谓堕落，一切只不过是运不运气而已。垂直的路向有大乘所说的向上与向下两门之分，或者存在主义哲学所说的本然性与非本然性之分，或者儒家所谓道心与人心之分，故是属于自由论的。傅伟勋说："我们所以探问自己究竟是有自由还是已被决定，原是站在十字路口带有为了自我了解与生命摸索的实践性关心而如

　　① 傅伟勋.生命的学问［M］.杭州：浙江人民出版社，1996.

此探问的，而不是因为早已知道有关于人性自由与否的'客观真理'摆在前面等待我们去发掘出来的。换句话说，我们究竟要偏向自由论（垂直线的路向）还是要偏好决定论（水平线的路向），本质上是实际生活态度的问题，而不是纯粹知性探索的问题。如有积极的生活态度，则不会满足于水平路向，必定会取垂直路向；沙特如此，傅朗克是如此，佛教教徒（与儒家仁人君子）更是如此。再从顿悟解脱的禅家观点去看，水平路向与垂直路向的抉择只在一念之差，迷（有心）则选取水平路向，悟（无心）则自然选择垂直路向，'有即时，时即有'（Being is time，and time is being），每时每地的生命试炼（如坐禅证修或道德实践）即是自由自主。"[①]从这段话看来，傅伟勋尽管从大乘佛教的"中道"观点解释了决定论与自由论的对立，他本人的倾向，是赞成自由论而否定决定论的。

四

　　然而，傅伟勋还有另一种立场，即超越决定论与自由论的立场。他说："最后，从无迷无悟的中道立场去看，人的存在本无所谓'自由'，亦无所谓'决定'，一切即是如此，即是诸法实相。由是观之，自由论与决定论究竟孰是孰非，本来无此（理论）问题，亦无分析问题的必要，至于探求解决问题的线索云云，更是庸人自扰，多此一举了。"[②]在他看来，这才是真正彻底地贯彻了大乘佛教的"中道"立场。

　　这种立场更接近道家与禅宗。事实上傅伟勋认为大乘佛教的"中道"观与道家思想，尤其与庄子是相通的。他说老子已提出人道必须与自然无

①　傅伟勋.从西方哲学到禅佛教［M］.上海：三联书店，1989.

②　傅伟勋.从西方哲学到禅佛教［M］.上海：三联书店，1989.

为的天道合一与玄同的看法，而庄子更将老子这一思想明确化，属于一种"超形而上学"。从庄子的"超形而上学"的观点看，不仅终极实在本来就无所谓有无、体相等等二元之分，而且强调人要有相应于超形而上学的突破的"无心"。他写道："超形而上学的突破，主要的（实践性）目的是在人的自我解放，变成一个无心解脱、自然无为的生活艺术家，这就是庄子的'宗教'，可用'道游'（Tao as art）一词予以概括。"[①] 当然，真正要将庄子这种超形上学的思想彻底化为生活的艺术，还有待于禅宗。傅伟勋认为中国的禅宗是融会贯通了佛道的。他说，佛教与道家原是源流不同的两大传统。前者始于"一切皆苦"的负面生命体验，而去探索涅槃解脱的终极目标。又以"缘起性空"为佛法基础，展开五花八门的宗派教义。后者则不然，一开始即就万物的阴阳流行本身体悟天道或自然无为之理，依此独特的自然主义哲理建立天人合一的人生智慧，与道玄同。两者虽然有此差异，却在本体论、宇宙论、（超乎世间道德的）生命境界以及语言表达上，并不妨碍它们处处契合。[②] 所以，佛教与道家尽管开始时在如何看待现实人生时有所不同，结果却殊途同归；从更高的超越层次看，它们是一致的。这样，经过道家思想的洗礼，佛教的悲苦意识一转而为禅宗的欢愉意识。对禅道思想的研究，其实也是傅伟勋的夫子自道。他赞扬禅宗的宇宙超越意识具有吊诡性、妙有性、大地性（或此岸性）、主体性、自然性、人间性（世间性）、平常性（日常性）、主体性、当下性、机用性，尤其是审美性。他说："禅道亦如庄子，所真正要求的是人人转化成为修正一如的生活艺术家。对于此类生活艺术家，日日必是好日，平常心必是道心；禅道审美性即在于此。"[③]

---

① 傅伟勋.从西方哲学到禅佛教［M］.上海：三联书店，1989.

② 傅伟勋.生命的学问［M］.杭州：浙江人民出版社，1996.

③ 傅伟勋.生命的学问［M］.杭州：浙江人民出版社，1996.

五

看来，傅伟勋是提倡生活的审美化，主张以审美的方式观照人生的。生活的审美化并不意味着生活中一切东西都是美好的，而是说我们要以一种超越利害的平常心来对待事物与周围的世界；以审美化的方式观照不是将现实生活理想化与虚拟化，而是说我们要有一双善于发现生活中的美的眼睛；在某种程度上说，美是我们所创造出来的。傅伟勋谈到道家如何将生活理解为一种艺术时说："我们必须为庄子（以及老子）澄清一点，就是说，庄子谈游心或逍遥游，目的并不是在成为第一流的艺术家，而是要求与他志同道合的人们都能'上与造物者游，而下与外死生无终始者为友'（此为《天下》篇庄子自述）。臻乎'至人无己、神人无功、圣人无名'的生命境界。也就是说，庄子所要求的是人人都能绝对（破除对立）绝待（超越相待）的生活艺术家；至于是否在为实际上的（行业意味的）文学家、音乐家等等，并不是第一义的。"① 但很容易看得出来，道家的这种将生活艺术化的说法似乎陈义太高，远非一般人所能启及。因此，对于平常人来说，所谓生活的艺术化与审美化，简单地理解，就是从平凡中见伟大，从微小中见崇高，从朴素中见华美，或者从无情中见有情而已。这其实是禅宗追求的胜境。也是傅伟勋指望于芸芸众生都可以践行，大概也可以达到的。他谈到他之所以提倡禅宗的原因时说："禅宗哲理是我所偏好的最后一种模型，因为我认为此一模型能够超越地包容大小乘佛学理论，本身无有任何理论执着，同时又以简易的悟觉工夫彻底解消人的内在问题，而以无心无念、无得无失的大彻大悟，体认'生死即是涅槃'或'日日是好日'（深化之为'有时'）之故。禅家并不否认三层内在问题的存在，但在更高层次必须悟觉所谓'内在问题'原是'本来无一物'。'问题'即是

---

① 傅伟勋.生命的学问［M］.杭州：浙江人民出版社，1996.

‘本无’，则所谓‘问题分析’亦不过是‘本来不必有所分析’，问题及其分析化为乌有，就无所谓‘处理’或‘解决’了。也就是说，我那三段模式，经过一番禅宗哲理的过滤澄清，就变成多此一举的概念游戏而已。"①从这段话看来，傅伟勋认为，真正能化解人生的悲剧性冲突，使人能从生存困境走出来的，只能是禅宗。

但是，禅宗自身也必须经受现代性的洗礼与变革。他认为传统的禅宗是"生命的学问"有余而"学问的生命"不足。所谓"生命的学问"有余，是说禅宗提倡简易工夫，可以身体力行。所谓"学问的生命"不足，是说禅宗唯其简易，反倒又不容易真正贯彻。因此，"现代化之后的禅道，应可依照大乘佛学的二谛中道，兼备纯一简易的悟觉工夫（‘生命的学问’）与多元开放的学理探索（‘学问的生命’），有别于传统禅宗的有见于前者（‘禅’），而无见于后者（‘教’）。"②这样看来，傅伟勋的思想应该是以禅的简易工夫为体，而以大乘佛学的二谛中道为用，是两者的一种综合。他将自己的思想归结为"禅佛教"，道理也在这里。

从禅佛教出发，傅伟勋建造了他自己的关于"生命的学问"与"学问的生命"打成一片的思想模型。这就是"生命的十大层面与价值取向"的心性论。在他看来，这是一个适合于当今多元化社会、能够容纳各种思想模型于其中的具有开放性胸襟的模型。其要义是将人生种种的问题及其超越之道分为一个层级结构，其间层层递进。这样，既避免了禅宗因过于简易而容易导致的"空蹈"之失，亦可以将大乘的严密的修行功夫指向一超越之境。用他的话说，这种"十大层面"的心性论模型可以避免任何化约主义的偏失。③

①　傅伟勋.生命的学问［M］.杭州：浙江人民出版社，1996.

②　傅伟勋.生命的学问［M］.杭州：浙江人民出版社，1996.

③　傅伟勋.从西方哲学到禅佛教［M］.上海：三联书店，1989.

六

　　对于儒家，尤其是现代新儒家，傅伟勋有所批评。这是由于儒家与现代新儒家的泛道德主义。儒家的泛道德主义源于一种简单的化约主义心态，即有见于正面的人性，而忽视了负面的人性；这样，它仅仅倡导人人努力成德成圣的"最高限度的伦理道德"，却漠视了社会上绝大多数人既不愿意也不会去做圣人的经验事实。傅伟勋提出，在道德教育与道德主体性的挺立上，儒家虽应继续强调"最高限度的伦理道德"，却决不可以过分标榜成德成圣的内圣之道，而应倡导道德理想即不外是日日奋勉的现实过程。他说："现代儒家所应提倡的是君子的奋勉精神（理想即现实），而不是圣人的圆善（现实皆为理想）。这样，我们比较可以避免伪善，也不致责人太甚。"[①]他尤其强调，在一个日益世俗化的现实社会中，根本不可能产生在决策或行动上完美无缺的所谓"圣人"；因此，在儒家的思想体系中，尽管"仁""义"并提，其实就现实情境上说，应更重视"义"而不是"仁"。因为所谓"仁义"的真正含义不过是"在诸般分殊的道德处境所采取的决策或行动应当恰到好处"，而"义"却是"仁"在各种道德处境的具体而适宜的应用。[②]

　　因此，傅伟勋的批判矛头，指向对儒家的"内圣外王"之道。他说儒家的内圣外王之道是有见于内圣之道而无见于外王之道，完全漠视了微模伦理（内圣）与巨模伦理（外王）的区别。而在现代社会里，巨模伦理虽不能涵盖微模伦理的全部，无疑却是伦理学课题的重心。因此，儒家要走出在现代社会中遭遇的困境，首先要正视社会上"百分之九十九的人类从来不愿也永远不会做圣人"这个不可否认的经验事实，脚踏实地地

设定并解决与内圣无直接关系的巨模伦理问题。在这方面，儒家不得不针对负面人性的现实，吸纳当代西方的各种社会理论，包括"规律中心的公正伦理""功利效益"结果论，以及"最低限度的伦理道德"等等伦理观点，而与传统儒家的伦理思想相综合，打开一条中庸之道。换言之，作为儒家伦理之核心思想的"仁义"观念，充其量只能当作康德所说的"规制原理"（the regulative principle），而不能充当"构成原理"（the constitutive principle）。①

尽管如此，傅伟勋提出，在现代社会中，儒家思想仍然有其不可替代的价值。他说，儒家的仁义原理不能直接用来构成《六法全书》之类的法制规章，但作为最高道德规范，却可用来评衡既成的法制规章，使规制不合人道的法制规章有所改善。更重要的是，从究竟义上看，儒家的终极关怀其实与人类各大思想传统，尤其与大乘佛教是一致的。他说："儒家思想基本上不是一种宗教，但有从贯穿知识论、形而上学、心性论与（包括政治社会思想与教育思想在内的）伦理学等四项的'道德的理想主义'所衍生出来的一种儒家特有的解脱论，仍可以说是一种'道德的宗教'，也可以说是一种富于哲理的'生死智慧'。"②儒家思想不同于大乘佛教的地方在于：儒家思想适合于偏重"大传统"（即哲学思想性）的有心的知识分子，而大乘佛教除了有偏重哲理智慧的自力圣道门（大传统）之外，又有适合于广大民众的他力净土门（小传统）。因此，儒家思想的出路在于：除了重新发展其"天"与"天命"等原先已有的宗教超越性层面之外，还要发展出其世俗伦理性层面。这方面，它应当与大乘佛教积极地对话，并进而在谋求吸取佛学思想资源的前提下加以综合。

① 傅伟勋.从西方哲学到禅佛教［M］.上海：三联书店，1989.
② 傅伟勋.从西方哲学到禅佛教［M］.上海：三联书店，1989.

七

康德和牟宗三是傅伟勋生平最激赏的两位哲学家。在康德那里，人的有限性与无限性的对立展现为现象界与本体界的对立。康德认为人的知性无法达到关于本体界的认识，对本体的知识属于"神知"。牟宗三不满意康德的看法，他批评康德哲学属于"有执的存有论"，而试图以一种"无执的存有论"取而代之。但在傅伟勋眼里，牟宗三并未能真正超越康德，解决问题的思路仍然是如何继承康德而又超越康德、消化牟宗三而又超越牟宗三。因此，针对牟宗三提出的以"一心开二门"的运思模式，傅伟勋提出"一心开多门"。所谓"一心开多门"，是在"心性本然门"与"心生应然门"之外，再开出纯属现实自然而价值中立的"心性实然门"，以及暴露整个生命完全陷于昏沉埋没状态的"心性沉没门"。在他看来，告子的"生之谓性"等自然主义的心性论，或从心理学、文化人类学等实然观点考察而形成的各种科学的心性论属于"心性实然门"，而基督教的"原罪"与佛教的"无明"之类则属于"心性沉没门"。傅伟勋对"心性实然门"以及"心性沉没门"的关注，显示出他接受了康德调和经验主义与理性主义的冲突的思考模式，并且有将各种现象界的人性知识都纳于其视野的多元架构思路。而且，从傅伟勋的思想体系看，他是在遍历了古今中外百家，包括弗洛伊德的精神分析、萨特的存在主义、佛朗克的意义疗法、儒家思想，以及道家思想之后归宗于大乘佛学。但是，这个庞大的综合思想体系，其中种种的人性论思想果真能相安无事、彼此并无冲突吗？

也许，对于傅伟勋来说，终极性的结论是次要的，哲学的探索本身就是一个过程。事实上，傅伟勋直到临终前，都苦苦地为一个根本性问题所缠绕：就对人生的有限性悲剧命运的超越来说，到底是采取哲理探索的路径合适呢，还是走宗教救赎之路更为可取？在这个最关键的问题上，他始终是迷惘的。他说："终极地说，我们的人世间永找不到绝对的评断标准，来让我们决定，哲理探索之路与宗教解脱之道两者，究竟孰高孰低，孰优执劣。"[1]而事实上，强调"自力"的哲理探究与强调"他力"的宗教救赎之路似乎始终是冲突的。

于是，哲学探究之路的终点，也许就成为宗教救赎之路的起点。

——原载《中国哲学的创造性转化》（云南人民出版社，2004 年）

① 傅伟勋.生命的学问［M］.杭州：浙江人民出版，1996.

欧阳竟无与《孔学杂著》

一

欧阳竟无（1871—1943），名渐，1871年阴历十月初八日出生于江西宜黄一个破落的宗族世家。6岁丧父，从叔父那里接受启蒙教育。20岁捐得秀才，不久入南昌经训书院，研读经史，醉心于陆王心学。后受友人桂伯华影响，留心佛学。1904年到南京，在扬文会门下学习佛教典籍。1906年母亲去世，受大刺激，发愿断荤绝色，皈依佛门。受扬文会嘱，曾东渡日本，学习密宗要旨，访求佛教遗经。1911年，扬文会逝世，案师嘱续办金陵刻经处，主持佛典校刊工作。1912年，与李证刚、桂伯华等人创立佛教会，从事佛学研究。1918年与章太炎、陈三立等人在南京金陵刻经处筹建支那内学院。1922年，内学院成立，任院长。1925年，在内学院专讲法相、唯识，编辑校刊百余卷店代法相、唯识经典及章疏，流通海内外。抗日战争爆发，率领内学院师生迁蜀，在江津再建支那内学院蜀院。1943年逝世，享年73岁。晚年手订《竟无内外学》26种，后由金陵刻经处取名为《欧阳竟无先生内外学》，刊布流通于世。

二

以 60 岁为界，欧阳竟无的佛学思想可以分为前后两个阶段：第一阶段，从 30 岁到 60 岁为止，主要致力于可以贯通佛学大小、空有诸宗的具有普遍概括性的佛法理论与佛法理念的探讨；第二阶段，60 岁以后，致力于运用具有普遍性的佛学理念来理解或消化儒学或孔学，努力贯通儒佛，主张孔佛一致。

在第一阶段，欧阳竟无建立他的普遍适用性的佛法理论曾经历了一个长期的探索过程。1898 年，友人桂伯华劝导他读《起信》《楞严》，这是欧阳接触佛典的开始，但当时他对佛学并未能入门。1904 年，他受业于杨文会，钻研《瑜伽》。直至 1917 年，他著成《瑜伽师地论叙》，阐述无著学"一本十支"之义，开始形成他自己以《瑜伽》学系为基础的佛学思想。1923 年，欧阳的爱子及两位得意弟子先后去世，他大受刺激，发愿弘"般若"，这是他贯通无著学及龙树学之始。到了 1928 年春，欧阳的般若学提要之作《大般若经叙》写就，这标志着他触通空、有二宗佛学思想的基本完成。

早在《瑜伽》学系研究阶段，欧阳就提出法相、唯识分宗之说这一见解。《瑜伽师地论叙》说："世尊于第三时说显了相、无上无容，则有遍计施舍性、依他分别性、圆成真实性，复有五法，相、名、分别、正智、如如，论师据此立非有非空中道义教，名法相宗。"[①]他将以五法三性为核心的法相思想体系称为"法相宗"，而将侧重研究法相中依他起一相的称为"唯识宗"。他说："今义是唯识义，古义是法相义"，[②]并认为从思想源流看，法相宗是包括了比唯识宗思想更古老的一个佛法传统。而到了融通无著学及龙树学的研究阶段，欧阳指出，龙树学实包涵了与无著学同样的三

---

① 欧阳竟无. 瑜伽师地论叙 [M].

② 欧阳竟无. 瑜伽师地论叙 [M].

性法相模式。他说:"法性、法相是一种学,教止是谈法相,龙树、无著实无性、相之分。"①

以三性法相思想为基础,欧阳提出代表他佛法思想精髓的佛法体用论。他说:"真如是体,体不生灭,无始种子依不生灭而起生灭,如实说相一切是用。"②又说:"真如是体,如如不动,正智是用,帝网重重。"③将五法三性中的真如圆成实性称为"体",将依他起性尤其是依他起性中清净品类的正智称为"用",以体用简别的方式来理解佛法形而上学思维模式,在中国佛学思想发展史上事关重大。按欧阳的说法,它厘清了自《大乘起信论》肇始而由台、贤二宗所继承、发展的中国主流佛学的根本失误。在 20 世纪 20 年代,欧阳即根据《起信》真如、无明互相熏习之说批评《起信论》和印度分别论者一样"以体为用,体性既渚,用性亦失,过即无边"。④直到临终前一年,他还说:"贤首、天台欲成法界一乘之助而义根《起信》,反窃据于外魔,盖体性、智用樊乱淆然,乌乎正法?"⑤这说明自 20 世纪 20 年代初直到生命的晚期,致力于佛法体用简别是欧阳一贯之思路。

1934 年 10 月,欧阳在《复陈伯严书》中首先提出"晚年定论"一说,这标志着他的思想发展至第二阶段。1936 年清明前夕,欧阳完成《大乘密严经叙》,是为他晚年论定之学的代表作。该文在深辨四涅槃的基础上提出"无余是根本,无住乃增上,'我皆令入无余涅槃而灭度之',根本于无余涅槃而增上于我皆令入"⑥的主张。这实际上是从菩提、涅槃二转依果中特别拈出"显得"的无余涅槃作为佛教一切教法及宇宙人生之终极归趣。该文在"儒释之辩"的关节上还特别揭出"'古之欲明明德于天下者'是儒,

① 欧阳竟无.内学杂著下·与章行严书 [M].
② 欧阳竟无.瑜伽师地论叙 [M].
③ 欧阳竟无.瑜伽真实品叙 [M].
④ 欧阳竟无.唯识抉择谈 [M].
⑤ 欧阳竟无.内学杂著下·杨仁山居士传 [M].
⑥ 欧阳竟无.大乘密严经叙 [M].

'我皆令入无余涅槃'是释"①的孔佛一贯之思路，这是欧阳晚年论定学说中一条愈来愈突出的思想理路。

下面，我们从《孔学杂著》中所收的文章来分析欧阳会通孔佛的思想。

《孔学杂著》收录有《孔佛》《孔佛概论之概论》《〈中庸〉读叙》等11篇文章及与友人论学书若干，写作时间从1931年起至1943年欧阳去世为止，可视为他晚期对孔学及儒学看法的思想结集。《孔学杂著》中，欧阳从普遍佛法理念来融会、涵摄孔学的努力主要表现在如下几个方面。

1.区分"真孔"和"伪孔"。1931年10月写就的《论语十一篇读叙》，是欧阳从佛学的角度"转谈"孔学的第一篇文章。文章值得注意的是对孔学做了真、伪之区分，其中说："世既不得真孔，尊亦何益于尊？谤亦乌乎云谤？苟可取而利用，崇之如天，或不利于其私，坠之如渊，于孔何与哉！"②文章认为自经秦火之厄，世已无真孔存在，为了恢复孔学之真面目，欧阳提出了"兴晋以秦"的路线——这就是借助佛学内典及般若之学，使"文武之道犹不尽坠于地"③。在欧阳看来，东海西海，圣人同心同理；般若直下明心，孔亦直下明心，因此，复兴儒学的战略就必得参照佛学的结集传统。按照"兴晋以秦"的思路，在20世纪30年代，欧阳先后完成了《论语十一篇读叙》（1931年）、《孟子十篇读叙》（1932年）、《孟子八十课》（1936年）、《论语课叙》（1938年）等一系列具有毗昙性质的孔学结集，拆散了《论》及《孟子》固有的语录式、叙事式的体裁结构，而代之以专题性的孔学理念分析，使代表孔学义理纲领的性天思想及义利之辨在层层推进的逻辑结构中特别彰显出来。

2.《中庸》义理之重新彰显与宋儒"封锢"。欧阳对"孔子真精神"的发现集中体现在他对《中庸》的解读上。在写于1932年的《中庸读叙》

① 欧阳竟无.大乘密严经叙［M］.
② 欧阳竟无.论语十一篇读叙［M］.
③ 欧阳竟无.论语十一篇读叙［M］.

中，欧阳写道："一言中庸，而一切过不及之名、平常之名以至，何者过不及、何者平常？但是空言都无实事。"①这表现了他对宋儒解释《中庸》看法之不满。他认为对《中庸》含义的正确理解应诉之于经文本身的内在理路。在《中庸传》中，他对"中庸"做了如下界说："喜怒哀乐之未发谓之中，发而皆中节谓之庸，中即无思无为寂然不动之寂，庸即感而遂通天下之故之通。寂曰大体，通曰达道，寂而通曰中庸；未发，寂也，与寂相应而中节，发亦寂也。"②这段话的意思不仅是对"中庸"加以重新界定，而且将重新界定以后的中庸思想直接与佛家"寂"的思想联系起来了，这就是欧阳心目中所谓的儒佛相通之理。为此，他极力对宋儒的中庸观加以抨击，称之为"封锢"。

3."扶阳抑阴"与"成人差等"。在欧阳看来，孔学中有与佛学"舍染取净"的普遍教法相一致的形而上学模式，这就是"扶阳抑阴"。《孔佛概论之概论》从佛学的角度对孔学做了这样的解释："扶阳抑阴，孔学之教。阳，善也、净也、君子也；阴，恶也、染也、小人也。扶抑即取舍，则孔亦舍染取净也。"③除此之外，对《孟子》中"成人差等"的思想，欧阳也有一番新的阐释。《孟子·尽心下》中有一段话："可欲之谓善，有诸己之谓信，充实之谓美，充实而有光辉之谓大，大而化之之谓圣，圣而不可知之之谓神，乐正子，二之中、四之下也。"欧阳与宋儒程颐、张载、朱熹一样，都肯定这段话包含有孔学成人理想的渐次。区别在于：欧阳不满意宋儒的解释抹杀了"圣""神"的差别，他强调："成人差等"应区分为善、信、美、大、圣、神六个层次。这种区分，是同欧阳从佛学理念出发，将修行分为"三智三渐次"的整体递进思路相一致的。

4.孔佛比较："依体之用"与"用满之体"。欧阳认为，在根本旨趣

---

① 欧阳竟无.孔学杂著·〈中庸〉读叙［M］.
② 欧阳竟无.孔学杂著·〈中庸〉传［M］.
③ 欧阳竟无.孔学杂著·孔佛概论之概论［M］.

上，孔佛是一致的，即"舍染取净"，但在具体运作层次上，孔学与佛学仍有不同。在《孔佛》一文中，欧阳将这种不同称之为"依体之用"与"依体之用而用满之体"的不同。这里蕴含着这么一种想法，即佛学高于孔学，孔学应提升至佛学。而这也正是欧阳力图从佛学立场上来消化与吸收孔学之用心所在。故在《孔佛》与其他一些比较孔佛教法的文章中，欧阳一方面指出孔佛"其为当理、适义一也"；[①] 另一方面，却也提醒："佛与孔之所判者，判之于至不至、满不满也。"[②] 在欧阳看来，孔学与佛学的区别是"生生"与"无生"的区别。但"生生"本身非体乃用，若视"生生"为体，则会"流转于有漏，奔放于习染"；[③] 反过来，"无生"是体，但这体必显示为用，故"无生"非"熏歇烬灭、光沈响绝之无"。[④] 从这里看来，孔佛之区别，又类似于"用"与"体"之区别。在欧阳心目中，孔学与佛法孰高孰低，至此是一目了然了。正是在这种意义上，我们说欧阳乃是一位以佛统儒、援儒入佛者。

三

　　在中国现代学术思想史上，主张会通儒佛的不乏其人，这当中除了欧阳竟无之外，熊十力亦是著名的一位。但在会通儒佛的方向与旨趣上，欧阳竟无与熊十力两人之间有重大的分歧。比较一下熊十力与欧阳融会儒佛的主张，可加深我们对欧阳思想的了解。
　　熊十力曾从欧阳竟无学习佛学，与欧阳一样，他早年思想上也曾经历

---

①　欧阳竟无.孔学杂著·孔佛［M］.
②　欧阳竟无.孔学杂著·孔佛［M］.
③　欧阳竟无.孔学杂著·孔佛［M］.
④　欧阳竟无.孔学杂著·孔佛［M］.

了一个"由儒入佛"的过程,但后来,熊十力思想又为之一变,自创"新唯识论"体系,会通儒佛,而归宗"大易",并反过来对旧唯识宗进行批判。围绕对《新唯识论》的看法,欧阳授意刘定权作《破新唯识论》,熊十力又作《破破新唯识论》,欧阳与熊十力之间展开了激烈的思想交锋。在这场思想交锋中,双方表明了自己对儒佛心性论的不同看法。

欧阳竟无是站在传统唯识宗的立场上来融会儒佛的,他认为儒佛有共通之处,并将孔学之"仁"归结为"空""寂",反过来,熊十力则反对旧唯识宗以"空"和"寂"言性体,认为这抽掉了本心仁体的生动丰富的内涵。故在心性论上,熊十力是认同宋儒关于"心体"和"性体"的看法的。对于熊十力来说,"心性"不是"空"的,而是"实"的,不是"寂"的,而是"创"的。熊十力这种认同宋儒的看法受到欧阳的严厉批评。他说:"敬告十力,万万不可举宋明儒者以设教也。"①"十力徒知佛门无住涅槃之数量,又错读孔书,遂乃附会支离窃取杂糅孔佛之似,而偏执其一途,即恐怖无余涅槃而大本大源于以断绝。"②按欧阳的说法,孔佛之一致,是一致于无余涅槃三智三渐次,而对于熊十力来说,他不同意欧阳将儒家之"仁"与佛家之"寂"等量齐观,认为这二者是尖锐对立的。他指出儒佛之同说:"儒佛二家之学,推其根极,要归于见性而已。诚能见自本性,则日用间恒有主宰,不随境转。此则儒佛所大同而不能或异者也。"③但他批评佛学以空寂言体的缺点说:"以空寂言体,而不悟生化。本体是空寂无碍,亦是生化无穷。而佛家谈体,只言其为空寂,却不言生化,故其趣求空寂,似是一种超越感,缘其始终不脱宗教性质故也。"④从这里可以看出,熊十力与欧阳竟无在儒佛异同论上的分歧,其实是要用儒学来统摄佛学,还是

---

① 欧阳竟无:答陈真如论学书[M].
② 欧阳竟无:答陈真如论学书[M].
③ 熊十力.十力语要(卷二)[M].上海:上海书店出版社,2007.
④ 熊十力.读经示要(卷二)[M].北京:中国人民大学出版社,2006.

用佛学来改造儒学的分歧。

　　吕澂将熊十力与欧阳在儒佛问题上的论争，称为中土"伪经""伪论"与法相唯识义理的分歧。按吕澂的说法，熊十力的心性论主张"性觉"说，乃本于"伪经"《大乘起信论》，这是台、贤、禅等中国佛学的主流方式，而欧阳强调的"性寂"说才是原原本本地复兴印度唯识学。今天，围绕《新唯识论》而展开的论争已成为历史的过去。就对印度唯识学原义的理解来说，欧阳的"性寂"说也许更符合法相唯识学的原貌，而熊十力的"性觉"说，是从儒家立场上对佛学的改造。然而，假如我们不拘泥于儒家或佛学的立场，客观地来看待欧阳与熊十力两人对儒学的见解，那么可以发现，熊十力对儒学的理解可能更忠实于儒家思想的原貌，而欧阳试图以"空寂"来解释孔学的"仁"，倒是对孔学的有意"误读"。从这里我们看到：在儒佛会通问题上，任何思想家都是难以做到完全"客观"的，他们的出发点，或者是站在佛学立场，或者是站在儒家立场上。

——原载《孔学杂著》（山东人民出版社，1997 年）

潘光旦学术思想一瞥

——《潘光旦图传》序

在 20 世纪上半叶群星灿烂的中国学术界，有一颗学术之星曾经如此耀眼。但到 20 世纪下半叶，这颗耀眼之星却被漫天云霾遮蔽。今天，岁月的封尘拂去，人们蓦然回首：发现他的学术见解是如此精辟与超前；尤其是，他给中国民族性进行的号脉如此到位，以至于人们以为：他是否就是时代的先知，竟能对数十年后一个民族精神性格缺陷的症状与症结做出准确的判断和预言？

他就是潘光旦——一位终生在社会学领域耕耘不辍的深有造诣的学者。其实，仅仅说他是一位学者是不够的，他还是一位出色的思想家，一位对中华民族的命运与前途倾注了毕生精力予以思考的思想家。然而，与当时乃至于后来许多思想与学术两相分判的"思想者"不同，他对中华民族精神与心理的分析有着深厚的学术素养与超出于"常识"的见解。而这，又与他作为一位学者，经受过特殊的社会学专业的训练是分不开的。

潘光旦早年在美国攻读的是生物学与优生学专业。他还一度对于性心理学殊有兴趣，翻译过英国著名性心理学家霭理士的著作；在 20 世纪 20 年代，就曾写作《冯小青考》，运用弗洛伊德理论对于明代一位传奇女子做过精神分析诊断。看来，潘光旦接触西方学术新知是相当早的，且颇有

"悟性"。然而，他不甘于仅仅当一名纯粹的学者，他要运用他所学的科学知识，来为一个民族进行精神诊断。这就是为什么他后来终于放弃早年已卓有成效的性心理学与弗洛伊德精神分析研究，而走上了从生物进化论与"遗传学"的角度，对一个民族的精神性格进行解剖的道路。然而，他以学术为志业的理想自始至终并没有变；只不过是，他以为：学术不能超然于人生，学术应当对于时代与人生问题有所思考，并有所贡献。具体言之，他后来的生涯，就是以学术为解剖刀，对于中华民族精神性格进行分解与剖析的工作。这与鲁迅之放弃医学研究，以文学为解剖刀对中国民族性的分析，其初衷是一样的。他们两人的区分在于：对于民族性的解剖，一者是人文的，一者则是科学的。

说潘光旦对于中国民族性的解剖是"科学的"，乃因为他据以观察与研究中国民族性的理论是一种科学的理论——达尔文的进化论与生物遗传论。这种进化论、生物遗传论与社会学的结合，催生了一门自然科学与社会科学相杂交的交叉科学——生物社会学。潘光旦后来对生物社会学情有独钟是完全可以理解的：无论是作为个体的人也罢，以群体方式存在的民族或者整个人类也罢，其实都具有"二元性"，即一半具有生物性，一半具有社会性。因此，观察与解剖人的最有利手术刀，自然就是兼有生物学视野与社会学视野的生物社会学。这种看法在当时自然十分新鲜，即使将它置于今天来看，也仍然会令人啧啧称奇。然而，潘光旦认为，这种视人为生物性与社会性集于一体的看法，是有着充分的科学实证与社会历史文献之根据的。

然而，潘光旦不满足于仅仅对于事实作客观的观察与描述，他还试图提出一种观念，将人的生物性存在与社会性存在加以调和，从而建构一种新型社会学理论，可以有助于一个民族的精神性的改良和重生——这就是他后来致力于提倡以"位育"为中心的新人文史观的用意之所在。他解释说："《中庸》上说'致中和，天地位焉，万物育焉'；后世注经先生又加以解释说'位者，安其所，育者，遂其生'，安所遂生，是谓位育。"（潘光旦:《说乡土教育》)要理解潘光旦为什么要把"安所遂生"称之为"位育",不妨把他对于人与环境、人与历史的关系的看法联系起来。他认为,人一方面是由环境、历史所决定的;另一方面,人又不完全是环境、历史的被动适应的产物。换言之,人固然一方面由环境与历史所决定,另一方面,却又无时不在改变环境。也正因为如此,他不满意于一般人将生物进化论中的"adaptation"或"adjustment"翻译为"适应"或"顺应",而认为应当释作"位育",以体现人与环境、历史的相向互动关系。当然,在他看来,这种对于人与环境的双向互动关系的理解,又仍然是来自于达尔文的生物进化论。达尔文进化论思想有三个根本观念:变异、遗传与选择。他认为,选择包括生物性选择与社会性选择两种。因此,人的本性或人性固然有生物性的根据,但通过社会性选择却可以加以改造。因此,是社会性选择而非生物性选择,使人除了具有适应环境的一面之外,还可以利用人的知识与文化来改变环境,从而也就间接地或长远地改造了人性。这样看来,通过变异、遗传与选择(包括生物性选择与社会性选择),人的生物性与社会性最终得到了统一。

由此观之,潘光旦尽管是一位立足于对于人性与民族性进行实证的科学考察的社会学家,在认为历史上的人类人性,也包括中华民族的民族性有着它的不足,从而试图运用科学的方法来予以改良这方面来看,他又是一位充满社会理想的人文主义者。这也是为什么他称他的以"位育"为中心的生物社会学思想为"新人文思想"的缘故。概言之,他的"位育"生物社会学,其实是以科学方法为用,以人文精神为体、以科学研究为手段,而服务于改良人性与民族性这一鹄的的。

在具体论述以位育为中心的新人文史观时,潘光旦提出了不少真知灼见。他认为人性是"囫囵"的,假如分解地看的话,它包含三个方面:通性、个性与性别。而他认为理想的状态是这三者得到满足并且统一,即通性、个性与性别都得到全面发展,而相互之间又不发生摩擦,甚至是相形得益。他说:"人人既有此三部分的人性,人人即不能无一种要求,就是此三部分的并重与协调的发展……如此发展而成的任何一个人格，各在其可能发展的程度以内，可以有其宗教信仰，有其艺术欣赏，有其科学认识，有其政治见解，有其就业的技能，即或在若干方面，因天赋特长而宜乎略作偏重，在若干其他方面，因天赋不足而不免稍有偏枯，亦无害于生活的'以群则和，以独则足'。"又说："要个人生活与人格的健全发展，要通性、个性、性别三节目的不偏废，责任端在教育，在一种通达的教育，就是自由教育。要社群生活与群格或国格的健全发展，要秩序、进步、绵延三节目的不偏废，责任端在政治，在一种通达的政治，就是民主政治。"（潘光旦：《个人、社会与民治》）也许，潘光旦这种关于人性完善统一的想法并非他所独创，但他思想的独特贡献在于：他对这种人性完善的追求不是诉之于乌托邦的想象，而是建立在一种科学实证的生物社会学的基础之上。

潘光旦强调教育的重要性。他是20世纪30—40年代中国自由主义教育的提倡者之一。而他的自由主义教育观，又是以"位育"作为思想理论依据，而且针对近代以来工业文明的发达以及工具理性教育的片面伸张而发的。在《教育与位育》一文中，他说："以前的种种，只是'办学'，不是'教育'，教而不能使人'安所遂生'，不如逸居而无教，以近于禽兽之为愈，因为它们的生活倒是得所位育的。"这话虽说得似乎有点极端，但他的用意是：现代教育制度已经愈来愈远离了"位育"这一培养完善人性的教育理想，因此必须彻底更弦换辙。他提出的改革教育思路，就是将人从工具状态中解放出来，而恢复其本源意义上的人性。潘光旦的这种教育观，可以看作是以"人格主义"为导向的。他说："有了明能自知与强能自胜的个人，我们才有希望造成一个真正的社会。健全的社会意识由此产生，适当的团体控制由此树立；否则一切是虚假的，是似是而非的，即，意识的产生必然的是由于宣传，而不由于教育，由于暗示力的被人渔猎，而不是由于智情意的自我启发，而控制机构的树立也必然是一种利用权力而自外强制的东西。"（潘光旦：《说童子操刀》）潘光旦这段话写于数十年前，至今读来仍觉空谷足音。

其实，说潘光旦是一位将科学与人文结合的社会学家，这话还只说对了一半；就终极信念而言，他却是一位彻底的人文主义者。他对于以位育为中心的教育理念充满着乐观态度，而且付诸教育实践。这就是为什么他在任清华大学教务长的时候，大力呼吁"通才教育"的道理。并且，他把提倡"人文学科"视之为实践这种教育理想的最好方法之一。在《人文学科必须东山再起》这篇文章中，他借英国思想家席勒的口吻说道："一门科学，因为过于钻研，过于玩弄术语，终于会断送在这门科学的教授手里，所以一门科学的最大的敌人便是这门科学的教授。"而人文学科的最大长处，就是可以培养人的一种综合与通观的能力。这种综合与通观能力，与其说是技术层面与学科层面上的，不如说是世界观与人生观方面的。他历数唯科学马首是瞻的"科学主义"带来的危害时说："科学的发展根本忽视了人，尤其是忽视了整个的人，而注其全力于物的认识与物的控制"，而人文学科则足以解科学之"蔽"。因此，他提出发展人文学科的两条建议：第一，在高中与大学的前二年，应尽量地充实人文的课程，文法院系固然如此，理工院系更属必要。这是属于实际操作方面的。第二，是理想的提倡。他心目中弥足珍贵的理想是"宇宙一体""世界一家"与"人文一史"；而就前两者的真正落实来说，都离不开"人文一史"；而人文学科之妙，就在于能培养人的"人文一史"情怀。

从以上可以看到，潘光旦的思想经历了一个由科学到人文的发展过程。但他的人文主义精神却又始终寄寓在他对于科学的信念之上；即使他后来对于科学之"蔽"的批判与反省，也都是诉之于科学的理性分析。由此观之，潘光旦的思想其实是很难化约为某一种类型的。科学乎，人文乎？潘光旦似乎总想在科学与人文之间保持一种张力。因此，假若强为之名，他是一位"科学的人文主义者"。

然而，仅仅读潘光旦本人的学术著作，我们即使能看出他思想中科学与人文的紧张，但这种紧张到底是如何形成的？尤其是，体现他的这种思想张力的重要学术观念，比如说"位育"观念，其形成又有何种机缘？似

乎难以猜测。于是，我们会想到必须"知人论世"。孟子以为，要真正理解
一个人的思想，必须了解他的家世与学术渊源，甚至深入到他内心隐蔽的
世界，洞悉其思想观念产生时的某些心理活动，等等。但我认为，这还仅
仅是我们重视人物传记的原因之一。其实，对于学术与思想人物来说，人
物传记之所以重要，固然由于可以使人增加人物身世与经历的知识而加深
对传主思想的"同情的了解"；舍此之外，大凡重要的学术与思想人物，其
传记却有其独立存在的价值与意义。这就是：我们还可通过读这些人物传
记来"以人观世"：为什么某一种学术与思想人物，仅只出现于某一个历史
时期或社会环境之中；或者说，是什么样的历史条件与社会环境，催生了
某种学术与思想人物的出现？这常常是我们读历史人物传记时所关心的。
就许多读者来说，这种对于人物出现的社会历史环境的关心，一点也不亚
于对于传主思想的关切。从这种意义上说，一本好的人物传记，不仅可视
为对于了解传主思想的极好背景材料，而且它本身就是一幕史诗：我们从
中得以观看这部壮阔史诗中出现的各种人物与场面；至于传主的抽象思想
与观念，也借助于这种史诗叙事而显得丰满和有血有肉。——我的意思是：
学术与思想人物本人的学术文字，与关于学术与思想人物的传记，一方面
是相益成彰的；另一方面，它们又具有不同的指向与功能。这是我以前读
了潘光旦本人撰写的学术与思想文字之后，而今又读《潘光旦图传》一书
而生发出来的感想。

是的，《潘光旦图传》为我们提供了关于潘光旦思想形成以及学术活
动的许多具体细节。比如说，潘光旦的"新人文思想"的形成，曾接受了
其早年朋友兼同乡金井羊的影响（见55页）。又比如，潘光旦与一班朋友
在云南洱海夜游遭遇风雨，竟然触动灵感，关于"位育"的妙语口出如珠
（48页）。当我们读着后面这些类似于"夜泊秦淮"的美丽文字时，我们与
其说是在思索潘光旦思想的形成过程，不如说我们业已置身其中，与传主
一道在观赏着洱海夜色。我们会恍然大悟：潘光旦之做学问，原来也有如
此悠闲之一面，真个是"魏晋风度"与"性情中人"。从而，我们不仅是

在进行理智的思考，而且从中也获得了审美的享受。读《潘光旦图传》，我们真的是在与传主一起神游那过去的时代，并缅怀起那已逝的时光！所谓"知人论世"与"以人观世"，又岂可以截然分开哉！

还是回到潘光旦本人来罢，《潘光旦图传》写出了潘光旦早年的丰采，以生动的笔触烘托出 20 世纪上半叶中国学术界的氛围，是一幅精美的关于那一不复返的历史时代的存照，这无疑是研究 20 世纪上半叶中国学术人物如何成材的极难得的素材。但本书也不忘记告诉我们的是：晚年的潘光旦如何的寂寞：他在 1957 年被打成"右派"；"文革"中，他本是残疾的身体备受非人摧残，以至终于"命殒'文革'风暴"。这或许不只是潘光旦一个人的遭遇，而是像他那一代的中国知识分子的普遍性生存境遇。也正因为这样，《潘光旦图传》染上了一层悲剧性之美。是的，本书是一个时代的见证：一个为什么学术人才与思想人物再也无法出现的历史见证。潘光旦关于"人才"的一个重要学术观点是："遗传"本是人才得到出现的生物性根据，而社会制度做出的"选择"，却注定了人才会不会出现，或者是何种"人才"才能出现。呜呼！难道潘光旦关于"人才"的学术文字，还必得以他的个体生命来加以诠释？甚至还得加上整个一代学人的悲剧性结局来作为铺垫？假如说我读本书的前部分时，曾经一度处于精神性的愉悦与欣赏之中，那么，翻至末页，读着这些以个体生命悲剧命运来作旁证或"注脚"的文字，我竟不由得唏嘘涕泣。

但是，掩卷之余，理性的沉思终于战胜了情感方面的沮丧与沉沦。我看到：20 世纪 30—40 年代的潘光旦又走出来了，带着他的关于"位育"的思想，继续为今日中国的民族性把脉来了。

——原载《潘光旦图传》（湖北人民出版社，2006 年）

中国现代哲学人物剪影

一、张申府

有人说：历史记住了许多不该记住的名字，也忘记了许多不该忘记的名字。这话只说对了一半。真理应该是：发亮的未必是金子，是金子必然会发亮。今天，当历史聚积已久的封尘拂去，人们终于认识了中国现代哲学史上的一个重要的名字——张申府。

对于某些人来说，"张申府"这个名字也许从来没有陌生过。即便在学术文化界万马齐喑的"文化大革命"中，张申府的名字由于曾与中国革命史上的一位伟人——周恩来的名字有联系（他是周恩来的入党介绍人），曾被人窃窃私语，而张申府被另一些人记得，是因为他的"不甘寂寞"和"叛逆"性格：他早年参加过中国共产党的建党活动，后与中国共产党人分手，却又成为国民党的眼中钉，积极鼓吹民主政治，甚至将课堂变成政治讲坛，以至被清华大学开除教籍。此外，以他对中国革命事业的贡献，他后半辈子之沦落和不幸遭际，更博得不少知情者与"天涯沦落人"的泪水和唏嘘。……但这一切，对于张申府来说，到底是过眼云烟。他晚年心境之淡泊，可以用苏东坡词中的一句来形容："归去，也无风雨也无晴。"但是，他对于自己在中国现代历史上的真正定位却是相当清楚和自许的。他说过："我是 20 世纪中国最重要的哲学家。"这话在他晚年回忆过去的生涯时随口说出，也许经意，也许不经意，无论如何，当 20 世纪中国历史的风风雨雨终于过去，大浪淘沙，人们承认，张申府即便不是中国现代唯一重要的哲学家，却也应该是居于 20 世纪中国最出色的哲学家之列的。

张申府（1893—1986），名崧年，1893 年出生于河北献县。父亲是清末翰林，曾任翰林院编修。1913 年，他考入北京大学数学系，1917 年毕业后留校任教。投身于五四新文化运动，曾任《新青年》《每周评论》杂志编委，还曾加入"少年中国学会"，任《少年中国》编辑，以笔名撰写和翻译文章，宣传马克思主义，介绍西方思潮。1920 年，与李大钊一起筹组共产主义小组，参与建党活动，是中国共产党最早一批党员之一。同年去法国，任里昂大学中国学院教授。1921 年，在巴黎先后介绍刘扬清、周恩来入党，组成中共旅法小组。1922 年到德国，任中共旅欧总支部书记兼中共中央驻柏林通讯员。和周恩来一起介绍朱德加入中国共产党。1923 年回国，1924 年参与黄埔军校的筹建工作，曾任黄埔军校政治部副主任和蒋介石的英德文翻译。1925 年，在中共"四大"会议上因讨论党纲问题发生争执，退出中国共产党。先后在中国大学、暨南大学、大陆大学、北京大学、燕京大学等校讲授西洋哲学史和逻辑学。1931 年任清华大学哲学系教授，因参与"一二·九"运动，1936 年被捕入狱，出狱后被清华大学开除教籍。抗战期间，在武汉、重庆等地参加救亡民主运动，并参与"民主同盟"的筹建工作。1948 年，因在《观察》杂志上发表《呼吁和平》一文，受到中国共产党人的严厉批评，并意味着他政治生涯的严重挫折，1949 年以后，任北京图书馆研究员，1957 年被错划为右派，1978 年平反。1986 年在北京逝世。

从以上经历看来，张申府并不是一位纯粹"经院式"的哲学家。他从青年时代起就热心于政治和奔走国事，各种社会活动占据了他大部分的时间，所以，他一生并没有留下太多的哲学著作。除了翻译和介绍西方哲学的一些文章之外，主要是短篇的哲学随笔和杂感。但这丝毫不降低他的著述的学术价值。要知道，字码和稿纸是可以"论斤称两"，而"思想"却是不可以物理计量来称其高下的。就在张申府这些短小的随笔和杂感中，他广泛讨论了宇宙、人生、社会、宗教、艺术、情爱等人类普遍关心的"大问题"，其目光之远大、思想之深邃、对人性观察之敏锐和睿智，不仅为他同时代人所不及，即便至今天亦无人能及。张申府的著作并不太"厚"，但其思想之重量，却是远远超过他同时及后来许多著述"汗牛充栋"的哲学家和思想家的。

读某些哲学家的著作，我们尽管佩服其思想之深刻，却难以窥见其人，而在张申府，其著作与其人格是完全合一的。读其书，知其人，从他的著作中，我们不仅了解其思想，而且觉其性情，甚至能想象其声容笑貌。在其书中，他整个"人"是完全敞开给你的。这也很可以解释，为什么张申府不喜欢大段大段的逻辑推演，其哲学思想和观念惯以简练的隽语来表达，一语中的，且又令人回味无穷。读他的哲学著述，既是一种思想探险，又是一种审美享受。他的文风酷似庄子，而从他对个性主义之伸张及对自由人格的追求来看，他的思想与其说是接近儒家，毋宁说更趋于道家，这从他以艺术和审美的境界为人生之极致可以观出。

在张申府思想的形成过程中，罗素起了关键的作用。1914年，他在北大读书时，读到罗素的《我们关于外部世界的知识》一书时，遂引发起他对哲学的兴趣；而且，他也接受了罗素关于哲学应当注重逻辑分析的提法，哲学思想走上了新实在论一途。从1917年起，他陆续将罗素的著作和文章翻译出来，以传播和宣传罗素思想为己任。1920年，罗素来华访问，他得以和罗素结识。今天，在罗素档案馆中，还保留着当年张申府写给罗素的热情洋溢的信，信中表达了对罗素的无比崇拜。直到1983年，张申府还写下《我对罗素的敬仰与了解》这么一篇纪念文章，其中写道："我赞佩罗素，敬仰罗素，最主要的是他在哲学上的伟大贡献——数理逻辑，深深地吸引了我。……一个大哲学家必然知识渊博，必然有所创辟，必然深切关心人生问题，而且有一个新的高尚的人生观或人生理想，这三个条件，可以说罗素无一不充分具备。综述罗素的一生，他不仅是伟大的哲学家，也是著名的教育理论家。他拥护正义自由，显扬科学理性，反对纳粹法西斯，对中国一往情深。尤其应该说，罗素以他伟大的造诣开创了世界的哲学新潮流，是数理哲学的一代硕师。"这段话不仅适合于罗素，在某种意义上说，也是张申府本人哲学思想及人格的写照。

作为 20 世纪西方经验论哲学的大师，罗素开创了"分析哲学"这一哲学思潮之先河。对于罗素哲学这一划时代的贡献，张申府有清醒的认识。他给予罗素哲学以极高的评价，他说："我很可以相信，现在哲学问题都已可以解决。我已很晓得所谓哲学问题的应该怎么解决。而这大部分，或无形中，起始都是从罗素来的，特别就是他的类型论。"（《罗素哲学译述集》）罗素的分析方法，他又称之为"解析法"。他说："凡是解析大概都是一种东西所包含的或概指的，分别出来，爬梳出来，条理出来。"（《张申府学术论文集》）值得注意的是，张申府之所以称道罗素哲学，除由于它注重对概念的逻辑分析之外，还因为它是一种"科学"的方法。张申府强调研究罗素"最注意的就是他所持的科学精神。……读他的书而忽略这个必是心盲。"（《罗素哲学译述集》）

张申府还是在中国最早宣传和提倡唯物辩证法的先驱之一。他说："现代世界哲学的主要潮流有二：一为解析，详说逻辑解析。二为唯物，详说辩证唯物。"（《现代哲学的主潮》）在他看来，唯物辩证法是一种重实在、重实证，而且重实践的方法，自当唯它是赖。他谈到重实践的方法论意义说："人既也是一种物质力量，而且也有其精神力量，也有其理想力量，人的理论就也可以成为一种物质力量。"（《张申府学术论文集》）然而，张申府毕竟还是一位极富原创性的哲学家，他除了发挥唯物辩证法之精义外，还试图将唯物论与分析哲学加以综合。他提倡一种"分析的唯物论"，他说，解析法与唯物论看似相反，其实相通互补："解析而辩证唯物，可以不至于茫茫无归宿。辩证唯物而兼解析，也庶几免掉粗略或神秘。"所以，从世界哲学发展的趋势看，"最近世界哲学界里两个最有生气的主潮是可以合于一的。而且合一，乃始两益。而且合一，乃合辩证之理。在理想上，将来的世界哲学实应是一种解析的辩证唯物论。"（同上）

张申府的哲学思想极具开放性。与同时代人大多纠缠于"古今中西之争"，或主"全盘西化"说，或主复古说不同，他不仅认为西方不同的哲学传统可以兼容，而且认为古代的和现代的、中国的和西方的不同文化可以相通。他对中国儒家的"仁学"思想评价极高，认为"仁"和科学都是注重"客观"。他进而提出将马克思、罗素和孔子的思想相结合，这三位原是他心目中的先知式的人物。

张申府留下的著作有：《所思》，1933年出版，三联书店1986年重印。《张申府学术论文集》，齐鲁书社1985年出版。《罗素哲学译述集》，三联书店1989年出版。《思与文》，河北教育出版社1996年出版。

二、张东荪

"'思想自由'不是指思想的自由自在发生出来而言。因为思想在个人的脑中并没有自由不自由，这个问题乃是起于思想的对外发表。就是思想的发表是否受外来力量的干涉。如果受干涉，乃有不自由。有不自由，然后才争自由。所以思想自由不是一个关于思想本身内容的问题，乃是一个思想在社会上势力的问题。即是一个具有政治性质的问题。但又不仅是单纯的政治问题，却又同时涉及教育等各方面，而与全文化相关。"熟悉20世纪中国上半叶政治情势及思想文化界情况的人都会猜出，以上这段话是出自张东荪之口。

张东荪——20世纪上半叶一位"风头"甚健、才华出众的燕京大学名教授，在当时及后来，一直被视为20世纪中国最典型的"自由主义者"。"自由主义"有各种含义，而对于张东荪来说，他认为20世纪中国自由主义者最重要的，莫过于争取"说自己的话"的权利。他一生热心于办报刊、发表演讲、撰写文章，乃至登上大学讲坛，以及组织政党和从事各项社会活动，都是为了实现他的最高理念"思想自由"。他甚至将这种"思想自由"视为一个人有无学问和文化的标准："唯有人能说自己的话方能有学问。不然只有宣传而无学问，无学问即是无文化。"（《思想与社会》）张东荪一生发表了许许多多政论和关于思想文化的文字，维护了他"说自己的话"的权利；同时，他又写做了大量的哲学著作和文章，在哲学领域卓有建树，并自树一帜。张东荪的哲学著述和他的政论及思想文字一样，迄今读来不仅没有过时，而且有其独特的魅力。他实在是一位成功的兼学者与思想家于一身的人物。但也许，他太爱"说自己的话"了，同时又生性耿直和坦率，这给他的个人生命带来了不幸。

张东荪（1886—1973），字圣心，浙江杭县人。早年东渡日本，学习佛学和哲学。返国后从事报刊工作，曾主编《时事新报》和《解放与改造》杂志，撰写了大量文章，介绍新思潮和提倡基尔特社会主义。1925年，他脱离报界，先后到国立政治大学、私立光华大学等校任教。他谈到离开报界的原因说："民国十六年以后报纸完全变为他人的喉舌而不能说自己的话了。"1930年，他到燕京大学任哲学教授，任此职一直到1952年。在大学执教这段时间，张东荪不能完全忘情于政治；1934年，他与张君劢组织国家社会党，试图推进中国的民主政治。抗战期间，他留在北平燕京大学任教，曾被日本宪兵司令部逮捕，抵住引诱和拷打，拒不接受伪职。1946年，因与张君劢意见分歧而退党。国共两党武装争夺全国政权时，他主张以和平方式解决争端，是"第三条路线"的代表人物之一。1949年以后，任中央人民政府委员和政务院文化教育委员会委员。1952年院校调整以后，燕京大学撤销，他到北京大学任教。1958年，因"政治问题"被解聘教授职务，到北京市文史馆当勤杂工。1968年，83岁高龄的张东荪被投进监狱，从此没有能再出来。

张东荪的哲学兴味很早就有了，而真正引发起他对哲学问题做深入思考的，大概是"科玄论战"。在"科玄论战"期间，他写过一篇叫作《劳而无功》的文章，对"科学派"和"玄学派"都有所批评。他说："总之，这次科玄之战很足以表现三十年来国人迎接外来思想至何程度。平心而论，其中有许多大问题不但我们不能圆满解决，即泰西先进的大学者亦不能圆满解决。"这次论战使他一方面感觉涉及问题之重大，同时亦使他认识到国内对西方哲学的理解还很隔阂，于是决定要对西方哲学来做一番推广和普及工作。他翻译了柏格森的《创化论》《物质和记忆》，翻译了《柏拉图五大对话》，又根据阅读数十种西洋伦理学名著的结果，写成厚厚一大本《道德哲学》，对西方伦理学思想详加介绍。此外，他又写做了不少论文，介绍西方哲学，包括实用主义、新实在论、批判实在论、怀特海哲学、层创的进化论、新唯心论等等。这些文字，他后来收集起来，于 1929 年出版，叫作《新哲学论丛》。在整个 20 世纪 20—30 年代，就介绍西方哲学范围之广、用力之勤来说，是无人能望其项背的。

张东荪特别重视对知识论的研究，这方面，他受康德思想的影响很大。1934 年，他出版《知识论》一书，这是一本综合西方各派哲学，建立他自己的哲学思想体系的尝试。他将自己的哲学称为"多元的认识论"，认为知识之所以可能，是因为有感相、条理、格式、设准和概念等等。看得出来，他的"多元认识论"思想的形成对康德哲学、经验论、新实在论及层创的进化论等等思想都有所吸取，他是一位兼容并包、善于吸取诸家之长且又深具综合能力的哲学家。

大概张东荪也算是中国现代最早且构造了一个最完整的哲学体系的哲学家。除知识论之外，他还构造了宇宙观和本体论，他称之为"架构论"。他视宇宙为一个"总架构"，这总架构又由无数架构互相套合互相交识而成，其间无数的架构还会因结合样式的不同而突然创生出新种类来。他的"架构说"有佛教的"因缘说"的影子，但主要思想来源是"层创的进化论"而不同于佛教的因缘说。

张东荪还对人生意义问题和道德问题予以充分的关注。很早，继《一

个雏形的哲学》之后，他就写做了《一个雏形的人生观》的文章，论述他
对人生问题的看法。他认为人生有其"内在的"的目的，应以理智指导生
活而改善自己。这种崇尚理智的人生观，他称作"主智的人生观"；他认为
世界虽非完美无缺，却终有改良的希望，因此提倡"淑世思想"。他认为人
生观离不开宇宙观，而对宇宙的认识要从考察人类本身的认识能力开始。
张东荪的哲学思想体系包括知识论、宇宙观和人生观，这三个部分相互关
联且具有首尾一贯性。

20 世纪上半叶是中国思想文化界思潮震荡、激烈争鸣的时期，从科玄
论战开始，张东荪几乎参加了时代的所有论战，包括社会史论战、唯物辩
证法论战、哲学论战、东西文化论战等等，他实在是时代思潮震荡中一位
相当活跃的人物。

20 世纪 40 年代，张东荪以更多的精力与时间关注社会政治与思想文
化问题。他先后写作和出版了《知识与文化》《思想与社会》《理性与民主》
和《民主主义与社会主义》等著作，表达他对这方面问题的见解。其中，
他对中西文化的比较、对中国传统社会的看法、对中国历史上"士"的作
用的认识，尤其是对民主政治的看法和理解都殊多新解，他的这些见解迄
今仍给人极大启迪。

张东荪一生笔耕不辍，哲学著作除上面提到的之外，还有《科学与哲
学》（上海商务印书馆 1924 年出版）、《哲学 ABC》（上海世界书局 1929 年
出版）、《人生观 ABC》（上海世界书局 1929 年出版）、《精神分析学 ABC》
（上海世界书局 1929 年出版）、《道德哲学》（中华书局 1931 年出版）、《价
值哲学》（上海世界书局 1934 年出版）、《现代哲学》（上海世界书局 1934
年出版）、《哲学》（上海世界书局 1934 年出版）、《从西洋哲学史观点看老
庄》（燕京大学燕京学报社 1934 年出版）、《近代西洋哲学史纲要》（与人
合编，上海中华书局 1935 年出版）等。

三、金岳霖

历史老人并不健忘，却常常爱开玩笑。有这么一个哲学家，早在 20 世纪 20—30 年代，他的名字在哲学界就如雷贯耳，甚至成为湖北某偏僻县城一中学生心中的偶像，曾引导这个中学生走上哲学和逻辑学的殿堂。50 年代以后，这位当年的中学生在台湾声名鹊起，成为台湾自由主义的巨擘和领袖人物，而这位哲学家的名字在大陆的哲学界却悄然消失，他的哲学著作和 30—40 年代成名的中国其他哲学家的著作一并收入《资产阶级哲学思想批判资料》由内部出版供批判之用，唯一的例外是他那本写于 30 年代的《逻辑》却能公开印行，并作为教材而广为流行，以至社会上和大学中年轻一辈只视其为逻辑学家而不知他实乃哲学家。直到 80 年代以后，随着学术思想的解冻，他的哲学著作得以公开出版，人们才又恢复了对他的兴趣，但他的哲学思想仍然难解：愈是难解，愈是神秘，而更多的人与其说是沉迷于他的哲学，毋宁说是对他的这个"人"发生兴趣——都说哲学家不是生活刻板、了无趣味之人，就是行为不同于一般人的"怪"人，这个人也许是后一种。也因为如此，他成为其生平细节最为人所津津乐道的中国当代哲学家之一。这个人就是金岳霖（1895 — 1994）。

早在 20 世纪 30 年代，金岳霖哲学的成就就已获得哲学界的公认和首肯。1935 年，孙道升在《现代中国哲学界之解剖》一文中，称清华大学哲学系为中国新实在论的大本营，而其首领为金岳霖；并盛赞其发表的论文"实在可以说是篇篇美玉，字字精金"。在《近五十年中国思想史》中，郭湛波对金岳霖哲学做出这样的评价："能融合各种方法系统，另立一新的方法系统，在中国近日恐怕只有金岳霖先生一人了。"贺麟对金岳霖的哲学也予以相当高的评价，在《五十年来的中国哲学》中，称金岳霖的《论道》是"一本最有独创性的玄学著作"，说他"关于知识论的思想对于新实在论的确有不少新的贡献"。话虽如此说，金岳霖的哲学却是相当难读的，其原因在于：他用来研究和分析哲学问题的方法和技巧，是一种西方人才用的逻辑分析方法。这种方法不仅中国人掌握起来困难，而对于中国传统哲学来说，简直是"异数"。正因为如此，金岳霖的著作外行人不懂，连弄哲学的人士读来也费劲。但金岳霖也许天生有摆弄这种哲学的头脑和爱好，他操起"奥康姆剃刀"来游刃有余，得心应手，就是西方分析哲学大师罗素和摩尔也得退让三分。1926年，当金岳霖发表《自由意志与因果关系的关系》和《说变》两篇文章时，诗人徐志摩特加"案语"，对哲学家的方法有如下生动的刻画："金先生有这样一种嗜好，除了吃大西瓜——是捡起一根名词的头发，耐心地拿在手里给分。他可以暂时不吃饭，但这头发丝粗得怪可厌的，非给它劈分了不得舒服。说明白一点，他是个弄名学的，他为要纠正一般人（或是他自己）思想的松懈，他不得不整理表现思想的工具，那就是我们要用的字。但这功夫太大，他只能选几个凑手的词儿。一半当作抛棉花球儿的玩意，拿在手里给剥去点儿泥，擦去点儿脏，磨去点儿毒，以显示出它们的本来面目，省得一般粗心人把象牙看作狗骨头，或是把狗骨头看作象牙，这点子不弄清楚，知识是不易进步的。"

金岳霖的哲学抽象难懂，他这个人却是十分"具体"而"天真"的。他的"雅兴"之一是和邻居的小孩斗蟋蟀；他家养有一只大斗鸡，有时它上桌来和他一块吃饭也不介意；更有甚者：有次他正在讲课，忽然停住说"对不起，我这里有只小动物"，然后伸手进后脖领抓出个跳蚤。金岳霖与一代"才女"林徽因的柏拉图式的恋爱故事也是当代学林中盛传的掌故。他认识林徽因是在剑桥大学时期，那时林徽因还是一位小姐，随同当时任国民政府高官的父亲林长民访问英国，并留下来在剑桥大学就读。金岳霖为这位才貌俱高的女性所倾倒，与当时同在剑桥的徐志摩一块，三人成为知己好友。后来林徽因与梁思成结为夫妇，金岳霖对她的仰慕之情矢志不渝，他与梁思成夫妇结为莫逆之交，并从此终身不娶。生性洒脱达观的他给同事和朋友留下不少隽俊的逸事，难怪他乘鹤而去后，冯友兰盛称他为"雅人深致""晋人风流"，他为再也见不到这位"现代嵇康"的身影而惋惜不已。

如此一位"性情中人"竟会同枯燥冷峻的逻辑学和分析哲学结缘,初看起来有点难于理解。其实,虽说早有逻辑天赋,少年的他却心怀"大志"。他1895年出生于湖南长沙的一个洋务官僚家庭,1914年从清华留美预备学堂毕业后赴美留学。他当时立志要学"万人敌"的学问,故虽开始进的是宾夕法尼亚大学学商科,旋即改入哥伦比亚大学学习政治学。1920年,他获得政治学博士学位之后,到欧洲游学。他先后到过英国、德国、法国和意大利,而以英国为主要留居地。正是在英国的这段时间,他接触到英国传统的经验论哲学,由此改变了他以后的治学方向。他对哲学的兴趣是在美国留学时从钻研格林的著作开始的。格林是19世纪自由主义的政治思想家,金岳霖由研读他的政治思想而接触到他的哲学思想。格林的哲学思想属于新黑格尔主义,所以,那时候,金岳霖由欣赏格林哲学而曾经一度醉心唯心论哲学。到英国之后,他终于放弃了唯心论哲学而走上经验论哲学一途。这当中,有两本书对他的影响特别大:一本是罗素的《数学原理》,一本是休谟的《人性论》。他说,罗素的那本书使他懂得了哲学之为哲理不一定要靠大题目,就是平常生活中的常用概念也可以有很精深的分析,而此精深的分析就是哲学;休谟的《人性论》给他以"洋洋大观"的味道,觉得它讨论问题之深刻,非常了不起。在罗素思想的影响下,金岳霖放弃了唯心论而归宗"新实在论",并且注重哲学的逻辑分析。而他后来写作《论道》和《知识论》,其思想动机在很大程度上,是为了去解决休谟提了出来而没有解决的问题。

1926年,金岳霖回国到清华大学任教。开始,他教授的课目还是西方政治思想史,后来改教逻辑。而其最终放弃政治思想史研究的原因,乃他对当时社会政治情况的不满。他觉得自己无法改变当时的社会政治,却又不愿意被社会政治所改变,于是采取了"逃避政治"的方式,按他所说的那样成为一个"哲学动物"。他在一篇文章中这样表达他的心境:"坦白地讲,哲学对我们来说是一种游戏。我们可能天真地做哲学家游戏。这立即使专家感到可笑和气愤,但是我们尽可能努力根据哲学规则来做哲学游戏。我们不考虑成功或失败，因为我们并不把结果看做过程的一半。正是在这里，游戏是生活中最严肃的活动之一。其他活动常常有其他打算。政治是人们追求权力的领域，财政和工业是人们追求财富的领域。爱国主义有时是经济的问题，慈善事业是某些人成名的唯一途径。科学和艺术，文学和哲学可能有混杂的背后动机。但是一个人在肮脏的小阁楼上做游戏，这十足地表达了一颗被抛入生活之流的心灵。"（《序》）也许，正因为他有将哲学视为"严肃的游戏"的那么一份执着，他 20 年代末以后发表的一系列哲学文章和著述才显得那么地不同凡响，在中国哲学界引起极度的注意和重视。而他对逻辑分析技术之娴熟，也使他获得"中国的摩尔（Moor）"之称号。

金岳霖的哲学代表性著作是《论道》和《知识论》。前书于 1940 年出版，集中论述了他的本体论思想，全书以人道服从天道，并视天道为一生生不息的宇宙过程，反映了他思想中有受中国传统道家思想影响的一面。然而，此书的目标是致力于糅合中西，西方思想，尤其是怀特海过程哲学的影响在其中也清楚可见。书中将"道"定义为"式—能"，其中"式"相当于亚里士多德哲学的"形"和朱子哲学的"理"，"能"相当于亚里士多德的"质"和朱子的"气"；"能"之不断出入于"式"而有宇宙万事万物的生成和变化。应该说，《论道》是一本体大思精、结构宏伟之作，但由于其不同于一般的论述方式，读起来并不容易。

《知识论》写于西南联大时期，至 1948 年完成。金岳霖说这是他"花精力最多、时间最长"的一本书。书成后原拟交商务印书馆出版，后来由于历史的原因，拖到 1984 年才得以公开出版。这本书洋洋洒洒 70 多万言，讨论了西方近代以来认识论的各种问题，其涉及知识论问题之广、论述问题之精，在西方近现代以来的同类著作中并不多见。金岳霖宣称这本书的立场是"事"与"理"并重、经验与理性并重，明显地具有调和西方近代以来经验论和唯理论两大思潮的对立的色彩。书中除对"唯主方式"的思想根源做了深入细致的分析和批评之外，其提出的概念"模仿与规律"双

重作用说、归纳原则是"接受总则"说等一系列思想，均极具原创性，给
人以极大启发。而金岳霖本人在中国现代哲学史上之地位，也主要由这本
书而奠定。

金岳霖可以说是中国现代"经院派哲学家"的代表人物之一。他 1926
年到清华大学以后，一直在清华大学哲学系从事哲学教学和研究工作，直
到 1952 年院校调整调到北大，后又到中国社会科学院哲学所从事研究工
作。但在 1949 年以后，金岳霖无论在哲学研究或逻辑研究中都没有获得创
获，相反，他对他自己过去的整个哲学和逻辑研究工作全部加以否定。他
在 50 年代末—60 年代初还写了一本批判罗素哲学思想的著作，但显得并
不成功；而尤其是他对他自己过去逻辑思想否定之激烈，以及强调形式逻
辑有阶级性的说法，更令很多人感到困惑莫解。也许，金岳霖晚年思想之
变化，就与他早年行状之怪癖一样，也引起了许多好事者的注意，却也留
下了更多的"谜"。

四、洪谦

怀特在《分析的时代》一书中谈到书的取名时说，尽管 20 世纪的西方
哲学流派繁多，但最能代表这一时代哲学特点的是"把分析作为当务之急，
这与哲学史上某些其他时期的庞大的、综合的体系建立恰好相反"。（《分析
的时代》，商务印书馆 1981 年版，第 5 页）这也是为什么他将谈论 20 世纪
西方哲学发展的这本书取名作"分析的时代"的原因。应该说，早在 20 世
纪 20—30 年代，有一个中国的年轻人对这点就有了认识。他很早就赴欧
留学，到"维也纳学派"的发源地——维也纳学习哲学。当时，作为一个
学派的"维也纳学派"尚在创建之中。但这个年轻人凭着他的敏感，意识
到这是一个将改变未来世界哲学地图的哲学学派。于是，他拜于这个学派
的创始人——石里克门下受教，成为石里克的亲传弟子；回国以后，终身

以弘扬维也纳学派的思想为己任。这个年轻人就是洪谦。

　　洪谦 1909 年出生于福建，少年早慧，在东南大学预科求学时就因发表一篇关于王阳明的文章受到康有为的赏识，康有为于是推荐他拜梁启超为师。后来，梁启超又介绍他到日本求学。洪谦到日本后，在东京帝国大学跟随阳明学权威宇野哲人学习，后因病回国，入清华大学国学研究院预科，在梁启超门下受业。1927 年，洪谦留学德国，开始是在耶纳、柏林大学学习物理学、数学等自然科学，因对哲学发生兴趣，第二年遂转赴奥地利，进维也纳大学师从哲学大师石里克。他的博士论文——《现代物理学中的因果律问题》就是在石里克指导下完成的。他取得博士学位以后，留任维也纳大学哲学研究所，在石里克教授的讲座（seminar）工作。1936 年，石里克不幸被他过去的一位学生刺杀，维也纳学派开始瓦解，洪谦于是在次年返国。

　　洪谦归国后，在清华大学和北京大学教授哲学，后任西南联大哲学系教授，后来又曾赴英国牛津大学从事教学和研究工作。1948 年洪谦返国，任武汉大学哲学系教授兼系主任，后又到燕京大学哲学系任教授兼系主任。1952 年院校调整后，洪谦到北京大学哲学系任教，直至 1992 年去世。

　　洪谦一生致力于哲学的研究和教学工作，著述并不很多，除当年用德文撰写的博士论文和在报刊上发表的一些哲学文字之外，写了一本叫《维也纳学派哲学》的书，此书于 1945 年由商务印书馆出版。在这本书中，他对维也纳学派的理论原则和思想方法，以及维也纳学派主要人物的学术思想做了系统、扼要的介绍和评述。由于他本人是维也纳学派中人，与维也纳学派主要人物都有接触，对维也纳学派思想的把握自然会比较准确，但他本人并不满足于对维也纳学派作纯粹客观的介绍，他在介绍和评价维也纳学派思想的同时，还加进了他自己的一些哲学思考，从而，《维也纳学派哲学》也可以看作是他本人主张的"维也纳学派"哲学观。

　　按照洪谦的说法，维也纳学派的最大贡献，是对传统的哲学到底是什么的看法做了摧毁廓清的工作，提出了一种新的哲学观。他说，许多哲学家认为哲学与科学是不同的，但他们以为哲学与科学之不同，是在科学研究的对象是特殊真理，而哲学研究的对象是普遍真理。而在他看来，哲学的主要任务是研究科学的特殊真理的意义，以期发现一种普遍的意义；所以它不是研究普遍的真理的科学，而是研究普遍的真理意义的活动。从研究意义的活动着眼，洪谦强调语言分析方法之重要。他以苏格拉底为例，苏格拉底对于一个问题意义的研究方法首先是将问题中所见的概念加以分析，然后将问题所应用的语言加以说明，之后又将所研究的问题拟以不同的答案，最后还要问人所定义的概念是哪一类，所应用的语言是哪一种，所拟定的答案是哪一个，等等。所以，按照维也纳学派的理解，哲学其实就是一种从事语言分析的活动。

洪谦强调，哲学虽然不是一种科学而是一种活动，但是它对于科学的研究却极其重要。因为在科学研究中，往往会遇到一些科学方法解决不了的问题，分析这类问题的原因，既无理论的错误，又无技术的过失。这时候，我们必得对它的表达方面加以逻辑反省，对其所应用的概念进行逻辑分析，那么就不难发现这类问题的产生并无事实的原因，而是不懂语言逻辑乱用语言的结果。总之，哲学是对科学命题进行语言分析，它对科学的贡献实在超过任何具体科学，可以称得上是"科学之王"。

洪谦谈到维也纳学派对"形而上学"的看法，说直观的形而上学作为知识的理论是根本不可能的，因为直观的形而上学家误解了知识的概念。知识是事实的证实性的认识，而体验是感觉的所与性的了解，知识是以形式构造为对象，体验则以主客观世界的一致为对象，知识是科学的基础，体验则是生活的方法。所以他认为，任何的形而上学理论之为实际的知识理论，都包含了逻辑的矛盾性和事实上的不相容性。

值得注意的是，洪谦虽然认为形而上学不能提供实际的知识，却不否定它在实际生活中的作用。因为它能给我们以生活上许多理想和精神上的安慰，所以称形而上学为"概念的诗歌"是恰当的。他同意维也纳学派的如下说法："其实形而上学在整个文化中的作用确如诗歌一样，就是它的确能充实我们的理想生活和体验境界。"他尤其谈到维也纳学派创始人石里克为人之富于诗人风趣,其生平以不能成为一个诗人为憾事。石里克说过一句耐人寻味的话:"我们都是被阻碍的诗人。"他认为,从这句话可以概见维也纳学派对形而上学真正的想法。在他看来,与其说维也纳学派否定形而上学的意义,不如说维也纳学派要将形而上学在人生中的价值重新加以定位,即承认形而上学为人的生活所必需。在他看来,石里克的人生哲学应与尼采、席勒等人为同道。石里克认为,所谓生,不是别的,就是我们如何尽量体悟和欣赏人类纯真感情中所共有的"爱"和"善"而已。为此,洪谦在《维也纳学派哲学》中专门写了《石里克的人生哲学简述》一章。洪谦对维也纳学派人生哲学的发掘,使我们见到维也纳学派中平常易为人们所忽视的这一面,而它反过来或许也是洪谦本人思想之写照。

——原载《20世纪中华学案·哲学卷·2》

（北京图书馆出版社，1999 年）

哲学究竟是什么

——对冯契先生的怀念

人生会有憾事。有的憾事后来可以弥补，可也有的憾事却是终身无法挽回的。当冯契先生逝世的消息传来，我突然意识到：我遭遇到人生一大憾事，而且，它是永远无法弥补的了。

冯契先生是我的博士生导师，自 1986 年我离开上海以后，很少有机会再见到他。但在做学问的过程中，我却常常惦记起他来。每当我读书中遇到一些问题、有一些新的想法的时候，我多么想回到导师身边，聆听他对这些问题和想法的看法。同时，我也关注着导师在哲学探索中的每一项突破和进展，并想就这些问题与导师交换看法和意见。尤其是我读到《学术月刊》1994 年第 2 期上发表的先生回忆金岳霖的文字，其中提到"名言之域与超名言之域"问题的讨论，我觉得，先生是把握了哲学理论的重大问题，而这一问题却是长久以来为哲学界所忽视的。我当时产生一个想法：要找一个机会，就这个问题到上海向先生当面请教。1994 年 11 月，华东师范大学为冯契先生举行 80 华诞庆贺会，我本想利用这个机会到上海看望先生，后来因事耽搁，未能前往。我当时想，无论如何要抽空到上海一趟，向先生讨教我几年来感到困扰的一些哲学问题，其中也包括我读《智慧的探索》的一些感想。《智慧的探索》是华东师范大学出版社为庆祝冯契先生

80华诞而特意出版的，这是先生一生治学心得的结晶。书到手里，我马上浏览了一遍，立即被它巨大的思想容量深深地吸引住了。尽管书中的一些文字我过去读过，其中的一些内容耳熟能详，但这些以往散见于各处的文字以结集的形式出版，就仿佛一座巨大的冰山突然袒露它深藏于海水下面的部分，我眼前出现的是一座宏伟瑰丽的殿堂，其中珍藏的哲学瑰宝，令我目不暇接。特别是当我读到先生论"转识成智"的文字时，我更深切地感受到这四个字的分量。我以为，这四个字，的确是哲学，尤其是中国哲学的最吃紧处。离开先生以后，我在研读和思考哲学的过程中，也的确遇到类似于"转识成智"的问题，但苦于找不到恰当的术语表示。现在，先生提出"转识成智"一词，是深获我心的。冯先生在书中多次提出并且论述这个问题，可见这个问题在他心头占有多大的分量。但书中，先生解决"转识成智"问题的看法和思路，有些地方我还不太理解，先生这几个字的意义还没有对我最终彰显。就是说，我对先生的解释还没有真切体会，并且感到有点疑惑。我本该去向先生当面讨教，让他给我除去笼罩在这四个字上面的障翳。可是，哲人仙化，从此对这个问题缄默不语。

值得欣慰的是，《智慧的探索》是在冯先生逝去以前就出版了，先生的思想是留下来了。这里，我想就先生为什么会提出"转识成智"问题发表点看法，并借此表达我对先生深切的怀念。

哲学究竟是什么？不同的时代、不同的人会有不同的回答。遗憾的是，过去不少哲学书籍尽管可以提供哲学到底是什么的各种答案，却似乎并未告诉我们这些答案的来历，我们往往只是被动地接受它们关于哲学的种种意义的"成见"，却难以窥见哲学到底是什么的真谛。《智慧的探索》一书开宗明义地告诉我们：哲学作为一门"智慧之学"，其中包括"知"和"慧"。哲学为什么要包括"知"和"慧"，这两者之间的关系到底如何？这是全书要探究的中心问题，也是冯先生数十年哲学沉思与独具匠心之所在——我以为，它正关系到哲学的真谛。

冯先生告诉我们哲学真谛的时候，并不像通常哲学著作那样从抽象的概念加以推演，而是结合他自己对时代的看法及对人生的体验娓娓道来。冯先生生活在空前的民族灾难和巨大的社会变革的 20 世纪中国，年轻时经历了"九·一八"事变、"一二·九"运动、抗日战争的爆发、国共两党的决战，1949 年以后又经历了"反右斗争""文化大革命"等等，这一切，真可谓"沧海人生"了。自然，以上这些经历，也不是说仅仅为冯先生所独有，不同于一般人的是，对于一位以哲学为志业的人来说，以上这些经历不只是阅历，同时还是他哲学思考的对象，并且为他的哲学思考提供了动力和源泉。冯先生认为，近现代中国的巨大社会变迁和思想观念的变革，都是由一个时代的中心问题——"中国向何处去"的问题所引发的。中国向何处去的问题，在思想文化领域表现为"古今中西之争"，那就是怎样由分析地学习西方先进的文化，批判地继承自己的民族传统以便会通中西。冯先生还认为，"古今中西之争"所反映的时代中心问题是发展的：1949 年以前，主要是革命的问题，1949 年以后，主要是建设的问题，即如何使中国现代化的问题，但不论是革命还是建设，都要求正确处理古今中西的关系。冯先生说："'古今中西之争'贯串于中国近现代历史，今后若干年这个问题大概还是社会的中心问题。"[1]

对于冯先生来说，时代精神不是抽象的，它总要通过思想家个人的遭遇和切身感受体现出来。书中说："一个思想家，如果他真切地感受到时代的脉搏，看到了时代的矛盾（时代的问题），就会在他所从事的领域里（如哲学的某个领域里），表现为某个或某些具体问题。这具体的问题，使他感到苦恼、困惑，产生一种非把问题解决不可的心情。真正碰到了这样令人苦恼的问题，他就会有一种切肤之痛，内心有一种时代责任感，驱使他去作艰苦、持久的探索。"这方面，哲学的探索与文学创作的过程相似，首要的是真诚。作者认为，言之无物、没有真切的感受而无病呻吟，不会是好文章；同样，没有真切的感觉，也不可能有真正的哲学著作。

---

[1]　冯契.智慧的探索［M］.上海：华东师范大学出版社，1994.

冯先生之所以撷取知识与智慧的关系问题作为自己毕生哲学思考的方向和目标，正得自于他自己的具体感受，这除了他对时代和社会问题的关心之外，还跟他特殊的个人经历和学术背景有关。冯先生早年求学于清华大学哲学系，亲炙于学贯中西、致力于介绍和引进西方经验论哲学和逻辑到中国来的哲学大师金岳霖，在西南联大读研究生时，除广泛涉猎中西群书之外，还有机会亲聆冯友兰、汤用彤等学术大师的教诲。这段求学生涯，无疑对于冯契哲学思想的形成是至关重要的。但我觉得，影响与决定冯先生之哲学思考方向最为关键的，还同清华学术上的一个重要传统——努力沟通科学与人文有关。我们知道，20 世纪以降，科学与人文的对立是世界哲学范围内的重大问题，它困扰着不止一代的中国学人。问题在于：这种对立到底是必然的，抑或是历史的偶然？从王国维开始，直到金岳霖，几乎所有的清华学术人物都接触到这个问题并试图加以解决。它表现为王国维发出"可爱者不可信，可信者不可爱"的感喟，最终放弃哲学而走向文史研究；金岳霖采取区分元学态度和知识论态度来调解两者的对立。尽管清华学派中人并未获得最后的成功，但伟大的理想依然激励着后来人。为什么？因为科学与人文的关系的确是 20 世纪中国与世界哲学必须加以解决的最重要的哲学与文化课题。早在读研究生阶段，冯先生以其特有的敏锐就注意到了这一点，所以，他选择了"智慧"作为他的研究生论文题目，主要就是要解决如何"转识成智"的问题。而这个目标，后来化为他数十年坚持不懈的努力。

在解决"转识成智"这个问题上，冯先生是继承清华学派传统而又超越了这个学术传统的。尽管作者承认他的一些哲学观念同清华学派，尤其是金岳霖的哲学思想有着前后师承的关系，但在最基本的哲学思考点上，他同乃师仍有深刻的不同：这就是关于知识和智慧的关系问题。在金岳霖那里，科学与人文的对立采取划界的方式获得暂时的调解。冯先生不满意这种划界的处理方式，早在求学时代，他与金先生讨论这一问题时就提出：理智并非"干燥的光"，认识论也不能离开"整个的人"，广义的认识论不应限于知识的理论，而且应该研究智慧的学说，要讨论"元学如何可能""理想人格如何培养"的问题。后来他终于认识到，他和金先生的分歧，实际上是知识和智慧的关系问题，他说："关于元学的智慧如何可能（以及自由人格如何培养）的问题，包括两方面：首先要问如何能'得'？即如何能'转识成智'，实现由意见、知识到智慧的转化、飞跃；其次要问如何能'达'？即如何能把'超名言之域'的智慧，用语言文字表达出来；亦即说不得的东西如何能说，如何去说。"① 在他看来，金岳霖只讨论了后一个问题，但是还应该讨论前一个问题，即如何"转识成智"的问题。

应该说，冯先生在解决"转识成智"这个问题的思路上，更多地据于中国哲学传统。我们知道，清华学派普遍采取划界方式来处理科学与人生的问题，这种划界方式其实仍是根源于西方近现代以来以科学主义为一方、以人文主义为另一方的二元对立的处理方式。清华学派中人意识到这种二元对立方式的尖锐冲突与内在矛盾，试图加以克服而最终没有解决，除了受制于 20 世纪世界哲学思潮的文化大背景之外，重要的一点，是因为他们思考的哲学问题是从西方哲学中产生的。为了彻底打破二元对立的思维模式，更主要的是为了解决"转识成智"这个问题，冯先生独辟蹊径，转而从中国传统哲学中寻找智慧。《智慧的探索》一书中许多篇章是他对中国传统哲学、包括中国近现代哲学研究的结晶。在经过数十年的辛勤耕耘之后，冯先生写下了这么一段带总结性的文字："智慧学说，即关于性和天道的认识，是最富于民族传统特色的、是民族哲学传统中最根深蒂固的东西。如果是单纯讲的知识即客观的事实记载、科学定理等，都无所谓民族特色。如果讲的是贯串于科学、道德、艺术、宗教诸文化领域中的智慧，涉及价值观念、思维方式、人生观、世界观等，归结到关于性和天道的认识，这便是最富有民族传统的特点的。"② 这段话的意义在于：它除了表明作者在

---

① 冯契.智慧的探索［M］.上海：华东师范大学出版社，1994.

② 冯契.智慧的探索［M］.上海：华东师范大学出版社，1994.

解决"转识成智"问题上从中国传统哲学寻找到立足点之外，还显示出他会通中西、使中国哲学走向世界的雄心。《智慧的探索》一书以其对中国哲学的精湛研究将在 20 世纪的哲学史上占据重要的一页，它表明了五四以后中国哲学的真正回归。此书之所以光彩照人，还在于它鲜明的个性风格特征。冯先生除了告诉我们他在思考什么之外，还告诉我们他是如何思考的、他为什么要这么思考。由此我印证了一个平凡而简朴的真理：哲学家是不可能自外于时代和生活的；任何真正有分量的哲学，必定是对于社会与人生所做的严肃思考。

——原载《理论·方法和德性——纪念冯契》

（学林出版社，1996 年）

学术千古事　悠悠赤子情

　　　　——读徐远和论著兼追念其人

　　在中国哲学研究领域，徐远和属于中年一代的优秀学者。正当他年富力强之际，一场突如其来的病魔夺去了他的生命。以他的深厚学养、敏捷思维与敬业精神，他本可以在中国哲学领域有更多的创获和更大的突破的，可惜却天不假年。此真天之不公也。然而，学者长逝，文章犹在，精神永存。今天，读其文，想其人，我对这位曾经共事过的、并可以引为学术知音的同道表达我深深的哀悼之情。古人云：文如其人。徐远和的文章是其人格的写照，是其天性的流露。的确，在他那表面上严谨、一丝不苟的文字中跳动着他对生命的热爱与真情。人生于世间，每个人都有自己的专业；但各人对他自己专业的理解并不相同。对很多人来说，专业只是适合其谋生的"饭碗"，或者是其应世的一种工具而已；然而，对于少数人来说，专业却是他的"志业"：他为此志业而生，也可以为此志业付出一切。徐远和是将中国哲学研究作为他自己的志业的，他的学术文字是由他的生命所写的，这也是我敬重他的原因之一。我想，重读他的文章著作，是对他的最好的怀念。

一

徐远和的主要学术耕耘领域在儒学。他的《洛学源流》一书是他在这方面的代表性著作，此书持论之严、立论之深，早为学术界所称道；此书在学术界的影响，也人所共见。此外，他还写了《理学与元代社会》一书，此书可以说是填补了元代理学研究的空白，为后人进一步研究元代理学开启了方向与路线。但这里，我主要想谈一下徐远和对儒学的整体理解，从中可以窥见他从事儒学研究的动力。

与一些人对儒学的热爱仅仅出于"发思古之幽情"不同，徐远和从事儒学研究，首先来自对当代中国以及世界问题的现实关怀。在他心目中，儒学作为中国传统文化的主干和中国古典文化的结晶，其思想意义不仅没有过时，而且对于当代中国与世界文化的建设具有重要意义。在《走向世界化的中国哲学主题概念》这篇文章中，他专门论述了这个问题，指出"儒学的资源是十分丰富。儒学是'究天人之际'的学问，它把'天'与'人'纳入一个统一的系统中进行思考，从宇宙本体的高度说明人的存在，探究人世间宇宙中的地位和价值"。换言之，在他心目中，儒学不是其他，就是"人学"。这种"人学"不仅具有中国文化的特征，由中国的思维方式所决定，而且具有当代性。因此，中国文化以及世界文化的建设，都可以而且应当从儒学中吸取养料。

当然，徐远和不是一个"食古不化"者，他固然强调与重视儒学自身的价值，更强调儒学要如何适应当代社会与文化的发展，以使儒学思想在当代得以重建。所以，他发掘出儒学在当代重建要注意的几个方向和主题，这就是：1.科学与人文，2.理性与非理性，3.正统与异端，4.传统与现代性，5.继承与创新。他从当代中国文化与世界文化的走向出发，提出要建立一种"大科学观"的儒家思想模型。

对儒学"大科学观"的重建，完全是立足于当代文化的需要，以及由儒学自身的定位所决定的。他认为，儒学是一门未经分化的学问。总的说来，儒学中较多人文精神，而较少科学理性。而西方依赖科学而发展出了现代文明；现代科学在彰显工具理性的同时，也造成人文理性、道德理性的衰微。因此，儒学的进一步发展，一定要一方面吸取西方的科学文明，同时发展与保持自己的人文精神，以求得两者的良性互动。所以，"大科学观"既不像传统儒学那样忽视科学精神，也不像传统科学那样忽视价值因素。

在同一篇文章里，徐远和提出了他奠基在"大科学观"精神上的儒学思想架构。这个思想架构由如下几个基本观念组成：仁—诚—知—和—乐。徐远和重视概念模型的作用，指出只有建立起新的概念模型，才能挺立儒学的理论架构，使之获得确定的理论形态。徐远和总的看法是："如果说，传统儒学已经'终结'，那么，未来儒学尚有待'重构'。'重构'未来新儒学，是一项非常复杂、非常艰巨，而且相当长期的任务。关于未来儒学的主题，似应在对儒学准确科学定位的基础上，根据21世纪人类文明建设的需要预料予以确定；至于未来儒学的内容架构，则应考虑传统儒学固有资源的条件与可能，并依据社会实践的发展与需要，建立新概念模型。"从这段话可以看出，徐远和关于新儒学思想模型的构想，既照顾到儒学原有思想的内涵，具有很强的科学性；同时，也考虑到时代与社会发展的需要，具有很强的现实性。

如果说徐远和的"大科学观"的新儒学思想架构已经提出，并且其基本思想理念也已形成，细节尚有待于继续充实与进一步展开的话，那么，他对儒家礼乐思想的考察与研究，则显然相当深化。事实上，儒家的礼乐思想正是他的"大科学观"的新儒学思想架构中的重要一环。徐远和对儒家礼乐思想的研究很重视宋明时期这一阶段。

儒家思想是一种礼乐文化，这几乎是学术界的共识。但前人与时人对儒家礼乐文化的研究，大多集中到先秦一段。这就带来一个问题：假如说儒家思想是以礼乐为中心的，那么，它后来是如何继续发展的呢？显然，假如不研究先秦以后，尤其是宋明时期儒家礼乐文化的发展，我们就无法得出儒家思想是强调与重视礼乐这一特点。因此，对宋明时期儒家礼乐思想的研究，不仅有助于对儒家礼乐思想的整体把握，加深对儒家礼乐思想内涵的理解，而且这一研究本身就有"补缺拾遗"的性质。

所以，除了以对"洛学"的研究见长，以及填补了元代理学的研究空白之外，徐远和还以对宋元时期礼乐思想的研究著称。他具体研究了宋代重要哲学家周敦颐的礼乐思想，对宋代另一位重要思想家叶适的礼乐思想也做了研究。此外，他还对元代的礼乐思想做了整体研究。徐远和对历史上礼乐思想的重视，只有纳入他的"大科学观"才得以理解。他说："礼乐是中华文明的象征。人类的理智之光早就照亮了生活于中华大地上的先民，使他们与禽兽区别开来，获得了'人之为人'的自觉。正因为执着于人之为人的特点，重视人与禽兽的分际，便有必要设立一种规范，对人的自然情感和个体户进行自我约束和自我提升，以彰显人的本质，确证人的尊严。这种规范就是'礼'。人类除了必须约束和提升自己的情感和欲望之外，还需要使这种情感和欲望获得相应的表达形式。这种形式就是'乐'。"这段话既点明了礼乐文化在中国传统文化与文明中的重要地位，也说明了徐远和对传统的礼乐思想做一番清理与研究的用心所在。

二

除了对儒学有深入钻研，并且深得慧解之外，徐远和非常关心中国传统哲学的未来走向和发展。因此，中国传统哲学的现代化及其现代转化，同样是他的学术研究的一个重要方向。在这方面，他同样寄寓着强烈的现实关怀，具有很强的问题意识。

比如说，徐远和十分注意对中国传统的"天人合一"思想的研究。他说："中国古代的'天人合一'思想讲求人与自然的和谐统一，人与自然的动态平衡，以及人的意识的提升、精神的超越，此乃东方智慧的结晶，人类思想的宝藏。"他谈到中国传统哲学中"天人合一"思想的现代意义时说，这种天人合一思想，除了可以为当今环境保护以及环境伦理提供有价值的思想资源之外，它还属于一种"天人合德"的终极道德境界，这种思想有助于现代人道德的提升。此外，"天人合一"属于一种有机自然观，这对于现代人的思维变革亦有极其重要的意义。

以"天人合一"的思维模式为指向，徐远和努力发掘中国传统哲学中关于环境保护的思想。他对《月令》的研究下了很大功夫，认为它集中体现了中国古人的环境智慧与环境思想。他说，《月令》中的"环境"概念包含天、地、人三个基本要素，而其核心观念，就是"因任自然"。至于《月令》中种种对于自然生态环境的记述，关于保护生态环境的具体措施，以及关于人与自然和谐相处的思想，等等，他认为，都可以视之为对中国古代生态环保思想的一次大总结。此外，他还对从《中庸》、孟子、荀子直到唐宋以降中国传统的生态与环境保护思想开展了研究。

除关心现实问题，从现实与时代的要求出发，接通古代与传统之外，徐远和对中国哲学的研究，还具有综合性与多元性的视野。他认为，中国传统文化在历史上的发展是"多元一体"的，对中国传统哲学的研究也应当注意把握这一特点。这就是他为什么既注意对中国主流的儒家文化加以研究，也重视历史上其他哲学思想派别，例如道家和佛教思想的研究；既注意对汉族思想的研究，也不忽视对历史上汉族文化与其他文化的融合与交流的研究。他注重对元代理学思想的研究，只有纳入这一整体思路中才能得到理解。

对中国传统哲学综合性的研究，不仅是注意到中国哲学各种思想派别在历史上的发展，更重要的是要对中国传统哲学从整体上进行把握。因此，在对各种个案深入研究的基础上，徐远和非常强调对中国哲学发展历史线索的清理。他以"天人合一"作为中国哲学发展的整体思想框架，或者说"一以贯之"之道，指出中国哲学在历史上曾经经过三次历史的浴火重生；而今天，中国哲学面临着又一次伟大的历史机遇，中国未来哲学的发展应

当继承它过去的传统，并且返本以开新。当然，任何历史的继承与发展
都是以现代以及当代社会发展的需要为指归的。他提出，中国传统哲学
同时具有积极因素，也具有消极因素，对其积极因素要发扬，对其消极
因素则要化解。而在中国哲学现代化方面，其发展方向是人文精神的提
升与发扬。

我觉得，徐远和治中国哲学，如同他的儒学研究一样，在方法论上有
一个重要特点，这就是历史的宏观把握与具体的个案研究相结合。此外，
既注重思想观念之间的逻辑联系及其在整体思想体系中的定位，同时亦注
重对思想观念产生的历史背景及社会条件的分析。因此，我觉得徐远和的
学术文章不仅耐读，而且在方法论上给人很大的启发。

三

以对儒学以及中国哲学的研究为中心，徐远和将研究的领域一直延伸
至中国文化以及东亚文化。本来，儒学与中国哲学就是中国文化的代表，
研究儒学与中国哲学可以说也就是研究中国文化，但徐远和之所以还要对
整个中国文化做进一步的整体研究与宏观把握，这与他加之于自己的学术
使命是相关的。在他看来，儒学与中国哲学不仅仅是中国的，同时也是世
界文化的一个组成部分；因此，对儒学以及中国哲学的研究，只有将其纳
入世界文化的视野来考察，它的意义与价值才得以全幅展开。他说，世界
政治格局的多极化和经济格局的全球化，势必在文化上有所反映；那就是
相应地伴之以文化世界化；世界各国或各民族的文化世界化，乃是一种必
然的趋势，而文化世界化中最核心的则是哲学思想的世界化。未来世界哲
学必然是多元的，而多元哲学的并存又是以各自的世界化为前提的；世界
化是未来世界多元哲学发展的必由之路。徐远和正是在这种世界哲学多元
化的背景下来探讨中国文化，包括中国哲学的世界化的。

这方面，徐远和尤其强调儒家文化在整个东亚文化发展中的意义与价值。他认为，东亚的崛起是历史的必然，世界历史发展的大趋势和现实环境决定了这一点。作为东亚象征的儒家文化具有十分丰富的内涵和强大的生命力，其活力和潜力表现在民族性的塑造，管理经验的提升，生态资源的平衡，民族文化的建构等等方面。儒家文化在东亚国家和地区现代化进程中发挥的机制是制度导向、心理潜能、人才中介和文化传感。

所谓文化的制度导向作用，徐远和指出，古代中国、韩国、日本等东亚国家都是宗法社会，都有相当完备的礼乐制度；这种礼乐制度具有一定的制度导向作用。在社会转型或经过社会转型以后，东亚各国都不同程度地继承了这个传统。最为明显的是，日本、韩国、新加坡和中国台湾等国家和地区，都走的是权威主义政治的道路，都实行政府主导型经济，政府的导向在经济社会发展中占有非常重要的作用，而儒家文化可以透过政府导向而发挥作用，这是其作用机制之一。

所谓心理潜能，是指在属于"儒家文化圈"的东亚各国，传统儒家文化已积淀为民族心理因素，化作民间的风俗习惯，形成所谓"小传统"，对老百姓的日常生活发生潜移默化的作用。受小传统熏陶而形成的心理潜能，在一定条件下被激活，这也是儒家文化的作用机制之一。

所谓人才中介，是指任何文化都必须发挥作用；具有儒家传统文化素养的东亚各国人民，不仅具有勤劳善良的美德，而且富于智慧、善于创造和开拓。现代社会的竞争，是高科技和人才的竞争；说到底，是人才的竞争；而素质在人才中是最重要的。儒学是一门教人如何做人的学问，如果善加运用，对于培养人的交际本领是有益的；而且，对于一个具有儒家文化素养的人来说，吸收现代科学技术不是什么难事。东亚各国，离开传统的儒家文化讲提高民族素质，恐怕是难以奏效的。所以，儒家文化仍可通过人才中介发生作用。

所谓文化传感，是说儒家文化，无论是大传统，还是小传统，在东亚都是一种传统力量，曾经塑造过国民的性格，并且还将继续塑造和影响国民的性格。儒家传统伦理作为一种文化基因在发生作用，这也是儒家文化发生作用的机制之一。

总的来说，徐远和认为儒家文化在历史上以及现在，一直在东亚各国作为一种文化力量以及精神价值导向在发挥作用，并且对东亚各国的社会政治与经济发生影响，因此，要了解东亚各国与地区的历史与现状，离不开对儒学在这些国家与地区发展历史的研究。徐远和后来将主要精力集中于对日本、韩国等国家中儒学思想的研究，其用意，一方面是为了增加对东亚各国社会、政治与经济情况的了解；另一方面，也想通过对这些东亚国家儒学思想的了解，进一步探索儒家文化的世界化方向。

从中国文化世界化的要求出发，徐远和还十分强调中西文化的对话与交流。他认为，在近现代史上，东西方文化长期以来仅仅是一种单方向的交流，即差不多都是东方人学习先进的西方文化；时至今日，情况正在发生变化，西方文化固然导致了科学技术和工业的高度发展，但也不可避免地产生了种种弊端，因此，西方的一些有识之士开始将目光转向东方文化和中国文化，希望从中寻找救治西方社会弊端的方案。反过来，中国所面临的首要任务，是如何实现社会主义现代化，而所谓现代化离不开西方先进的科学技术和管理经验；因此，对于中国来说，如何学习西方的先进技术以及文化，也是当务之急。然而，在徐远和看来，中西文化的学习与交流不仅仅是双向的，而且在学习过程中，应当善于学习异域文化的长处，同时避免异域文化的短处；善于发现本土文化的缺点和不足，同时发扬本土文化的长处与优点。这方面，他既看到东亚国家与地区在吸取西方文化的优点，同时也指出这些地区与国家在吸取西方文化的过程中暴露出来的一些不足与缺陷。总而言之，"他山之石，可以攻玉"，徐远和对于东方文化，尤其是日本、韩国文化的研究，都与他对于中国本土文化的研究一样，有着强烈的现实关怀。

以上我从儒学研究、中国哲学研究以及中国文化与世界这几个方面谈了对徐远和学术思想的一些理解与看法，其实，徐远和治学的成果及其对中国学术界的贡献，远非我这篇短文所能囊括。我只是将我个人的一些想法提出来，希望学术同仁们能对徐远和的学术思想加以重视，因为有许多学术问题，是可以沿着他开启的，或者说没有走完的路径继续前进的。事实上，学术高峰的攀登正如登山运动和接力赛跑一样，我们总是从一个高山营地向另一个营地进发，这当中离不开前人为我们留下的成果和积累；我们总是从前人手中接过接力棒，跑过一程又一程。有谁能说，那跑到终点的赛手，是独自完成这赛程的呢？

谨以这篇小文表达我对徐远和的怀念，也借此作为自己学术攀登路上的自勉。

——原载《心香集》（养生堂文化事业股份有限公司，2003 年）

师承——冯契印象

老清华的校长梅贻琦曾说过这样的话："所谓大学者，非谓有大楼之谓也，有大师之谓也。"然而，何为"大师"？依我看来，大师不仅是指学术造诣很好的学者，对于高校而言，它还意味着一种学术传统，以利于学术的积累与发展。这种学术传统因为有具备独立人格的思想人物而得以形成与发扬光大，并且需要传承。在华东师范大学跟随冯契先生的日子里，我深深地感受到这种学术大师的思想魅力，受到它的召唤，并且影响了我的一生。

1984年夏，由于我的导师孙叔平去世，我从南京大学哲学系转学到华东师范大学哲学系作冯契先生的博士生，前后历时三年。记得在来华东师大以前，就有人告诉我说：冯契先生对他的研究生要求是非常严格的。听到这话，我不由得暗暗捏了一把汗，一时也无法判断这位"严师"到底"严"在哪里。但见了第一次面，我的心就感到释然。记得我办好转学手续后第一次拜访冯先生是在他家里，一间狭小的书房，四周尽是书。当眼前出现一位眼睛稍微细小、精神矍铄的老者，一见面就招呼我坐下，而且脸上露出慈祥的笑意时，我原先的担心一扫而光。我想，像眼前这样的一位慈眉善目的长者，怎么可能对他的研究生那么"严苛"呢？第一次见导师的时间不长，冯先生只简单地问了问我过去学习的一些情况，比如说读过什么哲学著作，对什么"哲学问题"感兴趣，等等。记得当初我如实回答：我对尼采、弗洛伊德的著作感兴趣，而且喜欢汤思比的《历史研究》（这些是我在南京大学读硕士研究生时就读过且入迷的著作），冯先生静静地听，既没有表示肯定，也没有表示要否定的意思，最后听完我的陈述的时候，他只是告诉我，你还要读读康德的著作。其实，当我在南京大学读历史学硕士生的时候，对哲学的偏好主要是西方现代哲学，虽也曾拿起过康德、黑格尔的著作来啃，却总觉得那些著做过于"晦涩"，而且译文难懂，提不起我的兴趣。

我真正接触到冯先生的思想，乃至对"哲学"的看法发生变化，还是在听冯先生的课，而且参加了他的课程讨论班以后的事情。那年（1984年），华东师范大学率先在全国举办了"哲学青年教师进修班"，参加者是来自全国各地高校哲学系的一些年轻老师（其中也有少数年纪比较大的）。讨论班的气氛紧张而热烈。当年冯先生正着手整理他因"文革"而耽误了的手稿，因此，课程内容主要围绕他已整理和正在整理的手稿而展开。记得拿到发下来的手稿复印件时，我就被冯先生的这些手稿的内容深深吸吸住了。一扫当时流行的"教科书式"的写作，无论从思想观念或是写作风格来说，冯先生的讲稿都是"别开生面"的，而其中哲学问题意识之突出以及对问题论证与分析之深入，更是我在读时人之"哲学著作"时所少见的。而随着课程的继续，我通过冯先生对讲稿中内容的讲解，渐渐地领会到：哲学作为一门"学术"，其讲授的方式或者说研究方法，要比其所获得的问题答案与结论更为重要。换句话说，哲学作为学问，要告诉我们的，与其说是它说了什么，不如说是它如何说。正是参加了这次为期近一年的课程及其讨论之后，我渐渐地形成了自己关于哲学是什么的看法，即认为哲学其说是观点，不如说是"方法"。可以说，这种"哲学即方法"的看法不仅改变了我对哲学的印象，并且进一步影响与决定了我以后的哲学之路。

在听冯先生的课以及参加课程班讨论时，我发现：冯先生屡屡提到金岳霖的思想，甚至像他的讲稿中的不少名词与术语，也来自金岳霖。于是，带着学术的好奇与疑问，我想进一步去了解在冯先生心目中如此重视的一位哲学前辈，其思想究竟是怎么回事。有一次，当我在冯先生家中讨论学术问题，顺便问起关于金岳霖的事情时，他似乎显得有点兴奋起来，说他当年就是跟随金岳霖读研究生的。啊，难怪他对金先生的著作和思想是那么熟悉。可是，到底金岳霖又是怎样一位哲学家呢？20 世纪 80 年代中期，中国学术界尚处于"拨乱反正"的阶段，尤其是中国近现代哲学史的研究，由于长期受到"左"的思想影响以及以政治标准代替学术标准的思想影响，学术界是鲜有人知道金岳霖这样一位哲学家的"存在"的。在大多数人心目中，金岳霖不过是一位"逻辑学家"罢了，这自然得之于他那本影响颇大的《逻辑学》的流传。但是，通过冯先生之口，我知道，金岳霖先生不仅是逻辑学家，而且更重要的是一位了不起的哲学家。因此，我开始有了想了解金岳霖哲学思想的想法。有了这想法以后，我将金岳霖先生的两本代表性著作《论道》和《知识论》复印出来（当时这两本书还没有公开出版，只收入 50 年代内部出版的"资产阶级学术思想资料选辑"中供批判之用），自个儿阅读起来。应该说，以我当年对哲学形而上学的了解，对于像《论道》这样讲深刻"玄理"的著作，我还看不懂；但《知识论》却引起了我浓烈的兴趣。因为我在南大历史系读硕士生时，就读过不少西方近当代分析哲学家的著作，感到金岳霖这本《知识论》中所涉及的问题与这些西方分析哲学家们关心与讨论的问题有相通之处。因此，在后来考虑博士论文的选题时，我就有研究金岳霖的知识论思想的想法。但我又有点担心，怕导师不批准。因为看了《知识论》以后，我自己也颇知道选择这一课题作为学位论文的难度。《知识论》洋洋洒洒七十多万言，其中论及了近代以来西方知识论领域的几乎所有问题，是一本自成体系，且具深厚学术分量的著作。我虽然对这本书感到好奇，并且为其中分析问题与思考问题的方法所打动，可是，一旦真的将其作为学位论文的研究对象来写作，以我的学术积累与准备，能够胜任吗？当年，我有一股"初生牛犊不怕虎"的学术勇气，自信通过刻苦研究，能够把它"拿下"；我唯一的"担心"是怕导师不批准。不是吗？假如我研究不好，甚至论文完成后答辩不能通过，这不是"砸"了冯先生的"牌子"么？因为以我后来对冯先生的了解，他对学术不仅有一份执着，而且有视学术研究为一种神圣事业的看法。所谓对学生要求严格，也包括对他自己写作的苛求，都只能从这种意思上得到理解。因此，他是不想让他的学生明知做不到，或者做起来会失败而轻易地去"尝试"的。但读了金岳霖的《知识论》后，与其说我感受到研究《知识论》的难度，不如说更感到这种研究对我来说，是一种学术上的"挑战"或"激励"。我想，我或许会利用这个机会将西方知识论领域的话题及其研究成果好好地研究一番，为我今后的学术打下一个良好的基础。问题是：以我目前的学术积累，导师能够同意我的这一想法吗？终于，当开始论文选题的日子到来，我带着惴惴不安的心情征求导师的意见时，没想到冯先生竟一口同意。他说："你好好地做吧，金先生的思想值得认真研究。"冯先生的答复一锤定音，于是，我制定了如何研究金岳霖《知识论》思想的计划，并将金岳霖的知识论思想与近现代中国哲学知识论的发展关系确定为博士论文的选题。

回想起来，我当年没有在做这个题目时少走弯路，跟冯先生对我做这个课题无微不至的关心与具体指点是分不开的。因为在确定博士论文选题以后，冯先生给我布置的任务是：每周一次到他家里去汇报读书的心得，包括遇到的问题。记得当时我逐段逐句啃读金岳霖的《知识论》，脑袋中有一大堆问题，每次在去冯先生家里之前都要将遇到的问题记下来，以便向先生讨教。我的论文的整体思路，包括其中内容的展开，就是这样在与冯先生的面对面的讨论过程中得以逐渐明确与成熟的。通过这种"一对一"的导师制的学习，我体会到思想的交流与碰撞对于哲学研究的重要。记得每次讨论中，冯先生首先是听我讲，他很少正面表达他对具体学术问题的意见；不过听着听着，他会提问：你为什么这样想？或者问：这个问题不这样思考行不行，还有没有其他路径？假如我回答得不清楚，他就会说："你回去好好考虑。"就是在这种不断的反复问难中，使我的思想能得以清理并渐渐地将问题深入下去；而且，也正是通过这种开放的柏拉图式的对话与诘问，我体会到哲学思辨给人带来的乐趣。

但哲学研究除了对话与诘问，还要有问题意识。所谓问题意识，是说你关心什么哲学问题，你为什么要研究这个哲学问题？对于哲学研究者来说，可以研究的哲学问题实在太多，可是，为什么你关心这个问题而非其他问题，这当中，对于真正有"爱智"追求的人来说，往往会围绕其中某个哲学问题或哲学观念来做长久甚至终身的探究。这种"寻根性"的哲学问题之选择及其解决与其说归之于偶然性，不如说离不开学术的传承，即真正的哲学根源性问题之获得及其求解绝非一朝一夕之功，它固然有赖于思想者本人对哲学问题的"敏感"及其天赋，其实更离不开前人对这个问题做出的持续探索及其思想积累。在跟随冯先生的这段日子里，我深切地感受到，冯先生作为一位极有思想创造性且建立了自己思想体系的哲学家，其所关心的核心哲学问题——"智慧"问题之解答，与其说是靠他的天才头脑之灵机一动的产物，不如说来自于他对哲学先贤，尤其是他早年跟随金岳霖先生学习时所得的"思想真传"。正如他在一篇回忆金岳霖的文章中提到过的："'元学（智慧）如何可能？'首先是问如何能'得'，即如何能'转识成智'、获得智慧；其次是问如何能'达'，即如何能把那超名言之域的智慧用语言文字表达出来。金先生偏重对后者的考察，而我则想着重考察前者，把由意见、知识到智慧的发展视为辩证过程，试图说明'转识成智'即由名言之域到超名言之域的飞跃的机制。"[①] 我想，他鼓励我选择金岳霖哲学作为学位论文的题目，除了金岳霖哲学的特征以分析见长之外，是否还有更多一层的用意，即希望我通过对金岳霖思想的研究，学习与了解"清华学派"的终极学术关怀。因为依冯先生的看法，真正的学术创造并非易事，它犹如一场持续不断的"接力赛跑"，首先要从前人手里接过思想的"火炬"，并且再设法将它"传递"。

---

① 冯契.智慧的探索［M］.华东师范大学出版社，1994.

　　后来，通过一件事情，我的这种感觉得到了证实。当时，冯先生正在组织全国范围内研究中国近现代哲学的一批专家学者撰写《中国近代哲学史》（冯先生心目中的近代包括中国历史分期中的"现代"），此书由冯先生主编，从定题到入选人物，到每位人物的哲学思想之展开，冯先生都亲自定调，并且具体把握，这当中自然包括与参加撰写的学者们的思想交流与碰撞。因此，参加这本书的写作，对学者们来说无疑是很好的切磋学问的机会。出乎意料的是：当考虑撰写金岳霖的哲学思想时，冯先生竟提议由我来写。这是我做梦也想不到的事情。因为且不说我当年对金岳霖哲学思想的思考尚不成熟，而且参与撰写此书的，都是中国近现代哲学研究方向的知名专家与学者，而我刚刚跟随冯先生开始较为系统的哲学训练，要我来撰写，我能行吗？当我有点不那么自信地提出疑问时，没有想到的是，冯先生说了这么一句：假如你不能，其他人没有研究过金岳霖的，就行么？与其说冯先生一句话使我增加了"底气"，不如说我通过冯先生的话，更看到他对后学的期望与鼓励。于是，在冯先生的鼓励与支持下，我参加了《中国近代哲学史》的撰写工作。此工作历时三年，到我将近完成博士论文时才告结束。我有幸参加了这次撰写工作，因为通过这本书的编写，我进一步了解了冯先生思考哲学问题的思路与方法，也包括他对中国近现代哲学家的尺度评价。编写过程中尤其值得回味的是：每次定期召开的撰稿碰头会和后来的统稿会，都像是小型的学术研讨会，参加撰写的每位学者都那么认真地介绍与阐述自己的写作思路，并且认真倾听来自会上其他学者的意见。正是通过参与撰写工作，我感受到20世纪80年代中期，中国学术界那种难以后继而且令人终生难忘的追求学术之"真"的风气与态度。自然，这与冯先生严格的"言传身教"有关。据说，冯先生的旧稿大多数在"文革"中失散；直到"文革"结束，尤其是80年代以后，才得以有机会和条件重新整理旧稿。本来，冯先生应当是花更多的时间与精力来整理自己的旧稿才是，可是，他为什么还花费如许之精力与时间来操心这些集体项目呢？要知道，要将来自不同学术背景，且问题思路都不尽相同的各地学者们的思想集中起来，并且形成对全书思路和结构的共识，这得花费主编多少的时间与精力！可是，当后来此书终于出版，我看到令人耳目一新的章节标题，包括书中对一大批长久以来被忽视甚至列为"批判对象"的人物之哲学思想给予了客观中肯的评价时，我知道：冯先生的付出没有白费。此书之价值与其说是对近代以来一些重要哲学家的思想还原，不如说它重新确立了中国近现代哲学的"标杆"，将长期以来受学术界"左"的风气影响以及以意识形态代替学术标准的近现代中国哲学史的地图进行了改写。自此，一个后来被人们称之为"清华学派"的中国近现代的重要哲学派别的影子也开始浮出水面。

"清华学派"是指 20 世纪 20 年代形成于老清华哲学系的一个哲学学派，其整体学术风格以逻辑分析见长，其领军人物金岳霖在当时学界即享有"中国之摩尔"之誉。可惜的是：这样一个具有风格特征，且学术成果累累的哲学学派，在新中国成立以后相当长的时间，竟然被完全淹没，不仅在知识界无人知晓，甚至对专治中国近现代哲学的研究者来说也显得陌生。以至于不少人在研究哲学时，口气都显得相当狂妄，似乎任何哲学问题的提出都是他个人的发现。其实，在这种无视前人学术成果的狂妄自大的浮躁学风中，即使有人可能提出些具有"真知灼见"的思想观念，殊不知此并非存在于他个人的头脑，而早已为前人所见；而无视前人学术成果造成的结果，更多的是学术上的"游谈无根"之说。我想，冯先生之强调对近现代中国哲学史的研究，除了有感于学术研究不能无视而需要借鉴前人的学术成果之外，或许还有想以"修史"的方式来对为中国哲学之发展真正做出了贡献的先人与时贤表达敬意与追怀之用意。

果然，我的这一猜想通过后来发生的事情又一次得到了证实。1985 年 8 月，也就是在我的博士论文的写作正进入紧张的阶段之时，恰逢有一个"纪念金岳霖逝世一周年"的学术研讨会要在北京召开。冯先生嘱我去参加这次会议，一方面让我带着已成文的一篇论文提交给大会，以便听听专家学者们的意见；另一方面，他特意交代我一件事：会议结束后，将金岳霖先生的一部手稿设法带回到上海来。原来，金岳霖在 20 世纪 40 年代末完成标志其思想体系的《论道》与《知识论》以后，到了 60 年代，还曾撰写过一本关于罗素哲学思想的著作，但这本书完稿交给商务印书馆以后，由于某种原因没有出版。冯先生虽在上海，却一直惦记着这本书出版的事情。我记得，会议以后，我就像新中国成立前的地下党工作者搞"接头"似的，按照冯先生的布置，与当时中国社会科学院哲学所逻辑研究室的一位老学者取得联系，然后秘密交接，好不容易将这份珍贵的手抄本从北京带到上海。手抄本带回来交给了冯先生，先生仔细地看过以后，嘱咐我们几位研究生按照冯先生的意思与安排分头整理，然后交给上海人民出版社，书名定为《罗素哲学研究》。平心而论，我倒不觉得这本书的内容比金岳霖以往的那两本书写得更有分量，我甚至觉得这本书的某些内容，包括在对罗素思想的评价上都打上了 20 世纪 60 年代中国学术界"左"的思潮印痕。但冯先生为什么还那么"在乎"这本书，而且还特意要安排它的出版呢？直到很久以后，当我接到某一出版社的约稿，邀请我写一本全面介绍与评价金岳霖哲学思想的书时，我才想起这本书来。幸好有这样一本书，不然，金岳霖后期的学术思想该如何写与评价，在缺乏第一手资料的情况下，还真是个问题。而我也正是通过对这本书的研究，加深了对"清华学派"后期学术命运的了解。

话说回来，经过近两年的努力，我的博士论文终于完成。记得当我提着一大摞手稿交给冯先生时，冯先生说："怎样写得这么多？你把它尽量删节，能不写的东西就不要写。"此时，我才如梦初醒，想起当初曾有人跟我提到过的，说冯先生不仅治学严肃，而且对学生要求"严格"。于是，我又将论文认真地进行了改写，主要是大量的删节，只把那些我认为实在是删无可删的内容保留下来。此事给我留下很深的印象。直到后来，当我终于有时间与机会对我心目中久仰的"清华学派"的学术传统与哲学思想之表达加以较认真的盘点与清理的时候，我才了解冯先生之治学"严格"的意思。我发现：清华学派之哲学著述是以"严""格"著称。以冯友兰为例，其写作风格即以简洁的语言表达深奥的玄理著称，此可谓之得简练之严；而金岳霖之写作风格以分析细密见长，此可谓之精密之严。但无论得简要也罢，细密也罢，其最根本的，是去尽一切"浮华"或者"陈辞滥调"，不要"拖泥带水"，而要立足于观念本身。今天回想起来，大概冯先生之对学生要求"严格"，是希望治哲学者要有学术的这种"格度"意识。这种学术之格，用平常的话来说，大概是指文句除准确表达之外，还要讲求"精要"。我观察冯先生的文章，果然也是如此，看来，这大概也是"清华学派"之家法吧。时至今日，我对冯先生当年要我在论文字数上做"减法"的要求仍有深刻印象。不追求外在的"华美"，而讲究"精要"，看似简单，做起来实难。时至今日，余虽不能至，而心实向往之。

终于，博士论文答辩的时间要到了，答辩前夕，我怀着一颗有点紧张的心情上门征求冯先生的意见。这次，冯先生并没有多提问题，只是说：金岳霖的《知识论》中有关于"先验"与"先天"的提法，你再仔细读读康德，看看康德是怎样用的。天啊，一下子又回到了康德！冯先生很早就提醒过我要读康德，莫非早知道我的博士论文会与康德有关？很久以后，当我进一步深入哲学之园地，发现近现代以来几乎所有哲学问题，包括"清华学派"学者们研究的哲学问题，都与康德思想有"剪不断，理还乱"的联系时，我才恍然大悟。冯先生想告诉我的是：假如你要治哲学的话，那么，是不能绕开康德的。怪不得直到学位论文要答辩的前一天，他还不忘记这件事，并且要给我提醒。

不知是命运的偶然还是必然，学位论文答辩完毕与获得博士学位以后，我选择了来北京的清华大学工作。记得离开上海的前一天，我到冯先生家中告别，他提议说出去走走。于是，我搀扶冯先生下楼。此时，我已知道冯先生大概会去哪里。果然，步出"华东师大一村"门口，沿着一条小路，很快就进入校园，来到"丽娃河"畔，这里是一片绿茵草地。冯先生几乎每天傍晚都会到丽娃河边来散步的，他经常是独个儿走。这天，也许是他兴致好，也许是想到要和我告别，所以，他又走到这条我称之为"哲学家之路"的小路上来。我们边走边聊，时间过得也快，我怕先生累着，就向先生告辞。这时，冯先生忽然说："哲学从来是'成王败寇'之事。"我不解，但感觉到冯先生在说这话时有一种庄重的神情。他停顿了一下，然后说："你到清华以后，再研究研究冯友兰。"

到清华大学工作后的第一个春节，我与清华大学思想文化研究所的几位老师一道去冯友兰先生家给他老人家拜年。这一年，冯友兰先生已年过九十，但精神尚可，正在赶写他的《中国哲学史新编》并作最后的冲刺。这时候的冯友兰已经双目失明，他之写作与修改《中国哲学史新编》，是经他口授，然后由他的女儿宗璞先生记录下来。因是初次见面，冯友兰先生用颤巍巍的手从书架上将一本出版不久的《三松堂自叙》取下来，然后题字送给我。虽是瞎着双眼写的，他手题的那几个字仍然苍劲有力。这时候，我对冯契先生给我的临别赠言"成王败寇"忽然有所感悟：对于清华学派中人来说，所谓"成王"就是"立言"。学术非徒托空言之事；真正的学者视"立言"为他毕生的志业。立言之所以重要，乃因为学术不是一个人所能完成的事业，这是一场思想的接力赛，每一代学人都在为它"增砖添瓦"，并且希望它薪火相传。这也就是为什么冯友兰与冯契，一者在北京，一者在上海，他们到了生命的晚年，却仍然如此执着于学术，并且笔耕不辍的原因吧。

——未刊稿（2015年4月为华东师范大学纪念冯契安排的采访而作）

第四篇 经济·社会

儒家经济文化思想漫谈

孔子说:"君子喻于义,小人喻于利。"《孟子》开篇就说:"王何必曰利,亦有仁义而已矣。"一段时间以来,孔孟的这些言论很为人们所诟病,以为儒家思想将义与利对立,与现代经济生活格格不入。其实,这是一种很大的误解。下面试对儒家的义利观作点分析。

最能体现儒家义利观的是《孟子》一书。它在第一章就提出义利关系问题:"孟子见梁惠王。王曰:'叟不远千里而来,亦将有以利吾国乎?'孟子对曰:'王何必曰利?亦有仁义而已矣。王曰何以利吾国,大夫曰何以利吾家,士庶人曰何以利吾身,上下交征利而国危矣。……苟为后义而先利,不夺不餍。未有仁而遗其亲者也;未有义而后其君者也。王亦曰仁义而已矣,何必曰利?'"在这段话里,孟子只是谈到"后义而先利"的危害。他指出这么一个事实,如果君主口口声声言利,上行下效,那么,社会风气必然败坏,整个国家就会一败涂地。孟子的话是针对统治者的治国指导思想而说的,作为国君,他首先要想到的应该是仁义,而不是所谓"利"。

关于仁义,《孟子》书中有大量论述。它除了指人们应该遵循的道德规范原则之外,对于统治者来说,主要是指行"仁政"。仁政的基本思想是爱民和养民。《孟子》说:"民非水火不生活,昏暮叩人之门户,求水火,无弗与者,至足矣。圣人治天下,使有菽粟如水火。菽粟如水火,而民焉有不仁者乎？"这话的意思是说，当政者治理国家，应使老百姓家里的粮食如同水火一样感到不欠缺。孟子还提出如下一种"王道"理想："尊贤使能，俊杰在位，则天下之士皆悦而愿立于朝矣。市廛而不征，法而不廛，则天下之商皆悦而愿藏于其市矣。关讥而不征，则天下之旅皆悦而愿出于其路矣。耕者助而不税，则天下之农皆悦而愿耕于其野矣。廛无夫里之布，则天下之民皆悦而愿为之氓矣。……如此，则无敌于天下。……然而不王者，未之有也。"从这里看来，孟子认为，真正要做到能"王"天下的，不是以力服人的"霸道"，而是关心百姓生活、帮助人民发展生产的"王道"。"王道"政治并非对老百姓进行空洞的道德说教，而是要予民以实惠，要给老百姓以实实在在看得到的利益。

　　儒家心目中的社会理想，是一个安定、有良好的社会秩序，人与人之间关系和谐的社会。其中，仁义原则是至为重要的。但儒家同时认识到，要实现这么一个社会，要培养老百姓高尚的道德之心，首先要让百姓过上丰衣足食的生活。对于社会道德风尚与经济的关系，孟子有着清醒的认识。他说："无恒产而有恒心者，惟士为能。""若民，则无恒产，因无恒心。苟无恒心，放辟邪侈，无不为己。及陷于罪，然后从而刑之，是国民也。焉有仁人在位国民而可为也？是故明君制民之产，必使仰足以事父母，俯足以畜妻子，乐岁终身饱，凶年免于死亡；然后驱而之善，故民之从之也轻。"从这里可以看到，孟子不仅不鄙薄和轻视老百姓的物质利益，而且十分关注如何使老百姓获得这些利益。这也就是为什么《孟子》书中会有那么多关于具体的经济政策和发展生产的措施的论述。在孟子的时代，他提出的发展经济生产的重要措施是恢复"井田制"，其目的是为了使老百姓有田地可耕种，可以过上温饱的日子。对于那些不管百姓死活，只是口头上空谈"仁义"的当政者，孟子则予以痛斥："今也制民之产，仰不足以事父母，俯不足以畜妻子，乐岁终身苦，凶年不免于死亡。此惟救死而恐不赡，奚暇治仁义哉？"总之，在孟子眼里，仁义原则不是抽象的，它其实包含有人民的或者社会的"利"，它要求统治者关心民生疾苦，鼓励人民生产致富，并且予人民追求自己的物质利益的活动以切实的保障。

但是，儒家同时看到，"义"虽然包含有"利"，它们二者毕竟不是同一范畴，而且假如仔细分析下去，不能说"利"必然符合"义"。在现实生活中，有不同的利，这些不同的利，有的可能一致，有的却是相互对立和排斥的。因此，需要有"义"来对这诸种"利"加以调整和调节。很难设想，一个完全以"利"为价值导向的社会能够长久地顺利生存下去。这也就是孟子所说的"君臣、父子、兄弟终去仁义，怀利以相接，然而不亡者，未之有也"。所以，儒家义利观的基本思路是：作为当政者，理应关心人民的实际利益；而作为整个社会精神导向的，却只能是"义"而不是"利"。

儒家区别"义"与"利"的思想，不仅在过去维系了中国封建社会的长期稳定发展，从而对传统经济的发展起到过促进作用，而且对于我们今天社会主义市场经济的建立依然具有启迪意义。稍有常识的人都知道，市场经济是以"市场"为导向的经济，但它却不是单纯以"利"为驱动和指导的。真正的市场经济要求尊重市场经济的客观规律，其中，包括对工具理性和科学的尊重，同时，也包括对人与人之间相互信任与感情的尊重。难以设想，假如人与人之间完全是根据"利害"关系行事，连最基本的社会道德规范和行为操守都不遵守的话，市场经济活动可以正常地进行下去。市场经济的完善和发展，是要有相应的法规和规则的，对这些法规和规则的遵从，属于"义"而不是"利"（尽管从最终或长远的结果看，遵从这些规则、法规不会妨碍人们的"利"）。拿最简单的例子来说，人们在商业活动中要遵守契约，不能冒用别人的商标，不能以劣品代替正品，等等。

但是，在实际生活当中，我们看到，的确有一些人不遵从市场经济的游戏规则，其结果，既坑害了别人，也害了自己。所以，在今天的社会主义市场经济活动中，我们有必要重温儒家"义利之辨"的教导，不要"见利"而"忘义"。

——原载《华夏文化》（1995 年第 3 期）

海外学者关于东亚"经济奇迹"的文化探讨

　　最近几年来，海外学者在讨论儒家文化与现代经济的关系时，所涉及的问题十分丰富，可以为我们思考和探索经济文化建设带来一些启发。"经济文化"概念的提出要求我们注意到不同质的文化对于经济活动可能产生的不同影响，以谋求在经济发展中充分利用本民族、本国的文化资源。

　　文化因素对经济发展的影响历来为不少学者所重视。德国社会学家韦伯（Max Weber）在《新教伦理与资本主义精神》（The Protestant Ethic and the Spirit of Capitalism）一书中提出：新教加尔文教派崇尚勤俭、以追求金钱为人生天职的宗教精神配合制度层面的条件，促成了西欧资本主义的发展。为了与新教伦理相对比，他还写了《中国的宗教》（The Religion of China）一书，认为儒家思想有碍于资本主义的成长。20世纪50—60年代，韦伯的这一见解似已成为定论，被学术界奉为圭臬。然而，70年代以后，随着东亚一些地区和国家"经济奇迹"的出现，韦伯这一说法受到严重的挑战。由于亚洲"五虎"（日本、韩国、台湾地区、香港、新加坡）同属于受儒家文化影响的区域，人们在惊讶于这些地区经济高速增长的同时，纷纷将目光移向儒家思想，试图从文化背景与文化传统上来探讨东亚经济发展的原因。现将近些年来国外及中国港台学者一些有代表性的观点归纳如下。

　　（一）历史上儒家思想并不排斥商业经济。这一观点直接针对韦伯《中国的宗教》一书的结论而发，其代表人物是美国耶鲁大学历史学教授余英时。在长达九万字的《中国近世宗教伦理与商人精神》一文中，他着重阐述这么一个观点：中国自 16 世纪以来，商人与儒家伦理之间即存在一种相互刺激、相互照应的关系；儒家伦理虽不是为商人阶级辩护的哲学，它却为商人提供了一种道德标准。文中还特别提到"贾道"，认为明代商人使用"贾道"一词，表示他们对商业有了新的看法，即怎样用最有效的方法来达到做生意的目的，这相当于韦伯所说的"理性化的过程"。余英时将中国近代没有产生出资本主义归结为中央集权的政权对经济活动控制太多太严，这与韦伯将中国不能产生发达的商品经济归结于儒家思想是大相径庭的。但余英时亦无意于推翻韦伯理论的整个框架。毋乃说，他是沿用韦伯的理论来对中国儒家文化与商业经济的关系重加审视。他采用的一些基本概念，如勤俭、超越性的动机等，都取自韦伯原书。从"经济文化"的角度来看，余英时文章的意义在于突破了欧洲文化中心论，他认为西欧资本主义发展的模式在人类社会发展史上只是特例，并不存在普遍的可以放之于四海的资本主义发展的模式。

（二）儒家文化是东亚经济发展的原动力之一。既然历史上儒家思想不曾成为商业经济的阻碍，逻辑推论的结果自然是：一旦原有的妨碍资本主义发展的政治体制和社会结构发生变化，儒家思想未始不会成为资本主义经济发展的动力。早在余英时的文章发表以前，西方一些社会学家，如柏格（peter L. Berger）等人就提出儒家伦理有助于经济的发展。1984 年《纽约时报》载文评论东亚经济发展的时候提出："在追求（经济）发展时，文化是管用的。虽然难以计量它的影响，也不容易将之纳入经济学家和国际贷款机构的发展模型中，但是它的影响却不容忽视。最引人注目的就是包括日本和'四虎'在内的东亚'新儒'社会了。他们都是同文同种，都具有根深蒂固的勤劳美德，又都非常重视教育；并且，它们的发展还得到不腐化的官僚指导。"这里将儒家文化的影响归结为三方面：勤俭、教育与官僚机构。这种说法具有相当的代表性。此外，还有人从儒家思想中追求经济成就的强烈动机以及家族观念、重视人际关系等方面来讨论儒家思想如何有利于现代经济与企业的发展。可取的是，持这些观点的人大多将文化作为整个社会系统的一个子因素来考察，承认儒家思想作用的发挥脱离不了外部的条件，这些外部条件包括：政治比较稳定、新的技术和工业制度、一系列鼓励经济发展的措施等等。

（三）对儒家思想影响经济发展的过程与机制的分析。随着对儒家文化在现代经济中作用的重视，随之而来的是要求对这种影响与作用的发挥做出具体的分析。一些学者在研究这一课题时试图建立理论模型。例如，中国台湾学者黄光国提出"人情与面子"的理论模式，认为中国人追求经济成就是为了满足家庭成员的期望，这与西方人为了实现个人理想而追求成就动机大不相同。他还提出儒家思想对现代经济活动的影响是正反两方面兼而有之的，即儒家伦理的影响既可能是正面的也可能是负面的。因此，他设想的理想的儒家伦理的经济模式是"在企业组织中订立规章，从西方输入现代化的管理组织，让员工能够心甘情愿地勤俭工作，追求利益以丰裕自己的家庭生活"。这实际上是主张儒家伦理必须同现代化制度相结合，才能发挥出最大的效益。此外，水秉和在《儒家模型及其现代意义》等文章中将儒家文化扩展到政治层面，提出儒家文化的本质是：人是不平等的。但这种不平等不是以血统、财产或社会等位为根据，而是由学识和教养所造成的。从这种理论出发，他认为中国传统儒家思想关于政治实践的理论必然是集体主义的。

（四）对儒家文化自身的反省与分析。一些文章在探讨儒家思想如何同现代经济发生关联时，接触到科技政策、企业管理、资本密集型与劳动力密集型企业、资本积累、成长与福利、关税联盟与共同市场、跨国公司等一系列专门问题。这种深入到微观经济活动的研究有助于对儒家文化在现代经济中的作用做出翔实的说明。反过来，微观经济层面的分析也加深了对儒家文化特质的认识。肖欣义在《儒家思想对于经济发展能够贡献什么》一文中将迄今还有活力的儒学区分为君子儒、封建儒和御用儒，并围绕现代经济的各个具体领域对儒家思想的优劣得失做了分析。在谈到"成长与福利"的时候，他提出："成长与福利之间的平衡点的寻求，成为现代经（济）发（展）学的一个重大课题。在这个寻求的过程中，均化的方式和时机值得格外的注意。儒学关切均化问题。在这一点，儒学显现了深远的现代意义。在价值取向的关头，儒学的取向有助于现代化的取舍。然而儒学中所谈到的均化具体方法，尚不足以处理现代经济发展所面临的种种具体问题。现代儒学宜增辟这个领域，翻译这方面的名著，举办研讨会，并鼓励更多的人接受科技训练。"同时，他不讳言传统儒家思想与科技、企业管理有隔膜，但由于立足于如何对儒家思想做建设性的转化，他认为儒家思想仍可与科技并行而不悖，原因在于发展中国家的文化传统中只要没有强烈的反科技意识，对于现代科技知识仍可逐步吸收。重要的在于君子儒能进一步肯定多元社会中诸元的平等价值。

由以上所论可以看到，海外学者们讨论儒家文化与现代经济的关系所涉及的问题是十分丰富的，并且可以为我们思考"经济文化"带来一些启发。什么是"经济文化"？理论界、学术界迄今尚难对这个概念达成一致的认识，但有些看法似乎是重要的：任何类型的文化总有它不同于其他类型文化的特点所在。"经济文化"概念的提出要求我们注意到不同质的文化对于经济活动可能产生的不同影响，以谋求在经济发展中充分利用本民族、本国的文化资源。同时，文化又是相当广泛、复杂的概念。文化对经济发展的影响，还受制于社会诸条件，这就要求我们将文化对经济的作用置于整个社会大系统中来考察。此外，虽然经济活动中渗透着文化的因素，但文化不是固定、僵死不变的，它反过来又为经济活动所改变，经济——文化的关系是一永无休止的相互作用的动态过程。

"时代呼唤儒商"

——访清华大学教授胡伟希

最近，随着一批知识分子下海经商，"儒"与"商"的关系成了一个现实的时尚话题。《儒商读本》的出版无疑是对这个问题的一个小结。日前，记者采访了该书主编、清华大学人文社会科学院教授胡伟希。

记者：主编这样一套丛书是出于什么样的考虑？

胡伟希："儒商"古已有之，有明晰历史发展脉络可溯。目前，我国的改革开放进一步深化，许多企业在市场经济体制中面临转轨的问题。虽然有个别成功的企业家，但更多的企业家还不够成熟，他们满肚子的企业经营理念，可面对实际情况却无从下手。因此，我们一方面要学习西方的经验；另一方面要注重中国的特色，根植于我们的国情找出一些适合自身发展的途径。我们编辑此书的目的是为了从理论和历史的角度出发给21世纪的中国企业家们，探索一条传统与现代相结合的道路。

另外，从学术角度来讲：儒学是否能适应21世纪经济的发展，"儒"与"商"的关系是怎样的，我们想通过历史的实例做一个回答，对"儒商"进行一次完整的小结。

经过严密的策划与协调，我们组织了一批在这方面研究造诣颇深的专家、学者，将他们多年来的研究成果结集成册，源于理论、旨在未来。

记者：您认为"儒商"的概念是什么？下海经商的知识分子都可以称为"儒商"吗？

胡伟希：知识分子下海经商绝不是真正的"儒商"。他们只是有实现这种转换的可能。这其中需要一个"转识成智"的过程。也就是说，对于一般意义上的科学技能知识的掌握，并不代表着他对人生智慧的领悟。

儒商是具有较高文化素养的企业经营者，要有"修身""齐家""平天下"的"内圣外王"之道。只有将"立德"作为一件不朽之事，达到"内圣"，才有条件和资格成为"外王"。儒商有"内圣"和"外王"两方面的要求，求利而不唯利，将做人之道和经营之道统一起来，对国家和民族怀有责任感和使命感。"儒商"的大量出现会给社会主义市场经济体制注入生机和活力。我个人认为：我们需要一个"儒商"的时代。我们需要塑造和培养一代乃至影响几代的"儒商"群。

记者："儒"对于"商"究竟可以产生什么作用？

胡伟希："儒"与"商"的关系是义与利的关系，"儒"对"商"的作用实质上是文化与经济发展的作用。中国历史上对"商"发挥作用的不只是"儒"。由于儒家的作用最大，也是最主要的，因而，我们只截取"儒"对"商"的影响来讲。总的说来，"儒"对"商"的影响有"内圣"和"外王"两个方面。由内而外，安人惠民。具体来讲：儒家对人的品德修养的影响，有德行、博文、智慧、处世和境界五个方面，也就是教人做人的道理，这是儒家所谓"仁者爱人""己所不欲，勿施于人"等道德心灵和精神价值的追求。如果一个人都不知道自己为什么赚钱，那是很可悲的。

具体到对经营策略方面的影响，涉及用人、管理和营销等极细小的方面。特别值得注意的是，儒学对于企业的可持续发展和成人之道具有重要的影响。企业不仅要有经济效益，更要有社会效益和环境效益，那种穷兵黩武式的有违顺天应时、趋利避害的破坏性开发，必将给人类带来灾难。所谓"成人之道"，即一个人富不算富，一群人富才算富。要用自己的能力尽可能地帮助他人，"君子成人之美、方能成人成己"。

文化对于经济的影响作用时常显得迟缓，不如广告、营销策略等方式来得立竿见影。但这是一个长期的综合治理的工程。目前，我们需要有一批对这个事情有着清醒认识的企业家们来把风掌舵。

记者：为什么没有在"人物篇"中录入目前在大陆比较优秀的企业家作为典范呢？

胡伟希：我们在收录时考虑到，由于"儒商"作为一种文化现象是出现于 20 世纪 40 年代末的海外华人华侨中。"儒商"在那里不仅经历了市场的考验，而且也通过了半个世纪时间的检验，是比较成熟的典范。另一方面，他们中的绝大多数人在反省自己的发展历程中，肯定了儒学在他们发家史中的作用，多以"儒商"自居。像香港的汤恩佳先生自称是：怀揣着本《论语》开始起家创业的。

历史人物的选排入册更是出于这方面的原因，其中，子贡可称为孔门儒商第一人。

目前，由于我国大陆的市场经济处于不完善的起步阶段，对众多的企业家尚未完成沙里淘金的过程。因而，我们对此持有的态度是观望和期望，出于严谨的治学态度，我们暂未将他们编入书中。

记者：你们是抱着"塑造一代，影响几代"的目的来编写这套书的，那么此书究竟有多大的可实践性呢？

胡伟希：冯友兰将人生境界概括为四个层次：自然境界、功利境界、道德境界和天地境界。此看法也适用于"儒商"。我们对于"儒商"的研究是从历史发展和理论研究两个角度上把握的。"儒商"的形成不是一步到位的，是分层次、分阶段、由内而外的"修炼"，因而《儒商读本》这本书对处于不同阶段、不同类型的人如何成为"儒商"的问题都有针对性地做了探讨；书中提出的"儒商"这一观念又是总体性的，它对于只要有志于成为"儒商"的所有人都能适用，是一个在现实中具有较强的实践品格的概念。

当然，这不意味着本书中提出的"儒商"概念是僵化与固定的。现实中的"儒商"也许并没有固定的模式，有的只是一种"儒商精神"罢了。因此，我们不希望将这本书看作培养"儒商"的"成功指南"。真正的儒商是在实践中摸索然后成就出来的。因此，对于要想一个晚上通读这本书就成为"儒商"的人来说，他会成为"儒商"的可能性其实不大。

——原载《中国财经报》(1999 年 10 月 26 日)

经济哲学：从"理性经济人"到"理性生态人"

    "经济哲学"应是对人类的经济生活及经济理论进行"反思"的学问：表面上似乎千姿百态的人类经济活动到底有无规律可循？促使人们进行经济交往的动机与动因到底应是什么？经济行为要达成的最终目标与意义何在？经济行为与人类的其他社会行为中的关系究竟如何？人类应当建立一种怎样的经济制度？……如此种种问题，都是与同一个根本性的哲学问题——"人性到底是什么"联系在一起的。

    以往的经济学理论名目繁多，但都有一个共同的预设：人是"自营"的动物，他从事经济活动的唯一动机，是为个人谋利；经济活动之不同于其他活动，在于这种自营、自利活动是严格地遵循理性原则（工具理性）的。自1876年亚当·斯密的《国富论》出版以来，经济学理论屡经变迁，但迄今为止，早期古典经济学家设想出来的"理性经济人"的概念，依然是现代经济学理论不可动摇的"公设"。在这一公设上，不同思想倾向的经济学家提出过多种多样的理论模型。虽然，他们在对人类经济现象进行描述和解释方面不乏真知灼见，而且凭借着这些理论模型，也曾对历史上和现存的人类经济制度的种种弊病做出过有益诊断，但无论如何，从哲学反思的立场上看，将"自营"与"自利"作为人的根本属性的看法是大有疑问的。也许经济学家可以这么辩护："理性经济人"并不是对人的一种本质看法，而只是经济学这门学科的前提和预设；要建立经济学理论，必须要有这种预设。这种说法貌似有理，其实推敲下去也不能成立。我们要问：经济学理论有它的人性基础，但人的"天性"有多种，为什么只抽取"自营""自利"而不抽取人的天性的其他方面来作为经济学的理论基础？之所以如此，也许同经济学家对经济学作为一门学科所要达成的目标有关。在许多经济学家眼里，经济学是研究财富或者说是研究如何追求财富的学问，而个人追求财富的根本动机是自利。大概在主流经济学理论中，人性除非被假设为自营和自利的，否则便无法解释人类经济生活中错综复杂的现象。但是，我们何以证明人性是自营和自利的呢？假如说这一人性的预设完全是为了追求理论的严密性与逻辑的一致性，那么，不从人的自营、自利性出发，而是相反地从人的利他性出发，同样也可以建构起理论上自圆其说、首尾一致的经济学理论，而且事实上，无论从历史或者现实生活中看，人类经济现象的确错综复杂，仅仅从人的自营、自利心出发是难以解释这种错综复杂性的。正因为如此，近代以来也有一些经济学家抛开"理性经济人"的概念而另辟蹊径，认为导致人的经济行为的心理动机主要是非理性因素，并试图发展出一种与主流经济学理论相对立的非理性经济学理论。

可是，从人的非理性动机出发虽然可以解释用"理性经济人"概念所无法说明的某些经济现象，但是将经济学理论大厦建造在"非理性人"概念上，其做法并不比从"理性经济人"的概念出发来建构经济学理论的做法更为可取。就逻辑上说，"非理性人"的概念与"理性经济人"的概念一样并不具有不证自明性。这一概念的提出，只不过反映了当代人对近代以来"启蒙理性"的不信任，以及对个体生命之独特性和历史发展中的偶然性的重视而已。我认为，还是应从人类生存与发展的需要出发，来审察当今人类到底需要选择和建立什么样的经济哲学和发展什么样的经济学理论。一旦问题以这样尖锐的形式提出，我们会发现，当今人类生存面临的最严峻问题莫过于生态问题了。自有史以来，生态问题即与人类的经济活动联系在一起，而在高科技和生产力迅猛发展的今天，人类的经济活动同生态问题的关系更为密切，因此，经济哲学与经济学理论必得正视这一问题。

这里需要特别指出的是，我认为就哲学意义来说，人类生态应远不限于人与自然环境的关系问题，它还包括人与人（或人与社会）、人与自身的关系（身心关系）问题。换言之，人类生态包括自然生态、社会生态、生命存在生态，这三种生态都同人类的经济活动息息相关，人类的经济活动都会对人类的这三种生态形式产生极大的影响；反过来说，人类这三种生态问题也需凭借人类自主的、有理性的经济活动来加以改善和解决。

从人类生态立场出发，经济哲学应重提并回答如下根源性问题：

1. 人类对"财富"的追求有无止境？迄今为止，人类的财富都来自对大自然的索取，旧有的经济学理论将它自身的目标定位于如何以最小的人力代价从自然资源中获取最大利益，于是经济增长被视为"财富"的增加，并成为衡量一个国家经济发展的唯一指标。但科学研究尤其是生态学的研究表明：一味以经济增长为目标的经济行为，已经并必将对人类的自然环境、自然资源造成极大破坏，危及人类的长远利益。目前，一些经济学家已意识到这点，要求用"可持续发展"概念代替"增长"概念。这种经济观念的改变同时也意味着现有的一整套经济学范畴、概念（诸如生产要素、成本、效用，等等）须加以重新定义和修正：例如对构成生产要素之一的"土地"，需要认识到它的资源有限性；大自然的"恩赐"（诸如河流、森林，乃至阳光、雨水和空气，等等），都不再是可以任意无偿使用的资源，这些自然资源的利用均应该计入成本，予以"补偿"。在生态学时代，"效用"的观念变化了——也许商品的"价格"提高了，但其"效用"并无增加反而减少。因此，为了更有效、准确地测定社会实际生活质量的变化，对过去的经济学统计方法，如国民生产总值、人均产值的计算等等，都要做出重大修正，抛弃旧概念，增加新概念。

2. 人类经济活动能否自外于人类其他活动而独立发展？有史以来的情况表明，经济活动与人类其他活动从来是密不可分的，从经济的角度对人类活动进行研究只是一种学理上的抽象，理论模型并不等于现实社会的真实存在。在社会生态问题日益严重的今天，必须正视这种理论的"抽象错置"带来的危害，从根本上重申人类经济活动本质上是一种人类求生存和改善生存环境的活动，这种生态环境除了人类活动的自然环境之外，还包括人作为群居动物无法逃避的社会环境。人类的经济活动不能仅仅从追求财富的增加这一狭义的目标上考虑，而应该是有助于社会的和谐发展、有助于社会中每个个体的全面发展。这要求经济学理论要像关注财富一样地关注诸如"正义""公正"、社会伦理这样一些目标与价值，也意味着许多重要的经济学范畴（像"市场"等），其含义和意义除了从"经济"的角度，还须从"社会"的角度加以审定。像"公司"这样的经济组织，不能只被视为经济法人，同时应作为对社会承担道义责任的社会实体来加以定义和评价。

3. 生命存在的终极意义问题。这一问题向来被排斥于经济学理论甚至经济哲学之外，而仅成为人生哲学、价值哲学讨论的话题。事实上，人类生存同时须满足两个方面的需要：一是外部需要（物质上和社会联系上的需要），一是内部需要（精神上与意义上的需要）。这两者虽然不能互为取代，却是相互依存和彼此转化的，也就是说，物质和社会条件的变化会影响到精神追求的变化；反过来，精神性的追求也会对物质和社会的需求提供驱力或转成阻力，或改变其方向。这样，经济学理论面对的"人"就不仅仅是一个生物性和社会性的存在，同时还是一个精神性或形而上学性的存在。这就要求不仅仅在商品生产上，更重要的是在经济生活的组织（诸如生产、消费、分配、流通等环节）上必须要考虑与容纳更多、更美好的人性内容；人的情感满足、人的生命价值体验乃至审美方式、宗教情操等等，都应当成为经济学理论关心的对象。经济学在看待"价值""财富"之类的范畴时，应持一种更全面、更开放的理性态度，将不再以普通的、抽象的人为对象，而代之以具体的、更为真实、更具有生命独特性与完整性的个体形象。这种研究不仅是研究对象与范围上的改变，同时意味着方法论上的重大变化，意味着经济学理论将既是科学同时也可能是艺术，意味着容纳了更多的人性，更富于人情味。

以上所论并非空谈和想象。其实今天全球范围内的人类经济活动（包括其经济目标的制定、经济组织的设立，乃至其营销与市场活动等），都已愈来愈多地进入人类生态学的视域。经济学家要做的，不过是从旧有的理论框架中跳出来，重新创立一门能反映现实经济运动并能预示人类未来经济活动前景的经济学理论。而这一目标的实现，首先正是要求我们在经济学的基本公设上实现从"理性经济人"到"理性生态人"的转变。

——原载《学术月刊》（1997 年第 5 期）

环境保护的制度与伦理

　　读了《中国国情国力》1998年第6期上的文章《环保国策为何难贯彻》一文，思想上与作者很有共鸣。我很同意作者的结论："在当前，提高全民的环境意识是当务之急，提高各级政府官员的环境意识更是当务之急。"但是，通读全篇，发现文章将"环保意识"归结为"环保知识"，这就出现了一个问题：即使社会上对环保知识了解的人增多了，是否环境保护问题就会解决呢？这是一个需要进一步思考的问题。

　　我国政府对环境问题的重视是从20世纪70年代末80年代初开始的。改革开放以来，我国陆续公布了一系列的环境保护的法律、法规和环保标准，并在各阶层，尤其是中小学生中积极开展环境保护知识的宣传教育。应该说，社会各界对于环境知识的了解较过去大大地增多了，但实际情况是，我国的环境问题却愈来愈严峻。一方面，在很大一部分人包括政府官员的思想中，环境保护似乎只是环保职能部门的工作；而另一方面，这种片面的认识已经成为事实，本来是每个公民都有责任的环境保护与治理工作，目前仅靠环保主管部门与环保单位去推动和解决，而且"有法不依，执法不严"的情况相当普遍。这说明，所谓"提高全民的环保意识"，应该改为"提高全民的环保参与意识"才对。当前我国的环境问题之严峻，很大程度上同我国国民的环保参与意识偏低有关。

全民环保参与意识的提高，不只是宣传和教育的问题，更主要的是如何建立社会性"环保制度"和确立社会性"环保伦理"的问题。这里所谓"社会性"的环保制度之不同于目前我国建立的环保职能部门和环保监察体系，在于它要体现全民参与的普遍性。而这远不只限于"就环保而论环保"，而是站在环境保护的角度，对有关政府部门的设立、职能的分工和组合以及其他社会制度层面的内容，进行重新的审理和透视。由于对于社会与政府各部门的调整是立足于"以环境为本位"的，它必将为我国当前的经济体制和政治体制的改革注入新的内容。事实上，从环保的角度对我国现行的体制与社会结构进行调整与重组，应是当前和今后我国体制改革的重要任务之一。只有这样，关于国民经济可持续发展的方针和路线才可能落到实处，关于环保工作是我国的一项基本国策的提法才会具有新的含义。

社会性的环保制度的建立，意味着制度层面上的创新。问题的总体思路应该是：环境问题的治理和解决不仅仅是技术问题，而是包括社会和人文因素在内的综合性的社会工程。它也不是短期内解决了就可高枕无忧、一劳永逸的问题，而是需要由子孙后代长期坚持下去的事业。更重要的是，它不是局部的和地区性的问题，而是全局性的、并且涉及社会各个方面的利益冲突与调整的问题。因此，环境问题的根本解决，必须获得制度方面的有力支撑。也只有建立了社会性的环保制度体系，才能调动全民参与环保事业的热情。

社会性的环境制度的创立，归根结底，是要解决在经济发展中的社会效益、经济效益与环境效益协调和同步增长的问题。西方的一些专家和决策人士提出："经济靠市场，环境靠政府。"可见，在现代社会，环境问题的解决在很大程度上依赖于政府的干预与决策。当然，国家和政府对环境问题的干预有种种手段，包括行政的、立法的、运用经济杠杆的、宣传教育的等等。当前，我国环境治理中暴露出来的主要问题，还不是有没有制定出有关的环保法律和法规的问题，而是这些有关法律和法规如何落实的问题，这涉及政府各部门之间的配合和合作，尤其涉及政府行为如何与市场行为协调和接轨的问题，说到底，是一个制度层面的问题。

　　除制度层面的因素之外，全民环保参与意识的提高，牵涉到社会性的环保伦理的建立。所谓社会性的环保伦理是指社会上人们遵守的社会规范。这种社会规范尽管不一定具有法律意义的强制性，但社会全体公民，无论职业、地位、年龄和性别如何，都应该遵守。从这点上说，它对人是有约束性和管辖性的。社会性的环保伦理不排除环保知识的灌输和普及，但不满足于此。我们的环保宣传和教育至目前为止，还只限于"就环保而论环保"，局限于向社会公众，尤其是青少年提供一些环境保护的知识。事实上，环保知识要真正地扎根，尤其是将其转化为公民自觉的环保行动，就应该教育人们树立一种以"环保为中心"的人生观与道德情操，懂得环境权是基本人权，保护环境是每位现代公民不容回避的义务和责任。

　　应该说，环保制度的创新与环保伦理的建立，是当前我国环境保护与环境治理工作中亟待解决的问题。

　　　　　　　　　　　　　　——原载《中国国情国力》（1999 年第 2 期）

全球生态问题与儒家生态学的建立

一、20 世纪人类的"生态危机"与"生态学危机"

当代全球性的生态危机有目共睹：环境污染、能源危机、资源枯竭、人口爆炸、粮食短缺等等，这些问题在短期内无法得到根本解决，人类将伴随这些问题走进 21 世纪。然而，到了 21 世纪，这些问题就有望得到解决，尤其是环境日益恶化的问题，就可以得到控制吗？对这个问题的看法是远不能那么乐观的：人类今天正站在十字路口上，人类未来的环境问题到底能否改善首先取决于人类对这个问题的反思能力。

但今天，人类对于生态与环境问题虽然具备了"危机意识"，却依然缺乏一种真正能指导我们应付与解决生态与环境问题的哲学。迄今为止，我们往往将"生态问题"归结为环境问题，归结为人与自然的关系问题，等等；其结果，我们往往将生态与环境问题的治理视为对自然界的保护与治理，即使我们在环境保护与生态问题上重视人和社会的作用，其目的也是从解决外部的"环境"问题出发，而未将人类本身视为生态问题的中心。从这种生态观出发是无助于生态与环境问题的真正解决的。从某种意义上说，人类生态与环境问题的危机，其实是生态学的危机。

从词源上说，"生态学"一词起源于"ecology"，其含义有"家园"的意思，因此"生态学"从词源上看应该是关于"家园"的学问。具体到人类的生态学，它就应该是关于人类的"家园"的学问。从这个意义上说，当代生态学早已超出传统的生物生态学的范围，以探讨人类的"家园"——地球如何能长久维持人类生存为基本研究问题。但是，将生态学的内容仅仅局限于此是不够的，因为地球家园有管理它的主人——人类，这主人是"复数"而非"单数"的存在，如何管理好这地球家园就有一个调节人与人关系的问题；况且，人类对地球家园的管理不仅是为管理而管理，还有一个如何生活于其中的问题。这样看来，所谓的"生态学问题"其实应该包括这样三个基本问题：人与自然的关系问题，人与人之间的关系问题，个体的人与其"自身"的问题。这三个问题又是相互关系和互相作用的。近代以来，随着学科的分工和分化，人类家园的三大问题分别被划归为自然科学、社会科学和心理学的研究领域，这种学科分离的状况不利于人类对整体生态问题的认识，也无法从总体上提出解决人类生态问题的根本思路。因此，需要建立一门新的"总体性"的学科，对人类生存的这三大基本问题及其相互关系加以反省。这门总体性的学科是"反思"性而非综合性，它的名称叫"生态哲学"。

二、"天人合一"观念的现代意蕴

从以上看出，生态问题其实面对的是人的生存问题，而且"生态问题"也由人类的生存问题所引起。那么，是否可以将生态哲学归为关于人的"生存"的哲学呢？不能。这不只因为目前流行的"生存哲学"是一种关于"人"的学问，它从人这一"主体"出发，将人与外在于人的"客观性"对立，导致严重的主客二分，与我们这里的生态哲学的立场和出发点都是根本不同的；而且还因为：生存哲学仅考虑人的"生存世界"，重视的是人的"意义"与精神，而"生态哲学"的研究对象包括人的物质生活和人的精神生活，同时注重研究其与"环境"的相互关系，故生态哲学既是关于人的"生存"的研究，同时又是关于人的"生活"的研究，它们统一于人类的"生态"，故称之为"生态哲学"。

任何哲学体系都有其赖以出发的最高原理，生态哲学亦然。那么，作为生态哲学出发点的最高原理是什么呢？近代以来，哲学发生了认识论的转向，人们往往从"主客二分"的思维模式出发来看待世界万事万物。各种哲学派别观点虽然歧异，但就看待世界的方式来说，不是重"主体性原则"，就是重"客观性原则"。在这个问题上，生态哲学是既不采取纯粹的主体性原则，亦不采取纯粹的客观性原则的。这自然使我们想起了中国传统的"天人合一"的思维模式。其实，"天人合一"不仅是中国传统哲学认识世界的根本思路和出发模式，同时也是近代化以前的传统社会——以农耕为特征的社会中人们普遍的生活与生存方式。就是说，在传统的农业社会，人并没有从自然中分离出来，人与自然是合为一体的。人与自然的这种共生与连体关系的破裂，是近代化以后的事情。近代以来，由于科学技术的发展，人们利用科学技术改造自然和"征服"自然的能力愈来愈强，由此导致人们的一种错误观念，即认为自然只是供人类无偿榨取、可以不要求回报的对象，而人类的唯一活动与生存目的就在于掠夺与征服自然。诗人歌德眼中的"浮士德"就是近代以后人类为自己塑造的自我形象。然而，我们今天已经看到，自然界生态平衡的破坏以及环境的污染，以及人类在物质方面获得极大满足之后，反而感到人与人之间关系的疏离和生存之无"意义"，都同人类自我设计的形象有关。要真正改变近代以来人类的"异化"命运，与自然界的相分离、人的孤独感与意义之消失，必得采取一种与近代以来"主客二分"不同的对待世界的生活方式与思考方式。问题是：在东方传统农业社会发展起来的这种"天人合一"的思维模式，果真能为现代人——试图摆脱近代以来人类异化命运困境的人类提供思想资源吗？

这里，涉及对于所谓"进步""进化"之类观念的理解。在历史的长河中，随着时间的推移，人类改造和征服自然的力量是不断增大的，其具体表现是科学技术的加速发展和人类"工具理性"的日益发达。这就是我们通常理解的"进步"和"进化"的概念。但其实，就人类的生存智慧来说，并不一定是随着时间的推移而同步地前进的。就是说，三千年前古人的生存智慧，并不一定比我们现代人落后和显得"过时"。反过来说，正因为人类开始进入"近代"的时间尺度并不太大，而传统社会的历史要远比近代以来的历史漫长得多，就对于生存智慧的了解和学习来说，我们应该向古代而不是近代学习得更多一些才对。就"天人合一"的观念来说，它之所以能在中国两千多年的传统社会中长期流行，并且成为中国人普遍的宇宙观与认识论，这说明它的确反映和概括了古代中国人的生存智慧。从中，我们可以抽取出如下几条关于人类生活和生存的根本原理。

1. 人与自然和谐相处之理。"天人合一"的思想首先是指人与自然是不可分割的一个整体，人类属于茫茫宇宙中的一分子，大自然中的一个部分；具体到地球这个人类的"家园"来说，人类与地球上的自然物种植物的、动物的，等等，都应该相亲相善。"天人合一"的这种含义最明确地体现在宋代儒学家张载《西铭》中所说的一段话："乾称父，坤称母，予滋藐也，乃混然中处。故天地之塞吾其体，天地之帅吾其性。民，吾同胞；物，吾与也。"

2. 人与人之间和谐与共处之理。"天人合一"的意思除了指人与自然应和谐相处之外，它还认为：天人既然是"合一"的，那么，自然"天道"就是"人道"。就是说，人与人之间的相处法则应该向"天道"看齐。"天道"是什么呢？中国传统儒家思想认为，"天"对万物有养育之恩，"天道"是以"仁"为本的："万物生焉，四时序焉……"，故循天道以行"人道"，就是要在人间建立公正与公平的社会，既使社会和谐有序，又使社会中每一个个体的人获得全面发展的机会。

3. 人与"自身"和谐发展之理。"天人合一"认为"人道"应遵循"天道"，"人道"其实就是"做人"的道理，它包括人与人之间的相处之道，还包括个体的人如何完善自己的"自我实现"之道。个体的人要实现"自我"，就要遵天而动，顺天而行。按照中国传统哲学，无论是儒家还是道家的说法，"天道"的本性是自由。如儒家说天道"诚明"，道家说"天法自然"，这"诚明"与"自然"就是没有外力的拘束，顺乎本然之性行事之意。故"天人合一"观实寓有个体人格须自由发展，追求人的精神自由，实现"做人"的境界超升之理，这就是儒家所谓"率性而行"的意思。

从以上所论可以看到，中国传统的"天人合一"思想虽然发生和流行于中国古代农耕社会，但其实包含着适合现代文明的生态观念。这种生态观念与流行于近代工业文明时期的"天人相分"的观念恰恰是相对立的。今天，人类由于工业文明的片面发展所导致的人类三大基本问题空前尖锐与严峻，人类应该而且可以从古代的文明中重新去发现与发掘适合于今天人类生活与生存的思想观念。应该说，当人类告别了工业时代的"主客二分"思维模式，而重新选择"天人合一"的思想观念与思维方式，人类将从心理上和气质上告别"工业文明"而进入"生态文明"的时代。

三、建立一门现代的"儒家生态学"

近代以来，随着席卷全球的现代化浪潮，工业文明的片面进展及"工具理性"的过度伸张带来的恶果已为愈来愈多的有识人士所认识，于是出现了对现代工业文明及现代化运动的批判，而"现代新儒家"就是这种批判现代化运动的劲旅和重要思潮之一。与世界范围内的批判现代化运动的思潮一样，现代新儒家的心态是浪漫主义的，即它一厢情愿地试图阻止现代化的进展，似乎现代社会的一切弊病和痼疾，包括人类道德的退化，都是现代化运动所带来的，要消除这些痼疾和恶果，只有退回到前工业文明的世纪，返回去过一种中世纪式的自耕自足的农耕生活。其实，姑且不说这种浪漫主义的理想如何不切实际，而从思维方式上说，现代新儒家们遵循的恰恰又是一种近代以来流行的"主客二分"的思维模式。这表现在：他们强调的是传统儒家的"心性之学"，将自己的学术路向称之为"生命的学问"；尽管他们有些也称要从"内圣"中开出"外王"，其学术的重心依然是"内圣"，主体性与客观性的矛盾在他们的哲学体系中是无法得到调和的。应该说，现代新儒家的困难是他们的理论体系，或者说，思想体系的出发点遇到的困难；他们关于反对现代化以及工业文明的做法是他们的思想理论的逻辑结论。但是，现代新儒家的道德关怀和人文主义信念——防止工业文明导致人的异化，这一点是应该得到充分肯定的。因此，从现代新儒家的立场出发，有必要对现代新儒家的理论前提和思想预设加以反省。

应该说，传统的儒家思想是一个相当开放的体系，它有各种思想派别，甚至有各种思想源头，仅仅用"心性之学"是无法来囊括和概括它的。事实上，从儒学发展的历史看，较之"心性之学"的概念，"天人之学"是一个范围更广、更足以概括儒家学术旨趣的根本概念。儒学从本质上说，应该是"天人之学"而非"心性之学"。今天，凡以儒家学术传统之继承者自居者，应该提倡的是一种"天人之学"而非其他。

儒家"天人之学"之要义，是它的"天人合一"观。就是说，"天人合一"虽然是世界各民族进入近代以前的农耕社会普遍的生活与生存方式，但以它作为基本的思想观念，形成一门系统的学问，尤其是将其作为自觉地指导人生行为的学问，这却是中国的儒家。中国儒家思想中包含着适合于当代人类生活与生存的智慧。但是，应当看到，它又毕竟产生于近代以前的社会，无法预见和想象 20 世纪以后人类面对的种种问题。因此，儒家思想要适应于今天，必得让它接受时代的洗礼和挑战；同时，昔日的儒家思想也有其先天的不足和缺陷，其不适应于时代要求的内容必须加以革新和改变。那么，在人类走向 21 世纪的时候，儒家思想应当以何种面貌出现于世人面前呢？

首先，当代儒学应当克服它的伦理中心主义和泛道德主义。传统儒学虽然属于"天人之学"，讲究"天人合一"，但不可否认，它的"天人合一"

思想是为其社会伦理与人间秩序的建立作论证的。这种泛道德主义，极大地影响了它对宇宙自然秩序及个体的人心灵的认识，使它在对"天道"的真实意义之了解上不及道家，在对人的灵魂深度之体验方面不如佛家。故而，儒学要真能应对当代人类面临的三大生态基本问题，除了保留其作为儒学一贯宗旨的人间性品格与积极的入世关怀之外，还应从中国与东方的其他传统思想，包括道家和佛学思想中吸取智慧。也只有这样，它的伦理中心主义与泛道德主义倾向才可望得以消解。

其次，当代儒学应当积极开展与西方近现代哲学思想的对话，实现中西方思想的融会与沟通。历史上，每一期儒家思想的发展都曾得益于外来思想的吸收和消化，如宋明理学的发展就曾受惠于由印度传入的佛学。在中西方文明与文化交汇和碰撞的今天，儒家思想要有进一步的发展，除了要接受外来文化，特别是西方文化的挑战之外，尤其应以开放的胸襟接纳和吸收外来文化。对于西方哲学，无论是主体性的哲学还是客观性的哲学，都应了解之和容纳之，在"兼收并蓄"的基础上，方才可望有一种可以考虑了主体性与客观性，同时又超越了主体性与客观性的儒家新哲学得以成立。

再次，对当代自然科学、社会科学以及心理学最新成果的接纳。儒学作为"哲学"虽然属于"人文学科"，但它除了从古今中西的哲学和人文学科中吸取"智慧"之外，还应当从当代的自然科学、社会科学、心理学，乃至于综合性的系统科学中吸取知识的养料，并且善于将这些具体性的知识转化为"智慧"。就是说，现代儒学或者说儒家，对于现当代的人类种种知识，尤其是关系到人类生态问题的种种知识，必得有较深入的认识和了解，然后才能对这些问题的解决由智慧的"觉解"，上升为关于人类生活与生存问题的"生态哲学"。

总的说来，在人类已经走入 21 世纪的今天，人类的生态问题较之以往任何时候都显得更为严峻和突出，这对于儒学来说，既是一种机遇，同时亦意味着严重的挑战。历史给予儒学的有利"本钱"是：它本质上是一种讲求"天人合一"的"天人之学"。这使传统儒学在今天较之以往任何时候，更能激发起它的活力与生机，但儒学是否能担负起化解人类的生态问题，引导人类摆脱生活与生存的困惑状态之重任，全视其对自己能否有一全新的认识与反省而定。

——原载《现代发展观与环境伦理》

（河北大学出版社，2004年）

休闲哲学与当代中国社会的发展

一、中国休闲哲学的当代价值

当前，中国正处于经济迅猛发展的新的历史时期。中国取得的经济成就有目共睹，中国正开始全面步入小康时代。但不可否认，当前中国经济的增长既给中国走向小康社会创造了良好的物质条件，却也使中国社会面临着一些新的问题与困惑。就是说，经济发展与社会发展不一定是同步的。当前，我们感到难以理解的问题甚至是：经济发展与社会发展的紧张与冲突。因此，如何使中国的经济与社会的发展协调一致，这不仅是一个经济改革的问题，还是一个全面建构小康社会发展的战略目标问题。在这个问题上，我们认为，应当汲取中国传统哲学中关于"休闲"的思想智慧。因为对于中国传统思想来说，休闲不仅仅是指人们在解决温饱问题以后的娱乐与放松，它其实是一种积极有为的生活方式。这种生活方式强调的是人与自然的和谐、人与人之间的和谐、作为个体的生命与其心灵的和谐。可以看到，中国古典的休闲哲学是以"天人合一"之道作为其思想理论基础的。这种以"天人合一"为依归的休闲观，追求的是一种个体生命与社会整体的协调发展，它在当代社会正显示出它愈来愈强的生命力与价值。此一问题可从如下几方面言之。

1. 以休闲为中心的生命伦理观

中国传统哲学，无论是儒家、道家还是佛教，都强调一种生命的整体观。这种生命整体观视生命与生命活动为不可分割的一个整体，因此，生命活动无所谓休闲，无所谓工作。换言之，对于生命的自我实现来说，工作（为了谋生与对社会或群体的奉献而从事的活动）也即休闲（生命的自我实现以及对生命意义的体验），反过来，休闲也即工作。这种生命整体观的意义告诉人们：无须在个人的工作、职业、责任，以及个人承担的社会角色之外，另去寻找生命的意义与价值；任何人在从事工作与社会责任之中，就可以发现其个体生命的价值与意义；反过来，任何个体生命意义与价值的实现，并不是可以脱离社会与群体的，更不是遗世独立。这种生命整体观，以儒家的休闲理论为最胜；但即使强调个体独立人格与个体自由的道家，其休闲理论之实质，也并非教人不食人间烟火，而是教人在社会生活与群体生活中，不要扼杀自我，更不要取消个体的独特性而已。至于佛教禅宗，其提倡"日日是好日""砍柴担水即是道"，更强调休闲与工作本来就不是两橛子可以分开来的事情。

应当说，中国休闲理论的这种生命整体观，不但有助于我们个体生命的随时随地的自我实现，而且为人类如何缔造一种新型的文明与生活方式提供了前景。长久以来，人类的历史就是一部工作与休闲"一分为二"的历史。在历史上生产力还不发达的时代，这种工作与休闲的分割，虽然有其历史的不得不然，但却并非是天然合理的，只不过是人类为了简单生存而不得不付出的代价。从这种意义上说，工作与休闲的二分，也就是"劳动的异化"，也是个体生命的异化。今天，社会生产力已经大大地发展；虽然迄今为止，还有许多工作与劳动，远非像人们从事的休闲活动那样，可以成为一种生活的乐趣；甚至于许多工作与职业，对于相当多的人来说，还只能是一种谋生手段，而远非是生命的一种自我实现的方式。但按照中国休闲哲学的理解，既然人的个体生命本来并非是分割的，而是一个整体，那么，我们尽可以在目前现有的情况下，从生命的整体观出发，考虑并设计出一种更人性化、也更有利于生命自我实现的工作——休闲一体化的工作方式与生活方式。这不是说我们要将工作变为休闲，而是说，我们可以从工作环境、工作条件、工作内容、工作程序等等方面，作更多的改革，让工作本身可以或者尽可能地有利于个体生命的实现。而更重要的是，我们要从我们的整体思路上加以调整，不仅改变我们的工作环境与工作方式，更重要的是变革我们的工作观念与生活观念。

长久以来，在我们的个体生命与社会生活中，我们强调与提倡的，是一种"工作伦理"，即生命的本质与使命，就是工作。由此推论，个体生命的一切活动与冲动，也都应以服从或利于工作为转移。这样，工作伦理或者职业伦理，就成了个体生命活动与社会生命活动的"中轴原理"。而从中国休闲哲学的生命整体观出发，无论是个体生命，还是社会的群体生命，都只能是以"休闲"而非工作为中心的。因此，是休闲，而非工作，才是个体生命与社会生命的"生命伦理"。看来，只有从这种以休闲为中心的生命伦理出发，我们对生命的意义与价值才能有真正的了解，而且对于工作的意义与价值，也才能有更本质的认识。总之，人类的一切活动，无非就是休闲，或者是为了实现更好地休闲创造条件与机会而已。应当说，只有这种以休闲为中心的生命观，才是理想的生命观；只有建立在这种以休闲为中心的基础上的社会，才是可以满足人们个体生命与群体生命自我实现的社会，从而也才是真正理想的社会。由此看来，以生命整体观为导向的中国休闲哲学，不仅为个体生命的自我实现指明了方向，而且也为人类的社会设计与社会发展蓝图，进一步明确了目的。这就是：人类的休闲，应当作为人类社会发展的动力，同时也是理想社会建构的基础。

2. 以休闲为中心的生命价值观

中国休闲哲学的一个重要特点，是重视人生境界的实现。对于中国休闲哲学来说，个体生命的目的就是追求幸福与快乐，但这种生命的幸福与快乐，与其说是肉体生命与感觉器官的获得满足，不如说更主要的是一种精神上的提升与享受。因此，中国休闲所阐发的，就是如何通过休闲重新发现人，以及重新发现生命之存在的意义与价值。长期以来，我们关于人的定义是不完整的：我们要么将人定义为生产性的人，或者制造工具的人，似乎人生的意义与目的就是工作；要么，我们视人为一种只会追求生物性享受的动物。其结果，人除了更善于制造工具之外，与动物并无本质上的差别。而中国休闲理论告诉我们：人是目的；但所谓人是目的，并不是说人的自我完成与实现，仅仅就是他个体生命的肉体方面以及感觉器官各方面的满足而已，而是指人的各方面的潜能的全部展现。而人的各方面潜能的充分发展，无疑是包括其精神方面的指向的。而且，人之所以区别于其他动物，与其说是他在体能以及感觉器官方面比其他动物发达，不如说是因为他在精神方面比任何动物都要卓越。因此，人与动物的差别与区分，是精神性的而非肉体与感觉器官方面的。而中国休闲哲学，正是将发展人的精神性追求、提升人的精神境界，作为其理论的出发点。

这种对精神价值追求的休闲理论，对于当今社会来说，具有极其重要的意义。当今人类社会已经进入或者即将进入小康社会，而所谓"小康社会"的基本意思，就是社会生产的物质财富已经可以满足人们基本的生存需要。但随着物质财富的愈来愈增加，人的幸福感是否也会随之愈来愈增加呢？事实证明：个体生命的幸福未必与个人拥有的财富成正比；社会群体的幸福也未必随着社会财富的积累而增加；情况反倒常常是：我们的物质生活提高了，社会财富增加了，可是，我们无论是个体还是群体，都又在拼命地追求新的物质富裕的增加，其结果是我们的追求物质财富的愿望永远没有得到满足，从而，我们永远没有得到心灵真正的平静与满足。而中国休闲理论教导我们：人的真正幸福，是一种心灵的平静与安详，它属于精神性与主体性的，因此，要寻找幸福，不是拼命向外"逐物"，而是返求自己，重新发现与寻求生命的意义与价值。

这种生命意义与价值的实现，要求我们认真思考生命的工具理性与生命的价值理性之间的关系问题。比如说，人生而是追求幸福的，而为了达到这种幸福，人需要有实现这种幸福的手段与工具；但在追求幸福的过程中，我们往往将追求幸福的工具与手段误当作幸福本身，于是，我们反倒不去追求那本来是作为目的的幸福，而去追求那本身是作为幸福之工具与手段的东西。这种目的与手段、价值与工具的倒置，也可以说是生命的异化。而中国休闲哲学反反复复提醒我们：对于人来说，无论在何时何地，人对价值主体性与意义世界的追求，都应当是第一义；而工具理性不过是服从于价值理性与意义世界的设定而已。

3. 以休闲为中心的生命和谐观

中国休闲哲学是一种关于生命的智慧，它提出了一种生活的原理，即以"中道"为生命实现的最高原理。具体来说，这种生命中道观强调的是生活与生命和谐发展的原则。这对于当今人类社会与经济的可持续发展具有思想启示价值。

长期以来，人类经济发展走的是一条不可持续发展的道路，其原因，在于我们人类在与自然打交道的时候，片面地强调对自然的征服或者利用。这种对自然的征服与利用的观点，同我们的主客二分的思维方式有关，即强调人与自然的对立；其结果，人类社会与经济的发展，必然以牺牲自然的价值与利益为代价，尤其是人类进入工业文明时代以后，由于人类利用与控制自然的能力进一步加强，人类在取得经济发展与技术进步的同时，也让自然付出了极大的代价。可以说，环境污染与生态危机之严重，于今为甚。

其实，在中国休闲理论看来，人与自然的关系并非对立的关系，也不是利用与利益的分配关系，而是共生的关系。按照中国休闲哲学，其中的"休"，其最基本与最原始的意义，就是"人倚木而休"。这就是说，与自然友好相处，和自然结为伙伴与亲人关系，才是休闲的境界以及休闲要达到的目的。既然如此，人类的一切活动，包括人类的生命形式，从本质上与自然并无对立，因此，也就无所谓人类中心主义与非人类中心主义的对立。之所以有这种对立的产生，是因为我们已经预设了这种对立，然后才想去解决这种对立。而中国休闲理论告诉我们：人与自然的关系与其是利益的对立关系，毋宁是一种亲情相倚关系：离开了自然，人类无法存活；没有人类，自然也失去其价值与意义。因此，一种可取的人类生产方式与生活方式，应当奠基于这种"人倚木而休"的关系上。这个"木"当作广泛的理解，它泛指整个自然界。这样看来，中国休闲哲学，不仅仅是我们个体生命的价值与意义的实现方式，同时也是我们人类共有的价值与意义的实现方式。当我们实现自己的价值与意义世界时，不仅不会危及自然的利益与价值，反倒是会增添自然的利益与价值。这样，一种真正的可持续发展的经济发展方式与生产方式，方才成为可能。换言之，要持续发展不仅仅是经济发展的目的与原理，同时是人类自身生命的实现原理。而只有真正坚持"人倚木而休"这种生活态度，则一种不仅顾及人类利益与价值，同时保持了自然之利益与价值的可持续发展的经济活动与生产活动才会成为可能。从这种意义上说，中国休闲哲学不仅是关于生命自我实现的学问，同时是关于人类社会与经济生活可持续发展的学问。

4. 以休闲为中心的生命整体观

中国休闲理论不但立足于人与自然的和谐发展，而且提出了一种人类的生命整体观。这对于人类社会的发展以及人类文明的进步，具有莫大的价值。

长期以来，我们在考察个体生命的时候，常常将个体与个体以外的其他生命割裂开来，其结果，个体生命的发展仅仅是个体生命的行为。而中国休闲理论认为，个体生命的自我实现，离不开个体生命与自然的关系，离不开个体生命与其他人类个体生命的关系，离不开个体肉体生命与其精神生命的关系。这样看来，中国休闲理论对个体生命的考察，是将其置于三种关系当中来加以认识的。事实上，人类任何个体生命的实现，都脱离不开人与自然、人与社会，以及人与自我这三种关系；只有这三种关系处理得当，个体生命才能真正自我实现，也才能真正获得幸福。因此，中国休闲理论不仅仅是一种个人的生命实现方式，同时也将体现为人与人之间的社会性交往，以及人与自然打交道的生产活动以及劳动组织活动。这样，中国的休闲哲学，无论是其对个体生命价值与意义的衡量，还是其对于整个现存社会制度以及社会秩序安排的评价，都着眼于从整体的观点出发来观照生命本体。从而，中国的休闲哲学，就不仅仅限于人生哲学的范围，同时是一种社会哲学与社会理论。从这种意义上看，儒家关于"大同社会"的理想以及对社会和谐秩序的向往、道家对于现实社会中人的异化的抗议，以及禅宗提倡在现实的日常生活与社会生活中实现个人的超越，都是以休闲为中心的生命整体观的体现，其中寄寓着强烈的如何在现实社会中使个体生命得以自我实现的社会内容。

二、中国休闲哲学面临的机遇与挑战

以上，我们着重谈的是中国休闲理论所展示出来的当代价值。事实上，当代中国社会以及人类社会的发展，不仅展示出中国休闲理论的发展前景，而且为中国休闲哲学之实践提供了空前的机遇与可能。在当代，人类社会生产力获得了极大的进步，社会的物质条件得到了空前的改善，这就为人类历史上第一次实现物质丰富与精神富裕的休闲观念提供了实践的可能与场所。尽管个体生命的实现主要是一种精神上的境界，但对于社会上大多数人来说，这种精神境界的确立，仍然是离不开物质条件的。很难设想，在一种社会生产力低下、社会物质产品普遍缺乏的情况下，社会上大多数人的精神境界会提得很高。因为按照马斯洛的基本需求说，人们只有在较低层的基本需求获得满足以后，才会产生更高层次的基本需求。因此，在社会生产力还不发达的情况下，要求人们普遍将人生境界提升到很高的境界，只能是一种伪理想主义或不切实际的浪漫情怀。而在过去，中国传统的休闲理论，尽管其设想的人生境界非常理想，但由于其实现的社会条件最终受社会生产力的制约而难以实现，道理也在这里。但今天，人类社会生产力的发展第一次使人类有可能最终解决了最低的生活需求，在这个时候，人的较高的基本需求就不仅已经产生，而且必然要求得到满足。而立足于对较高层次，或者最高层次的基本需求——自我实现的需要，正是中国休闲哲学的特点。因此，社会历史的发展可以说直到今天，才为中国休闲哲学的理想与目标提供了最终可以实现的条件。

社会物质条件的改善与物质生活的富裕，不仅为实现中国休闲哲学的理想提供了可能，而且应当转化为实践中国休闲哲学理论的动力。应该看到，物质生活的进步与精神文明的提升并非同时成正比的。现实情况往往是：物质生活丰富了，人们的精神追求却反而倒退。其原因，不在于物质生活本身，而在于人的精神生活的导向。人的精神生活在任何时候都是存在的，而且有其不同的表现形式。如果在人的精神世界中不确立一种较高的超越境界，人们的精神生活必然只会停留在较低层面的境界。事实上，我们今天已看到中国出现这样的现象：在一些经济已经"脱贫"，或者基本生活需求已经得到满足的地区，已出现了赌博、吸毒以及精神生活异常空虚的现象；在一些物质生活较富裕的地区与人群当中，出现了盲目追求高消费的"消费主义"现象。为什么伴随着物质生活的富裕，却会出现精神上的虚无主义，以及消费观上的消费主义等等现象呢？这当中，与人们没有确立一种理想的生活信念，没有确立一种理想的生活方式具有极大的关系。因此，在今天，将中国传统休闲哲学中关于个体生命价值及其实现之道的道理重新挖掘与阐发，以替当前中国，以及整个人类在逐渐摆脱物质匮乏情况以后，精神生活却可能空虚与发生焦虑的症状号脉，已显得刻不容缓。

不仅仅如此，当今人类面临着种种冲突与困境，其中，人类生存的自然环境的恶化，以及生态环境的恶化，构成对人类生存与发展的严重威胁。人与自然环境关系的恶化，责任不在自然，而在人自身。在今天，作为人类摇篮的地球，其生存情况之恶劣已经到了无以复加的地步。因此，人类要生存，要发展，只能从根本上着眼，从改变我们过去的生活方式以及生活态度入手。长期以来，我们人类不仅以征服自然为己任，而且以最大限度地榨取自然为人类的目的。今天，我们理应以中国的休闲理论为指导，树立与提倡一种人与自然和谐相处的世界观与人生观，否则，我们人类就无法在地球上继续存活下去。因为总有一天，自然的资源会被我们人类消耗殆尽。

总而言之，中国休闲哲学不仅仅是关于个体的生命实现之道，而且是人与自然和谐相处之道，是人与人之间、群与群之间和谐相处之道。它不仅是人生哲学，而且是社会哲学，是政治哲学，可以作为人类建立"地球村"，以及最终实现世界大同的理论基石。

但是，我们应当看到，中国休闲哲学仍然有它自身的不足与局限性。因此，中国休闲哲学要发展，要能有效地应付时代与环境的挑战，也必须同时变革自身，以适应当代人类历史的发展需要。

首先，中国休闲哲学要克服它对天地境界的单义理解，使个体生命在各种层次都能得到开展，以显示生命的多元性与开放性。中国休闲哲学强调的是生命的美感或审美体验。无论儒家对人生道德之善的追求也好，道家对个体精神自由的追求也好，禅宗对日常生活的执着也好，都与人生之美联系起来；或者换句话说，对于中国休闲哲学来说，休闲体验主要是审美经验与体验。但事实上，在任何时刻与场所，个体生命所面临与遭遇的，都不可能仅仅是审美经验或审美内容；人一被抛在世上，就面临着种种的人生压力与困境；这些人生的压力与困境，其实是审美经验所无法化解的。因此，作为一种人生哲学，休闲理论要教给我们的，与其说是仅仅去化解人生的痛苦，不如说是如何去面对这些痛苦或苦难。不能说随着人类历史的进步以及社会福利的提高，人生的苦难就会减少。应当说，个体生命的苦难与生俱来；人作为有限的理性存在物，是无法躲避生命的苦难的，因为从根本上说，个体生命的苦难，根源于人的生命的二重性：生命的有限性与生命追求无限性的冲动的对立。这样，休闲哲学作为一种人生哲学，从最根本意义上说，仍不是追求幸福，而是如何化解生命所面临的有限性与无限性的冲突。而这种冲突与对立，既然源自生命的二重性的本性，当然也就是无法从根本上消除的。因此，无论个体生命也罢，群体生命也罢，在历史的演进中，就总会表现出这种有限性与无限性的对垒与冲突。在这种冲突与对垒中，生命的体验既会有喜悦，同时也会有痛苦；而生命的过程既表现为喜剧，同时也是悲剧。从而，对于生命的体验来说，就不仅仅是审美意识，同时还包含有悲剧意识。因此，对于休闲哲学来说，它除了应提倡审美意识之外，同时也应容纳与理解生命的悲剧意识。只有这样，休闲哲学作为洞悉生命之本质的"生命的学问"来说，它才是最真实的，也才是最令人信服与可以接受的。

此外，中国休闲哲学以天地境界为最高境界，这种境界追求的是生命的和谐与安宁。但就真实的生命本体来说，和谐与竞争是相辅相成的，安宁与动荡亦是相互为用的。假如生命仅仅是和谐与安宁的话，它恐怕会失去其动力与活力。因此，尽管生命可以以安宁与和谐为最高目标，但生命过程的展开却未必如此。而休闲哲学除了以生命的最高境界作为人生追求的目标之外，还应当考察生命的具体展开过程。一旦如此，我们发现：生命中的静与动、和谐与竞争，其实是生命的一体两面。这样的话，我们考察休闲作为人生生命展开的方式，就除了肯定和谐安宁之外，是否同时也要容纳竞争与冲突的内容？也唯其如此，生命才不仅仅是真实的，而且是有活力的。否则，这种生命容易流于一潭死水，其生命力也可能枯萎。而为了避免生命的僵化与枯萎，无论从观念层面还是实践角度来看，休闲都应当增添其动态的内容；休闲哲学除了提倡"静"，也应强调"动"。

总之，人类历史发展到当代，为中国休闲哲学的发展提供了空前的机遇与实现的条件。但中国休闲哲学作为一种人类的生命哲学，要在当代人类社会生活中发挥实际作用与影响，除了要发挥与展示它原来的精神品格与丰富的内涵之外，同时也要接受当代社会生活以及文化发展的挑战。一方面它应当积极地从当代人类社会生活中吸取思想灵感与营养；另一方面也应当积极地与西方思想文化，包括西方的休闲哲学开展积极的对话。西方休闲哲学基本上是以主客二分、人与自然的对立为思维模式的，但恰恰是它的这种特征，构成了与中国休闲文化与休闲理论互补的关系。中国休闲哲学要有更大的作为，应当在继承儒道佛思想传统的同时，进一步消化与吸收西方休闲文化的思想资料，以达到为我所用。只有这样，中国的休闲哲学才能走向世界，并且成为可供全人类休闲生活方式采纳的思想资源。

——"第五届当代中国经济改革与社会发展学术研讨会"

（北京，2004 年 6 月）发表论文

云南社区生态文化类型

一、开展云南社区生态文化研究的意义

中国云南省大部分地区处于崇山峻岭之中，这里山高林密，森林资源和矿产十分丰富；云南省又是我国少数民族分布最多、民族文化保存最为丰富和多样化的地区。而且由于云南特殊的地形地貌和地理条件，它素有亚洲的"水塔"之称。就是说，亚洲的许多主要河流，大多从云南发源或者流经云南，然后流向东方，故这里的生态环境如何，对亚洲其他地区，尤其是它下游地区的生态环境有直接影响。云南生态环境对其他地区造成直接影响的例子，最明显的莫过于1998年夏季的长江洪水，造成这次洪水的重要原因之一，就是云南省内长江上游地区沿江的森林砍伐过多，水土大量流失所致。因此，研究云南一带的自然生态条件和环境保护的状况，对于根治长江水患和其他地区的生态保育工作，具有极其重要的意义。

要搞好云南的环境保护和水土保持工作，重要的不只是研究云南一带的自然条件和地形地貌，还要研究当地居民，尤其是以"社区"形式存在的人群对待自然生态的态度及行为方式。因为目前所说的自然生态平衡的破坏和环境问题，主要是由人类的生存和生活状况所造成的。与人类改变自然的活动相比较，盲目的自然自发力量对生态平衡造成的破坏毕竟是

第二位的。因此，所谓生态及环境问题的治理，说到底，是一个对于人类自身与自然打交道的行为进行控制、规范和引导的问题。问题在于：人类对待自然的态度和行为不仅受制于自然环境，而且在很大程度上还是一种"文化"；而所谓"文化"是人类与周围环境，包括自然环境打交道时所做的主动行为选择。这样，人类如何看待和对待自然环境的问题，其实是一个"文化"的问题。由于云南民族众多，不同的民族有自己不同的文化传统和价值观念，这些文化传统和价值观念深刻地影响到这些民族对待自然环境的态度和行为，因此，云南省环境保护工作的一个相当重要的方面，就是在环境政策的制定中，不仅要了解当地的自然环境和生态条件，而且要对当地社区的"生态文化类型"加以研究和分析，只有这样，其环境政策的制定及其方案的实施才更有可行性和针对性，也才能真正收到成效。

二、进行云南社区生态文化研究的可能

进行"云南社区生态文化类型"研究的可行性在于：云南是我国唯一的居住民族最多的省份，除汉族以外，其他 25 个少数民族都有自己的聚居地，这些聚居地的地理条件与生态环境都各有特点；由于在同一自然生态环境下长期聚族而居，这些民族都形成了自己的文化传统、生活习惯和共同的行为方式，乃至有本民族共同的宗教信仰。同时，云南省是我国唯一具有多种地形地貌，且不同的地形地貌被横断山脉和河流阻隔开来的地区，这些民族聚居地的民族，其生活与行为方式不仅受自然条件的影响，而且与自然地理的联系十分密切。这就为我们从"生态文化"的角度开展社区研究提供了理想的对象。总之，云南特有的民族文化的多元性，以及这些文化与自然生态环境的密切联系，使云南省成为"社区生态文化类型研究"的最佳场所。

应当说明："云南社区生态文化类型研究"虽以云南作为典型的案例考

察对象，其研究的宗旨及最终目标却不以云南的生态文化为限，而在于为我国，乃至世界上其他地区的社区生态文化的研究和社区生态文明建设提供借鉴。云南的经济文化可区分为畜牧文化、旱作文化和稻作文化三大类型，这些经济文化类型的形成与自然生态环境的关系是十分密切的。迄今为止，这三大经济文化类型还是我国和东亚地区主要的经济文化类型。因此，研究云南地区的生态文化类型，有助于我们进一步揭示我国乃至东亚地区经济文化的特点。

因此，对于此问题的研究来说，理论的建构以及实地考察和历史文献的跟踪是重要的。但是，这一问题的研究与其说是理论性与历史性的，不如说是现实性与应用性的更为恰当。就是说，本问题对云南地区生态文化的研究，最后必得落脚于这一点上：为云南乃至我国的环境决策提供依据和经验。应该说，云南省的自然资源和自然物种虽然十分丰富，但自然资源的流失和破坏的情况也十分严重；而包括长江上游在内的云南地区自然生态环境的破坏，是同当地的经济落后和贫困联系在一起的，因此，要从根本上解决云南地区的自然环境破坏问题，必须帮助当地，尤其是少数民族地区发展经济，而要为当地的人民找到一条既不破坏自然生态平衡，同时又可脱贫致富的道路，这是一个社会经济和生态保护如何取得协调和同步发展的问题。因此，这一问题的研究可分为两步：第一步是对云南民族地区的生态文化现状进行实证性的调查和研究；第二步是针对不同地形地貌和自然生态环境的特点，提出这一地区可持续发展的社区经济与社会文化发展模式。

三、云南社区生态文化的类型

根据目前所掌握的资料和情况，可将云南分为九个生态文化社区。这九个生态文化社区是：1.迪庆高原民族文化区，该区以雪山草原自然景观和藏文化为主要特征，区内又可划分为中甸草原藏族文化区、太子雪山藏族文化区和三坝纳西族文化区。2.丽江高原民族文化区，该区以丽江高原景观和纳西族文化为主要特征，其中还包括玉龙雪山纳西族文化区、泸沽湖摩梭族文化区和小凉山彝族文化区。3.怒江大峡谷民族文化区，该区以峡谷景观和峡谷民族文化为特征，其中包括独龙族文化区、福贡、泸水傈僳族、怒族文化区和丙中洛多民族文化区。4.滇西民族文化区，该区以滇西亚热带、热带风光和多民族文化为特征，其中又可分为腾冲汉族文化区、德宏坝子傣族文化区和德宏山地景颇族、德昂族文化区。5.大理白族文化区，该区以苍洱风光和白族文化为主要特征，其中又可分为洱海白族文化区、剑川、鹤庆白族文化区和巍山彝族文化区。6.滇南民族文化区，该区以滇南亚热带、热带风光和多民族文化为主要特征，区内又可分为西双版纳坝子傣族文化区、基诺山基诺族文化区、布朗山布朗族文化区等。7.红河流域民族文化区，该区以哀牢山梯田景观和哈尼族文化为主要特征，其中又可分为河谷低地傣族文化区和山地哈尼族、彝族文化区。8.滇东南民族文化区，该区以喀斯特地貌和壮族文化为主要特征，其中又可分为低地壮族文化区和山地苗、瑶族文化区。9.滇中滇东民族文化区，该区以滇中滇东红土高原景观和汉彝文化为主要特征，其中又可分为滇池汉族文化区、楚雄彝族文化区等。

虽说以上分类只是初步和粗略的，但从这里已可以看出：以云南为"样板"，从生态文化的角度对不同民族聚居地的生活和行为方式进行研究，是有充足的民族学和社会学的资源和素材可供利用的。从学科的发展和建设来看，它也将为传统的民族学和社会学研究注入新的内容；而且从长远看，它还将导致一些新学科的建立和发展。比如说，民族生态学以及社区生态学等等。因此，这一问题的研究不仅对于云南以及长江上游的生态保护和环境治理具有应用性的价值，而且从学科的发展来看，是颇具前沿性和创新性的。

——未刊稿（2000年）

休闲与环境伦理

一、作为生命哲学的休闲观念

鉴于生态环境问题的日益突出，人们为解决环境问题而急于做各种理论论证。迄今为止，人们常常在人类中心主义与非人类中心主义这两大思潮之间摇摆不定。尽管这两种思潮都立足于环境的保护以及追求生态平衡的现实目标，但其思想出发点却完全两样。人类中心主义从人类自身的利益与要求出发，认为只有合理地利用并且保护大自然，大自然与地球才能成为人类理想的居所，否则人类社会的可持续发展将不可能实现；非人类中心主义则认为，仅仅从人类自身的利益与要求出发，是难以推导出一套理论上首尾一致、能自圆其说的环境伦理的。举例来说，为什么人类要保护稀有动物？为什么不能无辜杀害动物？这些环境伦理行为如果仅仅从人类的利益与爱好来看是无法解释的，但对这些行为的禁止却构成对人们的环境伦理的约束。故而，非人类中心主义主张环境伦理只能是以自然或者生态为中心的，但所谓以自然或者生态为中心，是否就完全可以排除人类的愿望与利益呢？可以看到，一种完全排除人类利益与愿望的绝对的非人类中心主义是不可行的，它的逻辑结果是导致人类自身的无法发展甚至于灭绝；而兼顾了人类利益与自然价值的所谓非人类中心主义，其实是一种不彻底的非人类中心主义，它往往是弱化了的人类中心主义的另一名称而已。那么，舍此之外，我们在建构环境伦理的思想体系时，是否还能找到其他出路？

问题是：这是否可能？本文认为，假如不是从利益或者价值的角度出发，而从休闲的角度出发，这个问题是可以解决的。迄今为止，人们在看待人类与自然的关系这个问题时，都离不开利益或价值。此点，无论是人类中心主义或者非人类中心主义皆然。不同点在于：人类中心主义强调人类的利益与价值，而非人类中心则强调自然或生态的利益与价值。然而，可以看到，只要是从利益或价值的角度出发，尽管我们在理论上承认人类的利益和价值与自然的利益和价值可以取得同步发展或者取得协调，但在实践层次上，人类的利益或价值与自然的利益或价值总难免发生冲突。所谓不冲突，仅仅是一种折中或者调和的说法而已，看来，解决问题的出路，不在于人类中心主义或非人类中心主义的孰是孰非，而在于这两种主义的前提：利益与价值。因为只要我们从利益或价值的角度来看待人类与自然的关系，那么人与自然之间的关系，其实是很难取得调解的。照顾了人类的利益与价值，就难免损害自然的利益与价值，反之亦然。因此，从调解人类与自然的关系出发，我们不仅要抛开人类中心主义与非人类中心主义，而且要抛弃作为这两种主义之思想前提的基本观念：利益与价值，而代之以休闲。所谓休闲，在看待人类与自然的关系问题时，是既非人类中心的，亦非非人类中心的。就是说，它是一种超越了利益与价值角度来看待人类与自然关系的新视野。那么，什么是休闲呢？《说文解字》说："人倚木而休。"可见，休闲中的"休"，是指人与自然（"木"）的相倚关系：人与自然本来就密切相依。这种"倚木而休"，揭示的是人与自然的相亲相依的关系，而非利用与被利用的关系。而休闲中的"闲"，最通俗的用法就是闲适。所以，休与闲两字连用，提示的是一种人与自然相亲相倚，以及闲适的生活状态。而所谓闲适的生活状态，其实也离不开自然；因为闲适中的闲字，表示的是人的居所离不开自然（"门"内有"木"）。因此，从词源义中可以看出，休闲一词表示的，就是人与自然的亲密相依关系，这种相依关系与其说是一种利益或利害关系，不如说是一种亲情关系。

其实，休闲不仅指示出人与自然的密切相依关系，更重要的是，它还将这种关系视之为人的生存本身。换言之，人是什么？人从何处来？又往何处去？这个关系到人类生存论的根本问题，都是休闲一词要告诉我们的。因此，休闲观念内在地包含着人的生存论的观念，即人与自然是连接在一起的，人离不开自然，自然是人的居所，自然是人类活动以及一切文明的舞台。此外，休闲还是一个人生境界以及人生哲学的概念。所以，休闲一词不仅是生存论的，同时是关于人生价值论的。就是说，它认为，只有在休闲状态中，人才成其为人，人才可以获得幸福。所以，在词源义中，休又有"吉庆""美善""福禄"之意。如《诗·商颂·长发》中释"休"为吉庆。"何天之休"，郑玄笺："休，美也。"《左传·襄公二十八年》："以礼承天之休。"杜预注："休，福禄也。"至于"闲"，虽然它现在的通俗用法是"闲适"，但从词源上说，它最早的意思是"范围"，引申为道德、法度。如《论语·子张》："大德不逾闲。"这样看来，我们今天将休、闲两字连起来用，休闲不仅是对人的生存状态的描述，而且是价值论的，同时具有行为规范的意义。因此，休闲其实是属于人的生命哲学的概念。它告诉我们，人就其本性来说，是与自然密切相依的；因此，只有与自然保持亲密的关系，才符合人的本性，这才是人的本然的生存状态；它还提示我们：人应当选择过一种与自然相亲的生活方式，这样的人生才是美好的人生；而且，生命存在的意义与价值，就是追求这种人与自然的和谐。这里，作为生命哲学的休闲与作为伦理要求的休闲具有内在的一致性。

二、休闲与环境伦理

只有从这种休闲观念出发，一种超越了人类中心主义与非人类中心主义的环境伦理才有可能，并且为环境保护的自觉伦理行为提供了可能。

我们知道，环境伦理之所以是一种伦理，长期以来，它是倾向于义务论的。这种义务论取向以人类中心主义最为典型。它认为，从人类自身的长远利益出发，人类必须保护与爱护自然。显然，这种环境伦理虽然从长远目标来看，承认人的利益与自然的利益可以取得一致，但在短期行为或具体操作层次上，却预设了人与环境的对立。因此，作为对人类行为的约束，环境保护行为只能是加之于人类肩膀上的义务与重负。有感于人类中心主义在理论上的困难，非人类中心主义试图从价值论的角度来建构其环境伦理，但是，尽管非人类中心主义强调自然与人一样，具有它的"内在价值"，而且，人类之保护自然，是出于维护自然价值或生态价值的目的，而非从人类的功利要求出发，但这种价值论的看法仅仅只具有理论的意义，而在实践上，它不得不退回到义务论的立场，因为从保护自然价值或生态价值的要求出发，我们才必须善待自然；否则，我们就无须善待自然。可见，非人类中心主义只不过是义务论的一种不彻底的形式，它仅仅是在理论与逻辑推导层面上承认自然环境的价值，而一旦转化为人类的伦理实践，它必然是义务论的。

只有从休闲出发，以休闲为中心观念，一种环境伦理才可能是真正意义上的价值论的。其原因，在于休闲虽然是指人类的休闲，从这种意义上看，它也可以说是以"人类"为中心的，但它与所谓"人类中心主义"的根本区别点在于：它不是从人类的利益或工具性地利用自然出发，而是从人类自身价值，或者准确地说，从人类自我实现的角度出发，必然会导致一种保护自然与爱护自然的行为。这种从人类自我实现要求出发的环境伦理，已经无所谓对自然的义务。因为在它看来，爱护自然与保护自然，其实也正是人类自我实现的一种方式。就人类的自我实现来说，保护与爱护环境不是"必须"，而是"必然"。

以休闲为中心，其环境伦理不仅是价值论的，而且是美学的。长期以来，人们一直在寻找伦理的终极原理，试图为人类何以会有道德提供解释。

学者们发现，迄今为止的人类道德可以分为两类：一类是社会性道德，另一类是宗教性道德。这种社会性道德与宗教性道德的区分，可以为道德何以可能提供社会学与宗教人类学层面上的解释。而人类中心主义与非人类中心主义的环境伦理观，则可以视为一般的社会性道德与宗教性道德在环境伦理问题上的延伸。可是，伦理学上有一相当重要的问题，这就是德、福能否统一，以及如何统一的问题。这个问题仅仅从道德的社会性与宗教性上都是难以解释的。以休闲为中心观念的环境伦理，由于将人与自然的和谐相处视为人的自我实现的途径，从而，这种环境伦理就既非人的社会性所限，亦非人的宗教超越性所能范围，而是美学意义上的。就是说，人类只有实现了与自然的和谐相处，才真正可以实现自我；而人只有实现了自我，才可能真正具有幸福感。这样，从终极意义上说，以休闲为中心的环境伦理是人生的自我实现之道：它既是道德的（对自然而言），又是可欲的（就人自身而言）。作为一种伦理规范，以休闲为中心的环境伦理就这样在德与福、善与美之间架起了桥梁。因此，以休闲为中心确立的环境伦理行为，既是"人之应当"，也是"人之所是"；如是，环境伦理行为对于人来说，就既是必须，也是必然，同时也合乎自然（发乎人心之本然）。

看来，只有以休闲为中心，一种义务论与价值论完全合一、德与福完全合一、必然与应然完全合一、自然与自由完全合一的环境伦理观才能成立。

三、休闲与中国人的生态智慧

中国传统文化中蕴藏着深刻的生态智慧。从很早开始，中国的传统哲学就开始了对休闲问题的研究，建立起了一种以休闲为中心的生态智慧观。这种生态智慧观的根本思路，就是强调人只有在与自然和谐相处中，才能真正地自我实现。此不独作为中国传统文化主干的儒家思想为然，中国传统文化的其他思想派别，如道家思想与大乘佛教，包括禅宗亦莫不如此。

儒家哲学的中心思想是"仁"。所谓仁，不仅仅是指人与人之间的和谐相处，还包括人与自然以及宇宙万物的和谐相处。所以，为儒家形而上学提供了经典文本的《易传》提出"生生之谓易""天地之大德曰生"，从"生"的角度来理解仁。《论语·阳货》记载，儒家学派的创始人孔子这样描绘自然界以及宇宙万物的生成变化："天何言哉！四时行焉，百物生焉，天何言哉！"在他看来，天地化生与孕育万物生长，这就是仁的根本含义。儒家其他许多文本，也提供了这种关于仁的解释。如《中庸》说："万物并育而不相害，道并行而不相背，小德渊流、大德敦化，此天地之所以为大也。""博厚所以载物也，高明所以覆物也，悠悠所以成物也。"

儒家除了用宇宙万物生生不息的思想来解释仁以外，还强调人要发扬仁心；人不仅能够体会宇宙过程中的仁，而且要积极参与到这种宇宙生生不已的过程中去。用《中庸》的话说，这就叫作"人与天地参"。这意味着，人不只是被动地服从自然宇宙进化的法则，而且还主动地承担着以仁心来照料与呵护宇宙万物的责任。所以，儒家哲学提倡积极有为，认为人的使命就是"赞天地之化育"。用今天的话来说，地球是人类的母亲，人类的责任就是如何爱护与照顾作为人类衣食之源，并且为人类提供安居之所的这位母亲。

值得注意的是，在儒家眼里，人类照料与爱护自然，并不仅仅是出于责任与义务，更主要的是一种自我实现之道。因为人只有与自然宇宙保持一种亲密之情，并且与自然宇宙合一，人才能自我实现，从而达到人生的最高境界。这种境界用儒家的话来说，就是天人合一之境。而处于天人合一之境的人，已经摆脱了一切外在的束缚，所以它才是真正自由的。《中庸》说："唯天下至诚，为能尽其性，能尽其性，则能尽人之性，能尽人之性，则能尽物之性，能尽物之性，则可赞天地之化育，可以赞天地之化育，则可与天地参矣。"而《易传》对人如何由于达到天人合一而最终获得自由有这样的描绘："天地感而万物化生，圣人感人心而天下和平，观其所感，而天地万物之情可见矣。"可见，积极参与宇宙自然的造化，最后达到天人合一之境，这是儒家哲学的最高理想，也是它赋予人的生命存在以意义与价值之所在。

道家与儒家一样，也将宇宙的自然运行过程视之为存在之最高价值，并且认为人应当追随与服从天道。《老子·第二十五章》说："人法地，地法天，天法道，道法自然。"这里将自然（自然而然）视之为最高价值。在庄子眼里，自然具有最高价值之善，而且具有最高的审美价值，所以，他又提出了"原天地之美"的命题。《庄子·知北游》说："天地有大美而不言，四时有明法而不议，万物有成理而不说。圣人者，原天地之美而达万物之理。是故至人无为，大圣不作，观于天地之谓也。"这里的意思是说，人师法自然不仅仅是符合天地本来的道理，而且这种师法自然的做法本身就是一种美。

对于道家来说，天地自然最可贵的特征，就是无为。所以，在道家心目中，人道要服从天道，最重要的就是"无为"。《老子·第三十八章》说："上德不德，是以有德；下德不失德，是以无德。上德无为而无以为，下德无为而有以为。上仁为之而无以为，上义为之而有以为。上礼为之而莫之应，则攘臂而扔之。故失道而后德，失德而后仁，失仁而后义，失义而后礼。"

与崇尚无为相联系的是，道家主张无欲，提倡去奢，认为任何过度利用与榨取自然的行为都是不道德的。《老子·第五十七章》说："天下多忌讳，而民弥贫；人多利器，国家滋昏；人多伎巧，奇物滋起；法令滋彰，盗贼多有。故圣人云：我无为，而民自化；我好静，而民自正；我无事，而民自富；我无欲，而民自朴。"为此，老子极力提倡一种简朴的生活方式，反对奢侈和浪费的生活方式，并且对于铺张浪费的社会风气以及崇尚消费的消费文化尤其不能容忍。《老子·第十二章》写道："五色令人目盲，五音令人耳聋，五味令人口爽，驰骋畋猎令人心发狂，难得之货令人行妨。是以圣人为腹不为目，故去彼取此。"

道家还认为，这种崇尚自然、提倡简朴的生活方式，不仅是人类由于要追求天道而做出的一种自由意志行为，而且实践这种生活方式本身就是一种美，可以使人获得真正的幸福。老子将这种幸福比作像婴儿一样的"朴"的状态。《老子·第二十八章》中说："常德不离，复归于婴儿"，"常德乃足，复归于朴。"这里的"复归于婴儿""复归于朴"，就是要人们返璞归真，找回失去已久的自然天性。而人只有在放弃物欲、过一种简朴的生活中，才能达到这种无忧无虑的生命存在境界。

与道家相似，中国的大乘佛教，尤其是禅宗，亦提倡过一种顺应自然的生活方式。这种顺应自然的生活方式，在佛教禅宗眼里，就是"闲适"。闲适首先表现在对自然的热爱和相亲关系中。在禅诗中，我们读到大量这种对自然与人相融一体的生活态度的赞美。《五灯会元》中有诗道："饥餐松柏叶，渴饮涧中泉。看把青青竹，和衣自在眠。""渔翁睡重春潭阔，百鸟不飞舟自横。""雨后鸠鸣，山前麦熟，何处牧童儿，骑牛笑相逐。莫把短笛横吹，风前一曲两曲。"所以说，禅宗以返回自然、与自然融为一体的生活方式为美。

但是，顺应自然的生活除了指返回自然、以自然为友之外，更重要的是一种生活境界与生活趣味。这种人生境界，强调的是内心的平和与安宁，它是浮躁人生的反面。因此，除了与道家一样反对物欲之外，禅宗强调心灵的修炼。它主张人们要摆脱外物的拖累，必须做到无念、无相、无住。总的来说，就是要教人破一切执，包括破"法执"和"我执"。它宣称，人只有在不为物累的情况下，才能真正是自由的；而不为物累，也并非是不食人间烟火，而是以一种"平常心"去看待周围的事物。这样，尽管我们依然要与万事万物打交道，但只要有了这颗平常心，我们就可以在日常生活与日常世界中获得自由，发现生活中的美。禅诗《无门关》描绘这种"日日是好日"的闲适人生说："春有白花秋有月，夏有凉风冬有雪；若无闲事挂心头，便是人间好时节。"

总的来说，中国的儒家、道家和禅宗在论述何为休闲的生活方式时，其思考问题的角度与方法不完全相同。如儒家突出"人与天地参"，强调人对大自然负有保护与照顾的义务；道家提倡过一种顺应自然的生活；禅宗则主张因任自然，提倡人生的不造作，强调内心的安宁与幸福。但无论如何，儒、道与禅的休闲观都有共同的旨趣，即它们无一例外地主张人与自然的和谐相处，而且追求精神上的超越。这种休闲观，是一种生命哲学，也是一种生命伦理。

四、休闲与人类生活方式的变革

长期以来，在环境保护问题上，我们习惯于一种思路，总是就环境保护而论环境保护，将环境问题仅仅看作为环境治理的技术问题，其实，环境保护首先是一个价值观与人生观的问题。只有从价值理念以及生活方式的变革开始，环境保护才能真正深入人心，并且成为人们的自觉实践。而这意味着我们将开始一场生活方式的变革，从日常生活开始，将环境伦理纳入我们每个人的行动中去。

谈到生活方式，近代以来流行的进步观认为，衡量人们生活质量的高低，乃至于社会进步程度指标的，是物质生活的改善。应当说，人类对幸福的追求，离不开物质的内容；它既构成人类幸福生活的一部分内容，同时亦是人类追求精神幸福的前提性条件。难以设想，在一个连基本物质生活都无法保障的社会环境中，人们会过上一种真正幸福的生活。因此，提高人类的物质生活条件，应是人类追求幸福的标志之一。

但是，近代以来，伴随着物质生活水平的极大提高，尤其是当代社会生产力在已经满足或可以满足人类的基本生活需求的时候，社会上普遍蔓延与追求的，却不再是人类基本生存物质资料的满足，而是对人类基本生存物质资料之外的欲望的满足。贝尔在谈到人类物质需求的时候，强调要区分"需要"与"欲求"。前者对于人类来说，是必须得到满足的，而且人类对它的需要是有限的；后者则不是人类非必要的，而且，人类对这种欲求的满足是无止境的。这就带来一个问题：我们人类的经济发展，包括科技的进步，到底是要用来满足人类的需求呢，还是用来满足人类的欲求？对于这个问题，经济学家，尤其是社会学家以及伦理学家，常常是会发生分歧的。显然，仅仅从经济发展，以及生产力的发展来看，可以说人类的欲求在当代愈来愈成为社会经济发展的动力；但是，这种社会经济的发展，同时给人类带来全球性的问题，尤其是环境污染、生态平衡破坏、能源危机等一系列威胁到人类自身生存与发展的问题。因此，不少社会学家与伦理学家对以欲求为导向的当代社会经济发展模式提出反省，转而提出：人类应当走可持续发展的道路。而环境伦理作为提高人类环境意识的学问，也由此成为当代学问中的显学。

然而，如上所述，迄今为止，环境伦理学的主流，是义务论而非价值论的；即使有提倡价值论的非人类中心主义的环境伦理学，但这种非人类中心主义的环境伦理由于在提倡尊重自然价值的时候，有过于理想化的色彩，其结果，它只能流于空论；而在现实层面的环境治理工作中，我们仍然只能持一种人类中心主义，或者持一种弱化的人类中心主义的立场：我们之所以治理环境或者保护环境，只是为了我们人类自身的利益或者长远的利益。在这种情况下，治理环境或者保护环境，成为我们人类进一步发展，或者可持续发展不得不付出的代价。显然，这种人类中心主义的环境伦理，只能是一种从现实出发的权宜之计、它虽然可以转化为可操作性的环境伦理规范，但绝不能为人类为何必须保护环境提供一种终极性的价值支撑。唯其如此，环境伦理迄今为止难以成为人们自觉的行为。

为此，我们需要一种真正能满足人类精神性需要的环境伦理。而以休闲为中心的环境伦理，就是这样一种具有终极关怀性的环境伦理。休闲环境伦理既是价值观的，亦是人类生存论的。休闲对于人类来说，具有本体论的优先意义。休闲绝不是人们在工作之余，为了消除疲劳或者恢复工作能力的一种娱乐活动，更不是指业余时间对物质财富与闲暇时间的尽情挥霍。恰恰相反，真正意义上的休闲，是过一种有意义的人生。而对于休闲哲学来说，所谓有意义的人生，主要不是物质生活的满足，而是精神性的需要。这样，提倡休闲哲学与休闲人生观，意味着我们将实现人类生活方式的转化：从近代以来以追求物质富裕为内容的生活方式，向以追求精神性的富裕为内容的生活方式的转变。

看来，人类只有从改变自身的生活方式开始，才能转而改变人类自身的生产方式，以及经济活动的内容与范围。事实上，在人类历史上，曾经出现过以生活方式以及价值观念的改变为先导，进而导致一种新的生产方式的革命——这就是人类近代历史上以清教伦理为导向的资本主义文明。今天，当社会生产力已经空前提高，而且人类已经为自身经济力的发展所困扰，并且出现了像环境问题等一系列全球性问题的时代，我们也许又面临着一次生活方式以及价值观念的革命。这场革命将不仅仅带来社会生产方式的改变，它本身也许就是人类漫长进化链条上重大的一环。而人类只有实现了这场生活方式的变革，它才能从根本的意义上说是"新人"——一种具有自我意识的新人。这种新人才彻底挣脱了造物主强加于人身上的锁链，人类从此才获得了真正意义上的自由——向纯粹追求物质财富以及欲求满足告别的自由。

这就是休闲哲学所要告诉我们的：改变你过去的生活方式！

——原载《新视野》（2004 年第 2 期）

思想自由与民主政治

"'思想自由'不是指思想得自由自在发生出来而言。因为思想在个人的脑中并没有所谓自由与不自由，这个问题乃是起于思想的对外发表。就是思想的发表是否受外来力量的干涉。如果受干涉，乃有不自由。……所以思想自由不是一个关于思想本身的问题，乃是一个思想的社会上势力的问题。"20 世纪 40 年代的自由知识分子张东荪如是说。唯其如此，思想自由总是同言论自由、出版自由联系在一起的。1948 年联合国通过的《世界人权宣言》对"思想自由"做了如下明确的表述："人人有权享有主张和发表意见的自由；此项权利包括持有主张而不受干涉的自由，和通过任何媒介和不论国界寻求、接受和传递消息和思想的自由。"

纵观中外近现代史，我们发现一个奇特的现象：一、凡表示愿意实行"宪政"的国家，无不将保障"思想自由"的条款写进"宪法"；二、实行"宪政"之后，各个国家依然有一部争取思想自由的历史。这个事实表明：一方面，保证公民"思想自由"似乎已是每个近代国家不言自明的"公理"；另一方面，在这个问题上，"宪法"的条文与事实之间有着极大的差距。宪法的条文没能坐实，原因有多端，而就当政者方面来说，一个重要原因是对思想自由与民主政治的关系还缺乏应有的认识。

何谓"民主政治"？应该说，民主政治包括的内容很广，但就其实质而言，不外一是"法治"，一是政治的普遍参与。"法治"是"以宪法治国"，故保护公民的思想自由是"法治"的题中应有之义。政治的普遍参与，离开了公民对政治及社会问题的普遍关心，是难以想象的；而这种对政治与社会问题的关心无疑是以"思想自由"为前提和先决条件。更何况，在现代社会，民主政治普遍采取"代表制"，对"民选"的代表进行监督，防止其滥用权力，"思想自由"应是最强大有力的"利器"之一。只有在广大公民能充分了解政府行为之运作，且能对政府自由发表各种批评意义时，"民主政治"的"有限政府"观念才能落到实处。

公民的"思想自由"能否得到保障不只是一个认识问题，更主要的是一个实践问题。依我看，要实行"思想自由"，如下几点是不可忽视的：一、宽容。当政者要鼓励人民讲真话，要容纳不同的和反对的意见，不压制和打击。总之，言论自由要有真正的保障，而不是徒具空文。为此要有一系列的措施和办法，包括各级公务员的职业道德要求等等。二、"舆论独立"。民间应有自由办报刊和出版之权利，民间报刊要有独立采访、报道消息和自由发表意见的权利。三、公民有自由地获取思想和信息以及了解事实真相的权利，这意味着政府的事务和活动要增加"透明度"。四、对于政府公务人员压制公民"思想自由"的行为要及时揭露和查办。

历史证明，"思想自由"是真正的民主政治不可或缺的内容和条件。在一些人眼里，实行"思想自由"最大的担心是怕导致思想混乱和出现反对意见。要知道，现代社会本是一个多元和"异质"的共同体，出现不同的声音和意见不仅不可怕，而且是正常的，而民主社会的活力也正表现在这里。约翰·穆勒在比较实行"思想自由"的民主政体和压制"思想自由"的专制政体的不同时说："在精神奴役的一般气氛之中，曾经有过而且也会再有伟大的个人思想家，可是在那种气氛之中，从来没有而且也永远不会有一种智力活跃的人民。""思想自由"对国民智力及素质之影响，由此可见一斑。

当前，我国正处于体制转轨时期，随着经济体制改革的深入，政治体制改革不可避免地提到议事日程上来。应该说，我国政治体制改革面临的基本任务就是促进和完善民主政治，这就要求我们为"思想自由"创造和提供更为有利的环境和条件。而就经济体制的改革来说，要完成如此艰苦的任务，仅靠少数政府官员不行，仅靠某些专家学者的建议不行，应该动员全社会积极参与，而这离开了"思想自由"就不行。如果说在人类近现代历史上，"思想自由"不仅因为是人的基本权利而被努力争取，而且已被证明是调动和动员全社会力量从事"人类工程"的最有价值的动力资源，那么，在信息爆炸、"思想"已成为最重要的资源的今天，则更会如此。中国是 12 亿人口的大国，这 12 亿人不只是"劳动力"，而且是巨大的"思想库"和"头脑"。而要如此，还有待于我们运用"思想自由"的法宝去成就。

——原载《方法》(1998 年第 3 期)

知识分子如何参政

知识分子如何"参政"？今天，这似乎已是一个不成问题的话题，或者，在某些人看来，这至少是一个在理论上已经"解决"了的问题。不是吗？要解决知识分子的参政问题，我们已经吸收了许许多多的知识分子进入各级领导部门，并且还要将更多既懂得专业又有领导与组织能力的知识分子提拔到领导岗位上来。——这，似乎就是目前许多人心目中知识分子"参政"的方式，但这种做法既不是知识分子"参政"的唯一方式，更不是知识分子"参政"的典型方式。

道理在于，现代社会是一个知识性或以"知识"为依托的社会，任何专业，包括对社会的管理以及政治的动作，都需要有专业性的知识或者经过专业性的训练，因此，以具备"专业知识"与否作为衡量是否知识分子"参政"的标准是行不通的。况且，随着教育的普及和社会整体文化水平的提高，要求社会的管理者与从事政治和公共事务的人员具备比社会一般成员高的文化知识与专业水平，这并不是一个太高的要求，而在于应该是起码的条件。假如说，有"知识"或者"专业性知识"尚不足以作为知识分子"参政"的标准，那么，何者才可称得上是"知识分子"参政呢？

我是不反对知识分子进入各级管理体制部门，尤其是政治领导部门的，依我看，社会的各级管理与领导部门，应该有愈来愈多的知识分子或掌握专业知识的人员。我们过去工作中屡屡出现失误，就是因为各级领导岗位上的"外行"过多，领导层的整体文化素质不高。因此，从提高管理艺术以及工作的效能出发，让更多的知识分子进入各级管理与决策层实在是英明之举。但是，这同"民主政治"是两回事。掌握有专业技能的知识分子进入社会的领导与管理层，这是知识分子的"从政"，而非"参政"。前者，是提高社会管理与决策水平的有效措施；后者，则是民主政治的重要体现形式之一。

所谓"参政"，其通俗的说法就是"参与政治"。现代民主政治应体现全民的普遍参与，从这点上说，知识分子的"参政"与一般老百姓或公民的"参政"并无二致。如参加公民选举、对政府各级部门的职能加以监督，等等。但是，"知识分子"作为一个阶层，又有它不同于其他社会阶层之处。这就是，它由具有专业知识的人士所组成，在社会文化阶层上处于最高层。尤其是，由于专业训练和职业的原因，知识分子往往重视"理性"和专业知识的运用，这使它在考虑社会与政治问题时，其角度和方式也会与其他社会阶层有所不同。因此，知识分子之"参政"问题，除了有与其他社会阶层的共性之外，还有其特殊性。

知识分子参政之特殊性表现在，它体现着一种文化的影响力与支配力，这种所谓文化的影响力与支配力，其实也即文化的"权力"。丹尼尔·贝尔在《后工业社会的来临》一书中谈到进入"后工业"阶段的现代西方社会的情况时指出，现代西方社会实际上是并存着三个不同的权力领域：政治、经济与文化。实际上，贝尔这一提法具有普遍性，更适用于当代中国。在不同的"板块"，其权力各自掌握在不同的社会阶层手中。我这里将"知识分子"视为社会阶层之一种，并不是说政治家或企业家没有"知识"，或者否认其可以有知识分子的出身。我的意思是，一旦知识分子去"从政"或"从商"，他就进行了社会角色的转换，不再从属于知识分子这个阶层。"知识分子"的概念与其说是一种教育程度或出身背景的概念，不如说是一个社会阶层的概念。

为作一个特殊的社会阶层，知识分子是执掌着"文化"权力的阶层，这种文化的权力或影响力，应该反过来作用于社会与政治。这对于处于社会转型过程中的中国社会来说是尤其重要的，政治改革的难度极大，这时，尤其需要有"文化"的介入作为"支援意识"来进行全社会的动员与鼓动。而这种全民的动员与鼓动，又不能使其失去控制与方向，要使其纳入"理性"的轨道上进行。而"知识分子阶层"由于其重视"理性"及有较高的文化教育水准，则天然地承担起对社会民众进行政治动员乃至"政治再教育"的导师之责。

值得注意的是，我这里说的"知识分子"，严格地讲，是具有人文情操与社会关怀的知识分子。因此说，仅有专业知识与较高的文化水准还不一定就称得上是"知识分子"。真正的知识分子应该是既具有专业知识和经受过专业训练，同时又不回避自己的社会责任的知识分子，堪称"自由知识分子"。当他对社会与政治事务表示态度与意见时，他代表的并非"知识分子"这一特殊阶层的利益，而是以全社会的代言人自居，体现的是社会的"正义"与"良心"。

知识分子参与政治的通常方式是"议政"。议政而不从政，这是知识分子介入政治不同于政治家的方式所在。与一般民众"议政"所不同的是，知识分子之"议政"会更受"理性"的约束和导引，尽量避免情绪的左右和非理性动机的支配。具体而言，知识分子阶层之"议政"，要求体现如下几个特色：

1. 民间性。"民间性"是与"官方性"相对而言的，"官方性"属于政治的具体动作，而"民间性"则意味着对具体政治运作的超越。按照现代政治理论，任何政府行为都难免有它本身的利益考虑在内，这就是政府行为需要加以监督的道理。而知识分子作为"议政集团"远离政治之中心，自居于政治权力的"边缘"，这有利于它发挥对政府行为的监督作用。故"民间性"实乃真正的民主"议政"的先决条件。

2. 社会性。"社会性"指知识分子作为一个"议政集团"，其议政的目标应具有包容性，既不限于本阶层的利益，亦不从属于任何党派与集团的利益。同时，其议政的内容应当宽广，凡社会关心的种种问题，尤其是关系到国计民生与世界和平的重大问题，都应落入它的视野，在它的"议政"范围之内。总之，它应对社会的"热点"与重大现实问题保持充分的"发言权"，其所提问题要起到社会与政治的晴雨表与风向标的作用。

3. 思想的原创性。知识分子对政治与社会问题的认识与思考受"理性"的导引，源于现实而高于现实，要体现"理性"的力量与历史的睿智。这意味着它的议政要以"学问"为本，要有深刻的思考力和宏观的视野，能透过事情的表面和技术细节洞见事物之真相与底蕴，并对未来事件之发生与发展有所觉察和预见。

4. 批判性。知识分子对社会问题的看法不仅具有原创性，而且从本质上来说是批判性的。他对种种社会与政治问题的看法与其说是"治疗"性的，不如说是"诊断"性的更为恰当。这使它在观察与评论社会与政治问题时，往往会专注于其弊端所在。他指出了或提出了"问题"，乃至看到了出现这些问题的"病灶"与病根所在，但是，由于受职责与社会角色所限，他不一定能"解决"这些问题，更无法动手去清除或消除这些"病烂"，但这不妨碍他大声疾呼，为的是让社会，尤其是政治家们来关心与解决这些问题。事实上，一个社会要能进步，必须时刻对自身加以反省，关于发现自身存在的问题，并且弄清楚问题与症结之所在。这既是社会与政治得以改良的前提与条件，也是对社会各项指标进行监测，使社会避免激烈震荡的"报警器"。

知识分子之"议政"的实行，远不是知识分子本身的问题。全社会，尤其是政治家们应为知识分子之议政提供合理的空间与条件。这条件包括"硬件"方面与"软件"方面。"软件"方面最基本的是政治家要宽容与大度，"容得下"知识分子来"议政"。"硬件"方面需要的颇多，而当前最重要的莫过于"议政"的物质前提和条件——要允许民间有自由办报刊的权利。

——原载《现代化》（1999 年第 1 期）

第五篇 人文·人生

现代大都市中的人文风情

从国外回来，尤其是从国外的某个国际性大都市回来，人们常常会问："在××，你印象最深的是什么？"这时候，你会如何回答呢？我想，假如你是生活在像北京、上海这样的中国大都市的话，你并不会提起国外大都市高楼如何鳞次栉比、街道如何宽阔、轿车如何奔驰。的确，像北京、上海这样的中国大都市，就城市的硬件方面来说，并不会比国外的国际大都市逊色多少。尤其是最近这些年，北京不断地向周边地区扩展，其城区范围已向五环，甚至六环延伸，旧城区也在迅速改观；至于上海，浦东区的变化更令人咋舌，其摩天大楼之拔地而起，已经超过许多国外的现代化大都市了。但是，从国外回来，国外的大都市仍然有许多吸引住我们的地方。那么，到底是什么，使你对这些大都市发生兴趣，或者留下了深刻印象呢？是这些都市的异域风光、历史名胜，或者当地的风土人情、文化底蕴？是的，是这些，但可能还不止这些。

我想起我在日本逗留时的一件小事：一次，我与一位日本朋友结伴，从名古屋乘长途巴士到京都游览。谁知到达京都时，这位日本朋友将随身的钱包搁在车上忘记拿了。这的确是一件扫兴的事情。我为此也感到不安，因为这位朋友是为了陪伴我才安排这次出游的，但我的这位朋友却显得很从容，丝毫没有焦急的样子，倒是很自然地到了京都的一个地铁站拨通当地治安部门的一个电话，像例行公事似的报告了情况。他告诉我：当地治安部门嘱咐他在第三天返回名古屋时，在名古屋火车站等待消息。我将信将疑：在外地，而且是在途中丢了东西，怎么会在原地址领取呢？而且，这仅仅是一个小钱包而已，难道有关部门值得为这个兴师动众吗？与我的疑惑相反，在第三天，我的那位日本朋友果然在约定的时间与地点领回了途中失去的钱包。这件事已经过去许多年了，可是，它在我脑海中却历历如昨。而且，每当国内朋友们问起我在日本的经历时，我总会说起这事，而且不止一次。

由我在日本遇到的这件小事，我想说对于一座国际性大都市来说，最珍贵的，或者说给人最深印象的，还不是城市的种种现代性方便设施，而是它的人文情操与人文精神。对于一座大都市来说，人文精神并非空洞的，具体就体现于它的城市建筑格局与风格、城市文化氛围，以及人与人的相处之道中。试想想，一座现代化大都市，尽管建起了许多豪华宾馆，甚至有许多亭台楼阁，其目的在供人凭栏欣赏；但是，假如它坐地闹市之中，周围乱糟糟、闹哄哄的，那么，这种景致再怎么好，也不会让人赏心悦目；同样，一座城市交通很发达，车来车往，到城区任何一个地点都很方便，但假如这座城市的人们没有公德习惯，哪怕在只有两三个人的情况下，也不遵守先后秩序，见车来时就一哄而上，这时候，这个城市在外来游客的心目中就会大打折扣。更不用说，一个城市再怎么高楼耸立，街道宽阔，但假如这里的人们没有良好的卫生和行为习惯，在地上到处吐口痰，在公共场合高声喧哗，这时候，你对这座城市的感觉到底如何呢？当然，更有甚者，假如一座城市非常繁华，商品琳琅满目，而且价格便宜，但假如这里随处是"假冒伪劣"产品，甚至欺诈拐骗，教人购物如临深渊，或有上当受骗的感觉，你对这座城市的印象会好起来么？

以上这些，看起来是小事，事实上对于一座城市的发展来说，却干系甚大。今天，像北京、上海这样的一些现代性大都市，在考虑城市的整体格局以及城市建设规划时，早已不会将有多少大商场、多少豪华宾馆、多少轿车拥有率，以及人均居住面积多少作为城市现代化标志的唯一条件了。今天，我们的城市建设与设计除了关注经济发展和效率问题，也愈来愈考虑到人们生活的舒适与方便，因此，在城市的建设与规划方面，家居质量的提高成为一个重要指标。比如说，现在，我们认为一个城市是否现代化的标志与标准，还包括人均的绿地占有率、医疗保健的情况、社会保障体系、城市的治安、卫生条件，等等。但是，难道这些就是问题的全部么？应当说，较之仅仅关注城市经济的增长与物质生活的改善，这些方便设施带有更多的人性的内容，但相对而言，它们还仅是提升都市人性的外部环境或条件；如果仅仅有这些硬件，而一个城市的软件没有跟上来，那么，它无论如何还不能说是现代的。但相对于一座城市的硬件建设来说，这些软件方面的建设，却是更不容易，需要付出更多的努力才能达到的。

这样看来，中国现代型国际大都市的建设，与国外相比较，恐怕其差距主要不在硬件而在软件方面。君不见，近些年来，中国像北京、上海这样的大都市，城市的硬件方面的建设是令世人瞩目的；而且，北京在申奥成功、上海在申办世博会成功以后，都意识到要向世界性的国际大都市看齐，在许多方面都有不足，因此提出，北京、上海假如要成为真正的国际大都市，城市还需要增加更多的绿地、更好的空气质量、清洁的饮用水，乃至为了进行国际交往，要对市民普及英语，等等。这些举措无疑都很对和很好，可是，不要忘了，真正的现代化国际大都市，固然要有许多现代化的设施，要有宜人的环境，但更重要的，是要有美好的人文风情和景色。就如本文一开头提到的，我在日本经历的许多事情都淡忘了，但那从名古屋至京都途中发生的一件小事，却至今无法忘记。大概，那就是我心目中理想的现代化都市的一个象征或场景吧。

说到这里，我还想提起我最近刚在韩国经历的一件事情：我的一位韩国学者朋友，他原先在首尔一所很有名的大学任教，可是却放弃了那里很好的工作环境与条件，到了韩国东南部另一所大学去执教。应该说，纯粹讲工作环境，可能他现在这所大学不如原来的那所大学，可是，他在这所大学却不仅安之若素，而且有如鱼得水之感。原因无他，当初他放弃首尔的工作，最主要的原因是：他认为首尔这座城市过于喧闹，而且在那里人们工作都很紧张与繁忙，以至连人与人之间的交往也不如他现在工作的城市那么自然与纯朴。我这位学者朋友是研究中国古典文学的，他果真身体力行，离开首尔这样一个大都市，宁可到一个较为宁静的外省城市教书。他告诉我：他喜欢陶渊明《桃花源记》中的梦境。

我的这位韩国朋友是一位很有学术建树的学者。当他在首尔告诉我，他放弃了在首尔某大学的教席时，我开始还替他可惜。可是，当我接受他的邀请到他现在的校园和所在城市参观以后，我深以为他的选择是有道理的。我告诉他：假如是我的话，也会做出同样的选择。

在什么时候，人们不仅将大都市作为宜于工作和谋生的地方，而且将它视之为自己真正的家园，甚至可以为自己提供安身立命之所。我想，这应当是都市中生活的人最盼望的事情，而这也是这座都市使外来游客最为感动的事情。当然，这就需要我们积极营造都市的人文环境、培育都市的人文精神。

——原载《探索与争鸣》（2003 年第 5 期）

休闲与城市文化

一、城市的定义：城市与人的生存方式

城市的发展与人类文明同步。从某种意义上说，城市的发展是人类文明的表征。据记载，在公元 5000 年前，人类各大文明中心，就出现了城邦。不同文明传统的城市各有其风格特点，但归根到底它是人类的一种生存方式表征。城市为人类的生存发展提供了有利的生存空间与条件。举例来说最早的城市，具有防御外族入侵的能力以及提供人们从事经济活动的场所，而且还是某部落或民族政治与文化的中心。人类的文明由于城市的发展而发展，也由于城市的存在而得以保留和维持。

二、城市的休闲功能

尽管城市与人类的政治经济文化甚至军事活动密切相关，从历史的起源上看，城市应发挥着它的极其重要的功能，这是因为，如同政治、文化、军事等活动一样，休闲同样是人类基本的生存活动。甚至从终极意义上说，休闲是人类最基本的生存方式，人类其他种种活动：政治、经济、文化等，

都显示其存在的意义与价值，从这种意义上说，城市休闲功能发挥与否及其休闲功能丰富与否，才是衡量与检验这一城市中人类生存状态的根本尺度。从历史上看，人类城市的休闲活动，展现出方方面面的内容，从最早的祭祀、庆典到后来的各种宗教仪式以及体育、竞技、艺术表演，再到近代以来工作之外的各种各样的娱乐方式，一直发展到当代以休闲为中心、对城市文化的总体设计等等。休闲活动既体现在城市的发展史上，也体现在人类文明的发展史上。所以，迄今为止，在人类的记忆中，最深刻的城市想象，往往总是与人类的休闲活动联系在一起，也正是因为如此，人类才造就了古希腊的阿波罗神殿、古罗马的竞技场、中世纪基督教的大教堂以及繁华都市中的迪斯尼游乐园、悉尼歌剧院，等等。

三、休闲在城市文化中的体现与表现方式

1. 休闲与城市文化的关系：城市建筑作为休闲的符号

城市的休闲功能之发挥需要一定的空间，而体现这种休闲功能的城市建筑，换句话说，城市功能的发挥离不开城市建筑。从某种意义上说，只有建筑才是休闲的符号与最好的表征。其原因在于：建筑是一种综合性的文化，它不仅为人类提供了工作与生活的空间，人类还通过建筑体现着他们的文化价值观念以及审美情趣，而一个民族甚至城市的文化特点与个性风貌，也由于建筑而得到了体现。因此，法国巴黎会有凯旋门，美国的纽约会有自由女神像，意大利的比萨会有斜塔，如此等等。

2. 城市的生活方式与休闲方式

城市的休闲方式具有其不同于其他休闲方式的特点，如：田园休闲就

具有一种自然风光休闲的特点。之所以不同，其原因在于，城市中的人聚集而居，与农村相比，在同样范围大小的空间与地域中，城市的人口密度要远远大于农村。因此人与人之间的交往，成为城市休闲方式的一个极重要的方面，人们在城市的休闲活动中，所寻找的与其说是纯粹的自然风光，不如说更多的是与人类的文化活动相联系在一起的、种种的休闲活动。因此，城市的休闲其实是一种文化的休闲，这种文化的休闲，体现了某一地域人类的生活和生存方式，通过这种休闲可以观照某一地域的生活与生存方式及其思想、价值观念乃至于审美情趣。也正是通过城市的休闲活动，人们除了获得身心的放松与欢娱之外，还可以获得种种的文化知识，对人类生活的丰富性与多样性，会有更多地体验与理解。

3. 休闲与旅游：人文旅游与休闲的生命体验

所谓都市休闲，除了表现为某一地域或城市居住者的日常生活生存方式之外，它更多的还在于其他地区的人们前来某一城市进行观光与旅游活动，从而城市观光与旅游便成为休闲活动的一个极其重要的方面。在古今中外，许多著名的城市都以其独具特色的休闲活动吸引了千千万万的游人与观光客，城市旅游在当代正成为经济发展的支柱性产业。而世界上许许多多的城市之所以著名，也恰恰是由于它是人类最佳最惬意的休闲胜地。当然这种城市休闲，并不雷同，每座城市的休闲活动都有其各自不同的特点，比如：巴黎以时装而著称，维也纳以音乐而闻名，纽约的百老汇被称为世界戏剧之都，威尼斯则以水乡而名扬天下，等等。

人们之所以喜欢城市休闲，除了是为了了解不同城市文化的特点之外，更重要的是在尝试一种新的生命体验，获得一种生命的快感。因为，人类生来就有种种的好奇心，这种好奇心不仅可以了解更多的外部世界，更重要的还在于探索生命的本身。而不同地域与文化传统的人们各有其不同的生活方式，而城市的休闲活动，恰恰就在于要人们脱离原有的或既定的生活方式与文化传统，而进入到一种新的生活方式与文化传统中去，正是在这种新的生活方式与文化传统中，我们不仅感受到人类生活的多样性，而且也体验到人类生命的丰富性与多样性。因而，城市的休闲，不仅丰富了我们的生活，也深化了我们的生命体验。

——未刊稿（2004 年）

现代社会中的知识女性

  记得某位现代知名女性说过："当女人难，当名女人更难。"其实，这话若改为："当知识人难，当知识女性更难"，也是符合当今中国的实际的。

  我这里所谓的"知识"，是指兼有某种现代专业知识、技能以及较高的文化素养。单纯的专业知识与技能还不足以称知识，而仅有高的文化素质而不具备某种专业训练、技能，亦不符合"知识"一词的完整的定义。也许，正因为知识＝专业技能（知识）＋文化素养，在重视工具理性的现代社会中，有知识的人一方面获得了发挥其专业知识与才能的极大机会，同时，在另一方面，他（她）较之其他非知识群体中的个人，对于现代社会加之于其有感性生命的个体身上的压力，会有更多的敏感。而知识女性由于其性别差异而必须扮演知识人与女性的双重角色，这使她较之知识男性更强烈地感受到周围环境加给她的重负。这种重负不只是体力上的，更多是精神上与心理上的。这使她产生了生存意义上的困惑。

  现代知识女性面临的困惑之一是：事业与家庭生活的矛盾。对于知识女性而言，这似乎是一个老生常谈的问题。问题的尖锐性在于：这个矛盾是可以消除的呢？抑或是一个永无可解的死结？无论从道理上还是从情理上，人们都主张：对于知识女性来说，事业与家庭同等重要，事业成功与家庭幸福应该并存。而事实是，在现实生活中，"事业成功与做女人的成功"并存的女人所占的比例不会太多，我们听的更多的例子是不少知识女性为追求事业的成就而不得不放弃对家庭生活完美的梦想。在成功的"女强人"形象的背后，常常有家庭及婚姻的不幸作为衬景。

现代知识女性的困惑之二是：女性主体意识与社会价值认同之间的矛盾。较之非知识女性，知识女性具有强烈的主体意识：在事业上，她们向往与知识男性参与平等的角逐，享有同样的成功；在社会与人生舞台上，通常由男性扮演的角色，她们希望也能扮演。但事实上，这种女性主体意识在颇大程度上依然只停留于知识女性本身而未被社会公众所容纳。当代中国依然是一个以男性价值为导向的社会，尽管现实当中许多传统上由男性从事的职业也可以由女性去充当，但社会上对于知识女性的看法，首先注重的依然是她们的性别角色，然后才是其他。这就是说，人们习惯上要求于她们的，首先是当一个好妻子、好母亲。知识女性事业上的成功，在社会上，尤其是在不少男性看来，并不是那么重要的事情。有资料表明，不少事业上成功的男性，在择偶对象上，其心目中理想的女性并不是事业获得成功的，而是"温柔的贤内助"或传统的淑女形象。这种社会价值观甚至反馈到青年知识女性本身。据说北京某著名高校一位学生会女生部部长宣称："女生部的宗旨就是培养未来的贤妻良母。"

现代知识女性的困惑之三是：外在社会角色与内在生命情调的矛盾。社会上、家人乃至于丈夫企盼于知识女性的理想目标是"事业的成功与做女人的成功"，这做女人的成功，通常只意味着她除了搞好工作之外，还能很好地操持与料理家务，从而能保持与维系一个安宁、温馨的家庭。然而，即使做到了这点，她就果然幸福了吗？答案经常是否定的。因为对于职业妇女来说，两者兼顾是多么地不易：她必得忙外又忙内，经过很大努力，虽说在事业与家庭操持上都差强人意，到头来她却已经心力交瘁，精疲力竭。在男人来说，一个温馨安宁的家对于他可能是一个避风港，是长途跋涉中的一处休息地。而职业女性呢？她辛辛苦苦地准备好这一切以后，却可能失却了品尝家庭与人生欢乐之果的胃口与能力。正如一名手艺高超的厨师，终日在厨房劳碌，却无法品尝他自己烹调的美味菜肴。因此说，一位知识女性在事业上取得成就，并且能很好地料理家庭，只能说她成功地满足了社会和家人对她的期望；无论在家人或者旁人眼里，她似乎成了理想的"完人"，她可以由此获得慰藉与安慰，但这种慰藉并不就是幸福，因为幸福源自一种内在的生命体验，是对生活与人生的品尝。知识女性作为女性，她天生具有母性、妻性与女儿性。这母性、妻性、女儿性固然包含无私的奉献，然而不仅仅是奉献；这当中，还包含对家庭天伦之乐的享受与爱的沉醉。更何况，事业与家庭还不能涵盖生活的全部内容。作为具有相当文化素养的知识女性，往往具有比男性更丰富、更深邃的内心世界与情感生活，她们在社交、追求新奇事物以及多种爱好的兴趣方面丝毫不亚于男性。但以上两个方面：无论是家庭天伦之乐的享受还是社交、多种趣味的追求，都需要闲暇，对于要兼顾事业与家庭事务的知识女性来说，这又是多么难得。于是，现代知识女性陷入了她要充当的社会角色与她丰富的内在情感生活之间难以调和的矛盾之中。

　　说到这里，似乎很容易会得到一种悲观主义的结论，即知识女性的困境是因为她们身为女性，同时又有知识才带来的。倘若如此，则这种困境是永无可解的。而我的看法是：知识女性的困境是现代社会才出现的，它的解决亦寓于现代社会的经济发展与文明进步之中。从前面的分析可以看出：知识女性面临的几种困境，归根结底是因为工作和家务占据了全部时间，由于闲暇时间的缺乏才导致的。因此，如何为知识女性争取与保障"闲暇"，成为解决问题的焦点。而闲暇时间的获得，最终取决于社会经济的发展与科技的进步。今天，我们看到，一系列高科技产品正进入家庭，它们使家务劳动自动化与电脑化，这无疑将大大减轻妇女在家务劳动上的负担；而随着第三产业的发展，社会上正出现家务劳动社会化的前景，这使得知识女性既要在外从事工作，又要在内料理家务的双重角色将发生改变；更值得重视的是，随着社会文明的进步，人们愈来愈认识到照顾妇女生理上与心理上的特点的重要性，开始设想弹性工作制与部分工作家庭作业化，而这一切，由于电脑的普及与"信息高速公路"的出现正成为可能。

　　社会文明的进步还表现在生活方式的多元化与思想观念的变化：传统的"男主外，女主内"的看法不再是天经地义的。今天，第三产业的发达为妇女施展才干提供了愈来愈多的舞台与机会，她们在事业上与家庭中的独立性也大大地加强。愈来愈多的男性也开始意识到这点，他们应该主动与女性分担家务，甚至出现了一些家务活主要由男性承担的情形。而一些知识女性甚至走得更远：她们为了避免家庭的拖累，采取了"独身主义"；或者建立了家庭，而不生育孩子。近年来"独身主义"与"丁克家庭"在知识群中的出现与获得理解，表明个人生活的多元化正成为一种趋势，它大大缓解了知识女性在"事业与家庭必得兼顾"的问题上的压力。

　　总的看法是：当代中国知识女性面临的困境与角色冲突，是伴随着女性地位的提高以及女性自我意识的出现而产生的一种社会现象。这个问题的解决不是一朝一夕可以达到的，而是一个历史的过程，它不仅取决于知识女性的努力，更重要的是有赖于全社会的合作与关心。

——原载《现代化》（1995 年第 8 期）

人文知识与生命空间

朋友，您愿意拓展生命的空间吗？

说起拓展生命的空间，很多人自然会想起科技的力量。的确，凭借科学技术的发展，今天生活在地球上的人类，其活动范围空间无疑地增大了，视野也空前地开阔了。从人造卫星和航天飞机拍回的照片，给我们展示了地球上无法看到的宇宙和地球本身的种种奇观；无线电通信和传真，使千里之外的朋友不仅可以随时交谈，而且能彼此看到对方的音容笑貌；尤其是电脑技术和信息高速公路的建成，更将无数您熟悉或不熟悉的人联系在一起，一个普普通通的人坐在家里，瞬间就可以获得世界上每个角落和各个领域的知识和信息……然而，以上这一切，果真就代表我们生命的全部吗？答案是否定的。

人生在世，除了有其生活的空间，更有其生命的空间。生活的空间是"事实世界"，而生命的空间则属于"价值世界"。这两个世界之间可以有联系，却无一一对应的关系。换言之，生活空间的拓展，不等于生命空间的拓展。而人之所以为人，除了由于我们人类可以创造出一个不同于"自然世界"的"事实世界"之外，更重要的是，唯有我们人类，还需要而且创造了一个"价值世界"。这个价值世界是人所创造的，它除了可以给我们拓展生活空间的努力提供动力和源泉之外，更主要的是，它是赋"价值"而进行的，这个价值世界才是生命的真实空间。它不仅要有生活的广度，更需要有生命体验的深度。

生命体验的深度，唯有人文知识才可以达到。何谓"人文知识"？文学、艺术、哲学、历史等等是也。这些人文知识不同于科技知识之处，在于它教给人的不是实用性的知识与技术，而是生活的智慧与原理。人为万物之"灵"，他不仅有大脑，而且有心灵。但在科技发达的时代，我们常常使用大脑，却很少启动心灵。而人文知识的传授与灌输，则是开启心灵的钥匙。心灵一旦打开，生命将展示出它全副的价值，我们每人将会变得更自尊、自重和自爱，同时也更关心与体察别人；我们能充分享受科学技术的硕果，却避免它可能带来的使人"物化"之虞。科技发达带来一个瞬息万变的世界，但有人文精神的支撑，我们将生活得更充实、更永恒。

佛说："转识成智。"面对科技时代的挑战，真正能够提升我们的生命境界，将知识转化为智慧的，也许并不是宗教，而是人文知识的学习和人文素养的提高。

——原载《清华研究生》（1996 年 5 月 15 日）

书评之"痒"

记得小时候，有人问起我长大想干什么，我回答说："想当编辑。"不是吗，当编辑可以整天读书看文章；作为职业，读书看文章还管吃喝，天下竟有这样的好事！以后长大了，知道编辑其实是很辛苦的：读书看文章不是随你想读什么就读什么的；头痛的是还要改各种的稿子。这时候也才知道：真正可以随心所欲地选书来读的，是"书评家"。

后来由于命运的偶然，我开始写书评。若干年前的事了，一家书评报纸约我写书评。由于时间的需要，有时白天书评编辑送书来，说第二天要用，于是只好连夜赶写。很快发表以后，自己从心底有一种满足的感觉：没想到，自己读书本是一种精神享受，竟然还有稿费作为物质的回报。看来，写书评是好事！

果然，鬼使神差地，我不仅写书评，还被邀作《中华读书报·书评周刊》的"本报书评人"，这不就是我当初梦寐以求的"书评家"么？虽然一字之差：一为人，一为家。不过，管它呢！反正一样是读书的事，而且有稿费，精神物质收获两不误啊！

可偏偏在这时候，我写书评的感觉却开始改变。一天，《中华读书报》的编辑问我最近有什么书可以写书评的。我随口答："好像找不到什么书可评。"说完后，我发现我失言了。每年各出版社出版那么多书，各个书店进那么多书，各个图书馆藏了那么多书，怎能说"无书可评"了呢？但事后想想，当时我之所以有这种感觉，并不是我对书的挑剔——天底下书有的是，天底下好书也有的是，而是我受到最初写书评的那种感觉的影响：当初这种写书评的感觉，就如同"初恋"一样。初恋的人对于爱的对象相当地投入，简直是一种"痴迷"。我当初写书评就是这种感觉啊。难怪我不累，一个晚上写一篇，而且写起来相当地"爽"。那么，现在为什么我没有这种感觉了呢？原来，我当上"书评人"了。一旦将我自己定位为"书评人"，我发现，我就不得不写，否则有愧于这"称号"啊。于是，我有时甚至到书店里去找"书"（书评的书是要"新出"的）。唯其如此，这个时候，我发现：我不仅没有了初写书评的激情，有时甚至成为一种"负担"。因为我在书店没有发现值得可写书评的书了。

这样看来，写书评其实如同恋爱。这不仅是说初恋的感觉是终生难忘的，终生都可回味，而且是指：真正的恋爱是不能作为一种"任务"来完成的。唯其如此，只能有"书评人"，而不能有"书评家"。书评人与书评家的区别，依我看，就是业余人与职业人的区分。我们每个人都要恋爱，甚至会结婚，但我们很少听说将恋爱作为一种职业的。想到这里，我找到了问题答案的所在：我之所以写书评的感觉不如当初，而且觉得"无书可评"，是因为我成了"书评人"的缘故。

不过，最近，我写书评的兴致又有了。这是由于：我没有想到我是一个书评人了。尽管"书评人"的"帽子"还在，但我写书评时，又开始用自己的感觉。发现有好书的时候，我就多写；假如找不到好书的时候，我就不写。我发现我自由了，我开始可以重新写书评了，以不是一个"书评人"的身份。

奇怪，一旦有了如此的感觉，我忽然间又发现：天底下的"好书"又开始多起来了。最近，我偶尔到附近的书店随意浏览一下，发现可以写、值得介绍的书可真不少！这时候，我才发现：我爱当"书评人"了。不是吗，"书评人"的身份给我充分的自由，可以随心所欲地挑选我爱看的书来介绍与评论一番，与大家共享，这种共享的快乐，有时是远远胜过一个人独自读书的享受的。当然，我更愿意有更多的人来当"书评人"。因为假如书评人太少，我们忙不过来，不及时介绍给读者，容易埋没掉啊，就好像"红颜易老"。

青原惟信禅师云："见山是山，见水是水；见山不是山，见水不是水；见山只是山，见水只是水。"我发现：我现在写书评的乐趣一如当初，这种初恋的感觉真好！

——原载《中华读书报》（2007 年 3 月 14 日）

人生观与人生哲学

——主编《中国人生哲学丛书》感言

　　人生观问题，是古往今来许许多多哲学家穷毕生精力思索的问题，也是时下人们面对并且迫切需要获得解答的问题。不是吗？尽管目前"市场经济"的大潮铺天盖地而来，但"市场经济"并没有提供关于"人生"问题的现成答案；反过来，正因为"市场经济"打开了人们追求物质利益的多种渠道，也极大地开拓了人们的生活空间和视野，"人生观"问题对于中国人来说，反而比以往任何时候都显得更为迫切和重要。它已经从过去少数专家和学者"学术"和"沙龙"式的讨论中解放出来，成为普通老百姓关心的问题。这是因为，随着生活水平的提高，人们一旦从当下物质的"匮乏"中解放出来，马上就会去寻找一种新的需求和满足，这种新的需要和满足哪怕有时候，甚至多数时候都同"物质"性的需要和满足有联系，其实，这背后寻求"物质满足"的动力，却常常或者主要不再是"物质性"的，而是"精神性"的。而这所谓"精神性"的东西，就体现为"人生观"问题。那么，"人生观"到底指什么，它包括哪些内容，它和普通人的日常生活到底有什么联系呢？

　　举个简单的例子吧：今天，人们到商店去购物，面对琳琅满目的商品，在同一类型的产品中，当我们做出"要这种"而"不要那种"的选择时，其选择动机，除了商品的合用不合用，以及价格比的因素之外，还常常要考虑审美或者"愉悦"的因素，这尤其见之于我们对"非生活必需品"的选择。这种"审美"与"愉悦"的成分，就包含有"人生观"的内容了。因为不同的"人生观"，常常会影响到一个人的"审美"或"愉悦"的选择，或者说，在一个人的审美态度和"愉悦感"中，往往会体现出这个人的"人生观"或人生态度。当然，我在这个例子中所讲的"人生观"，是指"情性观"。不同的"性情观"体现出一个个具体的人的不同的才情风貌。过去我们谈"人生观"时常将它忽略，其实，它应该属于"人生观"中的一个方面或者一个维度。

　　生活中我们还常常面临着"义"和"利"之间的冲突。举个具体的例子：有时候我们去做一件事情，这件事情之做成会给我们带来很大的利益或好处，但我们去做这件事情之前，却考虑再三：这件事情我值不值得去做？假如去做，我该如何去做？这就说明，我们在做一件事情的时候，其动机往往是很复杂的，除了现实的"得益"的考虑之外，还伴随有其他。而且，我们还发现，在人类历史上，甚至每个人的日常生活中，我们做出许多行动上的选择，都是无法用纯粹的"利益"来说明的。但是，在历史上和我们的日常生活中，我们面临着种种的矛盾和困惑；这诸种矛盾和困惑当中，我们最经常碰到的，莫过于个人利益和他人利益的冲突、少数人利益和多数人利益的冲突、具体行为与道德原则的冲突，等等。而这些，莫不可以概括为"利"与"义"之间的冲突。于是，这就涉及人生观的另一方面的内容，我们可以将它名之为"义利观"。

　　日常生活中"义"和"利"的问题常常是同更深一个层次的问题——价值问题联系在一起的。这里所谓"价值"不是指商品经济中的"价值"，而是指人生的"价值"；显然，人生的"价值"是无法将其商品化，也无法用商品经济中的"价值"来量化和衡量的。它是指对人生终极目标的一种选择：活在这个世界上，你到底为了什么？或者说，在这个世界上，你认为什么是你最值得追求的？也许，在日常生活中，我们并不是每时每刻都思索着这个问题，但实际上，这个问题对于我们每个人来说都是至为要紧的；它给予我们每个人生活的动力。可以说，我们每个人的日常行动和活动，都是自觉地或不自觉地受这个问题的影响，甚至于被它所左右的。真正解决了生活中的"价值"问题的人，他会生活得很愉快，而且行动非常有主见；反过来，没有解决或无法回答生活的"价值"问题的人，常常会患得患失；即使物质生活再富裕，他却总是感到空虚或无法得到满足。这种对于人生"价值"的思考无疑属于人生观的极其重要的方面，我们将它称之为"价值观"，它的核心内容是对人生意义的追问和求解。

假如更深一层追问，会发现，我们对人生价值的理解可以是多元的。就是说，人生中很多东西都是我们值得去追求和珍惜的；甚至说，我们的人生目标可以不止一个而是多个。这就好比我们到商店里去买东西，发现很多东西都很可爱，我们都想同时拥有一样。生活中的价值亦是如此。假如一个人同时追求人生中值得追求的目标，而且可以得到，他的生活无疑是丰富多彩的。这也的确是值得称道和羡慕的人生。但是，假如生活当中这些目标不能同时得到满足呢？或者说，我们只能在有限的几个价值中进行选择，这时候，我们将如何进行选择呢？这时候，我们可能的做法是将这些不同的生活与人生目标加以分类，然后决定我们的取舍。但是，这种分类或取舍的标准又是如何来的呢？显然，它不能像选取"有用物品"那样，根据"功用"的价值。对这种人生价值或生活原理加以研究的学问关系到"生活的智慧"，它涉及人生观的深层次的内容，可名之为"境界观"。

实际上，对人生价值的追问乃至人生境界的探讨还有未穷尽人生目标追求的全部内容。即便我们对人生的价值或人生的境界有了一个比较透彻的认识和理解，我们还有一个如何做人，做一个什么样的人的问题。这里所谓"做人"和"做什么人"，不是指我们的职业选择，而是指我们追求一种什么样的"人格"。"人格"也就是"做人的资格"。当我们说一个人"没有人格"的时候，是指这个人缺乏"做人"的起码的行为操守，可见"人格"是每一个人都应具备的，是人之为"人"的要素和条件。但"人格"除了这一"狭义"的解释之外，还有一种广义的理解，它指的是某些具有普遍性的"人格类型"。在日常生活中有这样的例子：在历史上或我们周围有许多人物，其人格和行为都很值得我们佩服和敬仰，但我们自己愿意成为哪一种人格类型的人，不同人会有不同的选择。对人格类型的探讨和研究，同样是人生观的重要内容，它可以名之为"人格观"。

其实，人生观不只是认识的问题，而且是实践的问题。以"人格观"为例，当我们树立起某一种"人格观"，或者认为某种人格值得我们去追求的时候，我们会想办法去成就这种人格，我们会要研究如何达到这种人格的途径。又比如，当我们确立了某种人生的境界，我们会设法去达到它。这当中就有一个如何"修养"自身的问题。再譬如，在"义"与"利"的问题上，我们认识到应"义"重于"利"，但在实践中我们能否贯彻"义重于利"的原则，如何去履行这个原则，这当中有个"践履功夫"的问题。讨论和研究道德践行的学问无疑也属于人生观的一个方面的内容，可称之为"修养观"。

实际上，人生活在世间，对"苦"和"乐"的体验是最直接、也最深刻的。普天之下，人皆有"避苦趋乐"的天性，但是，到底什么是"苦"，什么是"乐"；如何去理解"苦"和"乐"，人与人之间的看法有时候却有天壤之别，以至于在一些人眼中视为"苦"的东西，在另一些人眼里却是"乐"；反过来，在一些人眼中是"乐"的东西，在另一些人眼中又变成了"苦"。这并不奇怪，人作为具有"思想"和反思能力的动物，其对"苦""乐"的理解和感受已不满足于像一般动物那样限于生物和纯粹感官的层次，而浸润和积淀有文化和历史的内容。说到底，对"苦"和"乐"的理解和感受是同人的生活理想和目标追求联系在一块的，它属于人生观的内容，称之为"苦乐观感"。

人生活在世上，不仅环境在变动，而且人的遭遇或"命运"也在变化。在现代人的生活中，很少有人从一生下来，其生活环境与个人命运是一成不变的。这种种变化，其中有的是我们希望的，有的却是我们不愿意它发生的；而且，我们尽可能去理解这些变化，但无论如何，这人事的变化，尤其是个人命运的变化，却有很多是我们无法预料，甚至于无法理解的。或者反过来，有的变化能被我们预测甚至理解，但感情上我们无法接受，或者我们不甘心接受这种变化。这样，人对他自己或者他关心的人的命运的思索、理解和态度就构成人生观的一个不可或缺的内容，它可名之为"命运观"。

人生最大的苦恼与困惑之一，是人发现：他终有一死这个事实。按理说，"生"与"死"是宇宙的"铁律"，人和任何动物一样都无逃于这个事实。在这点上，人与其他动物无异。但人不同于其他动物的区别点在于：他在未死亡之前，甚至在离死亡还很遥远之前，就有"死亡"的意识。也许在日常生活中，我们每个人不会老想到"死亡"这一事件，但由于某种原因或境况，"死亡"的意识一旦袭来，它对我们每个人的震撼非同小可；它甚至会改变我们以后的人生态度和方向。从这点上说，"死亡观"或者说对死亡的看法和态度，其实也反映出我们对人生的看法和态度。"生"与"死"是一对矛盾，相反相成；"死亡观"探讨人对生与死，尤其是"死亡"的看法。如同命运观一样，它是人生观的不可忽视的一个层面。

以上我们从性情观、义利观、价值观、境界观、人格观、修养观、苦乐观、命运观和死亡观九个方面分别讨论了"人生观"的内容，并说明它们同我们每个人的日常生活都有关系，也是我们在生活中经常会遇到，并且愿意去思考，希望获取答案的问题。对这些问题，我们每个人可能都会有一种看法或"答案"。但是，我们的这些看法和"答案"到底正确还是错误呢？或者姑且不用"正确"和"错误"这些词，我们要问：我的这些看法到底能不能为大家普遍接受呢？或者退一步说，我的这些看法并不希望获得大多数人的同意，它只是我个人的看法。但是，假如我们受好奇心所左右，那么，我们仍然会问：我的这种看法到底是一时兴之所至的想法呢，还是我自己长期以来深思熟虑的结果？假如它是我严肃思考的结果，那么，我会继续问：我这样思考，它的根据在哪里呢？或者说，我得出这种看法或结论，到底成立不成立呢？很显然，这一系列"寻根究底"的追问，事实上把我们带到另一个话题，人生哲学这个话题上。

人生哲学是对于人生根本问题的哲学思考。在哲学的领域中，它是最富于民族传统特色的，也可以说是一个民族的哲学传统中最根深蒂固的东西。中国是一个有悠久历史和古老文明的民族，在几千年的历史发展中，形成了它自己颇有特色的人生哲学。中国传统人生哲学的特点到底有哪些？对这个问题的回答，可谓仁者见仁，智者见智。但有一点可以肯定的是：要了解中国传统人生哲学的特点，最好的做法莫过于从研究中国历史上各种哲学派别，尤其是儒、道、佛三家的人生哲学内容入手。

中国传统人生哲学的内容相当丰富，它们到底是如何体现中国的民族特点或者民族精神的呢？要回答它，很重要的一点是看中国传统哲学关心的是哪些人生哲学问题。人生的根本问题是世界上所有民族都面对而且必须加以解决的；但在历史的发展中，不同的民族对这些人生根本问题的提法可能不同，思考问题的方式、方法，以及解决问题的思路和途径可能也不同。根据中国哲学的特点，我们发现，无论是儒家、道家、佛教还是其他各种派别，它们都共同关心如下人生的根本问题，即：1.人生的理想与价值问题；2.人生在"利益"与"道义"之间的抉择问题；3.何者为"苦"、何者为"乐"的问题；4.何者为理想人格的问题；5.如何践履达成理想人格的问题；6.生命存在的终极目标与意义的问题；7.如何面对"命运"的问题；8.如何面对"死亡"的问题；9.如何面对个体生命体验的问题。

中国人生哲学是中国人群体生命与个体独特生命体验的结晶，它表现为一个"流"，其中积淀着不同时期中国社会与文化的内容。它还表现为一个开放的系统，在不同时期吸收了其他文化与文明的营养与乳汁。更重要的是：它是世代与世代之间中国人的生命交流与对话。因此，今天对中国传统人生哲学的回顾与审视，无疑是今人与古人的又一次对话。

有以上想法，于是诞生了这套《中国人生哲学丛书》。

——代拟稿（1999 年）

人生是一种选择

——谈《中国人生哲学丛书》

　　有人说上帝常扔骰子。这话转用于人生，常被人用来说明人生的偶然性。我们一个人从事什么职业，以后会取得何种成就，乃至于我们选择什么样的配偶，建立什么样的家庭，表面上是由我们自己决定的，实际上却是一系列偶然事件的结果和堆积。这就好比上帝往每个人头上扔骰子，每人都会轮到一份，但这数字是多少，却实在有太多的偶然和随机的成分。其实，古人对人生的这种偶然性和机遇早有深刻的体会和认识。比如说，南朝人范缜就说过"人生如树花同发，随风而堕，自有拂帘幌坠于茵席之上，自有关篱墙落于粪溷之中"这样的话。所以，千古之来，对人生的慨叹与绝唱，除了那教人断肠的"有情人难成眷属"的爱情悲剧之外，就是文人怀才不遇，或英雄末路的浩叹。而制造这人生多少"冤假错案"的，除了这命运的偶然性之外，我们又能归咎于谁呢？

　　但是，我们人类难道真的只有被动地服从这种偶然性的摆布，而无法逃脱这万劫不复的永恒的删去"轮回"么？此也未必。人作为万物之灵，并不在于他能逃脱一切物质性和生物性的限制——比如说，他的生命会终结，肉体会腐朽，他生前苦苦经营的一切：个人情感和千秋功业到头来终有撒手的一天——而在于他能够看透这肉体和生物性的速朽的一面，而去苦苦追求和营造那"精神性"的一面，而"精神"不仅可以战胜肉体的腐朽，以及岁月这利齿的嚼咬的，更在于：精神的王国是自主选择的——这里没有世俗意义上的"穷人"与"富人"之分，得意者与失意者之分，它对于所有人是一视同仁的。就是说，精神的财富是突破了人生际遇的外在限制和"偶然性"，能遍施于所有它的追求者的。因此，从追求精神的富足与满足来说，人生可以摆脱偶然性的"宿命"，去进行自己的选择。

人可以在精神王国中自由做出自己的选择，但这种选择并不是盲目的，需要有理性的导向和指引。这种理性的导向和指引，在我看来，就是人生哲学的内容了。它会告诉我们人类精神王国的领地到底有多大，它的宝藏埋藏在哪些地方，我们如何去鉴别和欣赏这些宝藏，如何对它们进行开发和利用，等等。问题在于：这种理性的指引，是谁教给我们的呢？是上帝？或者是某个"圣人"？都不是。人生哲学的理性导引，只能来自历史的传统与智慧。尽管今天人类的科学技术已取得日新月异的进步，人类改造和利用自然以及外部世界的能力空前地提高，但这不等于说我们比古人更会"享有"和利用人生。相反，我们看到，现代人比起古人来，物质文明的享受可以说几乎应有尽有，尽善尽美了，但相比这下，我们现代人比古人却有更多的焦虑和"不满足"。这种"不满足"，主要不是物质文明和生活享受，或者物质财富占有方面的，而是"精神财富"的占有和心灵的满足方面的。这样看来，现代人在精神财富的创造、利用和享用方面，应该向古人学习。

中华民族有数千年的历史文明，关于人生哲学的内容异常丰富，挖掘中国古代人生哲学的丰富遗产，使之与现代社会生活相结合，正是为了达到"古为今用"的目标。

以上是当《中国人生哲学丛书》问世之时，我想要向读者交代的。

——原载《文汇读书周报》（1999 年 9 月 18 日）

闲适与现代化

在现代社会，人们普遍关心的是高效率与快节奏，将闲适与现代化联系在一起，未免有点"不合时宜"。然而，闲适与现代化果然是无缘的吗？

这得从何谓"闲适"说起。闲适与闲暇可能会有联系，但闲暇不等于闲适。闲暇的英文说法是"leisure"，解释为"time free from work or duties"。如果说"无工作与无责任的时间"是消极说法的话，那么，它的积极含义，就是人享有他自己自由支配的时间。因为在工作当中，人要承担责任，他不能随心所欲地干他自己想干的事情；要想干他自己喜爱的事情，就只好利用闲暇时间了。然而，有了闲暇时间，果然就会有"闲适"么？事实却大谬不然。我们看到，随着科学技术的进步和劳动生产率的提高，现代社会中人们享有的闲暇时间，应该说比起生产不那么发达的传统社会是增多了。但反观现代人的生活，却发现一个奇怪的事实：现代人的生活远比不上古代人来得"闲适"。一方面现代人屈从于外在环境生存竞争的压力；另一方面，则由于错误观念的导向，其生活日益与闲适疏远。这真是现代人的不幸。要挽救现代人的这种不幸，当务之急莫过于为闲适正名。

闲适不仅与懒散无缘，而且是它的反面，是一种更积极地参与生活世界的方式。应该说，人与动物的区别是多方面的，而重要点之一，就是人在业余时间可以自己支配自己，去追求一种闲适，而动物则不行。比如说非洲草原上的狮子吧，它饥则捕食，饱则昏睡。非洲狮子有许多闲暇，也是在闲暇中以"懒散"著称的。而人则不然：人类的闲暇不如狮子多，但人类享受闲暇的方式却多种多样，其手段也愈来愈新奇与别致。举例说，有人在假日喜欢下棋、打扑克，有人爱逛商店、看夜市，有人醉心于郊游、钓鱼或打猎，有人则在读闲书、玩乐器、习字画中消磨时光；进入电脑时代之后，电脑代替人脑更为人类提供了许许多多过去无法想象的娱乐方式。应该说，这些丰富多彩的业余生活，都是人的一种创造，是任何动物所无法比拟的。但我以为，在这众多业余爱好中，闲适是最为独特、也最有兴味的一种方式。

闲适，悠然自得、轻松自如之谓也。表面上看，闲适是不干任何事情，甚至在娱乐当中，也保持或采取一种平和、静观与超然的态度；其实，它正是要在这种平和与超然的态度与心境中，去体会与把握人生的价值与意义，或者说，去体会与把握生命的真实与真谛。人的生活有两种：一种是物质生活；另一种是精神生活，是对人生意义与价值的"觉解"。通常我们上班时候也好，下班以后的娱乐也好，基本上是处于物质生活这一层次。比如说，我们上班时拼命工作，是为了解决与满足我们衣食住行的需要；下班以后，我们拼命地玩，也大多停留于物质与感官的享受，即便是那种所谓"精神上"的享受吧，许多也不过是将物质与日常生活中的东西与事情加以精心剪裁与乔装打扮罢了。而我们真正的精神追求与归宿在哪里？工作本身不能告诉我们，这些娱乐方式与趣味追求也无法回答。对人生意义与价值的体悟与思索，只有在一个人彻底摆脱了种种"俗务"与"俗事"的心境中才能获得。只有一个人不为外物所累，同时也不为他自己的种种情绪所动时，他才能体会到生活的真实。这就是为什么人需要闲适的道理。在闲适中，人才能与生活的真实接近。假如采用西方基督教的说法，只有在闲适中，人才能与"上帝"接近或沟通。一旦人享受这种闲适，并且在这闲适中体验到人生，他会有一种极大的乐趣与满足，这种乐趣是远胜过任何感官愉快的。

　　闲适不仅是一种人生乐趣，而且是一种人生的境界与追求。由于它是一种境界，它甚至是无须乎闲暇也可以获得的。我们看到，有的人尽管闲暇时间很多，但整天沉湎于日常琐事中，弄得心力交瘁，他是不可能有闲适之乐的；相反，有的人虽然工作繁重，甚至日理万机，但他却能轻松自如地应付，这不能仅仅归功于他的工作能力强与办事效率高，而主要在于他学会了保持闲适的心境。这样，他既能"应物"而又"不累于物"，这种心境与境界，与道家思想是相通的。它有两个特点：一是生活的审美化与艺术化，一是精神向度的超越性或"圣化"。前者使他既能当人生舞台上的演员，同时又能作人生舞台下的观众，这样，纵然他经历与看到人生中的种种荒谬、苦难与不幸，但他相信这毕竟是短暂的，终将成为过去，而唯一真实也最值得留恋与珍惜的，还是生命情感体验与生命存在价值之本身；后者使他摆脱种种俗务、俗事与俗人的缠绕，不汲汲于名，不汲汲于利；既不为物喜，亦不为己悲。而无论前者还是后者，都将使人的精神生活更充实与更完美。

　　正因为闲适不止是一种消闲的方式，而且是人生的一种境界与追求，我认为，它对于我们现代人的生活来说实在是太重要了。现代社会是一个工具理性异常发达的社会，工具理性的特征是注重高效率与快节奏。高效率与快节奏固然给人们带来物质产品不断丰富与物质生活富裕的好处，但同时我们也为此付出很大的代价。尤其是在现代化进程中，由于生产过程的进一步机械化、自动化，人们的劳动分工越来越细，甚至连操作也愈来愈简化，劳动的分工与专业化，使劳动生产率大大地提高，但却造成了工作劳动的单调化、非人性化。更可怕的是，人们还将这种高效率、快节奏视为现代社会的一种标志，让它浸透到人们的日常生活、人与人的关系，甚至于娱乐消闲方式之中。人们每天匆匆忙忙地上班、下班，上班时间固然紧张，下班以后也累得很；闲暇不仅没有给人解除疲劳，重新"充电"，反倒成为精神与体力上的另一重负担。

在现代化过程中，人们普遍有一种焦灼感与焦虑感，应该说，这固然同现代化进程工具理性的过度伸张有关，而另一方面，则主要是由于我们忽视了现代生活中人的生命体验与价值关怀。也许在现代化进程中，正因为人类较之过去承受了更多的工具理性的压力，才较之古人需要更多的情感与价值方面的支撑。而任何真实生命情感的体现与价值世界的寻求，都是与闲适结伴而生的。因此，为了使现代人真正幸福，避免精神生活的退化和日常生活的"片段化"，我的建议是：切莫为了高效率和快节奏而牺牲闲适；相反，我们每个人都应该在不可抗拒的高效率与快节奏的浪潮中，学会享受闲适与合理地利用闲暇。

——原载《现代化》（1995 年第 10 期）

论"休闲"

一、休闲与生命的中道原理

人类对休闲的体验与人类对生命的自我反思同样古老。

生命的本质到底是什么？当苏格拉底提出这样的问题："认识你自己"的时候，古希腊人就开始了对生命的思索。对于古希腊人来说，生命是为幸福而生的，生命的目的是为了追求幸福。可是，幸福到底又是什么？当亚里士多德将休闲定义为一种"不需要考虑生存问题的心无羁绊"的生存状态时，他实际上是说，幸福就是休闲；人只有在休闲状态下，才回复到生命的本来状态。因此，休闲是生命的本真。

但不要以为，这种生命的真实状态，就是我们现在所称的娱乐或者"空闲"。亚里士多德明确说，嬉戏娱乐并不是真正的愉快或幸福的源泉，它们与休闲毫无相干。对于亚里士多德来说，幸福的休闲是过一种符合"中道"的生活：凡事要懂得节制，任何事情都应当有适当的比例，以与自然的公正观念保持一致。

为什么生活必须以"中道"或"中庸"作为最高的原理呢？这是因为：生命与任何大自然的现象一样，具有它的节律或动律；这种生命的动律，乃一弛一张也。因此，不仅做事要有节制，不要"过头"；而且，人只有处于这种动静适度保持平衡的状态，才无害于身心，才会永远幸福。于是，亚里士多德才称中道为生命的第一原理，并且认为它是人生的最大美德。

二、休闲与生命的自愿原则

休闲的本质乃是自由。因为人只有处于心无羁绊的状态下，他才是自由的。但是，自由有不同的含义，而且彼此之间难免发生冲突，比如说：外部自由与内部自由的冲突、积极自由与消极自由的冲突、形而上的自由与形而下的自由的冲突。而休闲之所以可贵，就在于它尝试着摆脱现实生活中这种种自由之间的冲突，从而追求一种不再分离而完整的自由。

这种完整的自由，有赖于自愿原则在生命中的贯彻。所以，亚里士多德的休闲同样非常注意在自愿与非自愿的行为之间做出区别。他说，人们必须谨慎地去选择美德，如果一种好的行为是你被迫做出的，那么，这只是一种不得已的行为，不能被称为美德。这与孟子所说，真正的道德行为，只能是"仁义行"，而非"行仁义"，其思想取向是一致的。总之，对于亚里士多德来说，"自由选择"至关重要，它使美德成为可能，也使幸福成为可能。

生命的自愿原则的贯彻，可以使我们明白何种行为是休闲，何种行为不属于休闲。当篮球运动属于我们自己喜爱的活动，并且我们自愿去玩时，它是休闲；但是，当篮球运动属于一种职业性的运动，并且为了夺取冠军而去竞赛时，它不是休闲。同样，选择一种职业出于我们本然的爱好，当我们从事这种职业工作时，它可以是休闲；反过来，当一种职业仅仅是谋生的手段时，它不可能是休闲。

三、休闲与自我实现

迄今为止，人们常常从工作而非休闲的角度来对人加以定义，认为人是为工作而生、为工作而活的。所谓"人是制造工具的动物"，就是这一思路的经典表达形式。其实，当我们进一步深思，人难道一生下来，就是为了以后参加工作，并为了更好地完成工作，而去从事工具发明的吗？人一生下来，就要吃奶，以后要吃饭；当他基本的温饱问题解决以后，他慢慢地会有其他各种的欲求。马斯洛根据心理学的研究得出这样的看法：人有五种基本需求，从最初的生存需求，最后会达到"自我实现的需求"。这里马斯洛将自我实现作为人的最高层次的需求，尽管这样，它还是人的一种基本需求或基本需要。这说明：自我实现才是人的根本需要；只不过，这种根本需要的实现，必得以其他各种基本需要的满足作为前提。所以，无论从事工作也好，生活中种种其他需要的满足达到与否，都从属于自我实现的需要。而真正的自我实现之境，就是休闲。它是生命的一种深度关怀与觉醒。人处于自我实现之境，会达到生命的一种"高峰体验"，人甚至会感到他与天地合为一体。这就是中国古语中所讲的"知天"与"同天"。

因此说，人的自我实现，或者说休闲之境，才是人追求的目标。说人有自我实现的潜能，也即是说人有追求休闲的潜能。当然，人的这种休闲潜能的发挥与否，需要种种外界物质条件以及文化条件的满足。但无论如何，人是会达到休闲，或者说是为了追求休闲，才去试图创造种种物质条件以及文化条件的。从这种意义上说，人类的工作，无论是从事体力劳动，还是从事脑力劳动，无论是物质生产还是文化生产，其最终目的都是为了人类的休闲。

四、休闲与游戏精神

真正的休闲生活方式，将打破工作与业余之分。诚如亚里士多德所言：摆脱必然性是终身的事情，它不是远离工作或任何必需性事务的短暂间歇。因此，真正的休闲不是在工作之外时间的放松与娱乐，它其实是一种积极的生活态度与工作态度。这种生活态度与工作态度，可以一言以蔽之："游戏精神。"

从这种意义上看，正如席勒所说的："只有当人充分是人的时候，他才游戏；只有当人游戏的时候，他才完全是人。"[①] 这话可谓得生命价值之真义。问题是：工作作为"游戏"如何可能？所谓将工作当作"游戏"，绝不意味着对工作的不负责任与马马虎虎。相反，它需要的是身心的全副投入。作为游戏的工作，其态度是"忘我的"，一如我们在儿童时代宁可不吃东西，也要玩游戏。当然，这种游戏态度的实现与否，其前提是：工作是我们自己选择的，我们是在从事一项真正符合个人天性与志趣的工作。

但其实，即使工作不是我们自己所选择的，从游戏精神出发，我们才可以将工作审美化与诗意化。工作的审美化与诗意化，其实就是生活的审美化与诗意化。我们每个人的日常生活，并非都随时随地十分愉快的；我们的日常生活中，时时存在着矛盾与冲突，甚至给我们带来苦恼与不快。但是，从总体上说，我们每个人都不愿放弃生活。这不是说我们对生活另有企求，而是说，这日常生活本身就可以是美的。游戏心态其实就是一种审美的心态：它让我们在平凡中看出不平凡，在日常生活中体会与体验那人生的种种奇迹与不平常。

五、休闲与审美

一旦对于生活保持一种游戏精神或游戏心态，我们发现：生活其实是美的。所谓生活是美，不意味着生活中没有矛盾与冲突，也不意味着

---

① 席勒：《审美教育书简》，124 页，上海，上海人民出版社，2003 年.

生活可以远离不幸与痛苦。其实，所谓生活是美，只意味着：我们能化解生活中种种的苦难与不幸。因此，康德将美划分为"崇高美"与"优美"，是有充分道理的。他说："那些大腹便便的人们，他们精神上的最丰富的作家就是自己的厨师，而其所嗜好的作品则只见之于自己的窖藏。"（康德：《论优美感与崇高感》，1 页，北京，商务印书馆，2001 年）这说明：常人的许多痛苦与快乐之感，都是与个人自己的感官满足程度，或者个人利益相连的。而休闲之所以是一种审美，则要求我们超越这种个人的小我与感觉之快乐。因此，哪怕是个人遭遇的极大不幸，它也可以成为一种个人的审美经验。这不是说我们喜欢或者甘愿遭受这种不幸，而是说，一旦我们遇到了这种不幸，我们可以以审美的态度去观照它。所以，康德才说：崇高与优美"这两种情操都是令人愉悦的，但却是以非常之不同的方式。一座顶峰积雪高耸入云的崇山景象，对于一场狂风暴雨的描写或者是弥尔敦对地狱国土的叙述，都激发人们的欢愉，但又充满着畏惧；相反地，一片鲜花怒放的原野景色，一座溪水蜿蜒、布满着牧群的山谷，对伊里修姆的描写或者是荷马对维纳斯的腰束的描绘，也给人一种愉悦的感受，但那却是欢乐的和微笑的。为了使前者对我们能产生一种应有的强烈力量，我们就必须有一种崇高的感情；而为了正确地享受后者，我们就必须有一种优美的感情"。（同上书，3 页）这说明：生活中的苦难与不幸能否转化为审美经验，在于我们能否对生活保持一种超越的审美心态。

六、休闲：观众与演员

从休闲的角度看，我们每个人既是生活的观众，又是生活中的演员。当我们充当生活中的演员时，我们忘情地演戏与表演；这种人生的表演艺术给我们带来极大的满足，这时候，我们是在尽情尽兴地玩一场游戏。但是，游戏有时不仅能玩，也能观赏。对游戏的观赏，其兴味一点也不亚于玩游戏本身。这就是为什么我们都喜欢看足球比赛、看歌舞表演，甚至看生活当中的众生相的道理。

当生活中的观众与当生活中的演员，其需要的素质与禀赋并不相同。有人天生是生活中的演员，这不是说他善于和喜欢表演，而是说他对表演异常地投入；当他表演时，他已经完全忘记了"自我"的存在，他完全沉醉于艺术表演之中，在艺术的表演中获得高峰体验与情感的满足，其中当然也包含角色在遭遇不幸时的痛苦体验。这种生活中的演员，他需要的是尼采所说的"酒神精神"：在希腊酒神祭典的时候，人们狂歌滥饮；酒神的信徒结队游荡，纵情狂欢，完全沉迷于眼前的一切，以致使眼前的现象发生了改变，在想象中看到自己是再造的自然精灵。反过来，充当生活中的观众，需要的是"日神精神"：日神充满理智的光辉，他能看透人间众生相，而且运用理智来加以解释，然后伴之以审美的欣赏。

无论是酒神精神也罢，日神精神也罢，都是一种身心的极度投入与忘我。只不过前者的忘我是情感的投入，而后者的忘我是沉思与鉴赏。它们的本质都是休闲——情感的或者理智的自由。

但是，在生活中，我们恰恰更多看到的是休闲的反面：有人喜欢与满足于生活的表演，这种表演是表演给观众看的；因此，他喜欢和希望观众愈多愈好；甚至观众愈多，他表演起来就愈卖力。也有人喜欢看舞台演出和时装表演，但却是为了去凑热闹，或者附庸风雅。这其实是休闲的反面。作为休闲的人生艺术，无论是演出也罢，观看也罢，它只是一种自我体验与个人沉醉，它是"为己"而非"为人"的。

七、休闲与人类文明

迄今为止，人们一直小看了休闲对于人类文明做出的贡献。其实，人类文明，乃至于人类文化的进步，是以休闲作为动力的。这里且不说古希腊的哲学作为"爱智之学"，就起源于休闲，即使像希腊罗马人推崇的"七艺"：文法、修辞学、辩证法、算术、几何学、天文、音乐，也建立在休闲的基础之上，并且成为"自由人"的一种"教养"。在中世纪，休闲的游戏精神创造了具有浪漫气质的"骑士制度"与"骑士文化"：注重表达与交往的装饰与礼仪。文艺复兴时代灿烂的文学艺术，也是由休闲的心态与自由精神所带动的：模仿古代的生活游戏是怀着神圣的诚挚之心来追求的；在造型艺术和知性发现上，对过去的理想虔诚崇拜是超乎后来人们想象的。到了近代工业社会，即使休闲已经异化，它已经成为工作之外的闲暇时间的代名词的时候，在重大的科学发现以及天才的艺术活动中，却仍然保留着一种休闲精神，这是我们通过科学发现史以及文学艺术史所知道的。

然而，休闲之于人类文明的贡献还不在此。除了文学艺术以及科学发现之外，人类的休闲观念还影响甚至缔造了整个人类广义的文明，并且涉及制度层面。迄今为止，历史所记载下来的作为文明象征的人类遗产：希腊人的自由精神、罗马人对法律规则的遵守、文艺复兴时代的人文主义传统、十七世纪的"巴洛克文明"、十八世纪的新古典主义与浪漫主义、十九世纪的现实主义与自然主义传统，等等，从精神气质上说，都无一不与它那个时代的休闲风气与休闲风尚发生密切关联。

甚至在当代，在休闲已完全"去魅化"与"非圣化"的时代，人们普遍以大众化的娱乐与消遣来代替休闲，但古老的休闲观念中包含着的游戏精神与自由精神，仍像哈姆雷特王子所梦见的父王幽灵一样，在这种种现代娱乐与作乐方式中盘桓，它寻求一种真正意义上的休闲的回归。这就是我们现代人尽管老在这些娱乐当中，这些娱乐却总不能满足我们的精神需要，我们的内心总处于焦虑之中的原因——这是一种对真正意义上的休闲的渴望与呼喊。

八、休闲与道德

有人说，休闲与人类道德是相冲突的，它甚至会成为社会道德的瓦解剂。其实，这是对休闲本性的极大误解。道德是什么？人类为什么需要道德？这里且不说社会道德规则的制定，原是为了使人们在群体生活中可以活得更美好，这与休闲的目的是要使人获得幸福，从本性上说，是相通的。而从现实操作的层面看，一种真正意义上的社会道德要成为可能，它是必须从人类的休闲本性出发的。就是说，社会道德要真正地能够遵守与贯彻，必须从人类的休闲本性中寻找到它的动力。

这就是为什么社会道德的产生，开始时总与原始的礼仪和宗教仪式联系在一起。休闲的要素包含着节日与庆典。这节日与庆典既可以是外部形式方面的，也可以是内在于精神方面的。就内在精神方面的要素说，"当且只有当我们心怀感赞之时，休闲感才会出现"。[①] 就外在的形式方面说，人们到教堂去作祈祷，可以获得一种普遍的同一感与归属感，而且心灵会获得净化，有一种精神上的被提升之感。而这正是社会性休闲与宗教的同源之处。因此，无论是社会性道德或者宗教性宗教的建立，其心理前提都必须借助于休闲。

从这种意义上说，我们很可以解释：为什么基督教会有那种多的节日，并且会安排星期日。从起源上说，星期日既是遵守基督教惯例休息的一天，其中所有的工作被禁止，但它又是敬奉上帝、接受心灵净化的日子——休闲、宗教与道德就这样通过星期日这样的巧妙安排取得了一致。

---

① 杰弗瑞·戈比. 你生命中的休闲［M］.昆明：云南人民出版社，2000.

九、休闲与当代人类社会

理想的休闲观念，对于古希腊人来说，毕竟只是一个短命的试验，它是建立在"自由人"与"奴隶"二元对立的社会结构上的。以后，它就湮没于历史的长河中，甚至发生了异化。这说明，理想的全民休闲社会的实现，需要它的社会物质条件。很难设想，在一个社会生产力不发展、社会物质财富普遍缺乏的状态下，会有全社会的普遍休闲。在这种状态下，休闲只属于极少数人的事情。但是，当社会财富已极大地增加，人们已普遍地不需要为基本的物质生活或者温饱问题所操心的时候，这个社会是否就会自然而然地成为"休闲社会"呢？此又不尽然。

这是因为：休闲虽然植根于人的禀赋，属于人的一种先天结构，但它的展现，除了有待于社会条件的具备之外，更需要每个人的自我本性的发现与觉醒。从这种意义上说，休闲属于一种教养，它是必须学习，并且通过理性去加以认识的。我们看到，在现代社会中，尽管有不少人已经是衣食无忧，但他们不知道甚至也不需要休闲。相反，对于许多现代人来说，他们的物质生活是满足了，甚至异常地富裕，但他们却感觉不到生活的意义；对于他们来说，生活即便不是沉重的负担，却也不可能是节日的庆典，不过是一连串按部就班的重复活动；或者是为了摆脱重复的无聊，而去拼命地追求享受与娱乐。但究其实，这种娱乐方式，本质上却是一种"榨取"。人们在种种娱乐与享受之后，并未获得身心的放松与休闲，反倒又沉溺于下一轮身心被榨取的渴望与焦虑之中。这样，娱乐，再娱乐；享受，再享受，成为现代人打发业余时间的典型方式。

这种休闲的异化与消失，不仅给个人身心带来难以恢复的劳累与紧张，而且导致社会道德的滑坡，更导致人与自然关系的极度紧张。应当说，当代全球性生态平衡的破坏、环境的污染、能源的危机，等等，皆导源于这种消费至上、物质主义的娱乐方式。看来，人类生命意义的重新发现、人类社会伦理的重建，乃至于地球生态失衡与环境污染问题的彻底解决，都有待于人类自身生活态度与生活方式的根本改变。未来人类所需要的，既非是为上帝而干活的工作伦理，也不是拼命追求消费的消费伦理，而必须从休闲的中道原理出发，在生产与消费之间保持适度的平衡。只有这样，一种可持续发展的社会经济发展模式才会成为可能。

这意味着：休闲将成为未来人类社会发展的主旋律。

——原载《社会学家茶座》（2004 年第 3 期）

生命与休闲

一

迄今为止，休闲的历史是一部被误读的历史。

人们常常以为，休闲就是休息。于是工作劳累了，就会想到休闲。休闲就这样被误读了，成了消除身体疲惫状态、恢复工作机能的身体的润滑剂。其结果是：人们在劳作当中完全忘记了休闲，而在休闲时总想到了工作。这样，休闲就完全成了工作的奴婢和仆人。

也有人认为，休闲就是娱乐。对于生活中根本不用为"柴米油盐"犯愁的人来说；生活就是为了寻找乐趣与刺激，于是休闲采取了种种娱乐方式：健身、游戏、跑马、远足；要么是，晚宴、舞会、歌厅，等等，都成了最佳的休闲场所。这样，休闲成了生活的奢侈品。它远离了穷人，却偏爱富人。

也有人想到，休闲大概不只这些，应该有更高的精神追求，于是想到了读书、弹琴、作诗、绘画。这些无疑属于高级的情趣，可以陶冶人的性情。但人的趣味爱好不一；不同的人在生活情调与生活趣味上尽可以做多种选择。休闲假如成了某些或某种趣味的代名词的话，它其实也意味着单调和枯燥，只属于某些人的个人癖好与爱好而已。

　　既然休闲如此难以定义，那么，管它是什么好了。在这些人眼里，休闲什么也不是，就是各人自行其是；这种休闲观大概在"波希米亚族"当中最有市场：他们或者在生活方式上标新立异、花样翻新；或者离群索居、逃离时尚而鹤立鸡群；还有人蓬头垢面、追求"返璞归真"。殊不知，这种休闲观也许时兴，它的种种举止却让常人难以接受。休闲于是成了"怪、异"的别名。

　　看来，仅仅从日常生活的观察中，是难以理解休闲为何物的。于是，学究们开始动起了脑筋，而且据说，学究是有学术领域与学派之分的。有人说，休闲是第三产业。一看可知，这是关心国民经济发展的经济学家的视野；也有人从社会学的角度分析说，休闲是现代人的一种生活交往方式。这说法倒有点新鲜，不过它好像取消了古人的休闲权利。于是富有诗意的哲学家登场了：休闲是一种境界，意味着自由。这种定义我不会反对，只是它的抽象意义我还不太明白。既然如此，那么，求教于历史学家吧，据说历史学家知识渊博，能够解决所有学问上的难题。于是，我循着历史学家开通的列车进入时间的隧道，去看看古今中外的人们到底是如何休闲的，结果却仍一无所得，反倒头脑给弄得一塌糊涂。

二

　　我开始对我采取的这种求解方式发生了怀疑。看来，对休闲的认识和了解与其说是去观察，不如说是去沉思；与其说从各种学科与书本中去寻找休闲的答案，不如去反问我自己。我开始进入反思：我为什么会提出这个问题？我想，这大概不是为了求得知识，也不是为了解答某个人的具体提问。因为至今为止，还没有人想过要问我：休闲是什么。这样看来，休闲是什么，这大概是我自己给自己提出的问题。那么，我想起这个问题到底是为什么呢？我反思自己：当我在脑海中出现这个问题时，是我想起了生命本身。生命到底是什么？它同休闲有没有关系？是一种什么关系？一旦意识到此，我突然发现：休闲不是其他，它其实是一个"形而上学"的问题，关系到生命的本真。

对于不同的人来说，他的生命状态是不一样的；而且，同一个人，他在不同的时候与时刻，他的生命状态也不相同。但是，在不同的生命状态下，他却会思索与思考问题，也包括休闲问题。于是我理解了：对休闲的认识和理解，关系到我们每个人的生命状态。或者说，我们每个人在不同的生命状态下，会有我们对休闲的不同理解与定义。

再回到前面的情况与状态吧。当我最初想问休闲是何物的时候，是因为常常有人与我谈起休闲；这时候，在我脑海中出现的，是人们日常的种种休闲活动和方式，比如说打球、各种玩耍、游戏等；其实，这些休闲活动和方式并不是我思想中对休闲的看法，而是外界灌输给我的。所以，当我一开始追问休闲是什么时，首先出现在大脑中的，很自然就是这些外部世界的影像。后来，当我被这些外部事物弄得脑海一团糟的时候，我想到我应该运用"理性"的力量，借助于书本知识和前人的智慧来解决这个问题，于是我从各种书本和学科中寻找问题的解答。但是，很快我发现，我逃离了外部的感性世界，却又进入了一个知识的、理性的海洋。我几乎被它淹没，却没有捕捉到问题的答案。直到我因为怕被海潮吞没而挣扎着逃离上岸时，我才发现，我一无依靠；而且，经过刚才与海浪的搏斗，我已经筋疲力尽，既无体力亦无精力。这时候，我什么也不想。

当什么也不想的时候，生命的休闲就开始降临。

三

人当什么也不想的时候，才进入生命的本真状态。从这里看来，生命的本真状态就是休闲，休闲意味着生命进入其本真的状态。那么，生命的本真状态就是睡眠么？人不是只有在睡眠的情况下才不想事情么？否！弗洛伊德的精神分析告诉我们：人在睡眠状态下常常做梦，而梦不过是"欲望的经过打扮的满足"而已。

那么，生命的本真状态是无所事事么？人不是在无所事事的时候才不愿意思想么？否，对于许多人来说，无所事事是因为生活的乏味与无聊。而这所谓的"乏味""无聊"，却正是我们日常用心去思考的产物，否则就无所谓"乏味"与"无聊"。

那么，生命的本真状态是坐禅么？人不是只有在坐禅或者"入定"的情况下，才会忘却一切，也包括忘掉"自我"么？的确，无论从庄子或者禅宗那里，我们都很容易发现这种生命的状态与方式。但是，世上真有几人得禅机呢？大多数人学习参禅、打坐，真能进入"无念""无相""无住"的状态么？事实上，世上人之参禅、打坐，除了好奇与新鲜，大概也同玩游戏机累了一样，在寻找娱乐的另一种替代品而已。

其实，生命的休闲状态不在于形式，而在于境界。有人日理万机，但他游刃有余，心态自如；反过来，有人表面闲适，却包藏机心。而对于许多人来说，他整天地忙个不亦乐乎，自以为生活异常地充实，其实，他之追求生活之充实，是为了逃避那可怕的"无聊"而已。当然，也有的人患得患失，对这些人来说，哪怕送他上天堂，他也会整天愁眉苦脸。

于是，人们发现了一种摆脱思想的替代品：游戏。人不是只有在游戏的状态下才会不去思考么？的确，人们常常体会到游戏中的快感。它是一种心身处于完全放松状态下的自由与自得。尽管许多游戏也需要体力甚至脑力，但这种体力与脑力的运用却不劳累，而是一种心身能量的极大释放，伴随这种能量极大释放而来的，是整个身心会感觉到一种欢愉与愉悦。也正因为如此，人们普遍喜欢游戏。

但自从游戏成了一种"发明"以后，生活中的游戏也就开始变质。它要么是充满铜臭味，成为金钱可以换取之物；要么成为生活的点缀与装饰，让一些喜欢表演和卖弄技巧的（这尤其适用于那些需要某些专门技巧的游戏）人提供了自我满足的机会；要么，它成为一种社交的场所与工具，人们可能通过游戏的方式角逐种种的名誉、地位、机会与利益。当然，它也为众多少男少女提供了结交异性的机会，这倒是好事，不能过多非议。

但是，毕竟如此一来，游戏就不再是游戏本身，它已经给它自己加上了太多的负担与责任。这样一来，游戏本身也就成为众多娱乐活动的一种，而失去了它原来愉悦心身的功能。通过以上的思考，我们得出结论：人类的种种活动，包括游戏，一旦纳入人类理性的轨道，被工具化与实用化，它就不再是原来意义上的游戏。

四

那么，人类从此就失望了吗？否。既然人类种种的外部活动，包括游戏本身，都不可避免地异化，看来，人类休闲活动的唯一领地，就不再是外部世界的场所，而在于人自身。人应当从本质上变为一个游戏的人。游戏的人，他唯一依靠与拥有的，是游戏精神。只要有了这种游戏精神，那么，他可以"任物而不任于物"。他并非不食人间烟火，只是在一般人所谓的人间烟火中，他品出了超出日常生活状态的意义；他也并非不随俗，但他的随俗并非人云亦云，只不过是在知道天地之大以后，具有宽容与包容之心。这种人，其实也就是《易传》所说的"大人"："夫大人者，与天地合其德，与日月合其明，与四时合其序，与鬼神合其吉凶，先天而天弗违，后天而奉天时。天且弗违，而况人乎，况于鬼神乎！"他也是庄子在《齐物论》中所说的"至人"："至人神矣！大泽焚而不能热，河汉沍而不能寒，疾雷破山、风振海而不能惊。若然者，乘云气，骑日月，而游乎四海之外，死生无变于己，而况利害之端乎！"当然，这种人更追慕的是禅宗"青青翠竹，尽是法身；郁郁黄花，无非般若"的胜境。

五

休闲的获得需要一种游戏精神。而游戏精神终极地说，是一种"游"的心态。游有三义：达观、闲适、忘我。

达观者，事理通达、心气平和之谓也。遇事总是斤斤计较，甚至蝇营狗苟，此达观之反面也。很难设想，一个凡事总爱计较、患得患失之人，他会去从事游戏活动；也许，游戏对于他如果不是负担的话，就是可以利用之工具而已。闲适意味着具有自由的时间与空间。很难设想，一个整天都给事务性工作占据的人，他还会有游戏的心态；也许，他有时之想到游戏，是因为游戏可以给他消除肉体与精神的疲劳而已。忘我意味着他进入超日常的状态；我们每个人在日常世界中是一个现实的"我"，而只有在体验高峰经验与处于心灵的高峰状态时，他才得以摆脱"物累"，而达到"天地与我并生，万物与我为一"的自由境界。

所以，庄子提倡"游心"。必先有"游心者"，然后才能"游世"。

六

休闲不能模仿，却可以学习。对于现代人来说，休闲是一种情操、一种教养。区分文明人与野蛮人的标志，不是看他的财富、知识与技能掌握的多少，而是看他是否热爱休闲，能否善于休闲。同样，一个社会文明与进步与否，不是看它的生产力的高低与社会财富积累的多少，而是看这个社会的人群中善于休闲者的多少。事实上，一个社会愈进步与文明，就会愈来愈多地为人们提供各种各样的休闲活动与方式；反过来，只有当一个社会中的人们普遍地热爱休闲，并且善于休闲时，这个社会才会真正地幸福与和谐。

休闲，是个体生命自我完善的发动机，是社会和谐进步的推进器。

　　所以，席勒说："只有当人充分是人的时候，他才游戏；只有当人游戏的时候，他才完全是人。"我要将席勒的话稍做修改如下："只有当人真正懂得休闲的时候，他才是人；只有当人进入休闲状态的时候，他才真正成为人。"

——原载《新视野》（2003 年第 5 期）

人是做梦的动物

——《中国人生哲学丛书》总序

一、人是什么

狮身人面的斯芬克斯拦住每一个过路人猜如下的谜语：早晨四条腿，中午两条腿，晚上三条腿。凡猜不出来者，就要被它吃掉。最后有一位智者终于猜出了谜底：人。谜底破后，斯芬克斯跌入了山底。——这则古老的神话隐喻着人的自我意识的觉醒。

苏格拉底教导说："认识你自己。"

人是什么？答案多种多样：人是政治的动物，人是制造工具的动物，人是符号的动物，人是意义的动物，人是未完成的动物，等等。现在，在这已经是够多的答案中，我还要再增添一种：人是做梦的动物。难道动物不会做梦么？即便有一天科学家研究出动物也做梦，这梦也不会同于人做的梦。做梦，是人的特权与专利。

通常所谓的梦，是指在睡眠中，大脑皮层某部分处于兴奋状态下的一种精神活动。这是从科学的立场对梦作的解释。但任何科学永远无法猜出梦的奥秘——它是超出科学研究范围的事情。从哲学立场上看，梦是人对自身有限性的认识并试图加以超越。

二、人的有限性

庄子是人类历史上第一位体悟到人的有限性并试图加以解决的思想家。他解决问题的方式是齐生死，"吾丧我"；要人们去圣绝智："吾生也有涯，而知也无涯；以有涯随无涯，殆矣！"

人的有限性是建安诗人一再吟诵的题材。"对酒当歌，人生几何？譬如朝露，去日苦多。"连一世之雄的曹孟德，竟也横槊赋诗，发出了人生短暂的喟叹。既然好景不长，建功立业的抱负，终于为开怀畅饮、及时行乐的风尚取代，于是建安风骨转为魏晋玄学。

在笛卡尔式的理性主义占统治的时代，帕斯卡尔发出空谷足音。他发现大自然的理性根本无法解释个体感性生命的有限性问题："为什么我的知识是有限的？我的身体也是的？我的一生不过百年而非千载？大自然有什么理由要使我禀赋如此，要在无穷之中选择这个数目而非另一个的数目。本来在无穷之中是并不更有理由要选择一个而选择另一个的，更该尝试任何一个而不是另一个的。"为解决个体生命之有限与死亡之永恒的矛盾，他将目光转向耶稣基督的上帝："因为无可怀疑的是，这一生的时光只不过是一瞬间，而死亡状态无论其性质如何，却是永恒的；我们全部的行为与思想都要依照这种永恒的状态而采取如此之不同的途径，以致除非根据应该成为我们最终鹄的之点的那个真理来调节我们的途径，否则我们就不可能有意义地、有判断地前进一步。"

叔本华提出，个体生命是短暂和易逝的，但这仅为世界之表象；世界的真实本体是意志。意志是不能遏止的盲目冲动和欲求。欲求永无止境、永远无法得到满足，故人生是痛苦。人只有在痛苦之中受尽煎熬，最后感到绝望，转向内心世界，终至灭绝意志，方能达到超脱一切痛苦的境界。

与叔本华的悲观主义不同，尼采将生存意志倒转过来成为"权力意志"：人不必灭绝生存意志，因为生命本身就是一种原始性的实体。个体生命力应当将蕴藏在它自身中的一切生命力彻底解放出来，才能达到与超越个体的生命本体的合欢。

三、时间与有限性

理解有限性的核心是时间。人与动物的根本区别点之一，是人对时间的意识。动物无所谓时间观念，而人则清清楚楚地知道时间一去不复返。"子在川上曰：'逝者如斯乎，不舍昼夜！'"对时间的敏感，其实是对个体生命存在的敏感。任何人都知道，岁月是无法倒转的。年老了，无法再变得年轻；人死了，无法再生还。故人有对于死亡的恐惧；对于岁月的流逝，有一种无可奈何之情。"人生不满百，常怀百岁忧。"说穿了，这种忧患是由时间的感受引起的。动物没有时间观念，故无所谓忧愁，也无所谓快乐，只有当下的满足；人类有了时间的意识，由此产生了烦恼，却没有增添快乐。钟表的发明，使人类的时间观念变得可以度量，尤其是科学技术的进步，时间的精密化更到了无以复加的地步。殊不知，时间的度量愈精确化，人类的苦恼也愈增加。这真是天大的悖论！人类发明钟表，原希望充分利用与享受生命，没想到它到头来却将人的生命有限性问题暴露得更为严峻和可怕。

为了克服死亡的恐惧，最好的办法莫过于消灭时间，但时间性与生命结伴而来；舍弃时间，也即意味着废止生命。于是，人们试图在物理时间之外，去发现"心理时间"。有人说，物理时间是客观的，它可以测度，与客观事物的变化相关联；而心理时间则是主观的，它取决于个体主观的心境。在同一心境下，心理时间可以是永恒的。假如这话不错的话，它说的是意义世界的生成。意义世界非它，乃人痛感自身是一种有限的存在，而不安于作这种有限的存在，于是构想出来的与事实世界相对立的另一个永恒的世界。

四、意义世界的生成

儒家的意义世界是一个伦理道德的世界。人为什么要有道德？是纯粹为了社会秩序的维持和社会安定的需要吗？否。《中庸》说："天命之谓性，率性之谓道，修道之谓教。"在儒家眼里，天地是具有伦理道德意味的实体，人追求道德践行从终极意义上说，乃为了取得与天地同等的位置。一个具备儒家所要求的道德规范的"君子"，他可以与天地合其德，他的个人生命已经进入天地的无限之境；他可以"存，吾顺事；没，吾宁也"。

基督教义认为，人生来是有罪的，人生充满罪恶与痛苦；只有皈依上帝，才可以获得救赎。对于真正的基督徒来说，受苦与受难正是上帝恩隆的表现。人生尽管痛苦，接受了上帝之爱的人，却会在痛苦中感受到上帝的荣耀。

佛陀以慈悲的面容面对众生。佛教教义教诲说，人生中种种情欲和烦恼，皆为虚妄；只有经过"破我执""破法执"的层层修炼，才能进入既无痛苦、亦无快乐的"涅槃"之境。

儒家、基督教与佛教分别展示了人类试图超越有限，进入无限的不同方法和途径。儒家以消融个体生命于永恒的"天理"之中，来达到有限与无限的同一。"人能弘道，非道弘人"，人既然是弘道的工具，个体生命必完全消融于道之中，方才显示出它的价值与意义。基督教将个体感性生命与上帝的普遍性、无限性截然对立，与其说它教导人将个体消融于上帝之中，毋宁说它强调要在不同的个体感性生命中发现与寻求上帝的普遍性；它要求的是在生命的有限性中体会上帝的无限性。佛教视"真如"为唯一真实的本体，而宇宙万有，包括人在内，不过是幻相；故佛教既不像儒家那样消融个体于无限，亦不如基督教那样教人们从有限中体会无限，而是要将无限融化于有限之中，故它宣称"众生皆有佛性"。

五、生与死

人是有限性的动物；通过意义世界的生成，人具有了无限性。这一转变，使人对于生与死自有一番新的认识。

对于普通人来说，生就是生，死就是死。因为谁都知道，活着，有七情六欲，有悲哀、痛苦，也有快乐；死了，这一切都随之消失。生与死的界限一清二楚。意义世界的发现，生与死的界限从此模糊不清：生不是生，死不是死。因为缺乏意义的生，不是真正的生；具有意义的死，不是真正的死。有人甚至还可以推导出如下的结论：生就是死，死就是生。这句话，欧里庇得斯老早说过，而柏拉图加以重复。舍斯托夫说，陀思妥耶夫斯基的生活为这句话提供了最好的佐证：可怕的死亡天使不是在陀思妥耶夫斯基站在断头台上等待处死的时候，也不是在他过苦役生活，生活在无一幸免的人们中间的时候降临在他头上的；因为那时候，他还有对于新的高尚生活的想象。他始终记得，在囚禁他的监狱的墙外是另一种生活，从监狱高墙也能看得见天堂。但一旦他结束苦役生活之后，他期望的一切已经成为过去，他头上已不是一小块天堂，而是整个天空；他是自由人，不受限制的人，他却发觉，自由生活却越来越像苦役生活。他在监狱生活之前的"整个天空"本来是无限的，就其无限性而言是有许多许诺的，可如今却像他那牢房的矮小棚顶一样令人感到憋闷和窒息。这个例子的严重性在于：从意义生成的角度看，任何个体生命的追求，也包括对意义世界的追求，都是有限的，无法达到无限。故意义世界的生成，可能包含对生命的否定。

六、"无限性"种种

依宗教意味人对无限性全身心的投入与奉献。舍宗教之外，人们还找到其他超越有限性而达到无限性的种种途径和方式。

（1）团体。为什么要有团体？人类聚族而居，并不完全为求生存的需要。就物质生活而言，个别的人可能会比与群体在一起获得更多的享受。但个别人的生活是孤寂的。孤寂的灵魂需要得到慰藉。经验告诉我们：志同道合的人相处在一起，任何肉体与精神的折磨都能忍受；但一个人一旦意识到他是世上孤零零的一个，却可能会发疯。此中奥秘，乃个体生命需要有心理上的"归属感"。这归属感不是别的，乃有限的个体生命要寻求无限性。——个人对于团体的归属感与认同性愈强，他愈感到生命的充实，愈能感受到生命的重量。政治参与家庭生活是现实中常见的团体组织结构与交往方式。

（2）科学。人类社会很早就出现了科学家。这是一些关心宇宙奥秘甚于关心人事变迁的思想怪物。他们离群索居，深思冥想：面对头上的星空和周遭的大自然。他们的生活是充实的，且活得自由自在。因为通过索解宇宙之谜，他们的生活融入了自然。人类早期的科学并不与实用的技艺联系在一起。即便在崇尚"实用理性"的现代，科学发现的最深刻的动力与源泉，依然来自人类超功利的好奇心与冥思。故科学家是这么一群人：他们将有限的时间与精力全副投入对于宇宙秘密的探索，并在这种探索活动中获得永恒。

（3）艺术审美。每个人都有过这样的经验：面对艺术长廊中的艺术杰作，我们会长久地凝视，既忘记时间，也忘记了周围的一切。事实上，不仅伟大的艺术品，即便在日常生活中，我们也时常发现美，产生一种审美的追求与冲动：当面对大自然的奇观，面对美好的人体，面对可喜的一草一木，甚至当瞥见可人的工艺品……这时候，一种奇妙的心境油然而生：深邃而又平凡，宁静而又高远。美学家说，审美观照是超功利的；在审美状态中，主体与被观照物合一。有时候，这种审美状态只经历瞬间，这瞬间对于我们来说却成为长久，它可以使人终生不忘。故人类的天性无不追求审美。正是在审美中，人类开辟了一个新天地：瞬间的永恒——有限性与无限性的合一。

七、"同一心境"

从上面看到，宗教、伦理、科学、艺术审美……人类的一切意义世界非他，无不是个体生命追求无限性的产物。对于意义世界来说，"同一心境"是重要的。正是在"同一心境"之中，物理时间转化为心理时间。什么是"同一心境"？有人说："所谓同一心境指的就是主体在追求生命的价值超越的过程中，以理智的直观（审美直观）的方式去把握其观照对象（或抽象的理念，或人际关系，或自然天地）时，在主体的心境状态中所呈现出来的直观主体与直观对象的交融统一的境界。克尔凯戈尔对战栗、绝望、献身的思考，是同一心境；相爱的两颗心灵在同一种情绪状态中颤动，是同一心境；'悠然见南山''清泉石上流'的韵味是同一心境。同一心境很近似于马斯洛所说的高峰体验。绝不能把它转化为一种实体性的东西。"（刘小枫语）这段话说得扑朔迷离，读后仍叫人难以知道"同一心境"指的是什么，但它正确地指出：同一心境不是一种实体性的东西。

同一心境不是一种实体，却存在于梦境中。在现实生活中，我们可以有各种心境，由于这种种心境总与具体时空中的东西纠缠在一起，因此，它不可能是"同一"的。只有在梦中，我们才可能看到超越具体时空限制的事物与事情。不是吗？在梦中，我们可以呼风唤雨，无所不能；我们可以与古人、故人交谈，也可以遭遇未来可能发生或已经发生过的种种事情。这一切说明：人只有在梦境中，才可以摆脱他的有限性而获得无恨性，才因此而可以同物我、齐生死。

在梦境中，物理时间已失却效用。俗语说："洞中方七日，世上已千年。"说的是人事变迁与沧海桑田；对于梦境，这话应该倒过来说："梦中虽千载，世上才一日。"在梦中，我们也许经历了许多世代，一觉醒来，不过只度过现实光阴中的片刻而已。由于梦境中时间可以无限地放大与延长，因此人们喜欢做梦；在梦中，人不仅可以忘记生活之苦恼，而且忘却了人生之短暂。

八、梦与人生

人虽然有时会做恶梦，但毕竟以做好梦为多。好梦，是人们对生活的理想与追求；生活中不可能出现和实现的，可以在梦中出现与实现。梦对于人生之重要，在于它给人生以寄托，赋予人生以意义与价值。试想想，离开了梦，我们将如何评价这世界与人生？假如人没有了梦，人生立即会显露出它荒谬的本相：我活一百年，与活二十年，有什么两样？甚至，我活着，与我不活，又会有什么不同？我每天的所作所为，究竟为的是什么？人生会显得既无目的，又无方向，不过是无聊的把戏而已。存在主义者加缪之所以有感于人生之荒谬，就因为仅着眼于人的有限性，而忽视了人可以通过做梦而获得无限性这一事实。

梦有两种：一种是真实的梦，一种是虚假的梦。真实的梦是人做的，人知道他自己在做梦，也需要梦；虚假的梦，则以梦境为真，以人生为虚幻。前者，是"庄周梦蝶"；后者，是"蝶梦庄周"。真实的梦赋予人的有限性以无限性，虚假的梦却将人变为梦的道具与工具，这不是人做梦，是人为梦而设而已。

九、"人生如梦"

"人生如梦"这句话，人们通常理解为对人生短暂之感喟，事实上，它的积极意义是教人将生活梦境化。生活的梦境化其实就是生活的诗化。在日常生活中，有许许多多生活梦境化或诗化的例子。譬如说，同样是田野劳作，有的人纯粹为的是解决个人和家庭的温饱，有的人却在这劳作中对它发生冥想的兴趣，或者对它进行审美的观照。这样，劳作尽管还是劳作，可它却具有了意义。劳作这件事一旦被赋予意义，它就不再是一个一去不复返的孤立、偶然的事件，而成为普遍的言说：它可以被传递与传播，其中包含与表达了人类价值世界的共同信息。而由于寄寓了价值世界的共同信息，原先只是个别性的劳作事件及劳作者，也就不囿于其有限性而进入了永恒世界。

十、梦与自由

迄今为止，自由依然被视为人类最值得珍惜的价值。但是，自由究竟是什么？所谓获得自由，其意义到底如何？

通常，人们将自由同为生存而进行的斗争联系在一起。所谓争取自由，也即争取生存条件的改善或改变。其实，这种自由虽属诸种自由中之一种，却并不是自由的真正含义。因为无论个人生存状况与生活处境有了多大变化，这种改变却依然无法改变人是有限的存在这一事实。而人只要仍处于这种有限性之中，他就不是真正自由的。人要超越他的有限性能而获得自由，只能借助于梦境。

人虽然在梦中才可以获得自由，但这种梦中的自由却给他的生活带来很大的慰藉。它使人相信：无论环境如何恶劣，他个人的遭际如何困顿，但他依然可以自由，因为他有梦境——这是世间无论多么残忍的暴君都永远无法剥夺的。

梦中的自由还赋予人类以生活的憧憬：人既然已经享受了梦中的自由，他不满足于自由只存在于梦境之中，并且他要用梦中的自由来改造人生与指导人生。梦中的自由虽然在人世间难以完全实现，但这种自由的梦境与理想，使他的生活从此有了方向与目的。

人类为自由而奋斗的历史，其实是用梦中的理想来指导与规范具体的、历史的人生的历史。

——原载《中国人生哲学丛书》（云南人民出版社，1999 年）

代跋　虱子与知识分子

王子今教授在其博客上发表的《名士扪虱》，实乃一篇妙文。其中旁征博引，对历史上"名士"们"扪虱"的掌故如数家珍娓娓道来，殊觉有趣。然读罢此文想想，"名士扪虱"不应当只成为一种历史。这不是说在日常生活中，要今天的许多读书人因衣着脏兮兮生了虱子而去"扪"，而是说：从究竟义上说，真正的读书人或"知识分子"，其实就是一种"虱子"。

这里，我要是把一般意义上的读书人与真正的读书人或"知识分子"区分开来的。社会上有许多人都读书，也有不少读书人，但这些人读书是追求"知识"，即要求"开卷有益"。此所谓"开卷有益"，可以是有利于个人前程，也可以是有益于世道人心。总之，大到兴邦济世，小至个人谋生或学会搞人际关系，读书都是一种非常有益的事，可以从中获得个人成功或在社会上立足的本领。此即《大学》所谓"格致诚正修齐治平"之事吧。但除此之外，还有一种书，是专门写给那些无所事事，或者个人生计问题解决了的人读的。而社会上不仅有人读这些书，而且还专门有一批人去写。我以为，这些似乎"饱食终日"，或虽未饱食，却不去讲究营生，而以写作这类供饱食终日、无所事事的人去读的书的人，才是我这里所定义的"知识分子"。

由于饱食终日而无所用心，这些知识分子不是跟我们人类身上的虱子十分的相似么？由于食饱了，它们懒洋洋的，整天也跟懒洋洋的主人一起在晒太阳。但与主人不同，它们除了晒太阳以外，还经常地或习惯性地骚扰主人，以便让主人觉得它们的存在。由于主人从本性上是与它们同一类的，所以，主人非但不觉得它们讨厌，反而觉得它们的可爱与可亲。这就是古代名士们之所以"扪虱"的来历。可见，并非什么身体上被咬了发痒的生理本能反应，而是要与身体上的虱子们共乐的心理上的本能反应，才让这些名士们想到要去扪虱。所谓独乐不如众乐，己乐不如与虱同乐也。此乃因为本是同类，同类才能有共同的感应，才能交换共同的感觉与信息。要知道，要是名士们身上没有了虱子，他们的生活不知会少了多少的雅兴！故对于真正的名士来说，食可一日无鱼，而身不可一日无虱。

由此观之，虱子给名士们的生活平添了不少乐趣。这种乐趣与其说是物质生活上的，不如说是精神生活上的。唯其如此，《世说新语》以及其他记叙古代读书人逸事的书，才会以如此的笔调留下来这么多关于扪虱的美谈。其实，古代的这些名士，或者说今天的知识分子，就是人类社会中的虱子。假如说魏晋名士们在扪虱之际发出了那么的妙语，是因为"虱子附身"的话，那么，今天我们要庆幸的是：在我们忙忙碌碌的日常世界中，至今还有像虱子一样的一群知识分子。这些知识分子依赖于或者吸附在人类社会这个躯体上；它们唯一的乐趣，就是想方设法地刺激一下这个躯体。这种刺激不会对躯体造成太大的危害。而它的好处是使人清醒：人终于发现了自己还有个躯体。这时，假如受刺激的人还不太忙，并且头脑有思维兴趣的话，也许还会由此而去思考"我"为什么会有"躯体"的问题。笛卡尔说"我思故我在"，这句话还有一句前提语："虱在故我思。"由此看来，人类躯体上的虱子，对于人类精神之发育，尤其是形而上学之思考，功莫大焉！

就个体而言，由于虱子的存在，才引发或激发了一些有形而上学兴趣的人对于人生终极问题，以及形而上学问题的思考，这点可以魏晋名士们的"扪虱"为证。而纵观一切人类文明的进化，尤其是高雅艺术的发展，亦无不有赖于这些人类躯体上的"扪虱"——知识分子。由此看来，无论是就个体而言还是就人类总体而言，都应当允许"虱子"的存在。"虱子"对于个体人以及人类总体的要求甚少，而对于生命个体与人类总体的贡献实大。但是，长期以来，人们对于"虱子"总存在一种误解：它是一种"寄生虫"；而大凡是寄生虫，都应当在消灭之列。呜呼！人类之不宽容，无乃以此为甚。人类对一些有益于人类生存的鸟兽早就有意保护并且"豢养"；对一些虽然无功、却也无害人类的动植物也加以保护，唯独对像虱子这样于人类精神发展甚为有功的功臣，却反倒在清除之列。这是人类之幸耶祸耶，智耶愚耶？

但是，平心而论，虱子终究是一种"寄生虫"。由于是寄生虫，它们不可生长得太多太快，尤其不能多到遍布主人周身的程度。更重要的是：虱子作为一种寄生虫，其前提条件是要有寄主，而这寄主还要有点"闲心"。如果主人缺少这份"闲心"，或者不宽容的话，那么，即使主人身上只有一只虱子，他也必欲将它除之而后快的。而此观之，"虱子"的存活还需要某种适合生长的客观条件。而"扪虱"之成为美谈或美俗，更依赖于某种社会氛围与环境。

"虱子"不可太多，但绝不可无。历史证明：它已成为人类精神生活之点缀或象征。

当人们都"扪虱而谈"的时候，这是一个思想宽松、充满思想生机的时代；而当人们"闻虱色变"的时候，就预示着思想禁锢的来临。由此观之，"扪虱"似可观世风、占时运矣。